艾先生的个人烦恼

宁新路 著

北京时代华文书局

总想站到那高处,却发现那是个幻影。

——题记

目 录

一	1
二	8
三	12
四	21
五	25
六	32
七	42
八	49
九	59
十	68
十一	73
十二	85
十三	88
十四	93
十五	97
十六	103
十七	110
十八	119
十九	128
二十	142
二十一	152
二十二	161
二十三	168
二十四	183

二十五	194
二十六	204
二十七	214
二十八	224
二十九	232
三十	236
三十一	247
三十二	254
三十三	268
三十四	283
三十五	289
三十六	294
三十七	301
三十八	309
三十九	313
四十	317
四十一	322
四十二	335
四十三	340
四十四	343
四十五	345
四十六	349
四十七	357
四十八	372
四十九	394
五十	398
五十一	405

一

艾新闻进报社大门时,恰巧碰上检察院的女干警拥着一个女的上警车。这女的是报社的金妙妙,深度报道部的副主任,是他钦佩至极的文友。

金妙妙漂亮的鹅蛋脸上挂着恼怒和恐慌。她看到艾新闻,愣了一下,说:"我没事——"她还想对艾新闻说什么,检察官示意不让她说话。金妙妙给艾新闻一个强笑并挥下手,检察官把她轻轻推上了警车。警车的门窗被关了个严实。警报鸣起,警车扔下股寒风跑了。艾新闻的心提到了嗓子眼上。

金妙妙为啥被抓,究竟出了啥事?艾新闻要急于知道究竟,可偌大的门口空无一人,只有门房里目光呆板的保安。

艾新闻问保安金妙妙出了啥事,保安毫不惊奇并调侃地说,文章又惹祸了……笔头子,嘴头子……谁要来报社可得管好这"几头子"……

保安不阴不阳的话,让本来身上冒凉气的艾新闻又添了一股寒气。保安这虽没恶意的冷话,让艾新闻感觉冷漠,与这空无一人的大门口一样冷漠——金妙妙被抓走,报社出了这么大的事,竟然没有一个人出来。牛社长和报社的人为何躲着不敢出来?

艾新闻回过神来,感到保安和大门口空无一人的冷漠,奇怪,也不奇怪。金妙妙写深度报道常轰动,也常惹祸。被抓走,这不是第一次,几年来有好几次了。她写揭露问题的大块文章,不是捅得有权人"痛",就是曝了有钱人的"光",金妙妙动辄遭威胁报复,要不干警找上门来。

金妙妙爱写深度调查报道，源于她天生有种敢于冒险的秉性，也源于她对入眼的庸俗和堕落厌恶透顶的冲动，也可说是清高在作怪。她找到了用文字体现她性格和同堕落决战的绝好职业——记者。她爱这职业，她愿为它献身。这种秉性和冲动，使她总有股愣劲，啥人都不怕，啥事都敢写。她内心的清高，恰恰适合做深度报道记者。她的清高，是把钱财视粪土的清高，没人能收买她。因而她被抓，没人相信她会因财物出事，没有一次被带走又没被放回。想到这里，艾新闻心里轻松了点。

金妙妙被抓，保安的冷言讽语，大门口的冷漠，给艾新闻泼了瓢冷水。

"调报社，还调吗？要不要再找牛社长？"艾新闻在门房犹豫起来。虽然犹豫不决，但他的脚却迈进了报社楼里——有股引力在"拉"他。艾新闻想到金妙妙很快会回来，想到跟她写精妙文章的快感，他劝自己还是厚着脸皮去"磨"牛社长，不"磨"成，这一年多为调动下的功夫，白费了。

艾新闻为调进《华都经济报》，装了一肚子苦水。每次去找牛社长，牛社长都有借口拒绝他。牛社长不想要他，而他却偏要调报社不可，就一次次来"磨"牛社长，他相信能"磨"软牛社长坚硬的心。

这已是多少次找牛社长了？艾新闻已记不清。自从两年前打定主意要调进《华都经济报》以来，找牛社长成了他最受罪的事，上门找、打电话找，牛社长不阴不阳，说起调动来就绕圈子。牛社长少有的"牛"，艾新闻曾跺脚决定不调了，他发誓不求姓牛的，不调就不受这份罪了，但金妙妙劝他想调就别放弃，这点难受算什么，做个深度报道记者比这难受。金妙妙的话，还有她的妙文，让他鼓起了接着"磨"牛社长的勇气。艾新闻便忍着委屈和屈辱，一次又一次找牛社长，"磨"得牛社长很烦，牛社长骂他"一根筋"。

艾新闻这"一根筋"的外号，是因他执意要调进《华都经济报》的倔强劲叫响的。艾新闻为调到这报社，如同狼咬住了块肉似的，叼住不放，"一根筋"倔到底，着实让人好笑。别人骂他"一根筋"，他不生气。"一根筋"

是林萍萍叫他的外号,也成了他走到哪里,被人叫到哪里的外号,听习惯了。

艾新闻调报社这事让林萍萍反感透顶,也对艾新闻写文章投稿反感透顶。林萍萍眼里的艾新闻迂腐十足,不去谋略升官、谋划挣钱,把大量时间耗在看书和写那破散文上,到处投稿,捧着文章自乐,写起文章陶醉,不是个正常人。自结婚以来,她就让他把心思放在当官挣钱上,艾新闻仍是该干啥还干啥,她跟他的隔阂越来越深。

隔阂不单来自艾新闻的倔强,也来自林萍萍不能生育的自卑上,她把艾新闻的倔强视为对她不能生育的冷落和不满。只要是艾新闻有事情不听她的,她便提出离婚。艾新闻业余沉醉于文章,受到冷落的林萍萍无法接受,时常提出离婚。林萍萍对于艾新闻写作的反感和写作动机的误解,导致无论艾新闻如何与她沟通,林萍萍都要与她不能生育联系在一起。林萍萍对艾新闻的辩解根本不信,她确信艾新闻在用写作的借口冷落她,冷落是对她的"冷暴力"。艾新闻越是沉浸于读书写作,林萍萍就越是确信艾新闻的读书写作是"冷暴力",与艾新闻的吵架日渐频繁起来。

林萍萍压根也不懂艾新闻,林萍萍在艾新闻眼里是世俗女人,两人的思维行为对不上"光"。艾新闻内心的苦恼,林萍萍听不进去,更理解不了。艾新闻的苦恼,不是来自林萍萍不能生育,是他同金妙妙有着相似的对庸俗和堕落厌恶透顶的痛苦。令他痛苦的是,身边的人在渐渐拖他堕落,自己的精神处在危机边缘,需要通过读书写作来拯救。拯救的方式就是远离堕落。他渴望一块相对"安静"的地方来读书写作。他渴望去一个以文章为伍的报社,渴望做一个以写文章为生活的记者。在这种精神渴求中,艾新闻如狼瞅上猎物一样,瞄上了《华都经济报》,生出了调不进去不罢休的倔劲。这倔劲,还包含对金妙妙的"醋"意以及对林萍萍的误解的无法接受。

艾新闻十年前从大学会计系毕业,进了省工会财务部做会计,但他对这岗位很厌烦。厌烦,是他看到了太多让他厌烦的事。前面的领导坐牢,后面的领导贪婪无耻，让人失望。艾新闻在厌烦中喜欢上了文学创作，这让他找到解脱厌烦的梯子，从此迷恋读书和写作，便有随笔常见报刊，越发觉得自己灵魂找到了超凡脱俗的高地，一有时间就以读书为伴和以写为乐，写散文成了他的嗜好。

写的时间长了，报刊上发表的文章多了，便有人议论。有领导说他文笔不错，也有说他不务正业的，还有说他毛病不少的。最大的毛病，是古怪；最大的古怪，是不合群；不合群，是越来越清高。机关里吃喝成风，为报销方便，领导大都叫财务部的人参加，每当叫艾新闻，艾新闻总是躲躲闪闪，导致大家渐渐对他形成了看法，且有了成见。这都不算什么，艾新闻总是对不合规的报销六亲不认，更是对送到他手里的不义之财躲躲闪闪，这便让很多人记恨上了他，也怕上了他，把他看作机关的"异类"。担心让他继续待在财务要害部门，迟早会给领导"捅"出"事"来，就想把他"踢"出财务部。

把他"踢"到哪里合适，不能惹恼了这"一根筋"，这"一根筋"可知道领导的不少"事"儿。领导对艾新闻的讨厌里又多了提防。把"一根筋"放哪里既不激化矛盾，又让他无话可说？有领导想来想去，想到他不是喜欢"码"字儿吗？何不让他去"码"字儿的地方。让他去宣传部最合适，正好领导的讲话缺人写，简报也缺人编。征求艾新闻的意见，愿不愿去宣传部，发挥写作的特长，当个大"笔杆子"。艾新闻压根也不想在财务部干下去，早想找个"清水衙门"远离"污泥浊水"，埋头做好工作，倾心读书写作。每当捧书和写作，他感到灵魂放到了云端，身心有了无限快乐。领导怕艾新闻不愿离开财务部，暗自"准备"好了副部长的职位，如果艾新闻不愿去，就给他提职，想必他会去。没想到征求艾新闻的意见，他一口就答应了，竟然没有提出要职务等条件，领导就没给他副部长之职，把他顺利"移"到了宣传部，给了个材料组长，负责写领导讲话和编写简报。艾新闻痛快地接受了，且对领导的安排没有意见，这使机关很多人对艾新闻生疑起来,这"一根筋"职务等啥都不要,要么后面会闹出"动静",要么神经不正常。

写讲话和写简报这活,实际是个苦差事。领导讲话稿随时要,简报随时出,因写的是无聊文字,来一个干不了多长时间就走一个。走了的都说写的是"狗屁"文字。艾新闻虽不喜欢写这些"狗屁"文字,但只要快速忙完手里的活,会有时间看书或写东西,再就是写材料不用数钱、不跟贪腐打交道、不用周旋人际关系,既练了笔头子,又会让心灵相对自由,厌烦倒能忍受。

艾新闻每天的忙累不是给领导写讲话稿,就是写简报稿,一写就是六年,写成了领导"离不开"的大"笔杆子",却把领导"惯"成了大会小会要讲话稿和大事小事要写简报的毛病。关键是天天写的这些文字,大多是虚假又虚伪的谎言和吹捧文字,在艾新闻看来,他是在助长领导的懒惰,也是在助推他们利用虚伪文字欺上瞒下而更加堕落。

在艾新闻心目中,落在纸上的文字应当是有尊严的语言,但领导就是喜欢"味精"和"口红"的文字,假大空且肉麻。让艾新闻越发痛苦的是,写这些没有灵魂的文字使他失去了灵魂,变成了一个说空话、大话和假话的"文字小丑"。艾新闻有种大学白读了的耻辱感,无时无刻都想逃离这种制造虚伪文字的岗位,做个灵魂高贵的文化人。

在艾新闻看来,金妙妙这样的文化人,以灵魂的纯净写着高贵文字的文章,是用文章体现人生价值的好方式。艾新闻看好报社记者这份职业,就托人调动。工会领导听到艾新闻要调走,赶紧给他戴了个宣传部副部长的"帽子",可艾新闻仍要走,领导就跟他许愿,要是不走,两到三年给他宣传部部长这份职务,艾新闻对提拔没当回事,打定主意要走,调到报社专心写文章,做个纯文化人。

艾新闻"做个纯文化人"的情怀,让林萍萍牙都要笑掉了,更是让她嗤之以鼻。

　　林萍萍特别反感记者这份职业。林萍萍的反感是因讨厌金妙妙本人和金妙妙的文章而加剧的。艾新闻大学毕业一心想进报社，因为金妙妙确定了要进报社，更因为林萍萍要让艾新闻在机关发展，就被当时还是他女朋友的林萍萍"搅"了，让艾新闻心里堵了个疙瘩。后来他好多次"活动"进报社，最终不知谁在作梗，每次调动都"黄"了。艾新闻每活动调一次，林萍萍总会跟他吵一次。调动和写作，成了点燃林萍萍发火的"导火索"。

　　林萍萍跟艾新闻吵架的病根，一半在金妙妙这里。艾新闻崇拜金妙妙的文章，时常捧着金妙妙的文章赞不绝口，加上林萍萍知道他和金妙妙有单独吃饭的事，林萍萍不仅生气且起了疑心。不久，艾新闻执意要调进《华都经济报》，林萍萍跟艾新闻大闹一场，竟对艾新闻说，以她的"第六感"断定，金妙妙对他没安好心。艾新闻有口难辩。林萍萍的闹，把艾新闻"推"得跟金妙妙更近了。吵架多了，金妙妙约艾新闻聊写文章，艾新闻从不拒绝。与金妙妙聊文章，听金妙妙对写调查报道的独到感悟，让艾新闻铁定了调到报社当记者的心。

　　艾新闻不认为金妙妙对他有啥"想法"，他和金妙妙是文气相吸而已，只当林萍萍对她的旧怨又生出新恨在作怪。艾新闻看好《华都经济报》的深度报道，觉得这些文章揭丑扬正，鞭打庸俗，实在是让人净化灵魂的有用文字。艾新闻还看好这报有胆略。别的报不敢登的它敢登，别的报纸不敢写的它敢写，别的报记者写不透的它的记者能写得挖地三尺深，别的报写不来的生动它写得鲜活生动，时不时地引起社会一些人惊恐不安，这样的文章让艾新闻着迷。让他最着迷的是金妙妙的文章。金妙妙是这些捅人心窝的文章的主笔记者，她的文章人见人爱。就因为金妙妙的厉害文章，艾新闻感到写这样的文章才是一个人价值的体现。跟金妙妙写这样的大文章，写有"用"的文章，人生多有价值。艾新闻执意要进《华都经济报》，林萍萍跟他较上劲了，艾新闻跟林萍萍也较上劲了，谁都不肯让步。可牛社长不要，艾新闻没有办法。

不要的理由有两个，年龄偏大和职务偏高。这理由没毛病。艾新闻都四十岁了，一个副处级干部，这个岁数与这个级别，不要没啥不正常。要说动牛社长，艾新闻无能为力，找了几个领导都不管用。

《华都经济报》是省委宣传部主管的报，虽是个正处级单位，可报社社长兼总编辑是省委政研室副厅级领导的钱副主任兼任。钱副主任日常忙省领导的事，虽任社长兼总编辑，却把报社撒手扔给了他的老部下——副社长兼副总编辑牛得水，自己很少到报社，更不管报社的人事、财务。牛得水是政策研究室钱副主任的部下，当处长多年，领导让他找个单位"镀金"后提拔使用，他就选择了报社，报社的工资高不说，花钱还自由。牛得水在北京和省领导里有"人"，钱副主任对此很明白，只挂名不问事，也就与牛得水不产生矛盾。牛得水上面没人管，在报社便说一不二。

牛社长不要艾新闻，不完全是牛社长不要，是林萍萍不让牛社长要。林萍萍暗中跟牛社长说了话，让他坚决不要艾新闻。因为林萍萍是省委宣传部的副处长，也算报社上级主管部门领导，她做"肠梗阻"，艾新闻就进不来。

艾新闻的"一根筋"，偏撞到了牛社长这块又硬又臭的"石头"上，他费了吃奶的劲，就是"磨"不软牛社长的心。实在无奈，艾新闻就托人找组织部一位副部长给牛社长做工作。牛社长当然得给组织部副部长面子，于是做了个妥协，也是给艾新闻出了个难题：艾新闻要来报社可以，别处没有岗位，只有广告部有位置，愿意来，那就只能当广告员。

副部长把牛社长的原话告诉了艾新闻，以为艾新闻不会调了，没想到艾新闻说只要报社要，进广告部当广告员也愿意。尽管艾新闻当广告员也愿意来报社，而牛社长就是不吐口啥时办手续，调入仍是句空话。

林萍萍对艾新闻说，要执意去《华都经济报》那个破地方，那就离婚。艾新闻没理会林萍萍的"最后通牒"，打定主意要调。

二

牛社长对艾新闻进报社的事一拖再拖,逼得压根也不情愿送礼的艾新闻琢磨要不要给牛社长送礼。一个艾新闻不愿意送,一个艾新闻执意要送。坚持要送礼的艾新闻说:不给牛社长送礼,报社的门难进;送礼是个礼节,少了这个礼节就是无礼和失礼;不在于给他送多么贵重的礼,而在于必须要给他送礼。要坚持送礼的艾新闻,终于说服了坚决不送礼的艾新闻。不愿送礼的艾新闻问坚持送礼的艾新闻"送什么好",要送礼的艾新闻提出送钱,不愿送礼的艾新闻坚决不同意。要送礼的艾新闻又提出送金银手镯,送给牛社长的老婆不会不喜欢,而不愿送礼的艾新闻又坚决不同意,送与不送,心里的两个艾新闻争吵不休,几乎要扭打起来了。

艾新闻终于决意要给牛社长去送礼了,不送钱,也不送金银贵重品。不送手机,牛社长的手机比谁的都高档;也不送衣服,他穿的衣服是上万块钱名牌;也不能送皮包,他的皮包是好几万的"洋货";更不能送烟,他抽的是百元一包的"特供烟",这样特殊的烟买不到;酒也不能送,牛社长办公室柜子里好几瓶"人头马"和"马爹利",墙角放着好几箱"五粮液"和"茅台酒"。

送什么好呢?在艾新闻看来,牛社长啥也不缺,没啥可送。那到底送啥呢?必须得送件礼品。艾新闻特意去了好几个商场,看好的东西,不是太贵重,就是不适合送给牛社长,或者不适合他艾新闻送礼。他艾新闻是男人，牛社长也是男人，总不能给牛社长送女人用的东西，尽管女人的高级化妆品作为礼品很有品位，但这几千块钱的东西送给牛社长，要是他老婆看不上，要是想多了反感该怎么办？送剃须刀、送茶杯、送茶叶、送工艺品，扯淡，牛社长怎么会看上这些！送电视机、空调、电冰箱、洗衣机、净化品、照相机、录像机？不贵重不说，不好搬不好送不说，牛社长需不需要不知道，买不如意怎么办，买了人家不要怎么办？艾新闻思前想后看来看去，没选中一件可送的礼品。

几乎在他为送礼既烦又恼的地步时，想到家里有件礼品，让他喜从天降，是两根牛鞭。这牛鞭是他朋友送的，两根又粗又长的牛鞭，林萍萍嫌恶心，不让他在家里煮，她要扔了，艾新闻抢过来藏在了壁柜里。这么粗长的牛鞭很少见，也很难买到，男人没有不喜欢它的，也没有不对它产生兴奋而幻想的，想来牛社长更喜欢。正是下午上班的时候，艾新闻从壁柜里翻出牛鞭，装牛鞭的盒子还好，牛鞭上裹的锡纸还好，艾新闻找了根红绸带系在盒子上，特意把盒上"牦牛雄鞭"几个字遮住，提上他的报刊剪贴本，去报社给牛社长送礼。艾新闻早就想给牛社长送自己在各报刊上发表的散文，企盼用这些文章让牛社长动心，认可他艾新闻能够胜任报社文字工作。

艾新闻到报社先去找人事处高处长，怕牛社长不给他好脸，就请高处长陪他去拜见牛社长。高处长看他提的盒子，就笑了个前仰后合。高处长对面坐的小媳妇，也捂着嘴直笑。

艾新闻问她们："笑啥？有什么好笑的！"高处长对艾新闻说："你说笑啥，你提的啥？！"艾新闻明白了她们笑啥。原来牛鞭盒上那"牦牛雄鞭"的"鞭"上系的红绸子移位了，"牛"和"鞭"露出来了，难怪她们怪笑不止。

艾新闻红着脸，把"牛"和"鞭"字又拉绸子盖上，高处长对艾新闻说，送的东西虽小也是礼品，送礼还是自己去的好。艾新闻便自己去。

艾新闻去敲牛社长的门，没人答应，又敲了好几下，门开了，是个女士开的门。宽敞的办公室里坐了一屋子人，在开会。大家的目光都转向来人，牛社长也停下了讲话，看这敲门再敲门的人是哪个，原来是艾新闻。看是艾新闻，牛社长的脸就朝他拉了下来。已经进到办公室的艾新闻顿时紧张起来，愣在原地，不知道怎么办好。大家的眼睛几乎都盯在了礼品盒"牦牛雄鞭"字上，有人念出礼品盒上的字，继而女士低头偷笑起来，几个男士大笑起来。艾新闻看礼品盒，那系在"鞭"字上的绸子，又滑到了一边，偏偏露出了"牛鞭"两字。有人坏笑而悄声地说"牛鞭，牛鞭"，逗得满屋子人，除了牛社长，都捂着嘴偷笑或放声笑起来，结果气得脸青的牛社长也"呵呵呵"笑了起来。牛社长的大笑，让艾新闻打起了寒战且浑身火烤似的冒汗，赶紧朝牛社长说"牛社长对不起，打扰了，打扰了"，转身就走。艾新闻刚走到门口，却被牛社长叫住了："艾新闻，别走，你拿的是什么？！"

"不，不，不是什么值钱的东西，一盒土特产，还有我在报刊发表文章的剪贴本。"艾新闻结巴地说。

艾新闻又回到屋里，把牛鞭盒上有字的一面转到靠腿一侧，在座的男女又是一阵坏笑。牛社长又笑了，边笑边对艾新闻说："牛鞭好。既然送上门了，那我就收下。"

牛社长转而对一位长得漂亮且笑得收不住的女士说："小曼，牛鞭是好东西，你替我拿过来。"

大家望着小曼又是一阵坏笑。小曼叫蒋小曼，是牛社长调来专题部的美女代理副主任，报社的人好像都知道她是牛社长的相好。牛社长出差大多会带着她，关系不同一般。

小曼低下了头，装作没听见牛社长的话，一动不动。牛社长又对一个笑得收不住声的少妇说："美艳，你帮我接过来收下。"

叫美艳的犹豫了一下，红着脸要从艾新闻手里接过礼品，但又没有接，指使艾新闻让他把礼品放在了沙发后不起眼的地方。

大家看叫美艳的碰牛鞭像碰男人似的，涨起羞涩通红的脸，这便使牛鞭成了色情之物，让大家又朝牛鞭和艾新闻一阵偷笑或放荡地疯笑。

大家笑，牛社长却不笑了，生气地吼了起来："好了，笑够了吧？不就是个牛鞭，我老牛还真喜欢吃牛鞭……牛鞭，牛总编，你们不是私下叫我'牛鞭'吗？混蛋！谁还想笑，谁还没笑够，接着笑？！不笑了？接着开会！"

牛社长的话音未落，屋子里气氛顿时凝固了，艾新闻赶紧离开，但牛社长又把艾新闻叫住了："艾新闻先别走。你既然见到报社的这么多人了，我跟大家介绍一下，这个小伙子叫艾新闻，是省工会的，非要来我们报社，进不进，我说了不算。如果来了，就是你们在座的同事了。"

大家的目光又集中到了艾新闻身上。已无地自容的艾新闻，哪想到给牛社长送礼送出了祸端，赶紧跟牛社长赔礼道歉："对不起牛社长，艾新闻今天冒失了，送土特产纯属好意，给您添麻烦了，请多原谅，也请大家多多包涵！"

艾新闻说完，有人便说"欢迎艾新闻加入报社的行列""欢迎你来"。艾新闻便向牛社长鞠个躬，给大家鞠个躬，转身走了。

走出牛社长办公室，艾新闻两腿发软，一身虚汗。骂自己，艾新闻真是猪脑子，是个大混蛋，给牛社长送什么不好，干吗偏偏要送牛鞭；本身他就是牛总编，听说报社不少人骂他"牛鞭"的，这不是拿牛鞭污骂他吗？唉，自己怎么运气这么背，早不送礼，晚不送礼，偏偏送在了他办公室开会的当儿，既丢了丑，又坏了事。艾新闻料想，他这调动没戏了。

11

三

艾新闻前脚离开牛社长办公室，在牛社长办公室开会的人后脚就出来了。是牛社长的会本就该散了，还是因他艾新闻送牛鞭搅了开会气氛的缘故，还是因他艾新闻让牛社长心烦意乱的原因，只听后面仍有人在笑说"牛鞭，牛编，牛总编的鞭""艾新闻这小子真会送礼""牛鞭，牛总编吃了更牛"，这戏谑的话，犹如冷鞭抽到了艾新闻后背，凉痛穿心，他头也不敢回，赶紧离开报社。

冷汗浸透衣服的艾新闻断定这牛鞭送"黄"了他去报社的事。艾新闻给牛社长送牛鞭，是不是惹恼了牛社长，是不是送"黄"了调动的事？艾新闻实在对这事害怕。他希望牛社长一笑了之，一笑了之。

在牛社长这里，艾新闻进报社的事，其实已成定局。因为省委组织部的副部长出面了，且催办了好几次，他再不要艾新闻，实在顶不住了，牛社长在等艾新闻给他送礼。而艾新闻这头"倔驴"，既不上家，也不来办公室，牛社长觉得脸面受损，他在等艾新闻的这个"礼"，也等他上门这个礼节。而倔强的艾新闻找他总是两手空空，这让牛得水心里很不是滋味。所以艾新闻的事，一拖再拖。

艾新闻给他送牛鞭，牛社长并没生艾新闻的气，毕竟这头"倔驴"来送礼了，也算让他心里舒坦了点。他不痛快甚至生气的是办公室开会的这些部下，他们私下一直戏谑他是"牛鞭"。牛社长很反感有人叫他"牛编"。

12

报社的人都知道他反感叫"牛编",都叫他"牛总编"。今天艾新闻送牛鞭上门,等于大家借牛鞭戏谑了他一顿,或者痛快地把他笑骂了一顿。牛社长对他的几个部下生了真气,结果会没开完,就被他解散了。

牛社长想到了沙发背后艾新闻送的那令他难堪的牛鞭,他拿出来一看,真是好牛鞭,粗壮而坚实,少见而珍贵,这让他的"下面"有了兴奋感。上蹿的"兴奋感",让他顿觉得艾新闻这"倔驴"真是个有心人,他牛某人最爱吃牛鞭,他就送来了牛鞭。这粗大的牛鞭,让牛社长对艾新闻的反感消除了大半。

手提袋里除了牛鞭,还有艾新闻文章的剪贴本,牛社长翻都不翻,连同手提袋一起扔到了硕大的废纸篓,把牛鞭放在了柜子里。

离下午下班还有段时间,牛社长给高处长打电话,让她来一趟。高处长以为艾新闻给他送礼,送出了乱子,没想到是让她准备艾新闻和几个调进报社人员的上会情况,通知社领导、广告部主任胡姬花、发行部主任和财务处处长,明天上午九点召开社委会,研究报社用人成本核算和进人事宜。

"艾新闻执意要进咱们报社,牛社长您的意思是让进还是不让进?"高处长问牛社长。

"报社进一个人,就多一个人的开支成本,报社最好不进正式人员;艾新闻能不能进报社,我说了不算,这要看其他社领导同意不同意。"牛社长淡淡地对高处长说。

"进人当然是您牛社长说了算,艾新闻能不能进,也都是您牛社长一句话。"高处长恭维着牛社长,并对进艾新闻倾向性地说,"艾新闻喜欢写文章,做事有股子驴的倔强劲,进来也许是把好手。"

"采编没他的岗位。他要来,就进广告部当广告员,不愿当广告员,就不要来。"牛社长仍冷着张脸说,"你是人事处处长,这个你得跟他说清楚。他要不愿干广告员,明天会上,他的事就不用提了。"

"我们人事不止一次跟艾新闻说过,要进报社,只有当广告部广告员,其他地方安排不了,但艾新闻每次都态度坚决地说,当广告员,他也要来报社。"高处长说。

"这真是头'倔驴'。"牛社长说,"上会研究前,你再问他一下,如果广告部愿来,当广告员愿干,那他进报社的事,就明天上会。"

高处长明白了牛社长对艾新闻进报社的态度,心里的石头落了地。高处长真想成全这个"倔驴",她就在牛社长这里使劲帮他说好话。报社开始亏损,在高处长看来,艾新闻根本没必要调到这里来。

几乎每进一次人,牛社长都要开一次进人开支成本与财务状况分析研究会。这也是报社出现亏损给一社之主牛社长带来的恐慌,是报社上下在编人员的忧虑,是牛社长以此寻求进人压力带来的困惑中的安慰,更是以此把责任平分到班子集体头上的花招,也是以报社亏损来拒绝其他社领导推荐人的花招。当然,牛社长也希望人事研究会上,班子成员把艾新闻几个上面"压"下来却又没有太大"后台"的人拒之门外。社委会过不了,他可以用"会上没通过"的理由,"打发"掉他压根也不愿要的人,尤其是艾新闻这样他不大喜欢的人。

这次进人,加上艾新闻,要进正式在编人员五个,招聘人员十个,报社实际急需十个人,有五个人进来没有岗位,这其中就有艾新闻。报社早已决定,在编人员一个也不进了,但每年不止一次地进,不停地进。事业编制的报社是个"筐",上面安排不了的人和社会要吃"铁饭碗"的人,就往这"筐"里"装"。"装",实是上面领导和各种关系的"绑架",当然也有他牛社长两个亲朋好友的孩子,也有其他社领导的关系,不进不行。进来虽是报社的负担,负担成为负担,负担重了,也就麻木了,麻木了就不停地进。人员超编早已成包袱,开支每年剧增且包袱越来越重。

牛社长虽也麻木,但更多的是恐慌。《华都经济报》是自负盈亏的事业单位，自己养活自己，挣了国家不要一分，多挣了不能多发一分，亏了国家不补一分。经营与挣钱，是报社最高的"旗帜"，得高高举起，马虎不得。

报社已有事业编制人员五十人，加上退休的二十多人，实际编制数才三十人，正式人员严重超编，但还得进人，得安排顶不住的领导和亲朋好友的人，超编也得进人。在就业异常艰难与吃"皇粮"人员岗位难求的情形下，招聘人员七十人。虽然招聘人员占了大多数，但开支的大头，还是正式人员。正式人员的工资，比招聘人员高出一大半。这样的薪酬差距，致使正式人员不停地进，招聘人员不停地进出，报社总是缺能干的人，而能干的人却不停地往外走。招聘人员大进大出，报社成了培训学校，成群结队地进，又接二连三地走。

报社最发愁的是收益，最敏感的话题是工资，领导最头痛的担忧是工资，最反感的是进人。多一个人就多一个饭碗，多一个人，多一个正式人员，就多了份固定开支的压力和财务危机的恐慌。尤其进端"铁饭碗"的人，是报社长久的大包袱。报社控制一年只进一次正式人员，招聘人员一年两次。牛社长最大的恐慌不是报社出现亏损，而是进人，进正式人员。一个正式人员，年开支得十万多块，还要给养老，就会把报社拖成一架老"牛车"，日渐负重，摇晃难行。即使他牛某人不想在这里干长久，也怕成为造成报社危机的历史罪人，遭后人唾骂。

进报社这样的事业单位不用考试，可直进，这是进不了机关却能端上"铁饭碗"的好去处。要进报社的人，一拨又一拨挤在报社和他家门口，有他上级的关系，有他朋友的关系，有他自家的亲人，都在给他施加压力，都在"围攻"他，他只好采取顶住的就顶、顶不住的就进的策略。为此，恐慌的牛社长不得不这样想并安慰和解脱自己：报社又不是某个人的，更不是他牛某人的，包袱大了，总有一天会有人卸下这个包袱，他牛某人能当社长多少年，还不是说走就走了！

该进的人，还得进；他牛某人的人，必须得进，不然当这个副社长兼副总编辑干吗？！牛社长这样给自己壮胆。这次报社进五个正式人员，报了九个人，牛社长的人占了两个，四个副职每人一个，其他三个都是省里领导的关系，省领导的关系，等于都是他牛社长的关系；招聘的十人里，牛社长推荐的就三人，其他社领导推荐的四人，还有三人是从名牌院校毕业生里优中择优挑选的。牛社长明白，进人不能光进"关系"，还得进点没"关系"的能干的人，都进"关系户"，谁来干活？！社领导中除了关副社长，都有亲人、亲戚推荐孩子给牛社长，都求牛社长高抬"贵手"，给他们解决个"饭碗"。牛社长却以"进人名额无法突破"为由，把其他社领导推荐要进事业编制的人全堵了回去。而社领导心知肚明，除了艾新闻是分配的，其他要进的四个人，都是他牛社长以及和牛社长有人情的关系户。这样的情形，社委会怎么开？怎么让那四位副职同意他推荐的人？虽为一社全权"掌门"的牛社长，为开这次社委会，为把他要进的人顺畅进来，心里一直在打鼓，生怕会上其他社领导反对，生怕他的人进不成不说，还让他无地自容。

想到这些，牛社长心虚且胆寒。他要把别的社领导的"关系"拒之门外，进的人大多是自己的"关系"，谁会不愤怒，谁会为他进的人举手？！牛社长想，让这四个社领导为他推荐的人举手，只好在会前给每位社领导做"工作"。做通工作的办法只有一个，给他们许愿。许推荐他们到外单位当"一把手"的愿，许"合适时候进他们亲戚"的愿。

牛社长给各位社领导许了巧妙的愿。王副总编问牛社长，他亲戚的孩子今年毕业，得就业，不能等，等到明年都就业了。牛社长说，就业了再调进来。王副总编没有话说了。马副社长兼副总编问牛社长，他亲戚的孩子今年毕业，今年就得就业，等到明年都就业了。牛社长说，就业了再调进来。马副社长没话说了。牛社长给刘副社长许的愿是，明年择机把他大学毕业的亲戚安排进报社，向组织部推荐他去国企当"一把手"。孙副社长问牛社长，他亲戚的孩子今年毕业，今年就得就业，等到明年都就业了。

牛社长说，就业了再调进来。孙副社长没有话说了。他们四位知道牛社长是在糊弄他们，但又装着牛社长说的是真的一样，一再感谢牛社长的关怀。

副职里只有关副社长不求牛社长，牛社长没法给关副社长许愿，因为关副社长本身是省机关下来的干部，上面的关系不比牛社长弱。牛社长对关副社长一向敬重三分，相求三分，请她在社委会上同意人事处提名的进人。关副社长说，只要让艾新闻进来，其他进谁她不管，也不反对。牛社长说，那他就答应让艾新闻进来。

牛社长前脚一走，四个社领导就互相通了气，个个说得一模一样，气歪了嘴，也笑歪了嘴，说，牛社长哄人，像哄三岁的孩子……

给四位副职许了愿，又沟通了关副社长的牛社长，心里吊着的水桶，总算放下了。

上会研究。研究进人之前，先分析报社财务状况。报社出现亏损，亏损到什么严重程度，如何遏制继续亏损？已经严重亏损的程度，将要亏损的严重局面，牛社长很清楚，其他社领导也知道一二，但没有牛社长知道得深透。牛社长交代过财务处处长，深"透"的财务危机，不要告诉其他社领导，以免影响报社稳定。报社究竟亏损到啥地步？牛社长上任五年来，以每月亏损几十万元的速度在下滑，现已亏损到一千多万元。如果经营收入不再乐观，不严格控制人员进入，不控制经费开支，很快将以每月亏损一两百万元的速度下滑，到年底会亏损到两千多万元。这么大的"窟窿"，将会成为恶性循环，第二年就会亏损得更多。到明年年底，如果亏损继续下去，报社会不堪负债，会发不出工资，会出不了报纸，报社得关门，他牛某人将成为报社罪人。这可怕的境地，他在报社遮掩着，到处都讲报社盈利，报社未来大好。即使对社领导，牛社长也说"报社未来形势很好"而隐瞒业绩恶化，不说亏损实情，因此其他领导也就只知亏损，却不知亏损在加重。

牛社长在研究进人会上通报经费亏损问题，用意除了拿亏损对控制进人说事，以此堵住副职领导推荐亲戚进报社端"铁饭碗"的烦人要求，更重要的是要给副职领导加大创收指标，要给他们分摊责任，要让他们也为亏损睡不好觉。

会还在牛社长办公室开。报社有会议室，但牛社长喜欢在他办公室开会，好像在他办公室开会，会增加他的权威感。

牛社长先让广告部主任胡姬花汇报经营情况。胡姬花汇报了一堆情况，核心就三句话："广告经营比去年上半年锐减一半"，原因是"报纸可读性差"，但是"广告部尽了全力"。牛社长还没听完胡姬花推卸责任的话，怒气已上脸，正要对胡姬花发火，但又没敢发出来。他不敢发出来，胡姬花不怕他，全社无人不知。恼火在脸而不敢发作的牛社长只好压着怒火对胡姬花说，打住，打住，不用说了。胡姬花就不再说了。牛社长对胡姬花说，可以回去了，让胡姬花提前离会，胡姬花很不高兴地离开了牛社长办公室，把门关了个大响。

喜欢听赞歌的牛社长，最讨厌听胡姬花说大实话和上移责任的话。除了胡姬花敢这样说话，报社还有另外两个女主任敢说这种话，其他人绝对不敢。报纸发行下滑到比去年少了三分之一数额，财务亏损和面临的亏损危机状况越发严峻，发行部主任和财务处处长，先是赞扬牛社长和社领导，为报社经营多么费心费力，多么劳苦功高，对发行和财务危机，只是半实半虚地说了一下。谎话和假话，牛社长听着很舒坦，刚才紧皱的眉头，渐而舒展了。社领导大多皱起了眉头。

接下来，研究报社进人问题。牛社长让人事处高处长留下，其他人离会。高处长把所进人员情况包括什么"来头"做了汇报，当然是以牛社长的"口径"为标准的。开会前，牛社长跟高处长交代，他的几个"关系户"，都不要说是他的关系，都把他们"安"到上面领导的头上。高处长就以牛社长的交代汇报。牛社长让高处长在会上说他推荐的两个人是省里领导的关系。撒谎说是省领导交代的事,是牛社长的惯用手段,副职们没人敢阻拦,且牛社长的话高处长不敢不听,就替牛社长编造谎言的内容。

牛社长的"关系户",虽然他让高处长"捂"得严实,但是报社几位副社长和副总编对牛社长的"掩耳盗铃"心知肚明,他们已打定主意,研究正式人员入社时,除了同意艾新闻和另外几个没"关系"的高才生进报社,反对其他人进入。

牛社长担心副社长和副总编会对他的进人投反对票,便"设计"了一个"对策":给副社长和副总编分配了发行、广告、活动、专版、赞助、有偿新闻等"一揽子"逐月逐季度创收增效任务指标。措施是,完不成指标任务,个人工资逐月逐季度下调。"下调"谁来执行?牛社长。

这"一揽子"任务指标,真会成为副职领导的硬任务?完不成指标任务,真会"下调"他们的工资?财务处处长私下问过牛社长这个问题,牛社长说,降不降谁的工资,降多少工资,他也不知道。财务处处长听了牛社长的话,明白了他下达指标的用意:要让副职领导挑上重担走路,活得别太轻松;要让副职领导对他们的工资有危机感,让他们有工资"危机感"的是他牛社长。

接下来研究报社进人问题。招聘人员进入,一律通过;五个正式进入人员,关副社长全同意,而其他四个副职领导并没有以牛社长给他们许愿后明示的意思去做,而是让牛社长出乎意料,他们只同意艾新闻和王尔丹进入。没人推荐而自投求职简历的王尔丹,是北京某高校中文系研究生,以名牌高校和已有三部散文小说作品的中国作协会员的耀眼光环,被高处长选中、被关副社长选中、被牛社长选中,被作为高级人才引进报社。牛社长虽同意王尔丹进报社,但只能用聘用方式,而王尔丹说"聘用免谈"。牛社长听这王尔丹"牛"气冲天,比他牛某人还"牛",牛社长就不想要她,但想进人也不能全进他的人,还是决意要了她。而王尔丹能不能在班子会

19

上通过,牛社长并不在意。其他三人,也就是其他三个牛社长的"关系户",两人同意,四人不同意,牛社长的"关系户"就进不成。牛社长的"牛"脸,拉得又长又青。

牛社长不同意艾新闻和王尔丹进入。班子四人同意艾新闻和王尔丹进入,艾新闻和王尔丹就能进入吗?不能进入。报社是社长法人负责制,进人没有一把手同意,谁能进人!

四

"报社不要你,你知道我有多高兴?!"多日住在娘家与艾新闻闹离婚的林萍萍,报社研究完人事问题的这天晚上突然回了家,一进门看见在沙发上发呆的艾新闻,劈头就说:"你这条'倔驴',拦你不去报社,你偏要撞这堵死的'南墙',总算撞得自己头破血流,该回头了吧?!"

艾新闻才明白萍萍的忽然回家,原来是与报社决定不要他的消息有关。她的消息,快而准确,但艾新闻不相信他进不了,他断定他定会调进《华都经济报》。

"欢迎老婆回家。"艾新闻对林萍萍说报社不要他的消息,一点也不意外,反而对林萍萍满不在乎地说:"不是他们要不要,而是我愿不愿去。我等他们请我去,我再去不迟!"

"吹牛皮。牛社长坚持不要你,即便是上面有人压报社,你也没戏。"林萍萍看艾新闻不惊不恼,还没断了进报社的念头,又是气不打一处来地把手里艳红的皮包砸到了他头上,说:"你知道牛社长多讨厌你吗?讨厌死你了!这日子要想过下去,赶紧断了去报社的念头,安稳在工会当你的宣传部副部长!"

艾新闻看林萍萍又来了气,赶紧做饭去了。艾新闻做饭去了,林萍萍气没了,哼着小曲洗澡去了。

其实艾新闻在林萍萍回家前就知道了在《华都经济报》社的领导会上,

因牛社长不同意他进报社,他调动的事搁浅了,但高处长打他手机告诉他,她和关副社长会给牛社长继续做工作,好事多磨,让他耐心等待。所以,有高处长的话,他相信组织部副部长跟牛社长打招呼,牛社长不会不当回事,进报社没问题。林萍萍的坏消息和那番话,艾新闻没当回事。

林萍萍得知艾新闻去不了《华都经济报》,从进门到吃饭,直至入夜,不再提与艾新闻离婚的事,心情处在绝好的状态,把家里卫生搞了个遍。她对艾新闻说,只要他艾新闻不扑着去当记者,她一定当他的好媳妇。

面对林萍萍对婚姻的留恋,面对他只是满足她不当记者的情感底线,艾新闻的心里有些酸楚,顿感自己执意要当记者,太伤林萍萍的心了,心里沉重起来。艾新闻想,林萍萍死活反对他当记者,不是没有道理;牛社长那么霸道,即使他勉强进了报社,也是进广告部,也不讨牛社长喜欢,今后的处境好不到哪里去。报社如实在不要,不去也罢。

为调与不调想了一番的艾新闻,对忙着整理屋子的林萍萍说,他听她的,报社的门难进,他就不进了。林萍萍听了艾新闻的话,兴奋地跳到了沙发上,把艾新闻紧抱在了怀里。

今晚的林萍萍,就因为艾新闻说不去报社了,要与艾新闻缠绵,艾新闻的夫妻生活好日子来了。自从艾新闻闹腾着进报社当记者,林萍萍的火一天比一天大,大到了艾新闻若要执意进报社,她坚决与他离婚的程度。

林萍萍对艾新闻进《华都经济报》大为恼火的根源,不是她不想让他当记者,而是她怀疑那个叫金妙妙的狐狸精把他的魂勾到了《华都经济报》。尽管艾新闻一再跟林萍萍解释,他执意去《华都经济报》与金妙妙没啥私情关系,纯粹是奔着《华都经济报》那些像金妙妙一样写好文章的人去的,他崇敬这些人的文字,所以才执意去这个报社的。任艾新闻对林萍萍说破嘴,林萍萍就是认定,是金妙妙勾引了艾新闻,艾新闻迷上了金妙妙。事实上,金妙妙对艾新闻有好感。在林萍萍看来,只要艾新闻不去《华都经济报》,金妙妙就对她构不成威胁,她和艾新闻就会无事。虽然金妙妙被检察院带走，但只是文章惹了人，没有其他事，坐不了牢，她很快就会放回来的，她回来也不可能离开《华都经济报》。林萍萍一想艾新闻今后与金妙妙在一个报社出入并出差，心里不是个滋味。

林萍萍让艾新闻赶紧去洗澡。"洗澡"，是林萍萍与艾新闻夫妻间的"暗语"。只要是林萍萍叫艾新闻"赶紧去洗澡"，艾新闻明白，他俩的美好时刻，即将到来。

艾新闻"赶紧去洗澡"，喜滋滋地去洗澡，林萍萍等着艾新闻洗澡出来。没等艾新闻洗澡出来，艾新闻的手机响了，一遍又一遍地叫响。

被手机叫烦了的林萍萍，去关艾新闻的手机，显示的是《华都经济报》人事处高处长的电话，她没敢关，就叫艾新闻接电话。高处长的声音清脆而喜悦："艾新闻你睡了？打了你三遍电话你才接！"

"高处长好，我刚洗澡呢，没听着，对不起！"艾新闻说，"高大姐这么晚打电话给我，有啥急事吧？"

"没什么急事，倒是有好事。"高处长说，"明天上午，到报社来办手续吧。"

"啊——办手续？！"艾新闻吃惊地说，"不是报社会上没通过吗？牛社长不要，怎么要去办手续？"

"牛社长的工作，多亏了关副社长，也多亏了金妙妙，她们一起给做通了……赶紧来办调动手续吧。"高处长说。

"啊——好——金妙妙？金妙妙不是被检察院抓走了吗？回来了？感谢高处长和关社长的深情厚谊，以后好好感谢你们……"艾新闻望着一脸怒火的林萍萍，不知道该说什么好了。

"金妙妙回来了……明天上午九点，到人事处来拿商调函，到你们单位办调动手续……好了，早点休息吧。"高处长没问此时的艾新闻还愿不愿去，就通知开函了。

电话里高处长的每句话，林萍萍听得一句没漏。此时的艾新闻看林萍萍已怒火涌脸,真想对高处长说"调动的事,想等等再说",但却说:"明天上午九点,我准时到报社人事处找您!"

高处长挂了电话,林萍萍上前一把抢过艾新闻的手机,重重地扔在了沙发上,并吼叫道:"什么金妙妙帮忙,什么关副社长做工作,都是女人在招你的'魂'呀!你不是答应我不去报社了吗?怎么还要去呀?!"

"你吃的是哪门子醋呀。关副社长是美女,帮我的忙,跟我之间有什么关系;金妙妙是你大学同学,帮我的忙,只是文友间的帮助,值得大惊小怪吗?!"艾新闻苦笑着说,"既然报社同意进了,那就去吧。我实在想找个地方好好写有'用'的文字,不想在机关写那些庸俗文章!"

"金妙妙和你是文友,'友'到啥份上了?她帮你忙,恐怕是她对你别有用心吧,恐怕你也是喜欢上那个'狐狸精'的缘故吧?!"林萍萍指着艾新闻问,"我再问你一遍,你是死心要去报社吗?!"

"我喜欢做新闻,你就成全我这一次如何?"艾新闻以祈求的口气说,"这次你答应了我,支持了我喜欢干的事,我以后全听你的……"

"不行,你去哪都行,唯独不能去《华都经济报》!"林萍萍的嗓门又高又尖,刺得艾新闻捂住了耳朵。

林萍萍丝毫不让,艾新闻坚持要去,夫妻关系从高处长来电话前的火热,到来电话后掉入冰窟。艾新闻眼看婚姻的危机又来了,背上的凉气往头顶蹿,顿时浑身发软,瘫在了沙发上。

"好,你去你的报社吧!"林萍萍吼叫着说,"你艾新闻去找那个妖精金妙妙去吧!"

林萍萍吼完,穿上衣服拿上包,扔下艾新闻走了。

"这么晚了,你去哪?!"艾新闻问林萍萍。

"回娘家!"林萍萍扔下一股风,把门拍个大响,走了。

五

艾新闻去开商调函,在报社门口又碰到了金妙妙。金妙妙从检察院回来了。金妙妙像朵盛开的郁金香,丝绸般细嫩的脸上泛着光泽,长长的睫毛下圆而大的眼睛闪着神采,丰满的嘴巴上鲜红的口红像要滴血,一头瀑布般的披肩发随风飘起,纤细而修长的身上贴着粉红色的连衣裙,加上写一手妙文洋溢出的满身文雅秀气、丽质、生动、迷人、性感。金妙妙的美艳,直扑艾新闻而来,让艾新闻脸上发热、心跳加快起来。

"知道你要来报到。欢迎你,艾新闻,真为你的选择而高兴!"金妙妙见到艾新闻,好似见到多日想念的老朋友,灿烂的笑声里,她过来落落大方地与艾新闻来了个轻轻的相拥。毫无思想准备,也从不习惯拥抱的艾新闻,赶紧把金妙妙推开。金妙妙不在意艾新闻惊慌的粗鲁动作,对艾新闻说,她一会儿在"山城一香"订个包间,给他庆贺进入报社,也让他认识几个报社的才子佳人。没等艾新闻回答,她说了句"晚上见",便一阵风似的走了。

艾新闻到报社人事处拿到商调函,赶紧去工会办调动手续。也许是工会领导早就知道艾新闻要走而等待他走,也许是工会领导真怕他知道财务部内情太多的原因而不想留他,不一会儿就签完商调函,调动手续随即也给办了。艾新闻拿上调动手续去报社,高处长给广告部主任胡姬花打电话,带艾新闻到广告部报到，胡姬花让艾新闻自己来。

"胡姬花"这名字，跟食用油的名字一样，油很香，叫成名字却显得轻浮而淫荡，让艾新闻感觉相当恶心。艾新闻早就知道"胡姬花"名字的来历。胡姬花原名叫"胡姬华"，算命先生说"胡姬华"凶多吉少，名字后面的"华"改成"花"，就会财源滚滚、事事好运。胡姬花信服这算命的，就把她原名从户口到档案等"折腾"成了"胡姬花"。

胡姬花办公室的门紧关着，里面有女人在高声说话，像是在电话里跟人吵架。艾新闻敲了好几下门，没人应声，仍听像女人在电话里吵架，就不敢敲了，在门口等她接完电话再敲。艾新闻在胡姬花办公室门口等了十多分钟，腿都站酸了，里面女人的电话吵架还没完，正要离开，忽然听到很大的"咔嚓"一声，然后屋里没了声音。艾新闻赶忙敲门。里面的女人高嗓门中带着气说："别敲了，进来！"艾新闻听这生硬的喊声，还没进门后背就涌起了凉气。

"是你呀，你是给牛总编送牛鞭的艾新闻。你挺愣的，倒也适合当广告员。"胡主任坐躺在她那黑色的皮沙发转椅上，欲站却没站起来，对艾新闻说："高处长跟我说了，你来报到，想来就来！"

胡主任没让艾新闻坐，艾新闻不敢坐。刚要跟胡主任做自我介绍，胡主任的手机响了。胡主任也不说让艾新闻坐，便急忙接电话，艾新闻就不敢坐，站着等她接完电话，看她是让他坐，还是让他走。可这个电话十多分钟还没接完，胡主任仍没让艾新闻坐，她居然旁若无人地接着聊。艾新闻就瞅着胡主任继续她的电话聊天。

胡主任一点也不在意她的桌子前面站着个活生生的人，她舒服地躺在弹性柔软的老板椅上，一身紧裹在白而略肥的身体上的天蓝色套裙，毫不留情地把两个乳房和隆起的小腹"放大"了，放大得很性感。要不是那张长着高颧骨的滑稽且难看的兔子脸，这脖子以下的肉体，很容易让男人产生欲望。

艾新闻瞅她软得像滩泥的身体，胡主任似乎乐意让他瞅，她一点也不在乎艾新闻的眼睛在她身上的什么地方，反而躺得更倒了。艾新闻心里骂，这个骚货，真是个脸皮厚似墙的大骚货。她的"胡姬花"，与她这"骚货"般的形象太贴切了。

胡主任坐相太放肆了，神态太流氓了。艾新闻不敢多瞅胡主任，就转过身瞅花。胡主任又聊了好几分钟，终于挂了电话。把手机扔到桌子一旁，好像才看见艾新闻仍站在桌子前。

"坐！"胡主任对艾新闻冷冷地说。

站酸了腿的艾新闻，一肚子气往上涌，但装着不在意的样子，仍站着。艾新闻不坐，胡主任也不再让坐。

"那就站着吧。当广告员简单，也没什么跟你聊的，全靠张厚脸皮和一张嘴，全靠拉关系和找朋友拉业务，"胡主任的不高兴仍挂在脸上，说，"工资是与广告额业绩挂钩的，每月完成50万元的广告任务就能拿到工资，完不成只能领基本工资，从今天起就抓紧完成任务吧。"

胡主任说完，给艾新闻一本《广告部人员工作规定》和一张"广告部人员一览表"，带艾新闻去了一个大办公室。六张桌子的办公室，左边窗前的两张桌子坐着两个四五十岁的男士，右边窗前三张桌子坐着两位三十多岁的男士和一位三十多岁的女士。

"戴眼镜的这位是马旺财主任，不戴眼镜的这位是刘学文主任。"胡主任给艾新闻介绍左边窗前的两位男士说，"这是新来的广告员艾新闻。当然，艾新闻是进入报社的正式职工，副处级干部。"

胡主任指着右边窗前的两位说："留分头的是高奔主任，光头是路兆福主任，那位美女是王阿妹。"

艾新闻赶紧说"主任们好"，三个人对艾新闻笑着挥挥手，说"欢迎，欢迎"。

胡主任指着左边空桌对艾新闻说："就坐这张空桌子吧，业务多向马主任和刘主任请教，也多向那三位请教。这两个和那个桌子上的两位，是名校高才生，文章写得好，拉广告上道也很快。"

"马主任和刘主任多多指教！"艾新闻谦虚而诚恳地说。

"欢迎加盟广告部队伍。"马主任和刘主任对艾新闻挺客气地说，"别叫什么主任，就叫我们老马和老刘……互相学习，互相帮助！"

马旺财把一把钥匙扔到艾新闻桌子上，说："报社门口有配钥匙的小店，5块钱一把，下班路过配上一把吧。"

"今天报到，今天就算你上班，有事可随时来找我。"胡姬花对艾新闻说完，转身走了。

两位主任在不停地打电话，在不停地谈广告的事，艾新闻无事可做，也不知道做什么好，只好愣着神儿听他们怎么谈广告业务。艾新闻听两位主任谈广告尽找好听的话给对方说，听了一头雾水，愁闷顿时上了头。

正当艾新闻愁闷时，金妙妙打电话来了，让他早点下班，到"山城一香"聚会。离下班还有一个小时，马旺财和刘学文提包走了，艾新闻不敢早走，便看"广告部人员一览表"和《广告部人员工作规定》。艾新闻数了数，广告部一共二十二个人。人员头衔，让他吃了一惊，也吓了一跳：一个主任是胡姬花，十个副主任（代理），十一个业务经理，广告部都是官，没有一个兵。他办公室的同事都是官，除了王阿妹是经理外，刘学文、马旺财、高奔、路兆福都是代理副主任。"怎么都是代理，为啥不设正式副主任呢？"艾新闻纳闷。

艾新闻再看"规定"，条条透着寒气。那"每周得汇报广告客户进展情况，每月底至少50万元广告收入得入账"的硬性规定，让艾新闻的心掉到了坑里。

艾新闻感到，这个广告部，这个胡姬花主任，不简单。

艾新闻赶到"山城一香"的雅间，里面已坐满了客人，足有十四五个人。

其中就有他刚在办公室认识的两位代理副主任马旺财、刘学文和美女业务经理王阿妹，彼此打了招呼。金妙妙埋怨艾新闻姗姗来迟，便给他介绍来宾。她从主宾顺时针方向介绍：新闻采访部主任、文艺评论家虎生苗，新闻采访部副主任、剧作家杨望阳，总编室副主任、小说家张天林，新闻采访部记者、散文作家李美儿，新闻采访部记者、诗人白雨，专题部编辑、散文家王尔丹，总编室编辑、诗人谷默，总编室编辑、散文家金灵，专题部编辑、小说家王迎财，写散文体新闻的记者向燕，广告部业务经理、诗人舒其林，广告部副主任、评论家刘学文，广告部副主任马旺财，广告部业务经理、诗人王阿妹，刚调到报社的广告部业务经理、散文家艾新闻，还有她——本姑娘金妙妙。大家异口同声介绍：本报最美美女、深度报道部副主任、著名深度报道记者、今晚的请客主人金妙妙……

"妙妙，请了报社这么多才子佳人，你今晚设的什么局呀？"虎生苗问道。全桌子人也这样问道。

"今晚的宴请，只有一个主题，是欢迎艾新闻成为同事。"金妙妙说，"艾新闻是有文字梦想的人，一个机关的副处级领导干部，宁可做广告员，也要到报社追求文字理想，我金妙妙敬重这样的人；在座的也同艾新闻有共同的初衷，也是怀揣文字梦想来报社的，怀着文字梦想放弃当官和高薪职位来当记者的，让我金妙妙崇敬，也是让我金妙妙继续待在报社热爱文字的精神灯盏……热爱文字，对文字有梦想的人，是想把灵魂放到高处的人，报社又来一个这样的人，我金妙妙能不喜悦！所以，我请在座的各位，是把各位介绍给艾新闻，也是把艾新闻介绍给各位，请各位对艾新闻多多关照。举杯！"

"妙妙，你跟艾新闻是什么关系呀，别人进报社没见你请客，他进报社你这大美女摆这么大阵势的局，快说，啥关系？！"有人问金妙妙。

"我喜欢艾新闻。艾新闻是我崇拜的文人，也是我很喜欢的男人，这个回答满意了吧？！"金妙妙真诚地说。说得艾新闻羞怯地低下了头，说得满桌的人哈哈大笑，说艾新闻真有艳福，高傲的妙妙平日里谁都不理，居然对艾新闻这般感觉，问艾新闻对妙妙施了什么花招，让妙妙喜欢上了他这个要个头没个头、要长相没长相的人。艾新闻面对质问，只好啥也不说，只好连喝三杯酒，只好跟大家频繁敬酒。

男士尽管对艾新闻有点吃醋，但都在赞扬艾新闻执着进报社追求文字梦想的情怀。艾新闻感到见到这么多文学上有成果和有文字梦想的同人兴奋无比，更加验证了他执意进报社的想法对头，与这些"精神贵族"一起共事，是他艾新闻的莫大荣幸。

艾新闻趁人不注意，抢先把"单"买了。金妙妙买单落了个空，让饭店老板把饭费退给了艾新闻。艾新闻没办法拒绝，只好收下退回的款。

刘学文和马旺财要送艾新闻回家，金妙妙说她家与艾新闻住得近，让艾新闻上了她的车。大家望着金妙妙把艾新闻扶上了车，关爱有加，"醋"吃大了。

酒醉心里明。艾新闻酒喝过量但他没有大醉，上车他就问了金妙妙几个"为啥"。

"为啥专门为我请客？为啥请报社的这么多人聚会？"

"我艾新闻一个广告部的广告员，你金妙妙是大才女，又是大美女，你为什么这般抬举我？"

"你今晚对那么多人说你喜欢我。你为啥喜欢我？你这样说，你就不怕别人对你有看法？"

金妙妙逐个回答了艾新闻的"为啥"。

"你是个有文字情怀的人，为进报社费尽了周折，这不公平，很不正常。我金妙妙是个有绝对正义感的人，是疾恶如仇的人，没有这个秉性，我也当不了深度调查记者，我也写不出既让很多人睡不着又让很多人拍手称快的文章。你一个副处级干部，一心想做个记者，为了自己的文字梦想，即使当广告员也要来报社，这让我很钦佩！更钦佩的是，你艾新闻为了做个纯粹文人,是放弃了当官,又冒着对前程不确定的风险来的。钦佩中,令我对你高看一眼。全报社令我高看一眼的人不多,今晚一起吃饭的这些人大多也是为了热爱文字放弃当官和挣钱而来当记者的,想把灵魂放在高处,我很崇敬这些人。我喜悦我俩是同类人,所以我金妙妙喜欢你。"

"你是榜样,敬慕你的文章和刚正。我艾新闻就是冲你下的调动决心。"艾新闻说道。

"你艾新闻散文写得不错,以后会有大的发展,我看好你。今晚的这些同事,都是文学上有追求的人,你刚来报社会很寂寞,也会感到很冷漠,你需要他们的认可和帮助。我金妙妙拉广告帮不上你,也只能帮你做这些。"

"遇上你,是我实现文字梦想的福气。"艾新闻激动地说。

"我金妙妙敢爱敢恨,我真喜欢你艾新闻,说不上来的喜欢……艾新闻,你放心,我喜欢你,也仅限于友谊。"

…………

"妙妙,你这么懂我、理解我,让我不知道说什么好……"艾新闻说。

"好了,到家了,下车吧。多喝点茶,解酒。"金妙妙把艾新闻扶下车。

扔下艾新闻又回娘家的林萍萍,仍没有回来。空荡荡的家里只有艾新闻一个人,孤独与寂寞涌上心来。想到牛社长和胡姬花的冷漠与傲慢,想到广告员的拉广告压力,一阵酸楚痛到深处,艾新闻突然有了马上想见金妙妙的冲动,金妙妙的温情与关爱在他心里掀起了波浪。他拿起手机,给金妙妙拨电话,刚拨,却挂了。这一晚的艾新闻,没接到林萍萍的电话和短信,他也没给她打电话发短信,好在脑子里全是金妙妙对他报以纯情的感动,使他的孤独和寂寞减轻了很多,甚至让他对胡姬花那张怪异的脸减少了厌烦。不过尽管有金妙妙的温暖,艾新闻想到明天要见胡姬花那张脸,胸口像堵上了棉花。明天最好不要见到胡姬花,艾新闻心里念叨。

六

怕见谁，谁就会找上门。

"艾新闻，过来一下！"刚坐到广告部桌子前的艾新闻，背后传来胡姬花冰冷的声音。

"'过来'，是去啥地方？"艾新闻很有点窝火地问胡姬花。

"上我办公室！"胡姬花大声说道。

胡姬花的厉声腔调，让办公室外的五个人都紧张起来。刘学文、马旺财和左面桌子上的三个人，使眼色或打手势，赶紧催艾新闻快去。刘学文在收拾桌上的东西，像是要离开这办公室。他友好地对艾新闻嘱咐说，她说什么别吱声，千万忍住。左边窗前桌子的两男士，也在收拾桌子上的东西，也像是要离开这办公室。艾新闻顾不上问他们怎么回事，赶忙先去胡姬花办公室。

胡姬花脸上挂着霜，这次没躺在皮椅上，端坐在椅子上，把胸挺得直直的，两个乳房挺得鼓鼓的，同那两个高颧骨一样，给人一种强烈的挑衅感。

艾新闻站在胡姬花面前，旁边就是椅子，艾新闻想尽快说完话离开这个女人，而胡姬花丝毫没有让他坐着说话的意思。艾新闻一点也不惧这个女人，背着手站在桌前，等她说话。

"艾新闻你想干啥？！"

"胡主任你怎么了，我干啥了？我不明白你说的啥意思？！"

"昨晚请报社那么多人胡吃乱喝，啥意思，你想干什么？！"

"就吃个饭，啥叫胡吃乱喝。人是随便叫的，没啥意思，不想干啥？！"

"你跟金妙妙是啥关系，你跟她怎么搅在一起了？！"

"什么叫'啥关系'，啥叫'搅'在一起了？你说的我听不懂！"

"叫广告部的五个人吃饭，为啥不给我打个招呼？！"

"不就吃个饭，跟广告部有啥关系，我给你打啥招呼？！"

"知道是金妙妙叫的，那你也应当告诉我一声呀！"

胡姬花显然是在生艾新闻没请她吃饭的气，也在生这桌饭局的召集者金妙妙的气，也在生这桌饭局上她讨厌的人的气。昨晚上请客请的哪些人，谁坐在什么位置，喝的什么酒，最后谁买的单，金妙妙把他送回了家，胡姬花竟然一个不落地说了出来。这饭局的全部情况，是谁告诉胡姬花的？太可怕了。

艾新闻憋了一肚子气，眼睛冒火地盯着胡姬花，不再说话。

"告诉你艾新闻，广告部虽不是啥露脸的部门，也是报社许多人挤破头进不来的地方。牛社长能把你安排在我广告部，我能接受你，是器重你，也是想栽培你。你表现好了，留在广告部，表现不好，我随时可以让你走人。广告部很快就有三个人要走了，你马上会知道是谁！"

"告诉你艾新闻，你的心思我知道，想当金妙妙那样出风头的人，你不喜欢广告部，压根也不想当广告员，正因为你不喜欢这里，牛社长才把你安排到广告部。你在这儿干好了，可以发点财，干不好，你也当不上编辑、记者，我保证你在报社'死'定了！"

"告诉你艾新闻，来我广告部的人，没人敢跟我胡姬花二心，没人敢跟牛社长二心。谁有'二心'，谁在这干不长。只有跟着我胡姬花好好干，才有出路；也只有听牛社长的话，才有前途。"

"是吗？"艾新闻冷笑道。

"告诉你艾新闻，在这凡事都得给我汇报，包括你平时跟谁聚餐、跟

33

谁建立业务联系,都得让我知道。"

....

胡姬花还在气呼呼地说,话越说越露骨,越说越难听,艾新闻几乎忍不住要跟胡姬花拍桌子了,但他忍住怒火,转身走了。

"叭——"胡姬花拍桌子了,随之对艾新闻大声喊道:"艾新闻,我的话还没说完,你给我回来!"

艾新闻头也没回地走了,把胡姬花的门拍了个响。

艾新闻回到办公室,有两个人已不在办公室了,桌子上干净得没一张纸片。刘学文已经收拾完东西,在椅子上坐着。

"我在等你回来,再走。对了,把你的手机号码告诉我,毕竟一个办公室做了一天的同事,昨晚吃了你买单的饭,我们聊得投机,是朋友了,我们有事联系。"刘学文对艾新闻说。

艾新闻把手机号告诉了刘学文,刘学文拨了艾新闻的电话,彼此存下了电话号码。

"刘主任,你怎么会走呢?"艾新闻惊奇地问。

"这里不是说话的地方,回头我给你说。"刘学文瞪一眼马旺财,把钥匙扔在桌子上,提上东西,要走。

艾新闻要帮刘学文提东西,并要送他下楼,刘学文说:"别给你找事。防火、防盗、防《华都经济报》广告部,你艾新闻在这里得'防'着点。"刘学文绝不让送。

艾新闻只好目送刘学文走出办公室,刘学文手里三个袋子大都是书,很沉。楼里没有电梯,从六楼走下去,很费劲。艾新闻疾步把刘学文手里沉重的东西抢过来,送他下楼。刘学文对艾新闻一副感动的表情。

艾新闻把刘学文送到楼下,送出报社,刘学文打车走了。刘学文的眼睛湿了,艾新闻的眼睛也湿了。

……………

"刘学文和那两位,怎么走了?办公室快走空了。"艾新闻问马旺财。

"问那么多干吗?以后你就全知道了。广告部走不空的,有的是人来。"马旺财说。

不一会儿,艾新闻接到刘学文的短信,约他晚上六点在新华路的"四品府"涮肉,独聊。艾新闻想只是送了他一下,吃刘学文的请,不合适,便推拒。刘学文说他明天去外地。艾新闻只好答应。

艾新闻到了"四品府",刘学文已在座位上等他了。

刘学文送给艾新闻一本诗集和一本散文集,都是刘学文的作品。扉页上分别给艾新闻写了"文学照亮心灵"和"让灵魂一路芬芳"的话语,潇洒的题字如飞翔的蝴蝶,扑面而来。艾新闻如获至宝地接了过来。

"你挺了不起,又写诗又写散文,还出版了作品。"艾新闻惊喜地夸赞刘学文。

两人点了涮肉和菜,边吃边聊。几杯酒下肚,刘学文称兄道弟起来,艾新闻根本插不上话。

"兄弟,你听我说。这些诗和散文,都是我上大学和刚到报社时写的。这几年不写了,写了也没用,没心思写了。"刘学文悲观失望地说,"知道你写散文,你不也是和我几年前一样,抱着文字梦想,冲着对文学的钟爱,放弃机关副处长,一头扎到报社来写文章的吗?想成个纯粹文人,想成就作家梦想,这个幻想是幼稚的,你进了这个门很快就会知道,这里不是实现文字梦想的地方,想成就'作家梦想'更是种幻想。这里做不成学问,进不了官场,挣不到大钱,成不了文人,干下去就是啥也不是的'四不像'了。"

刘学文接连喝酒,接着说,艾新闻插不上话。

"兄弟,你听我说。你别误解,不是这报社不好,也不是记者不好,而是这个报社领导差劲,他们大都是上面为安排干部和靠关系来的,是来

35

当官的，不是来做新闻的；是来挣高工资和来发财的，不是冲着热爱文字和热爱新闻来的；他们不懂新闻，但又管着新闻人和新闻的事，他们的所想所思所为都与新闻规律反着；不崇敬文字而崇敬做官，不热爱文字而热爱金钱，不追求文章质量，而追逐发行量和经济效益……这样的领导，这样的外行办报，再好的一张报，写多好的文章，有什么屁用！

"兄弟，你听我说。那牛社长兼总编是什么人？那两个副总编是什么人？自称都是文化人，但现在是什么？文化官员，更是文化商人，钻到钱眼里的人。那胡姬花是什么人？过去诗写得好着呢，散文也写得风骚，可现在呢？纯粹是个贪财、自私、狂妄与霸道的堕落女人。我刘学文是什么人？是曾经小有名气的诗人和散文家。可现在呢？刘学文已经是写不出诗文的刘学文，已经是一心想挣钱和当官的刘学文。刘学文已经不是那个当初纯粹的文人了。报社还有不少才子佳人，现在是什么人？不好说呀，他们都想当官，都想发财。但大多却当官无门，发财无道，精神渐渐颓废。真为他们的精神颓废难过，更为我的精神颓废悲鸣。作为一个自以为是的文化人，我实在悲哀今天的状态。我多么留恋大学时和刚到报社时那段纯情的'文学梦'的日子啊，可在报社越长，'文学梦'就越来越远，越来越写不出东西，也越来越不想写东西，我的自信越来越少，直到现在越来越没自信了，也不是我没自信了，报社有几个文化人有自信的？很多人越来越没自信了。悲哀啊。你艾新闻是个有自信的人，看来自信不比我当初一头要进报社少。既然来了，但愿你的自信永远保鲜，不要让这个环境把你搞得找不到自己啊。

"兄弟，你听我说。这报社广告部就是胡姬花和牛社长家的广告部，这广告部就是胡姬花家的广告部，就是他们狗男狗女的'摇钱树'。广告部在牛社长没来报社前，胡姬花没当广告部主任前，没这么乱。可自从牛社长调到报社，胡姬花从总编室副主任调任到广告部主任，这广告部成了'白色恐怖'区，谁不听他俩的，谁就没好日子过，谁就会倒霉。胡姬花是个'骚货',丈夫在外面有女人,她在外面就找男人。她对刚来的牛社长穷追,好像牛社长对她也动过心,就把她提拔到了广告部主任的位置上,把老广告部主任硬是挤走了。她让人查了老主任半天,但老主任公私分明,没查出经济问题,安排去了校对科,落到了校对员岗位。可那位广告部的副主任,就没那么幸运了。那位副主任仗着是报社的老人,仗着自己母亲在省委传达室工作认识几个领导,也仗着在广告部多年挣了点钱而有点朋友,根本不把胡姬花放在眼里,处处跟胡姬花对着干,结果被检察院查出了贪污问题,开除了公职,判了十年刑。他被查被判刑,跟报社和牛社长一毛钱的关系也没有,牛社长贪财,但对人没这么毒。这毒手是胡姬花的手,她的亲戚在市检察院当副检察长,她找他查的,也是配合他查出了问题而起诉的。检察院的人到报社查那副主任时,吓坏了牛社长,怕牵扯出他的问题,求胡姬花让检察院不要查了,不要弄出案子,以免给报社带来不好影响。胡姬花哪里会听牛社长的求情,硬是让查出了事情,硬是让查成了案子,硬是做实了事实,那倒霉的副主任便成了阶下囚。你以为胡姬花是一定跟那副主任过不去而要置他于死地吗?她是要置他于死地,但也要让牛社长惧怕她,更要让报社和广告部的人惧怕她——谁跟她对着干,谁就会倒霉,除非他'屁股'上没'屎'。牛社长屁股上有'屎',报社谁'屁股'上没有'屎',只要对她胡姬花让三分,她便不会找他或她的事。所以,牛社长怕她,她不怕牛社长;报社有的人怕她,广告部很多人怕她,但我不怕她。我不怕她,我不听她的,是我'屁股'上没'屎',他没办法整治我,只能给我穿'小鞋',让我做不成业务,做成了拿不到提成,让我挣不到钱,我只好走人。"

"兄弟,你听我说,你说你去哪里不好,偏来《华都经济报》干什么呀?!"已经喝到微醉的刘学文说,"你在机关公务员岗位升官机会多、空间大,活得比报社有尊严。你就是犯了我当初犯的错误,凭着对文字和文学的清高梦想,也是任性,一头扎到了报社要做文化人,可贵呀,也可傻呀。"

"我的情况你都知道了，放弃进机关，一头撞到报社，就想当个记者，就想一心写好文章，不想当官，不想发财，做一个纯文人，可报社的门很难进，想干记者不让干，不想干广告却硬让人干，这是什么心态，变态！

"兄弟，你听我说。这个报社的有些人绝对变态，这个报社的文化是冷漠文化，牛社长和一些人是变态心理和冷漠文化的祸首，这就是《华都经济报》的生态环境。你刚来，你已经感受到了牛社长的变态，感受到了胡姬花的变态，也闻到了广告部变态的气味。以后你会发现更多'变态'的人，你会同我一样，厌烦透顶牛社长，厌烦透顶胡姬花，厌烦透顶那两个副总编，厌烦透顶报社的冷漠文化，你会同我一样对一些人厌烦，对在这报社干新闻失望，你会同我一样一走了之。办公室同我一起离开广告部的两个，你知道他们是怎么走的吗？你要知道他们被'炒鱿鱼'的简单和粗暴，会吓你一身汗：昨晚金妙妙请客，他们喝了点酒，没管住嘴巴，在饭桌上骂了胡姬花，还有几次他们在办公室骂过胡姬花，被人告诉了胡姬花，他们回到家不一会儿，就接到广告部编务的电话，胡主任让他们明早到人事处办手续，他们被'开'了……你听了害怕吧？！你一定想知道给胡姬花告恶状的是谁吧？是马旺财。马旺财与金妙妙原是深度报道的搭档，名牌师范大学中文系毕业的，写文章很有灵气，而一心想挣钱，想到广告部，胡姬花不要，跑了几趟牛社长家，终于跳到了广告部。虽然胡姬花要了他，但她并不真想要他，成天给他找碴儿。马旺财找牛社长求救，牛社长也没办法，掉在坑里的马旺财想挣钱挣不到，想离开广告部离不开，很快便被胡姬花'折磨'得惧怕、顺从、服从、效忠了。胡姬花让他干啥，他就听从，成了帮胡姬花捞钱的'枪手'，还成了胡姬花的'眼线'。只要是对胡姬花不利的事，他就会及时报告给她。当然，他也就当上了广告部排在第一位的代理副主任，也挣到了钱。堕落，一个文人完全堕落了。

"兄弟，你听我说。你问我为什么广告部没有一个正式副主任，都是代理副主任,我告诉你,自从那个正式副主任被胡姬花弄到了牢房,本来有四个副主任正式编制的位置,都空着不让牛社长任命,连投靠胡姬花的马旺财和几个胡姬花的亲信,都没有给任命。为什么有位置不任命他们?胡姬花对谁都有疑心,即使她的亲信,她也有疑心。她疑心重是一方面,更重要的是,这些亲信没有哪一个会给她带来更多的利益。他们给她利益,挣了钱也给胡姬花分一点,但总是不那么大方,甚至还舍不得。胡姬花让马旺财既当'走狗'又不信任他的原因,是马旺财贪财而'小气',舍不得'孝敬'胡姬花。胡姬花就把他当狗对待,只让他得到点儿带'肉'的'骨头',让他吃不到大块'肉'。所以,马旺财在广告部如何卖力,如何对胡姬花忠心耿耿,没用,挣不到大钱。胡姬花贪着呢,她要'好处'的心理是,谁挣多少至少分她一半。只有分她一半的人,才有可能当上副主任。而广告部没一个不冲着钱做事的,没一个把一半的提成送给她的,这让她很失望,也很生气。她得不到广告部的人的更多'好处',她就没法更多地给牛社长'好处'。胡姬花要在报社捞到更大好处,是要经常给牛社长'好处'的,这她明白。当然,胡姬花给牛社长'好处',牛社长就常给胡姬花'资源',也给胡姬花大额报销发票,给胡姬花在报社少缴广告收入、多拿提成的'特权',更让报社很多人愤慨的是,牛社长给胡姬花免费提供每周一块版面,由她主编《精英》周刊,刊登宣传客户的文章。登这类文章,应当是收费的。这一块经营宣传版,报社的收费是十五万,聪明的胡姬花不可能免费给企业和老板登文章,钱是一定会收的,钱一定会流入她和牛社长的口袋里。胡姬花给牛社长的'好处'是现金,胡姬花手里有置牛社长于死地的'把柄',牛社长怕胡姬花,但又不敢不收胡姬花的'好处';牛社长手里也有置于胡姬花于死地的证据,胡姬花也怕牛社长。他们彼此都怕对方出事。除了合伙挖报社的墙脚,牛社长和胡姬花让家人都开了广告公司,捞'黑'钱,坑报社,彼此的利益关系犬牙交错,难分难舍。不任命正式副主任,还有个原因,胡姬花害怕任命的副主任哪天业务做大,'翅膀'硬了,投靠了牛社长，代替了她的主任位置。这个胡姬花想得很多，如意算盘打得很准。

"兄弟，你听我说。你真是选择'门楼'选择错了，机关实行公务员制度，事业编的报社人不仅进不了公务员编制，还会改成企业职工，如果报社效益不好，会发不出工资。机关旱涝保收，到时你想进机关，进不去了。企业干部要进机关当公务员必须经过考试。我劝你，赶紧回机关，比在这里保险……我就考到了机关，省委政策研究室要我，走人。

"兄弟，你是个好人，是个老实人，是个正直的人，你到广告部，你落到胡姬花手下，你要不屈服她，或者你若不听她的，你的苦日子就来了，你的罪就受大了，你怎么对付胡姬花呀，她对付你可有的是手段。比如，让你做不成业务，你做了业务让你拿不上提成，让你一个月拿几百块钱工资，让广告部的人孤立你。她要是对你这样，你怎么办呀？！你不可能学马旺财那样屈服于她，但她会让你每天活受罪，你有什么办法？真替你犯愁。

"兄弟，你听我说。我跟你说这些，绝不是搬弄是非，更不是说这些事来吓唬你，广告部同报社一样，是个很奇怪的地方，说是文化单位，但许多人没有文化；应当是以文章'说话'的地方，却玩的又不是文章，玩的却是经营；一个本来不是当官的地方，却都想当官……让人厌恶的是迷茫、失落、堕落……好在你艾新闻不是冲着钱进广告部的，你是冲着只想当个记者来报社的，就这么点想法他们都不愿意满足你，偏让你去挣钱的地方，你无欲则刚，想必你不会与胡姬花妥协，你不会与她同流合污，她和牛社长拿你没办法，大不了把你'踢'出广告部。你迟早会干上记者的。所以，你听了我说的这些，不必惊慌。碰到广告就拉，拉不到不要委屈自己。胡姬花看你实在不顺眼时，她会把你'踢'出广告部，那不就正合你意了吗？！

"兄弟，我会帮你的。这些年我在广告部开发了些客户资源，我离开了，这些资源我不愿给别人，都给你。"

刘学文把一张纸的联络方式给了艾新闻，又把每个客户的情况给艾新闻做了详细介绍，还教艾新闻如何与这些客户联系。说完了，刘学文干脆给艾新闻承诺，为了让这些客户尽快与艾新闻建立业务关系，他除了打电话给他们介绍艾新闻，有的重要客户，他会带艾新闻去联系业务。刘学文郑重地说，也反复说，说好了，做成的业务，他分文不取。艾新闻说，他知道怎么做，要重谢学文兄。刘学文说，如果是这样，太俗。刘学文虽喝多了酒，但句句说得那么义气和真诚，艾新闻感动得对刘学文不知说啥好了。

这一顿饭，艾新闻意外收获了刘学文的友谊，听到了报社和胡姬花的很多情况，明白了自己面临的处境，更是知道了自己今后的路怎么走了。艾新闻感到自己真是幸运，在处境艰难的关口，遇到了贵人，遇到了贵人刘学文。

七

在胡姬花办公室耍牛脾气且甩手走了的艾新闻，气得胡姬花转不过神来。在这个报社，连牛社长都对她客气三分，不要说副社长和副总编，更不要说报社其他人，即使她胡姬花发火，即使她胡姬花对别人不恭，谁敢顶她，谁敢对她牛哄哄地甩手走了。一个新来乍到的艾新闻，竟然对她胡姬花如此牛，如此无礼，真是找死。胡姬花把马旺财叫过来，让马旺财"对付"艾新闻。

"旺财，这个艾新闻气死我了，你得给我盯着点，他有什么事儿，你得及时跟我说。我不信治不了这头'倔驴'。"胡姬花气冲冲地说道。

"这你放心，我会盯着艾新闻的。"马旺财说，"不过，胡主任对待艾新闻，还得客气一点，人家毕竟是副处级干部，人家压根也不想在你广告部待，人家压根对拉广告不感兴趣，你拿他会没办法。干脆让他走人算了，省得你看到他心堵。"

"让他走，那不就正合他意了吗？"胡姬花说，"不能便宜了这头'倔驴'。即使要他走，也得让他给广告部做点奉献再走。"

"看他一时也拉不来广告，也没兴趣拉广告，那不就成了广告部的'包袱'了吗？"马旺财出主意道，"他不是一心想当记者，喜欢写吗？让他在《精英》周刊，替你当'枪手'，岂不更好？"

"这头'倔驴'，迟早会真成广告部的祸害，"胡姬花说，"你这主意不错,他不是热爱新闻工作吗?就让他在我这儿写个够。你叫他来。"

马旺财去叫艾新闻。

办公室里只有艾新闻。自从刘学文告诉了艾新闻马旺财的人品和他与胡姬花的关系,艾新闻对马旺财就高度设防,只对他点头微笑,不交流。马旺财好像对艾新闻没有坏感,总是与艾新闻没话找话说。

"刚才是胡主任找我,她聊工作也聊到了你,"马旺财对艾新闻友好地说,"你那天顶撞她了?也就是你艾新闻敢顶撞她,广告部没人敢碰她。不过我替你说了好话,她的气消得差不多了。"

艾新闻面对马旺财的话,不知道说什么好,只好不说话。

"放心,新闻,我马旺财曾经同你现在一样,也是崇敬文字、热爱文学到报社的,也有一颗单纯的心,'文学梦'还没有死。挣了钱,我会继续写作。"马旺财说,"广告部是胡主任的天下,她说了算。我们的收入,我们的命运,全是她说了算。你要想在收入上不吃亏,你要想在这里活得自在,还真得收起你的倔脾气,该委屈还得委屈,该服软还得服软,不然就会受罪。你新来乍到,我们又都是金妙妙的朋友,我马旺财真想交你这个朋友;只要你艾新闻不对不起我,我马旺财也不会对不住你……有需要我马旺财的地方,我全力效劳……对了,胡主任让你去她办公室,她会跟你交代《精英》周刊写稿任务,建议你不要拒绝,也许对你是件好事。快去吧!"

艾新闻到胡姬花办公室,又碰上胡姬花打电话。不是碰上她接电话,而是她看到敲门进的是艾新闻,又拿起电话打了起来。躺在老板椅上,天蓝色套裙把身体包得紧紧的,两个乳房鼓鼓的,肥肥的小肚鼓鼓的,一副发骚的样子。艾新闻明白,胡姬花看到他进来就打电话是故意的。

艾新闻站在桌前,等胡姬花打完电话。

胡姬花打完电话,望着艾新闻,一时不知道说啥好。

"胡主任找我，有啥事吗？有事，你尽管说。"艾新闻平和地说。

"你不是冲着爱写文章到报社来的吗？我人尽其才，交给你个事儿，《精英》周刊我忙不过来，你帮我写文章吧。"胡姬花说，"你的主业是拉广告，次业是给周刊采写文章。"

"胡主任看得上我艾新闻，我就试试，还请你多多指导。"艾新闻说。

胡姬花当即给了艾新闻一个材料，是个企业老总的，要艾新闻写七千字一个版的纪实。艾新闻欣然接受了任务。胡姬花要艾新闻下周一给她交稿子，艾新闻说，争取。

胡姬花问艾新闻，到广告部快一周了，广告客户开拓有什么进展。艾新闻说，他已经有了十多个客户，正在联系。胡姬花急问，谁给介绍的客户，哪些客户。艾新闻实打实地说，这些客户是刘学文的老客户，交给他了。胡姬花立马站了起来，对艾新闻厉声说，刘学文的客户，是广告部的资源，不能个人私有，与他艾新闻没关系。艾新闻问，这是谁的规矩，哪里有这个道理。胡姬花说，这是她胡姬花的规矩，她胡姬花的规矩就是广告部的理。艾新闻说，这规矩没道理。胡姬花说，没道理也是道理。艾新闻说，广告部是报社的，你也不能一手遮天。胡姬花一巴掌拍在桌子上，怒气冲冲地说，她就一手遮天了，不服去找牛社长，看牛社长是听她的，还是听他的。艾新闻并不害怕被惹怒的胡姬花，对胡姬花毫不客气地说，别以为他不敢找牛社长，他艾新闻就要去找牛社长讨个公道。艾新闻说完，又转身走了，扔下了仍在发火的胡姬花。怒火中烧的胡姬花，好像把本书扔在了地上，艾新闻理都没理，走了。

艾新闻又冒犯、惹怒、藐视、挑战了胡姬花，这在广告部是从来没出现过的事情，没人敢这样无礼和对抗胡姬花，甚至艾新闻对她胡姬花没有一点惧怕感，让她吃惊和害怕。艾新闻也纳闷，他怎么一见胡姬花躺在椅子上，乳房和小腹挺得老高的样子，一见他就故意打电话冷落他的举动，就来火，他艾新闻就不会把她看作上级，更不会把她的凶恶当回事，他就想教训她。艾新闻当然也想到了后果，得罪胡姬花的后果，是做不成广告挣不到钱，挣不挣钱无所谓；把他从广告部"踢"出去，这是他巴不得的事情，他艾新闻压根也不愿意与胡姬花这样的女人一起共事。艾新闻想透了这两个问题，对又一次惹怒胡姬花，一点也不在乎了。

艾新闻回到办公室，马旺财看艾新闻脸有怒气，问艾新闻怎么回事，艾新闻什么也不说，只低头看材料，马旺财去了胡姬花办公室。从胡姬花办公室回来的马旺财对艾新闻说，祸惹大了，把胡主任气哭了，赶紧去给胡主任认个错，不然事儿就大了。艾新闻说，跟她道歉不可能，她胡姬花应当给他道歉。马旺财说，你这头"倔驴"没治了，看着办吧。马旺财又说，大胆量，旺财喜欢，旺财佩服；不过，艾新闻你得做好心理准备，你这次算是得罪了胡主任，等着看她怎么折腾你。

…………

马旺财对面刘学文走后的空桌，来了位女代理副主任，三十多岁面无表情的女人，是从广告部别的办公室调过来的。还有右边窗前那两个空桌，也来了两个男士，是从记者部和专题部调到广告部的。

马旺财趁办公室没人时，对艾新闻说，这代理副主任叫魏风，是胡姬花的亲信，原来是总编室的编辑，一心想做广告业务，投靠到了胡姬花手下；是胡姬花让她来看着这办公室里的人的，尤其是来看他艾新闻的。艾新闻说，他一个业务员，有什么好看的。马旺财说，慢慢就会知道胡姬花把戏的厉害。他提醒艾新闻，打电话谈业务和说广告部的事，可得小心点，不然吃了亏，别怪没跟你说。

艾新闻对马旺财的话不以为意，马旺财对年轻的魏副主任客气有加，艾新闻对魏副主任礼貌有加，魏副主任对艾新闻不理不睬。

…………

"宣布一个管理规定，都听好了，"艾新闻第一次参加广告部周会，胡姬花对广告部全体人员训话。胡姬花并没有宣布什么规定，而是瞪着眼朝艾新闻说:"……广告部一个新来乍到的,本事不见得有什么,但目无领导,不听招呼,脾气不小,大家都对这人小心点……"

会议室二十多人,大家顺着胡姬花的眼光,眼睛齐刷刷投向了艾新闻。艾新闻装着什么也没听到,装着什么也没看见,尽管看他的《华都经济报》。

"广告部是一个绝对听命令的团队,过去从来没什么人敢与领导对着干,"胡姬花接着说,"这样子的人,广告部不能容忍……"

大家的眼神,对艾新闻从惊奇变成了惊讶,变成了憎恨。艾新闻仍然看他的报纸,全然啥也没听到。

"艾新闻,说你呢,把手里的报纸放下!"胡姬花厉声吼叫道。

艾新闻把报纸拍到桌上,望了一眼胡姬花,甩手离开了会议室。有人望着胡姬花大笑,也有人说"这艾新闻比牛社长还牛"。

再次遭到艾新闻甩手离去,又是当着全广告部人员不把她胡姬花当回事,胡姬花的自尊再次受到伤害,且是让她在广告部丢大人了,她已气得几乎失去了理智。

"艾新闻,你给我回来!"胡姬花再次厉声喊叫道。

艾新闻理都没理胡姬花,回办公室了。

…………

"马旺财协助我全面负责广告部的行政工作,平时请假和广告部协调工作,找马旺财代理副主任;魏风协助我负责业务工作,办理广告业务,找魏风代理副主任。但有一个人由魏风代我管理,那就是艾新闻。艾新闻的管理和广告业务,直接对接魏风。"

…………

"刘学文在广告部开发的广告客户资源,即使刘学文给了艾新闻,那也是报社广告部的资源,不能归艾新闻所有。"

…………

开完周会回来的马旺财和魏风,还有右边桌子上的三个人,用异样的眼光看艾新闻，也用好奇的眼光看艾新闻。马旺财跟艾新闻说了胡姬花的管理规定，他的所有业务面对魏风。魏风对艾新闻说，说不上谁管谁，多多合作。艾新闻对魏风点了点头。艾新闻是多么讨厌"多多合作"这话，把人与人推到了清冷的状态。魏风接着说，胡主任下周一要你给《精英》周刊写的稿子，周一上午把成稿给她。艾新闻说，他双休日加班，按时交稿。

马旺财对艾新闻调侃地说，看来胡主任真是喜欢上他艾新闻了，他就与她好好PK吧。

艾新闻笑了一声，说，他等着胡主任的PK。

魏风对马旺财说，别挑拨下级与上级关系。马旺财不敢说话了。

胡姬花真是接着与艾新闻PK了，周会散会，她就去找了牛社长。她把艾新闻到广告部一周三次傲慢无礼的可恶行为，给牛社长做了声泪并茂的描绘。把艾新闻描述成了目中无人、狂傲自大的人，广告部不要这个人，要牛社长把艾新闻弄走。胡姬花把艾新闻给她的一肚子气，用她的眼泪和怨言，全泄给了牛社长。胡姬花以为牛社长会安慰她，以为牛社长会拍着桌子骂艾新闻，以为会立马决定把艾新闻"踢"出广告部，没想到牛社长竟然越听越乐，越听越笑，笑得他流出了泪花。胡姬花被牛社长的笑逗笑了，但又被牛社长的笑气哭了，气得"哇哇"大哭起来。

"牛社长，你怎么能这样？艾新闻欺负我，反倒成了你的乐子，你也来欺负我！"胡姬花就要走人。

"姬花别误会，我在笑艾新闻那'倔驴'样，那是挺好笑的。他那个'倔驴'样，真是挺逗人的。"牛社长收住笑，赶紧安慰胡姬花说，"这个艾新闻真是不知好歹，竟然这般对待他的主任，你叫他来，看我怎么收拾他！"

"我问你牛社长，广告部是留我，还是留艾新闻，你看着办吧！"胡姬花气冲冲地说。

"艾新闻，到我办公室来一趟！"牛社长当着胡姬花的面，给艾新闻打电话。胡姬花回了广告部。

艾新闻知道,牛社长找他,是因为他气了胡姬花的缘故,他做好了挨"收拾"的准备。而艾新闻见到牛社长,牛社长脸上却挂着笑。牛社长让他坐着说话,对他少有的亲切,问他适应不适应报社,问他广告联系客户有什么进展,还夸他身上的倔强也是正气,且很难得,教他拉广告的技巧,还鼓励他在广告部好好干,广告部需要他这样正直正派的人,希望他成为广告部一股"清风",带领部门的风气走向好转。牛社长对艾新闻东拉西扯说了一堆话,却只字没提他顶撞胡姬花的事。

牛社长的这番话,让艾新闻一时摸不着头脑。

八

艾新闻出门时，林萍萍回来了，对艾新闻吊着冷脸。今天是周六，林萍萍因艾新闻进报社提出离婚并去了娘家一周，彼此都没打电话。艾新闻想，这婚离不了，两个人也好不了。艾新闻很痛苦，林萍萍因不能生育几次提出离婚，他坚决不同意。这次，林萍萍就因为他执意进了报社而决意跟他离婚，怎么办呢？艾新闻打定主意，坚决不离。看她这气哄哄的样子，猜想要跟他摊牌离婚。艾新闻急着要出门，对林萍萍说，领导交给他急写一企业老总万字文章，老总在公司等着呢。林萍萍想说什么却没说，放下包，收拾屋子去了。

艾新闻刚要出门，金妙妙来电话了，电话声音很大也很清脆："艾新闻呀，明天我有个深度调查报道采访，采访对象不好打交道，你帮我一起采访好吗？"金妙妙的甜美脆声，林萍萍听了个清楚。金妙妙的话音刚落，林萍萍愤怒地看着艾新闻怎么给金妙妙回答。艾新闻顿感事情不妙，赶紧跟金妙妙说："妙妙，我绝对去不了，胡姬花主任交给我写老板的急活，周一交稿，正在采访呢。"林萍萍仍然怒气冲冲地望着艾新闻，看艾新闻是在向她撒谎，还是在说实话。艾新闻仍然紧张地说："妙妙，胡姬花交代的任务，我不能马虎，多理解，挂了！"艾新闻赶紧把金妙妙的电话挂了。

艾新闻急忙挂了金妙妙的电话，以为林萍萍就没事了，可是林萍萍的怒气仍挂在脸上。艾新闻怕战火爆发，立马出门。

艾新闻采访回来写稿，忙得连饭都顾不上吃，林萍萍不催，艾新闻爱吃不吃。林萍萍肯定在怀疑金妙妙的那个电话，怀疑她在勾搭艾新闻，她和他已经火热上了。

艾新闻忙了两天稿子，有话要说的林萍萍，等了艾新闻两天。

"艾新闻，你的稿写完了，我们聊聊。"已经很晚了，林萍萍在客厅沙发上，叫艾新闻过来。

"……这么晚了，你要说啥？除了离婚的话，其他话尽管说，我洗耳恭听。"艾新闻说。

"离婚不离婚，取决于你艾新闻。你艾新闻不好好过，那只能离。"林萍萍说。

"怎么是我不好好过？！你动不动要离婚，动不动就回娘家，还写了离婚协议书，都是你在闹腾，我压根也没想跟你离婚！"艾新闻说。

"离婚，是我一直想离的。我不生孩子，不敢耽误你娶别人给你生孩子。但你坚决不离，我感动，我领情。但调报社又跟金妙妙搞到一起这事，你把我逼了一把，我决心跟你离……"林萍萍说。

"不离。"艾新闻说。

林萍萍坚决要离，艾新闻坚决不离。

"……不想离，那我就让一步。告诉你艾新闻，既然你任性进了报社，我就成全你，也不再与你较劲了，我支持你在广告部好好干，两年挣到一百万，不然你就调回机关。"林萍萍说，"还有，你答应我，只能在广告部，不能去深度报道调查部，不能跟金妙妙在一起！"

艾新闻答应了林萍萍的要求。林萍萍说，离不离，那就边走边看。

…………

艾新闻把稿子交给他的直接领导魏风，魏风看完皱起了眉头，说，稿子好不好不说，只是错别字和病句不少。艾新闻说，那请魏主任改一下。魏风改了几个错别字和一些句子，对艾新闻说，这是低级错误，看看吧。魏风并没把稿子给艾新闻，而是等艾新闻过来，让他站在她旁边看改过的字句。艾新闻就过来如学生般地站在魏风旁边，魏风一字一句让艾新闻看改过的地方。说到改过的地方，就指责他粗心和推敲不够，艾新闻谦虚地称是。一个四十岁的男人站在三十岁女上司跟前，接受她的批评，虽有点不是滋味，但她改的几个地方，真是改得对，艾新闻便对魏风的摆谱儿顿时消气了。

艾新闻要清一下改过的稿子，魏风说不用清了，就把稿子给了胡姬花。胡姬花问魏风，稿子怎么不改。魏风说，艾新闻下了功夫，不知道怎么改，还是主任审定。胡姬花看完，让魏风告诉艾新闻，稿子主题不集中，重写。魏风说，这七千字稿子要他重写，他还不跟她急了，她不敢对他说。胡姬花说，怕什么，她是他领导，对他有什么可怕的；要她树领导的权威，没有权威，怎么管他。魏风说，真有点怕他。胡姬花对魏风说，怕他，难道就糊弄她胡姬花？魏风更怕胡姬花，不敢不听胡姬花的。

魏风紧张地对艾新闻说了稿子主题不集中要重写的看法。魏风以为艾新闻听了要重写的意见，定会大发脾气，没想到他不但没火，反而谦虚地问魏风，请她说具体点，问题在什么地方。魏风大体说了对稿子存在问题的看法，艾新闻一条条记在了本子上，并且喜悦地感谢魏风对稿子的看法有道理，对他有帮助。魏风想，也许胡主任说得对，要当个好领导，就得树立权威。魏风对她在广告部的未来，充满幻想。

魏风摆谱儿的毛病，是胡姬花训练她这么做的。胡姬花让魏风"学着做领导"的一招，是让她学会总编室老主任那套。魏风说，伤别人的自尊和自信，损人太狠。胡姬花却说，报社这样的地方，大都是些有点才气且清高的人，对这样的人，你要处处抬举他，他就不知道北了；降服他的最好的招，就是总编室老主任的那套法子，损他的自尊，打他的自信，让他找不到自尊和自信时，他就会对你当回事，否则你很难管住他，很难给你尊重和尊严，这样领导就会没了自信。

魏风对胡姬花摆谱儿的这一套学得很快，因为魏风曾受到过胡姬花这招的打压。因她是个才女，想通过做广告业挣钱，她求胡姬花把她调进了广告部。有点傲气的魏风，便被胡姬花用此招折磨得尊严丢了，自信也找不着了，只好对胡姬花毕恭毕敬，不停地给胡姬花好处，对胡姬花忠心不二，终于成了胡姬花的心腹。经过胡姬花"蹂躏"的魏风，对胡姬花的"报社当官论"从不理解，到后来不仅理解，且当上代理副主任后，完全接受了。所以，她毫不留情地指责和批评艾新闻，没有了不好意思。她相信她只要听胡姬花的，很快会成为正式副主任。她只能按胡姬花的意思对待艾新闻，否则她在这死路一条。

魏风催艾新闻交稿子，态度越来越生硬。

艾新闻改了几稿，交给了魏风。魏风这次看了又皱了眉头，还是改了几个字和几个句子，又让艾新闻过来，跟他说稿子。艾新闻仍然站在魏风旁边，谦虚地听她指教和批评。魏风指责艾新闻欠仔细，尽管这个指责有点勉强，但艾新闻感到很有道理，自己要进步，就要不怕别人批评。艾新闻要清稿，魏风仍是没让他清，把改稿送给了胡姬花。胡姬花看完，对魏风说，主题勉强可以，但稿子没有财经的视角，让他重写。魏风说，要重写，还不让艾新闻真疯了，胡主任直接跟他说多好。胡姬花问，是不是艾新闻对她也态度不好。魏风说，艾新闻倒还挺谦虚。胡姬花说，艾新闻是她的兵，她不说他谁去说。

魏风又硬着头皮跟艾新闻说了胡姬花的重写意见。魏风以为艾新闻这次要发火，但艾新闻听了，琢磨一会儿，欣然说他重写，向魏风请教"财经视角"是什么视角。魏风说不上来，艾新闻就去问胡姬花。艾新闻敲门进去，胡姬花一愣，没理艾新闻，又拿起电话打了起来。胡姬花是故意的，故意显示她不会把他放在眼里，更是以此藐视艾新闻并让他自卑而失去自信。这一招,是胡姬花从她的老主任——总编室主任那里学来的,她用得很老练。后来的总编室正副主任,也学了总编室老主任的这套招数,专门用来打掉那些才子才女的清高、傲气和过分自信,很有杀伤力。当年她分到总编室当编辑,她有才气,更有傲气,她的主任就是这样对待她的,几个月下来,她被他折磨得没了一点尊严和自信,只好服服帖帖地听他的话,心服口服顺着他,他才对她客气了点。老主任的这法子,深深烙在了胡姬花的心头,她当了广告部主任,就用这法子对待有傲气的人,特别是有傲气的文人,还真灵,治得那些心高气傲的人很快找不到自尊与自信。当然,刘学文、马旺财等广告部的才子才女,也都被胡姬花这套招数修理得找不到自尊和自信了。

艾新闻实在不愿看胡姬花那张高颧骨显得挑衅的脸,更反感那挑衅的乳房和鼓起的小腹。他怀疑,胡姬花的紧身套裙,就是为表达她的挑衅心理而故意穿的。胡姬花穿一身紫罗兰色紧身套裙,躺在老板椅上,两个乳房和肥丰的小腹鼓着,艾新闻想扭头走人,但想到稿子耽误不得,只好等她打完电话。

艾新闻就站在桌前,等她打完电话。胡姬花以为艾新闻是找她吵架来了,拿着电话聊着不想放下,好像放下电话就会有灾难来了似的,一直聊到对方无话聊了,她抖着手,把电话放下,紧张地问艾新闻有什么事。艾新闻说,稿子他加班重写,请教胡姬花财经视角是什么视角。胡姬花看艾新闻找她没有恶意,便说,是核算与成本的视角。艾新闻觉得胡姬花说得很对,她不是在故意刁难他,是他没弄明白这稿子的角度,不敢再找胡姬花,便去找金妙妙。金妙妙让他从这个角度补充采访,没想到老板给他介绍了不少情况。听完老板的核算与成本的具体事例,艾新闻找准了改写这篇纪实稿子的核心点,连夜奋战,又重写一稿。

艾新闻把再次改写好的稿子交给了魏风。魏风看了一遍,仍然皱起了眉头,艾新闻的心里就落上了石头。艾新闻说,魏主任看哪里不满意,放开手脚给改一下。魏风也不客气，没有改出错别字，但可改可不改的句子，改了十多处，指责和批评艾新闻对财经太陌生，有的地方表述不内行。艾新闻感到魏风说得实在准确，自己对财经角度把握得不好，魏主任说得对。

魏风让艾新闻来看改过的地方，魏风坐着不动。艾新闻仍站在魏风旁边，魏风仍以老师对学生的口气说，这儿应当怎么写，那儿应当那样说；这段话是废话，那段话不准确；等等。魏风的指责与批评，艾新闻除了感觉对他不太尊重，听着没啥不在理的地方，觉得魏风有水平，自己应当好学生，没有必要心里不舒服。

艾新闻感谢魏风的指教，要清稿，魏风还是不让清，就直接送给胡姬花去了。胡姬花看了一遍，对魏风说，稿子语言不好，让他改得口语化一些。魏风一听急了，这不是故意折腾艾新闻是什么，再让他改一遍，这就第三遍了，有这么折腾人的吗？太过分了。魏风便斗胆直说，文字表达清楚就行了，再让他改，他会"改"出"火"来的，她真不敢再让他改了。胡姬花说，稿子越改越好。胡姬花怪魏风想多了。

魏风就把稿子给了艾新闻，让他改成口语化叙述。艾新闻问，啥叫口语化叙述。魏风说，就是你怎么说话，就怎么写文章。艾新闻顿然明白。他看过不少金妙妙的深度报道，也看过胡姬花和报社其他人的文章，语言鲜活，就像聊天，真好看。艾新闻想到自己文章的不足，不仅没发火，反而夸胡姬花和魏风是文章行家。魏风看艾新闻如此大度爽朗，让三次改稿都从正面看这事，不认为是在折腾和报复他，每次都下功夫重写，写得很到位，她怀疑艾新闻究竟是装，还是真单纯诚恳，弄不明白。

艾新闻连夜又改写了一稿，把许多生硬的叙述改成了口语化叙述，把许多材料化叙述改成了通俗化表述，去掉了许多形容词，改得自己满意了，第二天一上班，把改好的稿子交给了魏风。魏风看完仍皱了下眉头，拿起笔来改了起来，改了很多个句子。这次没等魏风叫他，艾新闻就站到了魏风旁边。魏风仍旧以指责和批评的口气，跟艾新闻说那些句子多别扭，甚至多浅薄。艾新闻听着虽不舒服，但看魏风改得不错，指责和批评的确也对，提醒自己"长本事就得接受煎熬"，心里的火气顿时被他的想法消融了。艾新闻不再提出清稿，魏风仍然压根也不会让他清稿，拿着稿子送胡姬花了。胡姬花看完，把稿子删减了快一半，给魏风交艾新闻清稿。艾新闻看删减了快三千字，气不打一处来，想去问胡姬花怎么回事，但又看了几遍删减过的地方，觉得胡姬花虽删减得有点狠，但删减得有道理，稿子不啰唆而简洁明快了。艾新闻感到从胡姬花对稿子的删减里，悟到了文章简洁，不仅含蓄，而且读起来不累，暗自佩服胡姬花文章功底真好。

艾新闻把清过的打印稿和电子版稿交给魏风，魏风把稿子送给了胡姬花。胡姬花问魏风，稿子砍成这样，艾新闻是不是发火了。魏风说，不知道艾新闻是装的，还是真的服气，同前面三次改写稿子一样，他啥话也没说，让人挺纳闷的。胡姬花说，也许是在装蒜。魏风说，不好说。胡姬花说，你把他给我盯紧点。魏风说，有啥情况，她会及时汇报。

文章周末见报了，纪实加了个两千多字的老板业绩介绍，配了照片，满满一个版。作者署名，艾新闻前面多了两个人的名字，第一作者胡姬花，第二作者魏风，第三作者艾新闻。艾新闻对稿子多出两个作者署名，心里不舒服了老半天，却又想通了：这稿子是人家胡姬花和魏风三次指导写成的，人家付出的劳动是高端的，自己只是辛苦地写了一下，改了几次，况且通过她们三次指点重写和删减后的稿子，学到了写文章的大学问，应当感激她们，不应当为她们署名而难受；她们署名，且署在自己前头，合情合理。艾新闻这样一想，对她们署名的事，彻底接受了。

稿子见报后的另一件事，是"一大把"钱的事，不知道艾新闻能不能接受。胡姬花和魏风心里在打鼓，但她们还是按她们的主张做了。艾新闻采访老板的稿子见报，实际是胡姬花为拉这老板三十万广告费而做的铺垫。稿子见报第二周，这个企业两版产品广告就见报了。马旺财对艾新闻说，艾新闻真行，刚到广告部就做了三十万的大单，报社会给他提成十二万，发财了。

艾新闻等着胡姬花和魏风给他分提成，林萍萍心甘情愿做家务让艾新闻写这企业的稿子，她知道这稿子肯定有广告提成的好处，等着艾新闻拿回钱呢。但过了两周，艾新闻没见到钱的影子，更听不见魏风说那三十万元广告费的事。马旺财对艾新闻说，他问财务了，魏风提走了十二万元的广告个人收益。马旺财又说，魏风领走的十二万元广告提成，是魏风替胡姬花领的，魏风拿不到一分钱，要是没给他，那就全进了胡姬花的腰包；听胡姬花说，她是绝对不会给艾新闻一分钱的，得有思想准备。

马旺财的话，当时艾新闻不大相信，他怎么也不会相信胡姬花把十二万元广告提成全装在自己腰包里。稿子是他艾新闻写的，广告收益多少也得有他艾新闻一点，即使出于给人个面子，也得给他一点，怎么好意思独吞了，哪能吃独食。好几个星期过去了，艾新闻只见到了七百块钱稿费，没见到胡姬花给他一分钱广告费，也不跟他提广告费的事，好像那两版广告不存在，两版广告与艾新闻没有丝毫关系。

这两版广告早让林萍萍看到了，她在惦记这钱，三天两头催艾新闻，赶紧把广告提成拿回来，别时间长了提不出来。艾新闻只能说"快了"，不能说他的广告提成没影子了。钱拿不回来，林萍萍催也拿不回来，艾新闻断定胡姬花不给。胡姬花是啥货色，他太清楚了。林萍萍逼艾新闻去找胡姬花要提成，艾新闻没去找胡姬花要，即使去要，她也不会给。在艾新闻看来，去要这钱，如同有人打他嘴巴一样难受。

艾新闻钱拿不回来，林萍萍不罢休。林萍萍已打听好，这十二万元的广告提成，艾新闻至少应当有四五万元钱。这么多钱，对家里来说是笔大钱，必须要回来。

林萍萍对这笔钱盯紧了不放，对艾新闻说，他要不去，她去要；这个胡姬花总不能不要脸吧。找胡姬花要钱，林萍萍绝对能拉下脸来，艾新闻怕她去要。艾新闻断定,她去要的结果,胡姬花虽会给钱,但会同打发"叫花子"似的,给得很少,那么林萍萍肯定不干,而胡姬花会说出十足的理由不给。这样的结果,会让全广告部和全报社人都知道了,艾新闻老婆跑到报社替老公要钱来了,想钱想疯了;另一个结果,就是任凭林萍萍吵闹,胡姬花一分钱的广告提成不给,还会对林萍萍说,艾新闻是写了老板的纪实文章,那是广告部派他的工作任务,广告资源是她胡姬花的,广告提成自然与艾新闻一分钱关系没有。胡姬花要这么说,有什么错吗?在表面看来,她一点没错。结果若是这样,林萍萍找谁都找不到理,胡姬花还会把林萍萍和他艾新闻说得一钱不值。

艾新闻把这两个可能出现的结果跟林萍萍说了,林萍萍却坚决不认可艾新闻的推测,她说一定能要回至少四万块钱,甚至更多。

艾新闻把这两种推测与刘学文交流了一番,刘学文说,推测准确无误。他给胡姬花没少当拉广告写文章的"枪手",她从来都是给他少得可怜的稿费,他想都不能想广告提成的美事;有一次,他写的文章见报,胡姬花的广告接着也见报,同样是三十万元的广告费,十二万元的提成,若给他分上四万元,哪怕三万元也行,他贷款买房,太需要钱了,可胡姬花把这么多钱都装在了自个儿口袋,见到他装着啥事儿没有似的。他就斗胆朝胡姬花要,你猜她怎么说,让他写文章,是看得上他;他的稿子与广告一毛钱的关系没有,朝她来要钱,真是不要脸。刘学文气呼呼地说,她骂他不要脸,她可是真不要脸。他和林萍萍去要,保不住也会骂出"真不要脸"来。

刘学文劝艾新闻面对胡姬花要从坏的方面考虑事情,她每每让你吃了大亏,你只能揉个"肚子痛",要从她口袋里掏出钱来,凭手段和歪理,广告部没一个人是她的对手。

在证实了自己判断胡姬花德行的准确,艾新闻劝林萍萍不要自取其辱。而在这件事上,林萍萍同胡姬花一样,眼里只有钱,艾新闻看无论如何也拦不住林萍萍要广告提成的决定,无奈之下,只好从朋友那里借了四万块钱给林萍萍。林萍萍虽然嫌少，但还是脸上笑成一朵花地收下了，却埋怨艾新闻心太软，要是心"硬"点，肯定会要回来五万元或者六万元。林萍萍的话，气得艾新闻的眼泪快涌出来了。

广告费提成全装在自个口袋里的胡姬花，又给了艾新闻一个当"枪手"的任务，派他去写一家公司。魏风扔给他一摞子资料，对他冷冷地说，胡主任要求一周内交稿。瞅着一大堆资料，艾新闻的嗓子顿时堵了个疙瘩。这堵起的疙瘩，是让他想到了从朋友那借四万块钱给林萍萍，还得对林萍萍撒谎说是胡姬花给的广告费提成。借的这四万块钱，他得尽快还给朋友，但又拿什么还这笔钱，啥时候能还上这么多钱呢？他不知道。给林萍萍堵"窟窿"的钱，还不知道上哪儿去找，而胡姬花又一个让他当"枪手"的活来了，写了这稿子见报，她的广告来了，广告费提成又是她的，她又不会给他一分钱，林萍萍又要逼他朝胡姬花要广告费提成，他该怎么办呢？艾新闻想，他没有办法让林萍萍满意了，那又是一场无法面对的情形。想到这篇文章又要带来的纷争和痛苦，艾新闻干脆对魏风说，这篇给别人写吧，他写不了。魏风去请示胡姬花，胡姬花让魏风告诉艾新闻，写也得写，不写也得写。艾新闻私下问马旺财，胡姬花的这稿子不写行不行。马旺财说，不写的后果很严重，还得写。艾新闻不知道"不写的后果很严重"是什么，只好写，心想，林萍萍要广告费提成，大不了再想办法。

九

有位社领导在关注艾新闻，艾新闻在广告部做什么，胡姬花对他怎么样，发生了些什么情况，他清清楚楚。这位社领导是副总编王公文。王公文关注的不是艾新闻，他关注的是胡姬花。胡姬花曾是他的学生，现在是他的部下，但在她心里他已不是老师和领导，是个让她讨厌的人。他主管广告部，但胡姬花只听牛社长的，汇报请示工作只对着牛社长，从不主动给王公文请示或汇报工作。王公文叫她来汇报工作，她也只是客套地应付一下，且王公文不能多问她的工作，问多了她就让他去问牛社长。胡姬花不把主管她的王公文当回事，王公文就向牛社长告胡姬花的状。王公文知道牛社长与胡姬花在利益上穿着一条裤子，难以分开，告胡姬花的状，纯属自找无趣，或是自寻烦恼。但王公文还是不停地向牛社长告胡姬花的状，而每次反映胡姬花的问题，牛社长都是那句话"知道了"，不说王公文说得对，也不说胡姬花的错。实情是，王公文向牛社长告她的状，她大都知道，谁告她一次，她记恨谁一次。几年下来，不长脑子的王公文，抱着对牛社长一丝幻想的王公文，告了胡姬花许多状，告得胡姬花恨透了王公文。她便把王公文的主管领导从她脑子中抹了，后来王公文叫她汇报工作，她竟说"没空"而公然拒绝他的领导，至于过去那种表面上向王公文请示工作的形式，在她这全减免了。

王公文来报社前是大学中文系副主任，纯情文人，心牵天下大事，忧天忧地忧人，杂文写得小有名气，性格和文章略有偏激而不讨人喜欢，在学校升职无望，干着无聊，想报社发表文章方便，通过关系调到了报社当副总编，梦想着杂文家的美妙光环在头上更耀眼。起初天天写杂文，却是遭到人人烦。原以为写了杂文本报就会刊登，没想到后来几乎登不出去。登不出去的原因，不是王公文的杂文写得不好，而是牛社长和其他社领导一致认为，也是报社编委会的更多人认为，王公文的杂文写得还行，但总是锋芒毕露，会给报纸惹麻烦，登他的文章报社风险很大，他给了部门主任稿子，便会石沉大海。王公文质问有关主任，主任说，去问牛社长。他问牛社长，牛社长说，具体稿子用不用由主任定。王公文逼主任上版，而上王公文稿子的报纸清样送到牛社长手里，牛社长又批评主任为何上他的稿子，主任只好撤稿。

稿子没见报，王公文找主任，主任不得不说是牛社长不让用。王公文又问牛社长，他的稿子为何不能用。牛社长说，只要编委会通过，他没意见。王公文在本报登不出一篇稿子，就被牛社长用"编委会"的名义给堵死了，气得王公文骂报社的人"文人相轻"。应当说，王公文骂到了登不出他稿子的实质。"文人相轻"是报社的文化现象，牛社长反感自己的副职三天两头在报上"显摆"自己，这等于矮化他牛某人。

王公文在本报登不出稿子，就往外投，而投出去的杂文，基本杳无音讯，加上本报不用他的稿子，他就怀疑自己的写作水平有问题，继而没了自信，也就不写了。失去写杂文爱好的王公文，丧失广告部主管职权的王公文，日常工作只有管社办公室和发行部。而报社办公室是直接对着牛社长的，做发行他又不愿东奔西跑受累，王公文在报社基本无事可干。平时消磨时光的最大方式，就是看杂文书。后来杂文书也不看了，就把心思放在了关注一些人和事上。比如牛社长的一举一动和广告部与胡姬花有关的说长道短，比如报社一些人的奇谈怪论与相互来往，比如哪些人对牛社长有不恭和做了对牛社长不利的事，他都格外留心。王公文关注胡姬花，纯粹是为了弄倒胡姬花；他关注牛社长，是表面上要讨好牛社长，要给牛社长当耳目眼线，更重要的是收集牛社长的大事小事，要找机会整倒他。经常给牛社长打别人的"小报告"，而牛社长又喜欢有人给他打别人的"小报告"，渐渐对王公文有了相对好感。正因为王公文喜欢给牛社长打"小报告"，王公文就成了报社人见人怕和人见人烦的人物，王公文也就成了报社患得患失的人物。

艾新闻在广告部受到胡姬花一次又一次的"蹂躏"，艾新闻不得不为胡姬花拉广告当"枪手"，胡姬花把十二万元广告费提成独吞而不给艾新闻分文，艾新闻在广告部的情况，王公文一清二楚。王公文通过艾新闻"顶撞"胡姬花的事，感到艾新闻不怕胡姬花的胆略，真解他的气，他暗自喜欢上了艾新闻。

早上刚到报社，王公文把艾新闻叫到了他办公室。王公文给艾新闻沏杯茶，对艾新闻说，坐下喝杯茶，聊会儿天。艾新闻被王公文叫到办公室，不知道是什么事，有点紧张。王公文高个，花白有点散乱的分头，两腮无肉的瘦长脸上，大嘴、隆鼻子、高颧骨，那种诗人和学者的特征十分明显，让人有说不上来的敬畏感。

王公文办公室除了书柜里满是书，沙发和茶几上也堆满了书，书比其他领导办公室多了许多。但书上落了很厚的灰尘，看样子这些书好久没动了。王公文从一堆书里拿出两本书，用签字笔写了龙飞凤舞的话，签上自己的大名，对艾新闻说，这两本书是他在大学时期出版的杂文集，以文会友，请批评指正。艾新闻急忙站起来双手接过王副总编的签名大作，受宠若惊地说了赞美的话后，等着王副总编还要说什么，如没什么说的，他想即刻离开。艾新闻感到，在这个报社，职工大都不愿跟社领导多接触，不愿跟同事多来往，这是保护自己的方式，也是形成已久的冷漠文化。他到报社几个星期，已经被这种氛围影响得从不适应到不得不接受了。尽管冷漠文化摧残人的内心，如若不适应冷漠文化，将使人经受更多的失落。这是艾新闻悟出来的道理，他只能遵从。

艾新闻站起来，要走。王公文让艾新闻坐，说要聊聊。艾新闻紧张，王公文对艾新闻说，他主管广告部，就聊聊，没什么。王公文问艾新闻，听说胡姬花净欺负他。艾新闻说，他新来乍到，也许不适应胡主任的要求。王公文说，胡姬花把三十万块广告费提成独吞了，他怎么不吭声，是怕她，还是他钱多得不在乎。艾新闻说，那广告是人家胡主任的客户，与他没关系。艾新闻这么说，王公文生气了，声音很大地说，胡姬花的毛病，就是让他艾新闻这样的一堆人惯出来的；都做胆小怕事的"软蛋"，她坑了人，都忍气吞声，装聋作哑，委曲求全，其结果是纵容这个女人成了自私自利、胆大妄为、目中无人、我行我素的坏人……如果连当过机关宣传部副部长的艾新闻都成了怕她的"软蛋"，那这广告部，那这报社，还有什么希望……

王公文的激动与愤慨在升级。尽管看艾新闻几次站起来，有想要走的样子，但他仍按捺不住对胡姬花的憎恨，也不能不说完他想对艾新闻说的话。他对艾新闻有话要说，他有想法要艾新闻今后配合。王公文接着对艾新闻说，胡姬花在广告部有"几大恶行"……艾新闻听王副总编要说胡姬花的"恶行"，实在不敢听这些报社的是非，也实在不愿听这些上级说下级坏话，便打断王公文的话，说他约了个客户，时间快到了。王公文狠狠地挥了下手说，什么狗屁客户也没他说的这些重要，聊完再去。艾新闻看王副总编如此敏锐地看出他的不耐烦，又一眼看透他的撒谎，心里压了块深重的石头，把身体也重重地压在了沙发上，不得不装出接着听的表情，强忍无奈地任由愤怒与激动的王公文对他发泄。

王公文瞅了一会儿艾新闻，不想说但又接着说，却改变了话题。王公文不再说胡姬花的"恶行"，却说他知道艾新闻是个有文字情怀和正直正派的人，到这个报社来，实属偏执和误入，是委屈的，今后也会很委屈。但他王公文看好艾新闻，只要艾新闻保持好过去的这些可贵优点，听他王公文的提示，在报社照样会有发展……比如，广告部主任位置，也未必老是她胡姬花的，时机成熟，可换成别人……艾新闻怎么不能当呢？或许他艾新闻是最合适人选……好好干，不要跟胡姬花妥协，不要容忍她的"恶行"，不要跟广告部的坏风气妥协，保持曾是机关领导干部的本质，想办法扭转广告部的这坏风气……广告部的希望，寄托在他艾新闻这里了……

王公文的这番话，让艾新闻的心七上八下，他不知道对王副总编说什么好，只好对他不停地如鸡啄米一样点头。

王公文不顾一脸苦恼表情的艾新闻，又说，有两件事是考验他艾新闻胆略和正义感的重要事情，希望艾新闻不要当儿戏。一个是胡姬花独吞他参与广告的三十万元广告费提成，先去找牛社长反映，牛社长要庇护，写信反映给宣传部领导，必须把属于他艾新闻的那部分提成要到手；一个是要每周跟他王公文说一下胡姬花大小的"恶行"。把这两件事做好了，艾新闻就在他王公文这里"立"起来了，他艾新闻也就在报社"立"起来了……他王公文一定亏待不了他艾新闻。

艾新闻对王副总编的两个要求，越听越头大，只点头，不敢表态，更不敢表虚情假意的决心。"不敢"，是艾新闻不愿意接受这样的任务。艾新闻对王公文，已经反感至极。他对王公文又做了点头的动作，便告辞了。他感觉再要听王公文说话，他的神经会崩溃。王公文对艾新闻说，记住他说的两件事，看他艾新闻的了。艾新闻又点了下头，赶紧离开了王副总编的办公室。

从离开王公文办公室的那刻起，艾新闻的脑子里在不停地转一个沉重的问题：王公文交代的两件事，要不要做？他决定不做。虽然决定不做，但他却不停地问自己要不要做，又不停地回答自己不做，坚决不做。不按王公文说的做的结果肯定是得罪他，他艾新闻在报社的处境会多了个障碍。艾新闻想到了不做的厉害，但他在这厉害面前，还是选择了不做。因为艾新闻给自己定了个规矩：不参与报社任何事非，不越级接受任务。决定了不做王公文交代的两件事的艾新闻，马上去写胡姬花交给的任务，尽管是给她当拉广告的"枪手",那也是工作任务,那也得把稿子写好。想到要把稿子写好,帮胡姬花拉来广告,胡姬花又会把广告费提成独吞,艾新闻的心头又压上了石头。

艾新闻回到办公室,接到金妙妙的电话,让他到她办公室来,聊事。艾新闻还为王公文交给的两件事而犯愁,金妙妙叫他,正好也想与亲近的人聊一下这事。金妙妙办公室就她一个人,她听说了胡姬花独吞广告费提成的事,问艾新闻怎么想的。艾新闻说,胡姬花不给,他不能要。金妙妙说,胡姬花为人霸道和自私,她不给他,她也不给别人;要是要不来,那是自讨苦吃;结果是钱没要到,而把自己搞得心情不好且让她坏了名声;这报社就是这样,有理的事情未必有理,没理的事情未必没有理;这事只能先忍了,应当从长计划,等时机成熟再跟她算账。艾新闻感到金妙妙对胡姬花独吞广告费提成的判断是准确的,也正合他的意思。艾新闻没给金妙妙说林萍萍逼他要广告费提成的事,因为下面的稿子和广告做成,也面临林萍萍逼要广告费提成,他要是把这事告诉金妙妙,金妙妙也不会有什么好的主意。没有好的主意,他还得面对这困惑,反而会让他艾新闻更加难受,他决意只做不说算了,接着再想办法借钱给林萍萍,息事宁人。

艾新闻跟金妙妙说了王公文交给他的两件任务,艾新闻把自己决定不做的理由跟金妙妙说了。金妙妙听完艾新闻的描述和他的倔强想法,朝他急了,她骂艾新闻脑子进水,人家王公文是主管广告部的社领导,你是广告部的一般业务人员,新来乍到,后面的进步,胡姬花肯定不会搭理他,如果把王公文得罪了,他就在广告部任由胡姬花揉搓了,面临吃不完的苦头……要在广告部有所发展,就得把胡姬花扼制住,要让她滚蛋;这女人早该滚蛋了,可没人敢腰杆子硬起来,不是怕就是忍,结果让这女人成了横行霸道的报社祸害。他艾新闻要是屈服了,这广告部就不会有希望了……王公文虽然患得患失,但他有正义感,他让做的两件事,不仅要做,还要做好,做得让王公文满意。只要让王公文对他认可,他艾新闻就在报社有领导关照了；有王公文的肯定，他艾新闻在广告部干上主任位置极有可能；如果一心想到采编部门，王公文也能替他说话，可以把他安排到想去的部门。金妙妙劝艾新闻，在这件事上千万别犯傻，不然他一定会后悔。

……

金妙妙的话，让艾新闻又七上八下起来。金妙妙是对他好，这艾新闻知道。艾新闻更知道，金妙妙是综合报社情况，也是根据他艾新闻到报社面临的处境，也是对他艾新闻未来着想而出的正确主意，更是掏心之劝。虽然金妙妙对艾新闻说的是掏心窝的话，但艾新闻仍坚持要与王公文保持距离，为广告费提成不找上级，宁可得罪王公文，宁可自己在报社提拔无望，也不去做打胡姬花小报告的事。

金妙妙等艾新闻表态，艾新闻不知道该怎么对待金妙妙的劝，但艾新闻不想说一套做一套，喜欢有话直说，他干脆对金妙妙说了王公文交代的两件事，他不想做，宁可在报社混得没人理睬，也不能做这事。金妙妙听了，骂艾新闻是"倔驴"，无药可救的"倔驴"。

……

艾新闻回到办公室，办公室只有坐在左边窗户前新来的一个男副主任。他主动跟艾新闻打招呼，艾新闻赶紧说"主任好"。对方说，别叫主任，叫他伍一武。他叫艾新闻过来聊会儿，艾新闻就过去，坐在了他对面。伍一武与艾新闻年龄差不多，小个子，方脸方嘴，大耳朵，眼睛圆得像两颗珠子，四十岁就满头白发，像个小老头儿，但脸上透着文气。

伍一武对艾新闻说，他听王公文副总编说，艾新闻是个正直且正派的人，到广告部面对胡姬花的蛮横，不妥协，不屈服，足以证明他艾新闻是个难得的好干部。艾新闻听伍一武说的是王公文说过的话，就不想听了，就对伍一武说，胡主任叫他写篇急稿，待他写完有空再好好聊。伍一武说，胡姬花让你写稿可以写，但他艾新闻应当等她把前面独吞的提成给了再写，她不给坚决不能写……

65

又出来个劝他跟胡姬花对着干的人，艾新闻不敢说什么，只是苦笑着，听伍一武继续说。伍一武一根接一根抽着烟，艾新闻不抽，但他硬要艾新闻陪他抽一根，艾新闻就陪他抽，他就与艾新闻显得亲近了许多，说，王公文副总编对他艾新闻印象不错，布置的两件事，千万别怕谁，该怎么做，就怎么做，希望不要让王副总编失望……何必再给胡姬花拉广告当"枪手"，不把广告提成要回来，就不要再给她写……

艾新闻听出来了，伍一武是王公文的人，是王公文让伍一武找他艾新闻的，还是伍一武在王公文那里听说了这件事，伍一武出于关心他而随口说的？艾新闻也对伍一武有一份不好的感觉。面对伍一武的热心劝导，艾新闻只有热情应承，不知道说什么好，只好什么也不说，便找些闲话扯。原来伍一武也是写杂文的，曾写过不少杂文，与王公文是文友。在采编部门干了多年，实在不愿意干采编，想挣钱，瞅准了广告部，但胡姬花不要，费了很大劲才到了广告部。伍一武是报社老人，又与王公文关系不错，胡姬花便让他三分。伍一武说，他对桌的高奔，曾是专刊部的编辑，与胡姬花关系好，就跳到了广告部。伍一武提醒艾新闻，在广告部说话，可得小心点，弄不好，就会给自己带来麻烦。

　　…………

这一上午，王公文找他谈完话后，又是金妙妙，又是伍一武，给他脑子里灌满了与胡姬花对着干的好言善语，灌满了"要不回来广告费提成，不要给胡姬花当枪手"的劝导。这每个人的劝说，犹如一团团油乎乎的棉花，塞在了他心口上，堵得他油乎乎的心里泛油且头晕。艾新闻再次提醒自己，广告费提成不能要，胡姬花交给的稿子还得写好，对胡姬花的小报告不能打；他艾新闻谁的话也不听，谁的大树也不靠，凭自己的单纯和简单方式对待任何人和事情。

又把自己拉回来的艾新闻，下午赶紧采访写胡姬花交给的稿子去了。

虽然艾新闻以善良的方式对待胡姬花，可胡姬花却叫与艾新闻同办公室的马旺财、魏风和高奔找艾新闻的不好表现，几个人都没说出艾新闻的毛病来，更没打听出艾新闻说她什么坏话。这虽让胡姬花失望，但胡姬花跟他们仨交代，要把艾新闻盯紧点，也要盯着点伍一武和王阿妹，有情况随时跟她说。

艾新闻在胡姬花这里是重点讨厌之人，艾新闻在广告部吃的苦头，还在后头。

十

艾新闻用了一周时间采访并写出了胡姬花要的稿子，交给魏风。魏风照样皱了眉头，照样改了几个错别字，照样改了一些句子，照样砍掉了她认为多余的段落。她把艾新闻叫过来，一字又一字，一句接一句，一段又一段指给艾新闻看，批评和指责他字这句这段不应当这么写。艾新闻仍像个学生，站在魏风旁边，虚心接受她的批评和指责。魏风指点完了她修改的地方，稿子改成了"大花脸"，想清稿，但又不敢提出来。根据艾新闻的判断，要提出来清稿，魏风是不会让清的。她把"大花脸"的稿子送给胡姬花，当然是说明她能耐不凡，也要说明她为这篇稿子付出了摆在这纸上的辛苦。清完稿，胡姬花怎么会看到她的劳动成果呢？艾新闻早已明白魏风不让清稿的用意，就不再向她提出清稿了。魏风拿着稿，送给胡姬花。

胡姬花看完稿子，仍然对魏风说，得重写，主题不突出。魏风有点急了，她看写得还挺下功夫，能过就给过了。胡姬花说，得重写，不重写，客户肯定不满意，广告会泡汤。胡姬花这么一说，魏风不再说什么，把稿子拿走了。魏风把胡姬花要重写的理由跟艾新闻客气地说了，艾新闻听了不急不恼，对魏风说，他再写一遍。魏风就说，抓紧重写，胡主任明天要稿子。艾新闻没理她，但心里骂她，这个胡姬花训导出来的没教养女人，不知道别人的难受，更不知道同情人。

艾新闻在家里的书房重写稿子，这一晚又得干通宵了。林萍萍给艾新闻沏上杯茶端了过来，在骂胡姬花的同时，给艾新闻打气说，胡姬花是他的老板，要想多挣钱，就得听老板的话。林萍萍让艾新闻千万按胡姬花的要求，她要他怎么写，就怎么写。艾新闻听了林萍萍的话，憋了一肚子气，终于忍不住了，朝林萍萍喊道："你也是见钱眼开的女人，不顾别人心里多难受，净说些让人心堵的话！"

"你朝我发个狗屁脾气，你有本事朝胡姬花发去！"林萍萍说，"我见钱眼开，也是怕你吃眼前亏，也是为了这个家，你跟我凶什么！"

艾新闻再不敢发火，赶紧把林萍萍推出了书房，重写的稿子等着他呢，他埋头按魏风说的，接着提炼主题，思考和推敲，已经到下半夜，虽困得睁不开眼睛，还是一边喝着浓茶，一边揉着眼皮打架的眼睛，把四千字稿重写了一遍。

写了一夜没合眼的艾新闻，写完稿子在书房小床上刚睡着，就被林萍萍叫醒吃早餐。艾新闻感到林萍萍对稿子的关心，比关心他还上心。重写完稿子的艾新闻，虽苦，但心里爽朗，就去送稿子。稿子给了魏风，魏风看完仍是皱了眉头，仍是改了一段又一段，改了一句又一句，改了一字又一字。改完，又叫艾新闻过来看稿子。还是那样，艾新闻站在旁边认真地看改过的地方，她拿着笔指着改过的地方，批评和指责了艾新闻写稿的毛病。艾新闻多想把稿子清"干净"了再让胡姬花看，但魏风仍把改得"大花脸"稿子送给了胡姬花。胡姬花还是让魏风等着拿稿。

胡姬花看完稿，对魏风说，重写的稿子主题提炼得总体还行，但财经或者经济视角太不够了，让他再改一下。魏风说，差不多就过了算了，他昨晚重写没睡觉，今天还要让他改，他会不会认为是在欺负他。胡姬花生气地说，要心疼他，你就替他去改。魏风不敢再说什么，只好拿着稿子走了。

魏风回到办公室，艾新闻看魏风不悦的脸，已猜出几分，八成又要改写，就主动问魏风，是不是又要改。魏风说，财经和经济的视角还不够，再改一下，明天要稿子。意思是艾新闻得抓紧。艾新闻仍然啥话没说，拿过稿子，仔细琢磨起来。艾新闻感到胡姬花让他改写，并不是折腾他，他写稿时的财经意识还真不够，甚至写着写着就把财经视角转移了。艾新闻不恼，魏风的脸上畅快了许多。

艾新闻中午下班把稿子拿回家接着改。林萍萍看艾新闻被胡姬花反复折腾，以为他很难受，但从没看出他被折腾得不愉快，这让林萍萍很惊异。艾新闻自从进了广告部，一篇稿子的广告就能挣来好几万块钱，林萍萍给艾新闻做饭做得倍加勤快。林萍萍虽对胡姬花三番五次折腾艾新闻改稿子气在心头，但想到写一篇稿子能给家拿回好几万块钱，便啥话也不说，就催艾新闻好好改。艾新闻吃完午饭，睡了一大觉，又去企业补充采访财经的内容。整个一下午，艾新闻又挖了与财经相关的文章细节，又改写了个通宵，直到改满意了才去报社交稿。

艾新闻把改稿交给了魏风，魏风看了一遍，仍是皱了一下眉头，又接着修改。艾新闻对魏风的皱眉和见稿必改，早已不以为意，等她改。魏风看了一遍，好像没法动手改，又接着看了一遍，好像仍没法改。没有不能改的稿子，没有想改改不动的稿子。魏风又接着看了一遍，毫不犹豫地改了起来。当然得改几个字，当然得改几个句子，当然得删除一些段落，稿子又被她改成了"大花脸"。改完，当然要给艾新闻说改过的地方，艾新闻没等她叫就主动过来站到了她旁边。魏风就又以批评和指责的口气说了稿子改过的字、句、段落，不应当这么写，不应当那么写，艾新闻还是痛快接受。魏风说完改稿，当然不会给艾新闻清稿，拿着稿子去送给胡姬花。胡姬花把稿子看了两遍，好像又有意见。没等胡姬花说什么，魏风说，稿子过了算了，再别让艾新闻改了。胡姬花说，还真得改，语言还是太生硬；还是那句话，要心疼他，她就替艾新闻改写。胡姬花说完，把稿子朝魏风面前一扔，瞪她一眼，不理她了。魏风再不敢说什么，拿着稿子立马走人。

魏风把稿子扔给了艾新闻，把正在看书的艾新闻吓了一跳。魏风说，稿子还是老毛病，语言生硬，胡主任让改。被吓了一跳的艾新闻，要对魏风发火,但又忍住了,因为魏风跟他说话的时候,是笑着说的,艾新闻的气就消了一大半。

艾新闻感到胡姬花说的稿子语言有毛病,并不是故意刁难他,仔细看叙述确实生硬,没有转到口语上。看出了稿子存在的毛病,艾新闻对魏风和胡姬花让他不停改稿,又一次理解了,接受了,不生气了,接着去改。艾新闻这样妥协,是因为他总是认为,改一次稿,是一次进步;改一次稿,是长一大截本事。有了这个出发点,胡姬花和魏风对他的态度,他也不当回事了。艾新闻昏沉沉的脑袋,有求写作进步的喜悦想法,头昏减轻了很多,拿回家接着改。

艾新闻的愉快心情,让他笔下生风,半个晚上就改好了稿子语言生硬的地方,仍然是第二天一早上班,把稿子交给了魏风。魏风看完稿子,看了三遍,甚至是四遍,当然又是皱了眉头,又改起了稿子,改了一些字,改了一些句子,也删除了几个小段。艾新闻看她改完了,不等她叫,又主动到魏风旁边,魏风就又以略带批评与指责的口气跟他说修改过的地方,艾新闻是多么不注意,是多么生硬,是多么不到位。艾新闻全部接受。魏风说完稿,当然不会让艾新闻清稿,拿着稿走了。艾新闻等魏风回来,等胡姬花的回复,而魏风直到下班,也没回办公室。艾新闻心上挂着稿子要不要改的事,就给魏风打电话问稿子通过了没有。魏风说,胡主任没时间看,不知道要不要改,晚上手机不能关机,若要改,她会给他打电话。艾新闻说,那他把手机开着。

艾新闻把手机充满电,等着胡姬花看完稿子,等着魏风的电话,等到很晚了,等到困得实在睁不开眼了,上床睡了,魏风来电话了,说稿子客户要审看,有几个数字不准确,也还得加几段企业老板的闪光语言,她把有关资料发他邮箱了,让他明早上班把修补后的稿子发她邮箱。艾新闻赶紧下床,赶紧赶走困乏,到书房修稿。好在稿子不是大修改,不到天亮,就修改完了。一清早,艾新闻又把稿修改了三四遍,再看不出问题了,把它发到了魏风的邮箱,并给她发了个短信,然后吃早点上班。

上班后的两三天,稿子再无音讯,只是在周末的报纸上看到了署名胡姬花、魏风、艾新闻的这篇稿子。稿子登得不错,修改很少。几个白天和晚上的辛劳,变成了报纸上的白纸黑字,艾新闻读了几遍,有几许满意,也有几许陶醉,一时忘记了稿子见报之日,就是他又一个痛苦之日的到来。

艾新闻对写得满意的稿子有点陶醉,回过神来,愁闷却涌上了心头,这稿子见报,广告很快会拉来,广告费提成要是胡姬花仍是一分钱不给他,那林萍萍还得催他要广告费提成,要仍是上次三十万元的广告,那他还得给林萍萍四万元广告费提成,这钱从哪里去借,能借来吗?艾新闻挂在心头的愁闷,变成了一块石头吊在了心头。

几天后,艾新闻写的稿子当作这家企业的广告见报,仍是两个彩色版的广告,那就又是三十万元的广告费。艾新闻企盼胡姬花这次多少给他一点提成,心疼一下他,免得林萍萍逼他交广告费提成他再去借钱。而又是广告见报好些天过去了,胡姬花和魏风见他跟没事一样,艾新闻只拿到了七百元的稿费。还是以稿费打发他,艾新闻料想这提成又是被胡姬花独吞了,或者全进了胡姬花和魏风的口袋,不会给他一毛钱。

林萍萍盯着报纸广告呢,稿子一见报和广告一见报,她就催艾新闻抓紧要广告提成费,交代艾新闻该要的一分钱也不能少。林萍萍一催,艾新闻就犹如坐到了火山口上,每天被烧烤得难受不堪。

十一

"艾新闻,钱呢,啥时拿回来?!"林萍萍朝艾新闻嚷道。

"啥钱?"艾新闻装糊涂反问林萍萍。

"这次广告费提成的钱啊,跟我装啥蒜?!"林萍萍火了。

"在要呢,再等等。"艾新闻赶紧跟林萍萍说。

"我催你半个月了,钱怎么还拿不回来啊!"林萍萍声调高得吓人,"我问过报社的人了,这广告费也是三十万元,刊登后公司的钱就到报社了。胡姬花第二天就让魏风从财务把十二万元的提成领走了,是不是胡姬花又拖着不给?"

"不要催,也不要逼我,我会要回。"艾新闻无奈地说。

"你要仍不好意思要,那我问她要!"林萍萍仍然在逼艾新闻。

又是一个极不痛快的晚上,林萍萍放不下提成费,也不放过艾新闻,再说下去又得吵架。实在烦林萍萍的唠叨,艾新闻干脆到书房睡去了,气得林萍萍直骂:"'倔驴'一头,你今晚要是睡书房,明晚就别上这床!"

…………

几天又过去了,艾新闻仍没把广告费提成拿回家,林萍萍就对艾新闻急了,问他"胡姬花给了广告费提成没有",艾新闻无法回答,只能装聋作哑。再问急了,艾新闻就撒谎说,胡姬花说了,过几天给。林萍萍说,她等着,别再让她催要。艾新闻就苦笑着答应,老婆放心,一分不会少。

艾新闻的撒谎和哄话，使林萍萍对他有了少有的笑。

这次广告费提成，胡姬花如果仍不给，林萍萍哪能罢休。要平息林萍萍，还得借钱堵她的嘴。至少要给林萍萍四万块钱，她才会罢休。钱从哪里来？艾新闻的办法，得再找人借。找谁借呢？好像没地方去借，又愁上了。愁来愁去，想到的办法，也只能是尽快拉成广告。拉成广告有提成，拿拉来广告的提成补上胡姬花不给的广告费窟窿。

报社有个人，知道艾新闻的发愁，是金妙妙。金妙妙叫艾新闻到她办公室，办公室仍是她一个人，金妙妙从铁皮柜里拿出个大信封给艾新闻，并对艾新闻说，知道你愁得不得了，又同上次广告登了一样，提成被胡姬花独吞了，林萍萍追着要广告费提成，借你四万块钱，拿去灭"后院"的火吧。艾新闻把大信封还给了金妙妙。金妙妙问，是嫌少还是不要。艾新闻说，这次他不借钱了，他有办法。金妙妙也不勉强，把钱收起来，对艾新闻说，那就从胡姬花那里把属于自己的血汗钱要回来。艾新闻对金妙妙苦笑着说，谢谢妙妙的好意，钱他想办法。

艾新闻忙着去拉广告。艾新闻调到报社一个月，也是到广告部一个月，找亲戚朋友联系了十几个企业和老板，有人答应给他广告，但都因各种理由没有兑现一个，不知问题出在什么环节，只好求刘学文帮忙。刘学文离开广告部时给艾新闻的广告客户的联系方式，胡姬花要走并说这是广告部的资源，要是艾新闻硬要拉，拉来没有提成，艾新闻就不敢用这个资源。刘学文说，那是不能跟胡姬花对着干，跟她对着干，肯定白干。

艾新闻犯愁，刘学文说，看他的，但得请客吃饭。艾新闻说，那就请。刘学文说，要请的客户能吃好喝，这钱他们可不掏。艾新闻说，他买单。刘学文说，舍不得孩子套不住狼，拉广告舍得本钱，才能拉来大钱。艾新闻说，明白。

刘学文跟艾新闻说明白了拉广告的游戏规则，就给艾新闻联系了一个胡姬花有可能不熟悉的客户企业的宣传总监，带艾新闻请总监吃饭。

这吃喝法，艾新闻的眼睛越看越直。

肥猪般的总监带了他女朋友在内的四个朋友，都是吃家喝家。在吃喝的热烈气氛里，刘学文跟总监说了这个广告对艾新闻的重要性：报社的工资与广告效益挂钩，艾新闻到报社至今没拉到广告，领不到工资不说，还面临失业危险……刘学文哀求般地介绍，着实让总监和他的朋友们感动或感慨了半天，当即答应特事特办，给艾新闻个广告解困。艾新闻感动不已，连喝好几杯酒答谢。

美食美酒吃喝得客户脸上放光，玩得客户心花怒放，答应给艾新闻广告。刘学文催艾新闻当即确定投放广告日期。艾新闻感到饭还没吃完就催广告很不厚道，就只敬酒和只添菜，广告一句不敢提。刘学文便替艾新闻赶紧问总监，广告合同哪天签。总监说，明天就签。刘学文接着盯住问，明天艾新闻去找他，他几点在。总监说，一天都在。总监的爽快答应，乐得艾新闻又连敬三杯酒。

这餐近六百元的白酒喝掉了三瓶，一百二十元一瓶的干红葡萄酒喝了六瓶，餐费两千多元，总共花了四千多元。还不止四千多元，吃完饭到歌厅唱歌，玩到半夜，结账一千二百元，总共花了五千多元。

…………

艾新闻一觉醒来是半夜，睡不着，既难受又兴奋。他为昨晚虽花了对他来说"天价"的饭钱和玩乐开销而揪心，但想到明天会拿到广告，这是他到报社广告部的第一个业务单，对他艾新闻打开僵局真是意义重大。喝得几乎烂醉如泥的艾新闻，犹如踩进仙境，少有的兴奋。林萍萍跟着兴奋，因为艾新闻喝醉的结果是拉到了广告，拉到了广告，就会有可观的钞票，今天的艾新闻喝醉她不反感，她又给他沏茶，又侍候他上床。过去只要他艾新闻喝醉，林萍萍总会把他骂个狗血淋头，且不侍候他。艾新闻自从到了广告部，几次醉酒，林萍萍不仅心痛地送上茶水，还会钻到他的被窝抚慰一番。艾新闻感到他到广告部,林萍萍日渐把他当回事了。

等到天亮,等到上班时间,昨晚总监说上班给他打电话,艾新闻没打,又因昨晚总监端着酒杯说"直接去公司找他",他就直接去了公司,可总监不在。总监的同事让他打电话,总监电话打通了总是不接,艾新闻就等,等到了快中午,总监也没出现。下午,艾新闻又去找他,他又不在,同事让他打总监电话,他打通了,但总监还是不接。艾新闻接着等,等到下班,总监仍没来。

艾新闻不知给总监打了多少个电话,总监就是不接。艾新闻把去公司没等到总监和打一天电话不接的事告诉了刘学文,让刘学文联系一下总监。刘学文说,明天再去找总监,如有障碍,他出面;反过来讲,哪有吃一次饭搞定一个客户的。意思还得请总监吃饭。艾新闻说,那就请,请刘兄再劳顿。刘学文让艾新闻拿出十足的耐心去找他,需要再请总监,他出面。

第二天一早,艾新闻又去公司等总监。上午去等,没等到,打电话不接;下午又去等,没等到,打电话又不接。艾新闻问刘学文,怎么办。刘学文说,打电话不接,就接着去等;拉广告就是这样,拉下脸来,只有感动客户,才能拿到客户。

第三天一早,艾新闻又去公司找总监,终于见到了总监。见面虽认出了艾新闻是谁,却有陌生感。艾新闻赶紧自我介绍说,他是刘学文的朋友,他是几天前一起聚过的《华都经济报》广告部的艾新闻。总监略为热情起来,给艾新闻倒了杯水,问艾新闻找他什么事。艾新闻吃惊地说,总监真是贵人多忘事,那天吃饭时说好的,第二天给个广告。总监拍了一下脑袋说,看他这猪脑子记性,是有这么回事。艾新闻说,请总监多多帮忙,这个广告对他太重要了。总监说,广告会有,但还得等段时间。艾新闻问,要等多长时间。总监说,他抓紧安排,但投放时间不好确定。艾新闻有点急了,想再求求总监,能否把广告给得快一点。总监的桌子旁已有好几个媒体的人在等他说话,也来求要广告。有钱就是爷,总监对他们也是爱答不理。要广告的人也不在乎总监的冷漠，又是送上笑脸，又是递上烟，一副低三下四的样子。总监没有确定给艾新闻广告的时间，艾新闻还想问一下，但总监起身送艾新闻，艾新闻只好走人。

总监虽答应了给广告，但没有确定什么时候给、给多少额度的广告，艾新闻感到那顿亲密无比的酒宴，似乎成了泡影，随着时间的推移，总监在酒宴上豪迈承诺的第二天就给广告的激情洋溢的话，就如同放了个屁，随风飘走。艾新闻感到，还得让刘学文协调总监，不然给广告的话真会成屁话。

艾新闻给刘学文打电话，问他总监不给广告怎么办。刘学文不假思索地说，还得请总监喝一场。艾新闻说，吃喝完了，他要再不给广告，那饭钱上哪里找去。刘学文说，拉广告就是请客吃饭；不请吃喝永远拉不到广告，请了吃了喝了玩了花了也不一定能拉到广告。刘学文的话这么一说，艾新闻就无话说了，也觉得刘学文说得有道理：吃饭是交朋友的，交成朋友才能给你办事，吃一顿饭哪能就成朋友的？不可能成朋友。况且他把总监当成好朋友，可总监没把他当成好朋友，人家一时不给广告很正常；这饭还得吃，花多少还得吃。

艾新闻很快想了个明白，就让刘学文再约总监吃饭。总监答应了吃饭，但只能是下周再说。刘学文就追总监确定下周哪天晚上有空，总监答应周六晚上。艾新闻就让刘学文订个地方，刘学文选了比上次宴请更高档次的潮州海鲜大酒楼，说这是总监喜欢去的酒楼。这酒楼一餐饭少说也得万八千，艾新闻嫌这里花费太贵。刘学文说，档次低的酒楼那"货"不去，请人家吃不高兴，吃了白吃。刘学文又说，不是说过，舍不得孩子套不住狼，总监吃高兴了，给个广告大单，还在乎吃饭的这点钱？艾新闻说，还是学文兄悟得透彻，那就订总监喜欢去的潮州海鲜大酒楼。

艾新闻以总监答应的周六晚上的时间，订了潮州海鲜大酒楼豪华包间，把订餐的信息编成热情真诚的邀请短信，发给了总监和刘学文。刘学文立马就回了短信,而总监却杳无音讯。艾新闻又给总监发了一遍短信,等了一天,也没见总监回复。艾新闻让刘学文问总监收到宴请信息没有。总监跟刘学文说,周六没空了,周日也有约,只能下周再说。艾新闻退了订餐,让刘学文接着邀请总监。总监让刘学文下周与他联系,敲定吃饭时间。刘学文就从周一打到了周四,终于约定了总监在当晚吃饭。已到下午,生意火爆的潮州海鲜大酒楼早已没了包间,艾新闻订另外一个海鲜酒楼,刘学文说,那个海鲜酒楼,总监不喜欢去。要艾新闻去找潮州海鲜大酒楼的老板,提他刘学文就会给面子,让他想办法挤出个包间,救个急。艾新闻说,学文兄既然与老板熟悉,给老板直接打个电话帮个忙不就得了,何必让他艾新闻去找。刘学文说,总监喜欢吃这酒楼,他艾新闻今后少不了请总监去这酒楼,结识酒店老板方便。艾新闻就去找酒楼的老板,艾新闻提他是刘学文的朋友,老板不以为意,挤不出包间。艾新闻就跟老板说这次请客对他的人生多么重要,老板听了有所动心和同情,便给挤了个不是很豪华但还不错的小包间。艾新闻对老板谢了又谢。艾新闻心里涌动着委屈的泪水。

艾新闻给刘学文和总监发完订餐的酒楼包间,心里顿时紧张起来,这个酒楼一顿饭至少得五六千,得准备一万块钱才够。他到报社至今没广告业绩,每月基本工资不到一千块钱,哪够在这酒楼请客的。一万块钱上哪拿去?他给林萍萍打电话,让她赶快给他准备一万块钱。林萍萍听说请客要花一万块钱,骂艾新闻脑子进水了,广告还没见到影子,前面花了五千多元,这次又要花一万元,没这么请客拉广告的,要他换个酒楼。艾新闻说,总监喜欢这酒楼的饭菜,点名要在这酒楼吃,换别的酒楼人家不去。林萍萍说,吃了这次饭,能保证给广告就吃,能保证给几十万的广告就花,如果像上次那样,吃完饭连广告的影子都找不着,总监说话像放屁,那这钱就别花了。艾新闻用刘学文的话说,请吃不一定拉到广告,不请吃肯定拉不到广告。这话让林萍萍口气软了,便让艾新闻保证,如果肯定能拿到广告,她就给他送来一万块钱,如果没把握,她让艾新闻自己想办法。尽管艾新闻给林萍萍承诺拿到总监的广告大有希望,但以上次总监大吃海喝后把许诺当成了放屁看,他也担心今晚这顿豪华吃喝会不会又喂"狗"了。

想到再拿不到广告的结果,艾新闻害怕了。得花一万块钱吃饭,这么多钱一顿饭,那是林萍萍几个月的工资,一旦又被总监"涮"了,那林萍萍还不把他艾新闻折腾死。想到这样的结果,艾新闻害怕了,他给刘学文打电话说,在这酒楼请客少说得万把块钱,他老婆不给钱,他又没钱,这客他不请了,总监的广告他不拉了。

刘学文听艾新闻不请客了,气不打一处来地说,给总监都说好了,取消他丢不起人,以后也没法跟总监见面了。刘学文接着说,说好了请,吃多少也得请,他来买单。刘学文的话,把艾新闻噎得赶紧给他道歉。艾新闻说,刘兄千万别生气,权当他艾新闻给自己哥们发个牢骚,别介意。刘学文说,出手有多大,进钱就多大,大男人可别小家子气。艾新闻赶紧给林萍萍打电话,让她赶紧把一万块钱送过来。林萍萍说,她来点菜。艾新闻说,吃完了可能还要进歌厅,老婆参加这宴请不合适。林萍萍说,最多给他五千块钱,肯定会吃得很好,玩得很好。艾新闻说,五千元不够。林萍萍说,就五千,五千块钱是她两个月的工资,五百块一盒的化妆品她都舍不得买,吃顿饭花五千还不够,不要拉倒。艾新闻只好妥协,不一会儿,林萍萍把钱送到了酒楼门口。林萍萍叮嘱艾新闻说,吃的可是血汗钱,点菜少而精,别瞎点,能省就省。艾新闻就赶忙答应,知道五千块不够,但不敢再跟林萍萍要了。

给了艾新闻钱的林萍萍,没走的意思,艾新闻怕她见到总监说出难听的话,赶紧催她回。林萍萍说,她来点菜,点完菜就走。艾新闻拦不住,只好随她点菜。林萍萍在前台点完菜,对艾新闻说,就按她点的上菜,三千元用不了。艾新闻催她赶紧走,她气呼呼地走了。

约好是六点,刘学文过了六点半才到,总监不见影子。艾新闻怕总监

79

忘了，就给他打电话。总监说，你们先吃，他正在路上。艾新闻赶忙说，总监不急，他再等。等到七点多，总监才到。总监仍然不是一个人，三男三女，就是一个男人后面跟着一个年轻美貌的女人。艾新闻拉总监仍旧坐在主宾席位，总监习惯性地叫服务员点菜。服务员说，菜点过了。总监的脸色就不太畅快了，刘学文赶紧让服务员拿来点过的菜单一看，脸露不悦地瞅了眼艾新闻，艾新闻当即明白了林萍萍点的这菜单遭到刘学文不悦，肯定也不对总监的"胃口"。总监要看点菜单，艾新闻从刘学文手里抢过来，装在了口袋里。总监还是要看，艾新闻掏出来就把它撕了，总监乐了。刘学文赶紧把菜谱递给总监，让总监点菜。总监推开菜谱，对服务员说，记：清蒸中华鲟、潮州大龙虾、红烧甲鱼、海虾两斤、海豚每人一条、日本烧烤一盘……给三位女士点三份血燕窝。

总监问：喝什么酒？艾新闻赶紧拿出自带的两瓶茅台酒。刘学文和桌子上的几位男士看到茅台酒眼睛放起光，而总监却没有一点喜悦感，便仔细端详茅台酒的瓶子一番说，假的，百分之百的假茅台。刘学文赶紧说，艾新闻这茅台酒是供首长专用酒，一定是正品茅台。总监不再说话，总监带来的两个男士拿过酒瞅了个细致，也跟着总监的话说，假的，百分之百是假的。总监一行的男士都说酒假，艾新闻感觉欺骗了总监，无地自容。刘学文便给艾新闻补救说，艾新闻的酒没假过，打开一尝，不就知道真假了。刘学文打开了一瓶，倒了一杯闻过又喝了，大笑地喊着说，真茅台，好茅台酒。刘学文让总监和两位男士品酒，总监尝完酒不说话，两位男士端着酒杯只望着总监只品不说话。看来这茅台酒是真是假，全是总监一句话。刘学文又肯定地对总监说，是真茅台酒。总监不说假也不说真，一脸不高兴地说，喝吧。总监话落，总监带来的两个男士也不悦地说，百分之百假茅台酒，百分之百假茅台。话到此，酒真不真已不重要，重要的是得让总监喝高兴。

刘学文瞅着艾新闻不说话，艾新闻赶紧对总监说，总监的朋友是品酒专家,说是假的,肯定是假的。艾新闻问服务员,酒楼有什么好酒。服务员说,最好的是茅台酒。艾新闻问,会不会有假。服务员说,酒楼的茅台酒假一赔十。服务员又说,茅台酒一瓶一千五,不过一瓶八百元的也不错。那就是说酒楼的茅台酒,是真茅台酒。在这个城市,到处是假茅台酒,几乎喝不到真茅台酒,难怪总监喜欢来这酒楼,难怪总监对茅台酒沾口便知真伪。艾新闻盼望总监点八百元一瓶的酒。即使八百元一瓶的酒,那也是高档酒,如果喝掉三瓶,加上菜费,五千块打不住。一想钱不够,艾新闻就紧张起来,而总监却不接服务员八百元一瓶酒的话茬。

总监的脸挂上了不悦,艾新闻越发紧张。艾新闻为自己拿的茅台酒被总监尝为假酒,感到很丢人。酒楼是真茅台,但这么贵,企求他酒下留情,为他省点钱,当真茅台喝了算了。艾新闻瞅总监,总监不吭声。艾新闻就让服务员上酒楼的茅台酒。总监不反对,其他人也不吭声。喝酒的人都不吭声,那就是要喝酒楼的茅台酒。服务员瞅着总监发话,总监对服务员有点不耐烦地说,瞅着他干啥,谁做东听谁的。服务员就瞅艾新闻,艾新闻就赶忙对服务员说,快上酒。服务员先上了一瓶。一瓶酒倒在五个男人和三个女人的分酒器里,很快倒不出一滴酒来。艾新闻知道,上次喝了快两瓶酒的总监,给他一人得准备两瓶酒。刘学文是半斤的酒量,那喝白酒的两男三女,不知道他们的酒量,即使他艾新闻不喝,至少还得上两瓶酒。艾新闻让服务员再上两瓶茅台酒。服务员却只上了一瓶,说,喝完了再上不迟。总监冲服务员发了火说,让拿就赶紧去拿,啰唆个啥。服务员瞅一眼艾新闻,艾新闻说,去拿。服务员又上了一瓶。

"真茅台,哥儿们喝一斤不醉。"总监的一个朋友喝了三杯分酒器的酒,才有点醉意而性喜地说。他端起大半杯分酒器的酒,给总监敬酒,他把半杯分酒器的酒一口如喝水一样倒进去,说是先喝为敬,总监乐得哈哈大笑起来,称他是他的好兄弟。总监没端酒杯,又给他朋友的分酒器倒了半杯,端起他满杯的分酒器的酒,跟他的朋友碰杯,他朋友便豪放地与总监同饮到见了杯底。这大杯倒酒和大杯喝酒,一大杯分酒器的酒就是二两多,他俩这么一碰,就把半斤酒倒没了,就把七百多块喝没了,喝得艾新闻冷汗直往外冒。喝到此时,宴席上的气氛才起了小高潮,总监的酒兴才起来,总监的脸上刚刚绽出花来,喝酒的高潮在总监的兴奋里升温,总监的男女朋友为两个豪饮者鼓掌喝彩,总监和他的朋友,咧着大嘴笑出了肮脏的口水。

总监的这个朋友豪饮喝大酒,开了个糟糕透顶的坏头。接下来他艾新闻给总监怎么敬酒?人家总监已端分酒器大杯喝酒了,他艾新闻如若端小杯敬总监,总监会认为他艾新闻舍不得花钱,也会认为他艾新闻不真诚。如果总监有这样的看法,总监喝不高兴,总监不给广告或给个很小的广告,那损失就大了。艾新闻正这么担忧着,刘学文给艾新闻使眼色,又给艾新闻发来个短信:"喝几瓶要几瓶,可得让总监和他的朋友喝高兴,否则……"艾新闻看到短信,当即对服务员说,再上两瓶。服务员只上了一瓶。总监的一个朋友呵斥服务员说,是不是没酒了?让上两瓶,怎么总是上一瓶。服务员说,喝完再上也来得及。总监朋友生气地说,这么上酒,总怕没酒了,谁敢喝。服务员就赶紧再上一瓶。

总监知道艾新闻有酒量,艾新闻就用分酒器倒满酒,大杯敬总监,总监好像就等艾新闻来跟他敬酒,总监乐颠颠地端起大满杯说,新闻怎么喝,他怎么喝。艾新闻与他碰过杯,"咕咚咕咚"喝了个底朝天。总监看着艾新闻豪饮,眼睛乐成了一条缝,接着也把大满杯酒一口气喝了,夸艾新闻"够哥们儿",总监的朋友也夸艾新闻是"好男人"。接下来,艾新闻跟总监朋友敬酒,也是倒满了大杯,也给他们倒满了大杯。艾新闻不敢大杯连着喝,就用小杯跟他们敬酒。他们不悦,骂艾新闻重利轻友,总监有广告就喝大杯,他们没广告就拿小杯,不把他们当朋友对待。艾新闻反复解释喝不了大杯酒,喝了就会倒。总监的一个朋友居然激将说,艾新闻是心疼酒钱,哪是不能喝。这话激得艾新闻不得不拿大杯敬酒,总监的朋友也喝了大满杯。

总监带头给他们两个豪饮者疯狂鼓掌。艾新闻以豁出来的样子，又倒满大杯敬总监的另一位朋友，没想到那位男士与女士端起了小杯，也让艾新闻换小杯碰杯。总监和他另一位刚喝过大杯的朋友不干，总监的朋友只好端大杯带着端小杯的女士一起碰杯。总监对女士说，小妹是海量，不能端小杯，要让艾新闻单独敬。叫小妹的女士说，艾新闻酒量哪能比得总监的海量，让艾新闻少喝点。小妹女士的话，让总监和他的朋友放过了艾新闻……很快喝干了第五瓶。艾新闻对服务员说，再上一瓶。总监手一挥，大声吼叫，谁上酒谁喝。总监喝好了，大家说喝多了。喝了五瓶酒，还没说广告的事，总监不提艾新闻的广告。是他喝酒喝忘了，还是给艾新闻广告的事，对他来说不是个啥事，不值得在酒桌上提起，提起伤酒兴？一瓶又一瓶茅台酒不停地开，喝掉的都是艾新闻还不知道从哪里找回来的钱，总监给艾新闻的广告不落实，他实在吃不下也更喝不下这比金子还贵的酒。刘学文几次要给总监提给艾新闻广告的事，总监时不时地脸上挂霜，话到嘴边没敢出口，就怕到了总监酒喝高了，更不敢提了，怕惹起他的酒疯来。艾新闻一次次给总监敬酒，为的是要总监说广告啥时候给和给多少。刚敬酒时总监没喝高，说广告的事时机最好，可总监脸挂不悦，艾新闻生怕提了广告总监不悦，不悦而不再喝酒，广告的事话到嘴边没敢说出来。很快两瓶酒见底，总监喝高且胡言乱语起来，更不敢说广告的事了。

　　艾新闻去买单，酒菜等共一万两千五百元。这么多的饭费，着实让艾新闻的冷汗浸透了全身。他只有林萍萍给的五千块钱，还差七千多块。艾新闻不敢让林萍萍送钱，更不敢让林萍萍知道这餐宴请花了这么多钱；艾新闻也不敢跟刘学文去借钱，因刘学文从来不给朋友借钱，这是他跟艾新闻一认识就宣告过的。艾新闻只好求领班经理欠账。领班经理说，从来都没见过他，谁敢给他欠单。艾新闻给刚认识的酒楼老板打电话，老板电话没人接听，领班经理催艾新闻赶紧想其他办法结账，给老板打电话没用，结账的事老板也得听她们的。艾新闻实在想不出立马能借到买单的钱的人，只好给金妙妙打电话借钱买单。金妙妙一点没犹豫地说,她拿一万块钱马上开车过来。买单差的钱虽有了着落,但艾新闻的冷汗仍不止地往外冒。

眼看总监就要离席而去,广告的事还没对总监说,总监一句没提,要是总监仍不提广告的事,总监一走,酒醉酒醒,还不淡了忘了?艾新闻离席好久没回来,急得像热锅上的蚂蚁的刘学文,尽可能拖延总监离席,他要当着艾新闻的面向总监提广告的事,艾新闻不在场,刘学文怕总监说话如轻松放屁一样无踪影。刘学文便紧紧拉住总监的手,又抱住总监的脖子,拉扯在一起,搂抱在一起,说着酒话。正当总监乐得笑出声来时,艾新闻来了。刘学文给总监说给艾新闻广告的事,总监还是上次吃饭时的那句话,明天来公司找他。艾新闻赶紧追着问,几点去找他。总监说,他一天都在。总监的回答如同上次一样爽快。艾新闻感觉,这顿天价饭不会白吃。

送走总监几个人,刘学文也走了,领班经理跟着艾新闻催他尽快结账。艾新闻知道,她跟着他,是怕他跑了,他感到很耻辱。好在金妙妙很快把钱送来了,解了他尴尬的困局。

"你请哪个企业客户吃饭,竟然花这么多?"金妙妙问艾新闻。

"是个大企业的广告宣传总监。"艾新闻含糊地说。

"你不说我也知道是哪个企业的总监。那个总监可与胡姬花关系不一般,是个吃喝玩乐的主,你怎么拉广告拉到他那里去了?"金妙妙说。

"是刘学文多年的老客户。刘学文一直在帮我。"艾新闻说。

"那你是在帮胡姬花呢。"金妙妙说。

…………

金妙妙说艾新闻是在帮胡姬花,艾新闻不明白什么意思。金妙妙与胡姬花有矛盾,艾新闻没把金妙妙的话太当回事。

十二

艾新闻一晚上睡觉都惦记着总监答应明天可以找他"拿"广告的事,可他在梦里梦到总监骗了他,总监根本不在公司,总监在躲着他,他找了他一年也没找到总监,他彻底放弃了总监给他广告的盼望,但他为请总监花的近两万块饭钱掉到了黑洞;林萍萍每天都在跟他发火,要花出去的饭费,逼得他无路可走,又摔下悬崖——噩梦让他掉到了床下,把林萍萍吓醒了。吓醒了,天也亮了。林萍萍催艾新闻早点去找总监。林萍萍赶紧买来早点,催艾新闻吃完去找总监。

艾新闻抱着找不到总监的打算去找总监。正是上班时间,可总监没到,艾新闻就在他办公室门口等,从八点等到了九点,从九点等到了十点,还是没有等到总监来,站等得腰酸腿疼,没等到总监来,等来了好几个也来找总监的人,都是几家报社广告部的,也都是来找总监要广告的。

有人陪等,艾新闻也只好再等。等到了十一点多,总监终于来了。这么多人等总监,总监虽客气招呼,但脸上厌烦,而对艾新闻就显得更烦。艾新闻顿时紧张得不知道该不该对总监提广告的事,顿觉自己做错了什么,坐也没让坐,只能走。艾新闻对总监说,就是广告的事,客人这么多,就不打扰了。总监反而对他脸露一丝笑容地说,哪天填个五十万元的广告合同盖章拿来,或者不填金额,签合同时再填。总监还是给了个广告,虽然不多,艾新闻喜出望外,连连感谢总监,他包里就装着盖好报社广告部的合同，多么盼望立马就签了，但总监说了"哪天"，他不敢提今天签合同的事，生怕再多说一句话，再多停留一分钟，总监会转笑为怒，便迅速告辞。

出了总监的办公室，艾新闻的眼眶里涌出了泪水：拉个广告真不容易，为这个广告，他请总监吃了两次大餐，花了两万多块，而广告能不能拿到手且饭钱能不能回来，总监和胡姬花都让他没底；见总监一分钟，他却等了一上午……艾新闻心里不是个滋味，但想到毕竟有希望拉到了第一个广告，便把沮丧心情扔到了脑后。

艾新闻赶回报社，悄悄地填好广告合同，把广告费的钱数空下，到时让总监填。刘学文提醒过艾新闻，在广告部"防人之心不可无"，还有"防火防盗防《华都经济报》"，还有"更要防广告部"，广告合同客户没签前，在报社广告部要绝对保密，不然有人会把广告客户撬走的。艾新闻不以为意。

艾新闻不相信有人会撬走他的广告。他等魏风来，把填好的合同给了魏风，要她盖广告部的公章。魏风把广告合同拿给了胡姬花。胡姬花仔细看后，啥也没说，盖了公章，复印了一份留存，把盖章的合同给了魏风。魏风也对艾新闻啥话也没说，把盖章的合同给了艾新闻。盖章盖得很快，艾新闻等魏风说点什么，可魏风啥也没说，判断胡姬花对此啥也没说，担心就放下了。

尽管总监说"哪天把广告合同单拿来"，总监显然不急，但艾新闻却对做成这个广告急得心在着火。他实在等不到明天，更等不到"哪天"，依然是不敢给总监打电话，依然是冒着总监有可能不在而白跑的结果，拿着广告合同去找总监。总监办公室的门锁着，门口等总监的人好几个，显然总监一下午没有回来，又白跑了。虽然白跑，但是艾新闻看等总监的人那么烦闷，心里有丝平衡，感觉自己没有白跑。白跑和苦等，是拉到广告必须付出的成本。这是广告部人的口头语。是啊，这毕竟是从人家口袋里掏钱，哪有轻而易举把别人口袋里的钱掏出来的。他提醒自己，要有十足的耐心。

艾新闻接着等，等到了下班，总监还没来。在等的几个人埋怨说，总监说是来办公室的,怎么又不来,不来也不告诉一声,让人在门口像个"傻子"似的等着……有敢给总监打电话的人,给总监拨了无数个电话,但都是关机。等的人,包括艾新闻,不知道总监到底来不来办公室,都在盼望中等着,一直等到了下班时分,又等到了下班后一个多小时,实在等不到总监来,实在等不住了,都回了。

第二天上午,艾新闻又去总监办公室,总监仍不在。总监的门口仍等着好几个人,大家依然无怨无悔地等着,等到了中午下班时分,仍不见总监的影子,只好散了。

艾新闻不相信总监下班不来办公室,断定他下班定会来办公室,又来等。等的人又多了几个,把公司走廊站满了,无不充满希望地仍在等。艾新闻也接着等。

明天要不要再来等?艾新闻琢磨,不能再来等了。等他的这么多人,都是要广告的,总监定是为了摆脱一些人,关了手机,也不来办公室的。艾新闻想起总监说的让他"哪天"来的话,他就压住焦急,过几天再来找他。可林萍萍却催他每天去等,担心要广告的人挤破了头,夜长梦多,隔几天去广告有变,甚至无广告可给都有可能。艾新闻只好听林萍萍的,每天上午和下午都要去等,又等了三天,等到了周末下班,仍没等到总监回来。林萍萍逼艾新闻不停地拨总监电话,而总监的手机一直在关机。林萍萍在追钱上极有劲头,嘱咐艾新闻下周接着去找总监,找不到就等,直到等他回来,等到把合同签了。不然那么多饭钱,一天不回来,她心里就堵得慌。艾新闻何不愁那两次的天价饭钱,这个广告一天拿不到,那花出去的饭钱就没着落。决意听林萍萍的话,下周接着等总监签合同,签不上合同不罢休。

艾新闻又到总监办公室门口等了一周,仍没见总监来上班,一次次问公司的人总监去哪里了,都说出差了,回来的时间不确定。

艾新闻感到离他的广告越发遥远了。而实际上,艾新闻的广告,已经泡汤了。

十三

艾新闻的广告"泡汤",不怪总监,只怪胡姬花。好几天又打电话又上公司没追到总监的艾新闻,忽然接到一个陌生号码的电话,原来是总监。总监说,给他的五十万元广告,同给胡姬花主任的广告合同一并签了,让他找胡主任好了。总监的电话让艾新闻感动得谢了又谢,顺口对总监说,请总监喝酒。总监说,上次喝得真开心,找时间再喝。艾新闻说,近日约总监再喝。总监说,等约。艾新闻想约总监吃饭的具体时间,总监却把电话挂了。

总监说把五十万块钱的广告一并给了胡姬花,总监究竟给胡姬花多少钱的广告,他的广告与胡姬花的广告怎么这么巧,难道胡姬花看到他的广告合同又去找了总监?艾新闻不愿去找胡姬花问他那五十万块钱广告的事,他求马旺财去问胡姬花。马旺财为难半天,还是帮艾新闻去问了。胡姬花数落马旺财,艾新闻有腿有嘴不来问她,马旺财是多管闲事。却又说,总监给她的六十万元广告合同里有艾新闻的广告费,给艾新闻的提成少不了。马旺财告诉艾新闻,艾新闻心里踏实了。

可这五十万块钱的广告,确实"泡汤"了,这事发生在艾新闻天天盼广告费到账和广告见报的焦急中。让艾新闻广告"泡汤"的不是总监,不是胡姬花,却是金妙妙。胡姬花在广告部的会上大发雷霆,骂金妙妙不是个好玩意儿,把她到手的五十万元广告给"砸"了,也把艾新闻的十万块钱广告给"砸"

了,她要让社里和金妙妙给她个说法。

金妙妙做了啥事情,把艾新闻的广告给"泡汤"了?原来是金妙妙写了总监公司的一篇偷税漏税的调查纪实,刊登在了国家一份内参上,引起税务部门的高度重视,派人把公司查了个底朝天,吓坏了公司上下,更是气坏了公司老总。据说查出了公司偷税的大问题,后面究竟是补交偷漏税款完事,还是要受经济处罚,取决于公司配合整改的程度。

公司老总找金妙妙"算账",说她的报道严重失实,让她写一份道歉信,不然"后果不堪设想"。金妙妙说,她的报道失实与否,由税务人员的调查事实说话。公司老总说,只要金妙妙写份报道失实道歉信,给她一百万元的辛苦费。金妙妙说,她的报道证据确凿,不存在失实问题,没法写道歉信,辛苦费更免了。

总监公司的老总到报社找牛社长,杀气腾腾地拍着桌子说,他公司每年给报社几十万元广告,还给过几个上百万的广告,报社口口声声说他公司是报社最大的广告老板,就这样弄事情的,让记者捅他公司的"刀子",简直是"白眼狼"……他要求牛社长处理金妙妙;如果不处理金妙妙,今后公司不再给报社一分钱的广告……前几天公司总监与胡姬花签的六十万元的广告合同,公司立马取消……

总监公司的老总鼻子里喷火,停了跟报社的广告合作,胡姬花急了,牛社长急了。老总既是报社的"财神爷",又是牛社长和胡姬花的"摇钱树",公司的广告只要给了胡姬花和她的几个亲信,都会给他送上部分广告费提成。牛社长把老总请到办公室,沏了上等的龙井茶,一连串好话给老总说上也压不住老总的火气。老总朝牛社长说了很多难听话,牛社长笑脸陪着;老总跟他拍桌子瞪眼,牛社长仍笑脸相对。牛社长本身高傲且脾气很坏,要不是老总有钱,要不是老总在省城、京城有硬关系,让他畏惧三分,如此对他又拍桌子又吼叫,他早不干了。牛社长心里在窝火,强笑在脸上,老总见好就收,牛社长赶紧给老总送上一件东西,老总一看笑了,是牛鞭。牛社长送给了老总一条牛鞭。这牛鞭是艾新闻送给他的,他留了一条,一条送给了老总,老总大怒转为大笑。

老总是个精明人,可说拿得起,放得下,对人常是阴阳相施和恩威并用。在他看来,牛得水这样的人,就是个利益小人,跟他打交道,除了钱别的不好使。要把金妙妙"降服"了,把负面报道正过来,没有姓牛的不行。

茶喝了几杯,扯淡的话说了一番,老总口袋里摸出个卡,是巨额现金卡,背面写着10万元和密码。背面朝上,推送给了坐在办公桌对面的一脸强笑且一脸尴尬的牛社长。牛社长曾经收过总监的卡,那是为登一篇为他企业说话的文章,他给过牛社长5万元的卡。卡背面白条上有签字笔写着10万元和银行卡密码,牛社长脸上一惊,眼睛一亮,却把卡轻轻推给老总,而老总却使劲把卡推给了牛社长。老总知道,牛得水给他推来推去,纯粹是假正经的举动。牛得水生怕把卡收回去,对老总客套两句,推到了第二次,就拿在了手里,故意看看门,就赶紧放在抽屉里了。

收下了银行卡的牛社长,对老总的表情如情人般灿烂。老总对牛社长说,……金妙妙的内参,"参"到了高端,领导批示让查,找谁也捂不住,把他公司的名声搞坏了不说,还要面临补交税款和处罚,损失太大……有人指点,如果金妙妙写个调查失真的道歉信,能在贵报上登一下,补交税款和处罚,可以轻点……轻点,不仅少交上千万,更重要的是可以挽回公司声誉……如果能让金妙妙写,报纸能登,给金妙妙可观的酬劳,给牛社长您一百万元操劳费,每年给报社两百万元以上广告投入……

老总给牛社长协调好金妙妙的好处费和每年两百万元广告的承诺,着实撩得牛社长心跳在加快。牛社长不管能不能让金妙妙写道歉信,却满口答应下老总的要求。因为牛社长想,他有的是办法让金妙妙写道歉信。他给金妙妙诱人的利益,实在不行就来硬的,她就会就范。

牛社长对老总说,他尽快办好,一言为定。

老总说,三天时间,不能拖延;一百万元辛苦费,一言为定……

老总话刚落,胡姬花进来了。胡姬花与总监和老总熟"透"了,没从总监和老总那里少要广告,她和牛社长没少从总监和老总给的广告费里捞"好处"。胡姬花是挂着一脸怒气来找牛社长的,是告金妙妙和艾新闻状的,见到老总,像见到亲爸一样立马转怒为喜。

胡姬花知道老总是因金妙妙"捅"公司的内参而来,看来与牛社长聊得不错,脸上有笑。这两个人脸上的笑,让胡姬花感到他们一定达成了什么协议,牛社长定有不少好处。

"正好要找你,"老总问胡姬花,"金妙妙为什么要对我公司'捅'刀子?是谁指使她写的?还是她要广告总监没给,得罪了她?"

"你不找我,我也要找你,"牛社长问胡姬花,"听说是你从总监那里抢了艾新闻的广告,金妙妙替艾新闻打抱不平,找总监挨了总监的骂,一气之下写了这篇内参,是这么回事吗?"

牛社长问得胡姬花急了,刚要嚷,看了一眼老总却压下了,对牛社长说:"你先让我回答老总问的话!"

"牛社长听说的不假,金妙妙这篇恶文没人让她写,纯属是她为艾新闻打抱不平写的。"胡姬花说,"金妙妙追人家有妇之夫艾新闻,两人关系非同一般。艾新闻通过刘学文找总监要广告,总监给了他面子,答应了十万块钱的广告,可总监给了我五十万块钱的广告,就把我的和艾新闻的并在一起签了合同。金妙妙以为总监骗了艾新闻,找总监讨说法。总监可能对她态度不太好,得罪了金妙妙,金妙妙就暗中调查,写了公司偷税的文章……"

"我回答您的问题。别人说我抢了艾新闻的广告,简直是胡说八道。"胡姬花对牛社长火气十足地说,"总监又不是没给过我广告,几年来承蒙老总关照,总监给过好多广告;在艾新闻找总监拉广告之前,总监就答应给我五十万元的广告,只是与艾新闻的广告赶在了一起。一个报社签两个合同,总监觉得麻烦,就合在了一起。合在一起,那十万块钱的广告,肯定是艾新闻的,少不了他的提成。可艾新闻沉不住气,找马旺财问我不说,又找金妙妙给公司找茬,这两个人太不是东西了……"

牛社长听了胡姬花的话啥也不说,好像啥也清楚了。总监公司的老总啥也没说,但好像啥也听清楚了,起身告辞。

"都是你胡姬花惹的事。你不抢艾新闻的广告,金妙妙能这么干吗?!"牛社长气呼呼地说。

"老总公司的广告业务,本来就是广告部的业务,是艾新闻抢挖广告,反倒说我抢了他的广告……我做的广告与你有'关系',艾新闻做的广告与你有啥关系?你这么说话,让我伤心!"胡姬花大嗓门地嚷嚷道。

"我不管是他抢了你的,还是你抢了他的,反正老总已经把报社的广告业务中止了,这块'肥肉'转眼没了,你想办法吧。"牛社长接着说,"要想继续把老总的广告拿到手,不管你采取什么手段,找艾新闻让金妙妙写个调查报道失实的道歉信给我,老总说了,给你的五十万元的广告算数,再给你加一百万元的广告,每年给报社至少两百万元的广告全由你去做……"

"艾新闻这头'倔驴'能听我的,金妙妙能听艾新闻的?!"胡姬花说。

"那我不管,你惹出来的事端,你来解决!"牛社长说。

牛社长的话,让胡姬花愣了半天,也望了牛社长半天,心想:这个"王八蛋",给他那么大包钱的时候,给他那么多银行卡"好处费"的时候,那咧着嘴笑的,对她那个夸成朵"花"似的,那时像个"人"似的,可遇到事,就成了她的事了,不是个"人"了。胡姬花对牛社长的狠话,已到了嘴边,但又咽了回去。她觉得这个只认钱、不认情的人,此时跟他多说一句,都是脏了她的嘴巴。她扔下还要跟她说什么的牛社长,转身就走,把牛社长的门拉了个大响。在这个报社,除了有几个美艳女敢跟牛社长拍门和耍脾气,也就属胡姬花了。

十四

牛社长怎么会靠胡姬花来逼艾新闻让金妙妙写道歉信呢？他压根没指望。牛社长清楚，胡姬花即使使出浑身的解数，也无法调和她们之间的矛盾，更是无法让金妙妙写道歉信。牛社长把让金妙妙写道歉信的事压给胡姬花，纯粹是对胡姬花有气，他虽喜欢胡姬花的发骚和钞票，但讨厌她的贪婪和自私。这事，他也要折腾一番胡姬花，折腾得她搞不定金妙妙，她就会给他付出点"代价"。

胡姬花走后，她的放肆和怒气，窜进了牛社长肚子里，气得他喘了半天粗气，但他对她却不敢发泄，他知道在她"身"上和钱上有多少"短"处，如把胡姬花惹翻了，那他牛某人吃不了真得"兜"着走。于是，他不指望胡姬花，他更不敢逼胡姬花，赶紧给金妙妙打电话。金妙妙的手机关机，牛社长让社办公室主任派人找她，即使找遍了所有该找的地方，找到了深夜，也得给他找到。但办公室的人还是没找着。

在为一百万元"好处费"而着急的牛社长，哪里能熬到第二天。他着急的是，如果金妙妙让总监和总监的老总，还有公司的什么人找去写了道歉信，那他的一百万元"好处费"不就没影了吗？想到这儿，他让人火速把艾新闻叫到了报社，让艾新闻去找金妙妙。

牛社长厉声地对艾新闻说，赶快去找金妙妙，找不回来，看我怎么处理你。艾新闻说，怎么回事，我不明白。牛社长说，金妙妙为你艾新闻打抱不平，写内参"捅"公司惹出大麻烦，给报社惹事，难道你不知道？！艾新闻说，我不知道。牛社长说，不知道，这不就知道了？！艾新闻说，我马上去找。牛社长缓和一下口气说，找到她不是目的，找到她是要让她帮报社解决麻烦。艾新闻说，请牛社长明说。牛社长说，告诉她，公司对报社不依不饶，惹出的麻烦得由她来收场。很简单，给那公司写个报道失实的道歉信，只要写了，提拔她当专题部主任，给她两个月长假，可以选几个国家玩，所有费用报社全部报销。艾新闻说，他会使出挖地三尺的力气去找她。牛社长说，只要她答应写道歉信，不来见他也行。艾新闻说，她不会听我的。牛社长说，那就两个人一起接受报社处理……

艾新闻给金妙妙打电话没打通，赶忙去她家找，敲破了门，屋里没动静。艾新闻料想金妙妙真是出事了，赶紧去见牛社长告诉家里没找到金妙妙的实情，见完牛社长他再接着找她。

艾新闻深更半夜被叫去报社，吓坏了林萍萍，以为艾新闻出了什么事，便跟到了报社。她在报社门口等艾新闻，不一会儿，艾新闻就出来了，得知是让他找金妙妙的事，林萍萍气不打一处来。上了出租车，林萍萍就嚷起来了：

"你跟金妙妙是不是搞到一起去了？我看是搞到一起去了。"

艾新闻只是忙着给金妙妙不停地拨电话，不理林萍萍。

"报社找金妙妙，近百号人的报社，不找别人找，为何找到你艾新闻这里了？分明是连牛社长都知道你艾新闻跟金妙妙关系不一般！"

"出租车上是公共场所，先闭上嘴好不好！"

"你要把我气死了，我的嘴能闭上吗？！"

艾新闻仍然不理林萍萍，拨不通金妙妙的电话，给她发短信。林萍萍抢艾新闻的手机，艾新闻把手机装到了衣兜里。

"看来你跟金妙妙的关系不一般！"

"我跟金妙妙啥事没有，我同她只是同事和文友关系。"

"文友？我看是吻友，是亲嘴的吻友吧……"

"林萍萍你疯了，这是在出租车上，不是在家，净胡说八道！"

出租车司机很懂事，装作什么也没听见。快到家时，艾新闻给了出租车司机足够的车钱，他先下了车。

"艾新闻你听着，你要是去找金妙妙，今晚你就别回家了！"

气得快要火冒三丈的艾新闻，没理林萍萍的喊叫，疾步去了金妙妙住的小区。

金妙妙的家门，敲不开。

艾新闻只好回家，家门已被林萍萍反锁，敲不开，打林萍萍手机，关机，艾新闻只好找了个旅店过夜。

艾新闻虽困但睡不着，他在为金妙妙着急，她到底在哪里，总不会有啥意外吧？他越想越着急，便不停地打金妙妙的手机。把手指拨麻木了，仍是打不通。他在默念：妙妙赶快开手机，妙妙快快打开手机，快打开手机……艾新闻正在默念中，来了电话。他以为他的默念让金妙妙有了感应，金妙妙打电话来了。艾新闻看也没看是谁的电话，就惊喜地喊道："妙妙，妙妙，你在哪里？急死人了，一晚上电话打不通！"

"好一个甜蜜的妙妙，好一个揪心肝的妙妙，叫得那个亲密又肉麻！"电话里的不是金妙妙，而是林萍萍。

气急败坏的林萍萍接着在电话里吼了起来："艾新闻，你真是不要脸。说与金妙妙没啥关系，这叫春的叫唤，比叫你老婆还要动情……你在哪里？！"

"你打我电话干什么？你不让我进门，只好住旅馆。"艾新闻异常紧张地说。

"你给我回来，我有话说！"林萍萍吼道。

艾新闻挂了林萍萍的电话，没有回家。艾新闻为金妙妙的失联心焦，又不间断地给金妙妙拨电话，拨到了天亮，拨到了上班到报社，仍打不通她的电话。

牛社长和胡姬花在等艾新闻找到金妙妙的消息，他便跟牛社长说了这一晚上如何不停地找金妙妙的劳苦经过。牛社长说，他要结果，不听过程，让他接着去找，今天必须找到；找到金妙妙，对他艾新闻很重要。艾新闻说，牛社长放心，他立马接着去找，挖地三尺地找。

艾新闻跟魏风说了他一晚上没合眼找金妙妙的过程，魏风跟胡姬花说了艾新闻找金妙妙的情况，胡姬花很不高兴，她让魏风告诉艾新闻，少说废话，她要结果，没有结果，等待处理。

艾新闻听了魏风说的胡姬花的话，气得要骂人，但想到金妙妙死活未卜，胡姬花和牛社长为金妙妙着急上火，反倒让他感到一丝欣慰，便没有发作出来。

艾新闻谋划了寻找金妙妙的亲戚家和朋友的方法，立马上路了。

金妙妙的爹妈和兄弟姐妹，都在为联系不到金妙妙急得火烧火燎地四处寻找。金妙妙离婚后，一直独住，加上频繁出差和晚上写稿，与父母两三天不联系，与兄弟姐妹十天半月不见是常事。虽然因深度报道麻烦事常有，但是金妙妙做事胆大且稳重，每次都是有惊无险，家人并不太为她担心。昨晚和深夜报社分别有人来找金妙妙，金妙妙的家人成了热锅上的蚂蚁，好像金妙妙真出了大事，他们便给派出所报了案，派出所出动了。

半个晚上，派出所也没找到她。

金妙妙失踪了。

十五

金妙妙的确失踪了,是昨晚失踪的。她的失踪,具体是在昨晚那顿饭局上失踪的。也不算失踪,是被人控制起来了。她报道的总监他们公司偷税漏税的问题调查,先是遭到了公司的谩骂和威胁,后是遭到了公司的热情道歉,接着遭到公司的死皮赖脸邀请,她都不以为意。作为深度报道记者,金妙妙写揭露问题的报道,遭人谩骂和威胁是常事。她有天生不怕事的胆子,哪怕是上次检察院把她带走调查,她也并没有畏惧。公司谩骂和威胁她,是要她写道歉信,而公司热情邀请吃饭和死皮赖脸请她到公司做客,实则仍是逼她写道歉信。公司的硬软手段,金妙妙都没理睬。正因为她有胆子、有定力,公司对她几乎没了办法。

昨天下午总监的老总离开牛社长办公室不多会儿,金妙妙就接到总监助理小晏的电话。小晏连续几天给金妙妙打电话,请她到公司做客。可这次,她以近乎哀求的口气说,他们公司总监和老总一片诚意,想见个面,跟她当面道歉;老总把请她见面的任务交给了她和总监,今晚请她吃饭,请一定赏脸;如请不出来她,她小晏就会被炒鱿鱼,可怜一下她这小职员……

尽管小晏哀求里伴着哭泣声,让金妙妙生出同情之心,但金妙妙仍然定住了自己的情绪,断然回绝了小晏千劝万求的吃请。

金妙妙口气很硬地拒绝了小晏的邀请,以为公司会就此打住,不再找她。而她回家到小区门口时,小晏和三个美女在等她,请她吃饭,金妙妙仍是断然拒绝。小晏态度极其热忱与谦卑，谦卑到有点低三下四的样子，而金妙妙仍是说"不去"。小晏就给三位美女使个眼色，她们就把金妙妙推拉到了车上。金妙妙要下车，车已开走。金妙妙发火，她不理。小晏说，只是吃个便饭，不请老总，也不喝酒，聊会儿天。金妙妙坚决不去，但车很快到了酒店。几个姑娘死磨硬缠，硬是把她"请"到了豪门楼豪门雅间。

包间里没人，姑娘们说，没有别人，就她们几个。金妙妙看没其他人，就这几个女的，想坐下看看再说。刚坐下，总监来了。金妙妙看是"鸿门宴"，立马起身要走，可总监说，既然来了，他有几句话要单独跟她聊一下，听他说完就走也可以。总监让姑娘们都出去，请金妙妙坐在沙发上同她说话。金妙妙不坐，随时要走。总监也只好站着对金妙妙说，她和他们公司真是不打不成朋友，老总想与她交个朋友；他是受他们老总委托给她送点"心意"的。金妙妙说，交朋友可以，吃饭免了，"心意"就更免了。总监说，既然愿意交他这个朋友，吃饭是小事，"心意"务必收下，也就是个卡，要她给他个面子……就装到包里，她知他知，谁也不知。金妙妙说，卡就免了，别让她犯错误。金妙妙说完，扔下总监走了。

金妙妙刚要出门，站在门外的小晏就把金妙妙拖住了，要她吃完饭再走。总监过来对金妙妙和小晏说，妙妙主任一定吃完饭再走，他就不参加了；他叫那三个美女马上来陪金妙妙吃饭，嘱咐千万要把妙妙主任陪好和陪开心。说完，总监给小晏使了个眼色，小晏从总监手里接过一个信封，总监给金妙妙满脸堆笑地挥个手，走了。

小晏又是好话一串并死缠硬磨相劝，要金妙妙吃了饭再走。金妙妙很生气，但她被几个姑娘又是一番好言相劝，她心软了。想，不就是吃个饭，吃餐饭没什么。金妙妙又被小晏拥到了包间，把她摁在了主座位置。金妙妙把包挂在衣架上，去了洗手间，回来原位坐下。就在金妙妙去洗手间的时候，小晏把总监给她的信封里的东西掏出来看了一下，手随即抖了起来，抖着手把"东西"装进去，抖着手打开了金妙妙的皮包，抖着手把信封装

98

在了皮包里。

金妙妙落座,看小晏就她上个洗手间的工夫,脸色煞白,表情紧张,碰到她眼光时,小晏的眼睛就闪电般回避了,拿餐具的手有点抖。小晏被金妙妙打量得手更抖了。金妙妙想问小晏怎么了,脸色难看又手抖,但话到嘴边又咽了下去。这个白净的鹅蛋脸的小姑娘,一张自然笑的脸上透着苦愁。刚才给她的感觉是美丽中透着成熟,美丽中透着忧伤。因为她的这张脸给金妙妙的好感与同情,金妙妙才心软被她拉到了酒楼。金妙妙感到,今天的饭局,从总监的话里,从小晏的紧张神情里,好像藏着鬼。

被金妙妙看得越发紧张的小晏,在不知对金妙妙说什么话时,公司的那三个美女进来了,小晏就去了洗手间。几个姑娘你一言她一语地恭维金妙妙,一个又一个地显摆她们的衣服和首饰,熟练地点了高档的菜,随口就点了顶级葡萄酒。几个女人的穿着和点菜的奢侈,让金妙妙实在厌恶,她恨不得吃碗面就走人,于是打定主意上了菜吃几口就走。上了菜,金妙妙抓紧吃,要尽快走。可几个美女劝她喝酒,她坚决滴酒不沾,她们也就不再劝她。她要走,小晏比刚才还要神情紧张,又拉又劝她,不让她走,但她扔下她们回家了。

金妙妙刚到家门口,就有等候在电梯口的一男三女冲她走过来,问她:"你是金妙妙吗?"

"你们是什么人,找金妙妙干什么?"金妙妙警惕地问。

男女都掏出了证件,还亮出了调查金妙妙的公函。金妙妙看是区检察院的检察官,又有公函,望着检察官大吃一惊。

"你是金妙妙吧?"男检察官问。

"我是金妙妙,有什么事?"金妙妙问。

"有人举报你受贿问题,跟我们去检察院,做个调查问询。"男检察官说。

"什么受贿问题,我没有受贿问题!"金妙妙要上电梯,被三个女检察官拦住了。

"你既然没有受贿问题,就不用怕。我们只是例行公事,问询了解一下而已。把举报你的事情说清楚,对自己好,也是配合我们的工作。请!"一位高个女检察官说。

"我有什么好怕的,没有做贼心不虚。"金妙妙生气地说,"放开你们的手,我去!"金妙妙挣开女检察官的手说。

"你的包真漂亮,我们替你拿着,到检察院再还给你。"高个的女检察官边说边把金妙妙的包拿了过来,等于抢了过来。

"你干吗,为什么拿走我的包,谁给你的权利?!"金妙妙愤怒地喊了起来,想把包抢回来,却被女检察官牢牢地提在手里,无法抢到。楼门口停着检察院的车,检察官让金妙妙上车,金妙妙不上。检察官说:"不去检察院可以,上车,你把我们调查询问的问题说清楚。如果没什么问题,你立马回家。"

金妙妙只好上车。

上了车,男检察官让女检察官把皮包还给金妙妙,对金妙妙说:"我们也不想带你去检察院。你不愿去可以,你只要看你包里有没有一个信封,信封里装的是什么东西,把那个东西说清楚,就可以下车回家。是你自己说出来、拿出来,还是我们给你说出来、拿出来?你主动说出来和拿出来,同我们搜出来可就不是一回事了。"

"你们让我说什么!我既没贪污,又没有受贿,没什么说的,更没什么拿的!"金妙妙冷静地说。

"那好,我们就依法行事了。"男检察官给金妙妙出示了搜查证。搜查证上写着搜查金妙妙财物的范围。金妙妙就把包扔给女检察官说:"随便搜,我包里没什么见不得人的东西!"

男检察官让女检察官搜查皮包。

皮包里掏出个信封,信封里有个银行卡。银行卡背面纸条上写着"五十万元",还有密码。信封是总监公司的名称。银行卡是总监公司的。

信封和银行卡，顿时让金妙妙大吃一惊。

"这个信封里的银行卡，是怎么回事？"女检察官问。

"我从来没见过这个信封，更没见过这个银行卡！"金妙妙惊奇地说。

"看来你还得到检察院一趟，把这银行卡说清楚！"男检察官边说，边让司机开车。

"你们这是栽赃陷害。我金妙妙从来不沾这种有辱记者人格的钱！"金妙妙说。

"我们知道你金妙妙清高自好，知道你文章写得像'刀子'，也从不在权贵和金钱面前低头，令人钦佩。但有人实名举报，说你勒索了他们公司五十万元钱，即使我们难以相信，但这银行卡在你包里，得查清楚。"男检察官和气地说。

"去检察院，我配合查。必须查清楚，还我清白！"金妙妙爽快地说。

车很快到了区检察院。几位检察官把金妙妙带到了办公室，有人做笔录，有人做录音。

…………

检察官询问的结果，金妙妙确定自己从没向公司要过钱，从来没有收过公司的银行卡，这卡是怎么"跑"到她皮包里去的，她不知道。

检察官劝她说实话，否则后果不堪设想。金妙妙说，她从来没见过这个信封，更没有见过这个银行卡，难道逼她招认不成。高个女检察官说，金妙妙的忘性真大，今晚饭桌上收的银行卡，没过夜就忘了。金妙妙仍重复说，从来没见过这个信封，更没见过这个银行卡。检察官说，举报人说得很具体，在豪门楼豪门雅间收的银行卡，老实说，对她绝对有好处。金妙妙说，她的记性好得很，谁给她的卡，让谁也跟她当面说话。检察官说，对质不重要，检察院看的是证据。

调查询问卡了壳。金妙妙的勒索受贿嫌疑没法排除。

金妙妙被留在了检察院。金妙妙的手机，当然被检察官关机并暂时保管了起来。

金妙妙不承认受贿,检察院男检察官找来公司总监核实五十万元银行卡受贿的真实与否。总监说,金妙妙虽然是他举报的,但银行卡是公司小晏在酒楼包间送给金妙妙的。她是怎么把银行卡送给了金妙妙,金妙妙是如何收下的,具体得问小晏。检察官把小晏叫来,让她如实描述给金妙妙怎么送的银行卡,金妙妙是如何收下银行卡的。小晏吓得有点颤抖,说,给金妙妙银行卡时,她只是推辞了一下,就装在皮包里了。小晏的回答,显得太笼统,笼统得让检察官难以置信。检察官再追问小晏,小晏的回答还是这么简单。检察官告诉小晏,说假口供,要负法律责任。小晏吓哭了,但还是一口咬定金妙妙"只是推辞了一下,就装在皮包里了"。

究竟谁在说谎,银行卡到底如何进了金妙妙的包里,难道公司真是在做局陷害金妙妙?检察官们分析,金妙妙写了公司的负面内参,给公司带来巨大的负面影响和经济损失,报复和陷害金妙妙的可能性很大。这个银行卡,有可能是精心设计陷害她的骗局。但检察官们找不到金妙妙受陷害的证据。没找到与金妙妙无关的证据,任凭金妙妙如何辩解包里的银行卡与她无关,也无济于事。有检察官说,这毕竟是五十万元的案件,她金妙妙讲的是一面之词,除非有人证明她没受贿,否则她还是难除嫌疑。金妙妙说,没弄清卡是谁放进她包里的,不把陷害她人的查出来,不还她个清白,她金妙妙就在检察院住着不走。检察官说,如果找不到对她有利的证据,那就对她不利。金妙妙实在想不出对自己有利的证据,想到公司老总和总监陷害过好几个官员的卑鄙手段,让有的官员丢了官和坐了冤枉牢,她有点害怕了。

十六

有检察官仍然判断，是公司策划的陷害金妙妙的把戏，又连夜问询了小晏和总监。这已是第三次核实总监代表公司举报金妙妙的事实了，而总监仍一口咬定，金妙妙收了小晏送给她的五十万元银行卡，是以要写负面文章向公司勒索的。小晏也一口咬定，是金妙妙在豪门楼豪门雅间收的银行卡。收了钱，金妙妙答应不再写公司的负面文章。检察官又一次问询了公司老总，老总说，"摆平"金妙妙的五十万元钱，是他同意的，钱给了与否，他具体不清楚。检察官又问询了一起吃饭的几个姑娘，问钱是怎么给的，她们说丝毫不知此事。检察官对总监和小晏，还有老总和几个姑娘说，如是栽赃陷害，要承担法律责任。老总和几个姑娘又一口咬定说，钱给了与否，他们具体不清楚；总监和小晏，没了前两次问询的紧张。尤其小晏坚定地说，她要说谎，愿承担法律责任。这第三圈的问询，总监和小晏的"一口咬定"钱是金妙妙勒索的，让检察官完全怀疑是金妙妙收了银行卡而死不认账。

案情对金妙妙极为不利，可金妙妙说自己是被陷害的。检察官把唯一取证的希望，放在了豪门楼豪门雅间上。豪门楼的雅间，有的有录像，客人几乎无人知道，可检察官里有人知道。

一早酒楼还没开门，金妙妙专案组的检察官急忙去酒楼保卫室查看这个包间有没有录像。幸运的是，这个包间有探头，也有往日的录像，可就是没有昨晚小晏几个姑娘与金妙妙吃饭的录像。检察官问酒楼保安监控的负责人,豪门雅间的录像哪天都有,为何偏偏没有昨晚的。负责监控的保安说,昨晚监控出毛病没录上。保安负责人的理由很正常,检察官没话可说,有关雅间录像的证据无处可寻。

金妙妙是受贿也罢,是勒索也罢,是陷害也罢,看来在劫难逃了。

检察官给报社牛社长打了电话,通报了检察院依据举报,昨晚对金妙妙实施立案侦查的进展,并告诉牛社长,调查情况对金妙妙极为不利。牛社长想到如果金妙妙出事,那他挣老总的那笔大钱就"泡汤"了,对电话里的检察官着急上火地说,金妙妙绝对不会有这事,是误会,把人先放出来。检察官说,我们也怀疑是栽赃陷害,但从她包里搜出这么大数额的银行卡,举报的事实确凿,谁敢放人。牛社长说,这肯定是误会,把金妙妙先放了。检察官说,除非提供有力证据,否则没理由放人。牛社长生气地说,他找检察长放人。检察官说,没有足够证据,恐怕检察长也不好放人。牛社长骂检察官"牛大",把电话扔了。

就在检察官给报社牛社长打电话说金妙妙在检察院接受调查之前,牛社长已经知道了金妙妙昨晚失踪是总监举报她受贿或勒索巨款,她人还没到家,就被检察官从包里搜出了巨款银行卡,立即带走了。而且牛社长还知道,金妙妙说这巨款银行卡是陷害,总监和他的助理小晏却一口咬定是金妙妙勒索了公司的巨额现金,金妙妙面临受贿或勒索案坐实的险境。来自检察院的这些情况,是胡姬花凌晨告诉牛社长的。昨晚胡姬花派人四处找金妙妙没找着,检察院就有朋友跟她说了金妙妙出事接受调查的消息。胡姬花立刻给牛社长打电话,牛社长让她立刻到报社,一起商量如何对待金妙妙的事。胡姬花不想去报社,不想管金妙妙的事。牛社长说,办好金妙妙的事,对她胡姬花好处大了,赶快来报社。胡姬花问办好金妙妙的事是啥好处,牛社长说,见面说。胡姬花才来了。

胡姬花讨厌金妙妙,金妙妙讨厌胡姬花。她们彼此不单是讨厌,胡姬花对金妙妙应当是憎恨,憎恨她的高傲和以揭人短扬大名的文章。金妙妙揭人短的文章,坏过她广告业务的事,曾让她损失不小。还有,金妙妙的文章在报社内外盖世,总有种压得她胡姬花难以接受的不舒服。金妙妙出事,胡姬花听到的反应是既害怕又解气。她希望金妙妙倒霉,她希望金妙妙消失,她压根也没想到要帮金妙妙解危。可牛社长说帮金妙妙对她大有好处,她倒想听听究竟有多大好处,要是真有很大的好处再说。胡姬花急忙赶到了报社。

牛社长在办公室等胡姬花。胡姬花进了牛社长的办公室,不问怎么帮金妙妙,却直问:"帮金妙妙有啥大好处?"

"把金妙妙弄进检察院,毫无疑问是总监和他的老总设的很阴毒的'局',要不帮她,她凶多吉少。"

"她犯罪,她活该,我管谁的事,也不会管她的事!"

"金妙妙'进去'了,道歉信谁来写,你我写了管用吗?老总承诺每年给报社几百万元的广告费投入,就成了句空话。这广告全是归你做的,如果每年少了这几百万元广告,你就每年少收入几十万元,你的损失大了⋯⋯"

"我的损失,你不也有损失吗?!"

"所以,哈哈,我们俩是有福同享、有难同担的⋯⋯金妙妙'进去',对你我只有损失,没有一点好处。把她'救'出来,她给公司写了道歉信,那每年几百万元的广告,对公对私都好⋯⋯要计较钱,就别计较人。"

"听您的。那让我怎么帮?"

"总监和老总是滑头。昨天下午老总在我办公室以每年给报社几百万广告为条件,让我给金妙妙做工作写道歉信,结果他人一出门就变了,给金妙妙挖了陷阱。你去做总监和他们老总的工作,他们让金妙妙写道歉信的事,我牛某人一定让她写好给公司⋯⋯想办法让他们对金妙妙手下留情⋯⋯"

牛社长的话让胡姬花动了心,但胡姬花不同意牛社长的办法。

"看来总监和他的老总并没把让金妙妙写道歉信的希望放在您牛社长

这里。他从你这儿出去,当即改变了主意,他们给金妙妙挖坑,逼迫金妙妙就范。这一招,既可以不给金妙妙一分钱好处逼她写道歉信,又可免了给您承诺的广告……他们阴损得让人害怕。"

"你说的不一定对,总监的老总与我关系是没说的,要想尽办法维护好与总监和老总的关系……金妙妙'进去'了,我们与总监和老总的关系也就坏了……你在检察院有'渠道',办法只有你来想。"

"牛社长用我胡姬花时,还有我胡姬花给你好处时,你就夸我,但从来对我胡姬花没'上'过心,更不说看得起……你上心的是金妙妙,金妙妙比我有'味道'……"

"胡扯啥呢,赶紧想办法。要么找总监和老总撤诉,要么找到解决金妙妙无事的证据……要快,越快越好!"

"我肯定听你的话,肯定为金妙妙想办法。你知道我的好奇心是赤裸裸不愿穿'衣服'的,尤其你跟金妙妙的事,你这么上心,不单纯是为了广告那么简单吧?你告诉我,你跟金妙妙好到什么程度了?"

"全是为了那几百万元的广告,别胡说八道!"

"金妙妙喜欢的是艾新闻。看人家金妙妙为了艾新闻的广告打抱不平,敢两肋插刀捅总监的公司,那是真爱艾新闻,好让我感动。牛社长您在金妙妙身上再下功夫,也肯定没戏!"

"别胡说八道,快点救人!"

…………

牛社长让胡姬花在他办公室打电话。胡姬花便躺在牛社长办公室柔软的牛皮沙发上,一点也不着急。牛社长着急,催胡姬花赶紧打电话找人。胡姬花瞅着牛社长,还是不急。牛社长又催,胡姬花说,除非他亲她一下,不然她就发困。牛社长没一点亲她的意思,反而皱起了眉头,但对胡姬花客气地说:"办好这事,让钱替我好好抱你亲你。"胡姬花埋怨地说:"一直嫌弃我,我当然没金妙妙和蒋小曼漂亮,亲金妙妙和蒋小曼多甜呀,留着你的热情亲她俩吧。"

牛社长拉下了脸,胡姬花就不敢再说什么了。牛社长这几年越发讨厌胡姬花的骚情。一来是他嫌胡姬花长得越来越难看,使他对她没了兴趣,二来胡姬花时不时地对他发骚与发脾气,让他很讨厌。牛社长嫌胡姬花又俗又贱。导致牛社长对胡姬花厌恶的是一次出差的中途上厕所。那是个墙很薄的男女厕所,两人分别蹲"坑",牛社长听到隔墙的胡姬花先是放出响亮的屁,后又发出十分难听的哼叽声,且还飘散过来很臭的屁屎味。这难听的声音和掺和着胡姬花身上浓烈而难闻的香水气与屁屎臭味,让牛社长喘不上气来。更恶劣的是,这声和味,让牛社长拉了半截的屎拉不出来了,他憋着气,赶忙把屁股草草擦了,跑出厕所。从此,牛社长对胡姬花的感觉是俗、骚、脏。牛社长对胡姬花身上的香水味反胃,这反胃的气味让他对她没了丝毫激情。

胡姬花也许到死也不会知道牛社长在那次出差中途上完厕所,就对她淡了,又淡了,淡得没了感觉了,是啥原因。就在上厕所之前的车上,她摸牛社长,牛社长也还偷偷地摸了她;就在上厕所前的晚上,还有几次单独出差的晚上,牛社长都没经住她的死缠,成了她床上的"猎物"。可自从那次从厕所出来,不仅她碰他,他厌烦,而且眼神里也对她透出厌烦,更不要说拉她上床了,几乎她要缠他时,他就躲,他就烦,甚至发火。胡姬花问牛社长怎么回事,牛社长啥也不说,反正不让她碰他。胡姬花把牛社长对她的冷淡,归结于牛社长有了新欢,他喜新厌旧,喜欢上蒋小曼等别的女人,而如今又喜欢上了金妙妙。

胡姬花看牛社长那张对她毫无兴趣,甚至对她厌烦的脸,生气地从沙发上坐起来,开始不停地打电话找人,很快有人给她出了个好主意:举报人说是金妙妙在酒楼雅间收的银行卡,让她赶紧去酒楼调取监控录像,这个酒楼的雅间大都摄像,这个雅间如有摄像,银行卡是金妙妙自己装在包里的,还是别人偷放在金妙妙包里的,那就真相大白了。如果是总监和老总在陷害金妙妙,那就很容易为金妙妙开脱,如果金妙妙在撒谎,那事情就不好办了……越快越好,以免让人毁了录像证据。

胡姬花立刻找了个公安的朋友,很快去了豪门楼,也很快给胡姬花打来电话,说,金妙妙遇上你真是有好运气,雅间的探头真棒,吃饭的整个过程很清楚。胡姬花问,银行卡怎么回事。公安的朋友说,是一个小姑娘趁金妙妙上洗手间,偷偷装到金妙妙包里去的。胡姬花说,这正是牛社长要的结果,牛社长要奖励他钞票的,她得拷个录像,千万保密和保存好了。胡姬花的公安朋友说,放心,万无一失。

让人调看了雅间录像,真相大白,总监和老总在设局陷害金妙妙,牛社长夸胡姬花"朋友遍地,办事利索,没有办不了的事"。胡姬花跟牛社长提条件,得奖励她。牛社长说,总监公司的广告全归她,广告提成额提高到百分之四十。胡姬花一听,哈哈大笑地说,牛社长够意思,为金妙妙舍得投入,她胡姬花今晚没白辛苦。

胡姬花怕牛社长事后说话不算数,让牛社长给她写个条。让牛社长写承诺条,明显做过分了。牛社长要发火,但却没发。牛社长怕胡姬花在金妙妙的事上出岔子,想到胡姬花出了岔子,他在老总那里的那笔钱就要"泡汤",只好给胡姬花写了个条:总监公司的广告由胡姬花负责,提成百分之四十。胡姬花拿到条,高兴了,但牛社长满脸的不高兴。牛社长虽怒,但却不敢对胡姬花发脾气,因为他想着老总的那笔钱,他对胡姬花有气只能忍着。

总监和老总既然对金妙妙设的是陷阱,陷害的证据在握,那么总监和他老总的事就弄大了,这可是违法行为,拿出这个录像,总监和老总脱不了干系。对此,牛社长涌上欢喜,这违法的把柄在手,他牛某人要他们多少,他们都得给。对此,牛社长又急忙对胡姬花说,赶紧去找她公安的朋友,把录像证据拿回来给他,越快越好。胡姬花很听话,很快拿回了复制的录像,交给了牛社长。牛社长让胡姬花找来播放机看了一遍,真实无误,万无一失,便锁到保险柜里,交代胡姬花对录像要守口如瓶,让她回去休息几天,等着拿好处。胡姬花问牛社长,能给她多少好处。牛社长说,少不了她的。快到上班时间了,胡姬花听牛社长的话,回家休息去了。

就在胡姬花找公安的朋友拷贝了包间摄像刚走,总监带人去了豪门酒楼,给了负责监控的保安一万块钱,要调看豪门雅间的摄像,保安就给看了。总监看了,要保安把昨晚豪门楼雅间的摄像删除了。保安意识到这摄像的重要,没有答应。总监让保安开个价,要多少钱才能删除。保安说,删除摄像,没事便罢,如有事,他是要负法律责任的。总监说,就是牵扯女人隐私的摄像,没什么大不了的,即使删除了,也不会有什么法律责任。保安粗略看了一下,既没有杀人放火,也没有强奸盗窃,都是几个女人在吃饭和聊天,想必删除不会有啥大不了的事,便问总监想给多少钱。总监让保安开个价。保安说,看着给。总监就又给了保安一万元,保安就把这段摄像删除了。总监和他的手下又反复查看了摄像,确定删除了,便嘱咐保安,如有人找这段摄像,千万不能说是他们让把它删除的,就说昨晚监控器出了毛病没录上。保安说,如有人找,他就这么说,尽管放心。

总监和他带的人刚从豪门楼离开,检察院负责金妙妙案子的两位检察官就到了酒楼保安室,要求保安给他们调看昨天晚上豪门楼雅间的摄像。保安让他们看昨晚雅间的摄像,却什么也没有,但其他雅间的摄像都有。检察官问,为何偏偏没有这个雅间的摄像。保安说,可能监控器出了毛病。检察官去查监控系统,是摄像头的电源插头没插进插座。两位检察官没办法调查插头是被谁拔掉的,只好回去了。

十七

　　检察官没有查到证明金妙妙勒索或受贿的证据，更没有人证明金妙妙没有勒索或受贿的事实，那么总监举报金妙妙敲诈犯罪无法排除是陷害。接下来是继续查，还是批捕？检察官们意见不一。金妙妙的案子找不到查下去的口子，又不能马上批捕，又不能马上放人，只好放下，等待新的线索出现。

　　牛社长的柜子里锁着证明总监和小晏陷害金妙妙的录像证据，他是不会给检察院的，他有他的打算。他想，怎么"用"好这个证据，既要让他得到丰厚的回报，又不能让总监和老总陷害的罪行败露，他决意找总监见面。他让胡姬花叫总监见面。

　　胡姬花昨晚因金妙妙的事被牛社长呼来唤去没睡上觉很困，牛社长让她在家睡觉，但她想到交给牛社长的那个可以让金妙妙一身清白的录像，有可能成为牛社长发财的交易，顿时没了困意。不能便宜了金妙妙，不能便宜了艾新闻，更不能便宜了牛社长，更不能便宜了总监和那个小美女小晏。想到这，胡姬花感到，她不能听牛社长的在家好好"窝"着，她要去上班，要去见牛社长，不能让牛社长把这"战利品"独吞了。

　　胡姬花到了办公室，把魏风叫到她办公室。胡姬花跟魏风说，有人手里有解救金妙妙的"铁证"，去跟艾新闻说，他要想尽快解救金妙妙出来，把金妙妙洗清白，得花钱把证据买回来，人家要二十万元钱，如果愿意"出血",金妙妙这一两天就会出来。

魏风把艾新闻约到报社附近的"肯德基",问艾新闻,想不想救爱你的美人金妙妙。艾新闻说,别胡说,想救。魏风说,想救,那她就说。魏风就直截了当地说了拿钱买解救金妙妙"铁证"的事。艾新闻当即说,只要能找到证明金妙妙无罪的证据,二十万元钱,他来想办法。魏风说,想要人,越快越好,最好在检察院这两天下批捕令前把钱送给那人,下了批捕令,那可就麻烦了。艾新闻说,他这就去想办法。

艾新闻给检察院朋友打电话询问金妙妙的案情,朋友只说问题很严重,其他啥也不说。艾新闻求他关照金妙妙,朋友答应得很痛快。但这答应是痛快的应付,艾新闻的心,被挂了起来。

就在胡姬花让魏风找艾新闻拿二十万元钱解救金妙妙的当儿,胡姬花接到牛社长的电话,要她约总监去个清静的地方谈事。胡姬花在总监的推来推去中,费了老大劲才把总监约到了"胡家茶室"。茶室是胡姬花妹妹开的广告公司,实际上是胡姬花的广告公司。实际上牛社长的妻妹也在开广告公司,广告业务主要是对着《华都经济报》的,互相有竞争,互相有抵触。胡姬花把总监约到她的公司谈,牛社长心里略不舒坦,犹豫再三还是去了这个地方。

胡姬花等牛社长和总监来,牛社长来了,但总监迟了半小时仍没到。不耐烦的牛社长让胡姬花催总监,总监说,是广告的事就电话说算了,他临时有急事,若非得见面,得晚到一小时多。胡姬花看着生气的牛社长对总监也生气地说,牛社长找他也是急事,牵扯到他坐牢和不坐牢的急事,限他二十分钟过来,不然牛社长有事走了。心虚的总监一听,赶紧问,是什么事。胡姬花说,这牵扯他总监坐牢的事,哪能电话里说。不到一刻钟,总监就出现在了牛社长和胡姬花面前。胡姬花看牛社长脸有怒色,总监也不大高兴,也知道这谈话会让人心惊肉跳,借故躲开了。

"总监的架子不小呀,我堂堂的大报社社长约你,你推来推去不说,答应了来,又不按时来,真把我牛某人当成你的客户了,想冷就冷!"

"牛社长息怒,牛社长息怒,真是临时有急事,怠慢了您大社长,多多谅解!"

"你要不来,我可真把某些东西交给检察院了,那你会后悔一辈子。"

"牛大社长,您可别吓唬我。快说是什么东西,难道能让我坐牢?!"

"你让你的助理小晏送了金妙妙五十万元的银行卡,还是让她趁金妙妙上洗手间把银行卡放到她的包里,你又举报金妙妙勒索或受贿,是不是这样?"

"牛社长您这是替检察官办案,还是在替金妙妙解脱罪行而敲诈我呢?"

"你也太放肆了,我敲诈你?我是在救你!"

"我说话不当,牛社长息怒,牛社长息怒。请您赶快告诉我,我犯什么事了?"

"金妙妙虽是我的职工,如果她真勒索或受贿了,该坐牢就去坐牢,我帮不了她,我不会找你;找你,你是不会见我的。可是,真相不是这样的,金妙妙是无辜的。"

"牛社长,这可不能随口乱说。金妙妙勒索,或者是受贿,是铁的事实,您没有真凭实据,不能这么说话!"

"你真是不见棺材不落泪。我没有真凭实据,能跟你这么说话吗?!"

"那请牛社长拿出真凭实据!"

"我这有豪门楼雅间的录像。录像清清楚楚,你跟金妙妙在雅间的谈话,你的助理小晏趁金妙妙去洗手间在她包里偷放了装有银行卡的信封。"

"啊,不会吧?我的助理小晏绝对没做这事。那个雅间压根没有监控录像,你这是在诈我呢!"

"总监你听着,复制的录像就在我的手里。你要承认是诬陷金妙妙,我可以把那录像交给你;你如果说我们在诈你,那我把那录像交给检察院。"

"您让我看一下,是真是假,一看便知是不是在诈我。"

"那我就交给检察院,检察官找你去看,你去给他们说录像是真还是假吧。到时候,从检察院出来的是金妙妙,进去的肯定是你;坐牢的不是别人,肯定是你,你的老总也脱不了干系。"

"那监控不是没录上吗?检察官去调看,啥都没有啊!"

"可我拿到的录像,你对金妙妙说了些啥,你的助理小晏趁金妙妙去洗手间做了些啥,清楚得真真切切。你要不信,去我办公室放给你看。"

话到此,总监已出了满头大汗。脸上掉汗珠的总监,顿时成了蔫"茄子",赶紧给牛社长求起饶来。

"牛社长您听我说,这是我做的戏,开个玩笑,实是想吓唬一下金妙妙,让她给公司写道歉信,没料到事情成真了。"

"哪有以栽赃陷害的方式开玩笑的。这哪里是玩笑,纯粹是有预谋的设局陷害,是犯罪勾当。用开'玩笑'的话,就能遮盖犯罪行为?!"

"事到如今,我不知道怎么办好,我得去打个电话。您稍等我片刻。"

"我没有时间等你,我回报社有事。你觉得那不是玩笑,那你可以不到我办公室来找我。"

牛社长扔下总监,喊来胡姬花,故意气呼呼地走了。

胡姬花悄悄对总监说,可得放聪明一点,牛社长"牛"脾气,可得赶快把这"火"灭了,不然他和小晏死定了,但她会帮他。总监赶忙给胡姬花又作揖又鞠躬。胡姬花对作揖和鞠躬的总监故意不理,头也不回地去追牛社长,请牛社长上了她的车,头也不回地拉着牛社长走了。

手里有大把广告费、多少媒体人把他当作亲爷亲爹、从来牛皮哄哄的总监,顿时感到自己成了阶下囚,瞪着眼睛听完胡姬花的话,恨不得跪下求胡姬花帮他请牛社长手下留情。他愣而犯傻地站在胡姬花的广告公司门口,俨然像这里的主人一样,给胡姬花的车招手送行。总监被牛社长和胡姬花的话吓傻了。

片刻，猛然抽了支烟，回过神来的总监，赶紧给老总打电话，然后开车去了一个地方。老总在等他。

总监把牛社长掌握豪门楼雅间录像的事告诉了老总。老总听了火冒三丈，"啪"，朝总监那肥长的脸上就是一个嘴巴。

"你他妈就是个十足的酒囊饭袋，怎么把事情办成了这样，"老总边骂边说，"你不是说录像被你花十万块钱删除了吗，怎么姓牛的手里有了录像？！"

"一定是酒楼那狗娘养的保安两头收钱捣的鬼，看我怎么收拾他！"

"收拾你娘的个蛋。你把他弄急了，他上检察院把你检举了，你陷害金妙妙的罪难以跑掉，牢就坐定了。"

"事情出了大漏洞，全是你混蛋脑子太笨造成的。我告诉你，如果姓牛的真把录像透露给了检察院，坐牢是你的事，与我没一点关联。你要牵扯到我，我让你死在牢房里！"

"那姓牛的手里的录像是'炸弹'，得赶紧拿回来。老总，您与他有交情，有劳您去要一下？"

"你他妈就是狗屎脑子，我说了这事与我没关联，你是要把我也牵扯进去啊？！"

"知道了，知道了，我一人做事一人担，就是坐牢，也绝不说出老总您与这事有关联。您尽管放心，尽管放心！"

"听明白了就好，你要是出卖了我，你就活到头了！"

"您尽管放心，您尽管放心！"

"我估摸，姓牛的找你，是为了要一笔钱，钱是他亲爹。他要是想把我弄坐牢，他不会找你，他是冲钱来的，也只有花钱消灾了。他提到钱没有？"

"没提钱。"

"先预支你五十万元钱，去找姓牛的把录像拿回来。这是你做事操蛋造成的损失,得从你年薪里扣除。"

"应该,应该!"

老总给了总监两个二十万元、一个十万元的银行卡,让他一分钟都不得耽误,找姓牛的把录像拿回来。

总监立刻去报社找牛社长。

牛社长把办公室的几个人"打发"走,关门并反锁了门,在电脑上播放那段录像给总监看。看了一半,总监就让牛社长把录像赶紧关掉。

"牛社长高抬贵手。我这'两百斤'可就在您这儿了,您要让我坐牢,那我肯定得去坐牢……您开个价,多少钱,把这个录像给我?"

"你和老总多年来给了报社很多广告支持,我牛某人很念友情。我怎么会把它交给检察院呢?即使金妙妙有事,我也不会为了她而不念你和老总的旧情。我是想帮你,更是想帮老总,才告诉你这录像的,不是拿它来换钱的。"

"知道,知道,您牛社长是我们多年的老朋友,想必您不会不念朋友旧情。但我也是对朋友够'意思'的人,您替我挡住了风险,我感激不尽,这三张银行卡,一共是五十万元,密码在卡后面,您一定收下。"

牛社长推辞了两下,就赶紧把三张银行卡放到了抽屉里。心里踏实了的牛社长,把录像带给了总监并说:"这录像,这世上独此一份。只要你销毁它,不会有录像出现在世上。我老牛担保。"

总监悬在心上的利剑顿时落了,脸上有了难堪的强笑。总监拿着录像,赶紧离开了牛社长的办公室。

就在总监找牛社长送钱并要录像带的时候,艾新闻提着一个大帆布包,到了报社附近的"肯德基",等魏风来。帆布包里是二十万元钱,是送给胡姬花解救金妙妙的钱。刚才,艾新闻从银行取出钱,给魏风打电话说,解救金妙妙的二十万元,他已经准备好,让她约胡姬花主任半小时后一起到报社附近的"肯德基"见,他把钱给胡姬花。魏风说,她去叫胡主

115

任,一小时后在"肯德基"见。艾新闻在"肯德基"等了快半小时,魏风才来。魏风屁股没挨座,就朝艾新闻说,"东西"在哪里?桌子周围正巧没人,艾新闻把挂在肩上的帆布包放在桌上说,一万元一捆,总共二十捆。魏风把帆布包扒开个缝看了个仔细,甚至数清了是一万元一捆的二十捆,对艾新闻说,你对金妙妙真是赤胆忠心,让人感动不已;不过,胡主任说,她有事来不了,这"东西"让她魏风代劳,今天把钱送给办事的人,明天金妙妙就会被放出来。

艾新闻有些迟疑,还有些不高兴,没有把帆布包给魏风的意思。魏风说,有啥不放心的,有啥不高兴的;情愿救金妙妙,就痛快地把这东西让胡主任送过去;如果舍不得它或对胡主任不放心,那就拿回去算了。对了,魏风接着说,二十万元钱,这么多钱从哪里来的。艾新闻说,从家里"偷"的,血汗钱,可千万别打了"水漂"。艾新闻的担心还挂在脸上,还想问魏风点什么,而魏风已经不耐烦了。艾新闻便把帆布包推到了魏风面前。魏风并没拿包,让艾新闻拿到报社门口给她。艾新闻就跟魏风到了报社门口,给魏风包,魏风没接,让艾新闻把钱拿到胡主任办公室门口给她。"多精明的两个女人。"艾新闻瞅着魏风暗说道。上楼到了胡姬花办公室门口,虽然有人出入,但魏风很自然地从艾新闻手里接过了帆布包,并进了胡姬花的办公室。

艾新闻把帆布包给了魏风的一刹那,他想到金妙妙明天就会被放出来,顿时浑身无比轻松、快慰。

艾新闻回到自己办公桌上,他不理马旺财和几个同事的问这问那,静静地坐着,想金妙妙在检察院是不是在接受审讯,会不会在受折磨,有啥办法能让她知道他在救她,让她知道明天她会出来。想到这里,艾新闻觉得金妙妙也在盼望见到他,他必须马上见到金妙妙;实在等不到明天,这等待她回来的一时一刻,像钟表的时针在刺痛着他的心尖,难忍难过。他赶紧下楼,又给检察院的朋友打电话求情说,无论如何要见金妙妙,让他提供方便。朋友说，金妙妙的案情复杂，最好不要提这个要求，以免把自己卷进来。艾新闻说，金妙妙是为他打抱不平，被人设了陷阱弄进去的；如果检察院这样办案，那把他艾新闻也抓进去，他要陪她一起坐牢。朋友说，别没事找事，关照金妙妙他会尽力做到，但见面他办不到。艾新闻的焦急，没了办法，只好去找魏风，催她赶紧让胡姬花把钱送给办事的人，越快越好。

回到办公室，魏风在，魏风对艾新闻说，"东西"给她了，静等消息。艾新闻催魏风，去问胡主任办了没有。魏风不高兴地说，急什么，有啥不放心的。艾新闻便不敢再说什么，只好六神无主地等待。

一个下午，直到下班，赶到下班后一个多小时了，广告部的人快走光了，魏风也走了，而胡姬花办公室的门还开着。明亮的灯光照在走廊里，胡姬花柔声细语与那个男人聊天的发骚声回荡在寂静的楼道里，没有离开办公室的迹象，没有结束聊天的意思，说明魏风把钱送给她，钱还在她那里睡觉，她并不着急给人去送钱，并不着急去解救金妙妙。

艾新闻心急如焚，但不敢去找胡姬花，又怕胡姬花知道他也没离开广告部，只好关了灯盼着胡姬花赶紧提着那二十万元给人送钱，去解救金妙妙。可艾新闻一直等，林萍萍给他打了好几个火冒三丈催他回家的电话，他调成静音的手机被打得发热也不敢接。艾新闻在煎熬的分分秒秒中等到了九点，突然间看到走廊里那道刺眼的光消失，随即听到胡姬花关办公室门的"咣当"声，胡姬花走了。艾新闻偷看胡姬花手里提着什么东西，她手里除了皮包，还提着他的那个帆布包，那沉甸甸的二十万元现金。

这么晚了，胡姬花提着钱，是回家，还是去给办事的人送钱？艾新闻想知道个究竟。

胡姬花到报社后院开车，艾新闻疾步下楼到门口拦了辆出租车，在大门口附近等胡姬花的车出来。

胡姬花的车很快出来，艾新闻让师傅紧跟胡姬花的车。艾新闻想，给办事的人送这么多钱，一定是这个时候最合适，他看到了解救金妙妙的曙光。

胡姬花家离报社就两条街，这是艾新闻熟悉的两条街，艾新闻跟到了胡姬花家的小区，又跟到了胡姬花把车停到停车场，眼望着胡姬花提着皮包和他的那个帆布包进了她家的那幢楼，按了她家十四层的电梯。胡姬花没有去给人送钱，没有去给金妙妙办事，胡姬花把他的钱拿回家了。

艾新闻焦急地纳闷，胡姬花跟魏风说今天把二十万元钱送给办事的人，办事的人就会给检察院提供证明金妙妙无罪的铁证，明天就会把金妙妙放出来，这钱拿回了她家，明天金妙妙能回来吗？艾新闻想到了"骗局"二字，可他不愿往魏风和胡姬花身上这么想。艾新闻又想，如果魏风和胡姬花是骗局，金妙妙出不来，她们就不怕他艾新闻干出傻事来？她们不会骗他，相信不会骗他。艾新闻宽慰自己，也许胡姬花是明天早上去给人送钱。怀疑和焦虑没用，只好等待明天，等待金妙妙出来。

十八

艾新闻着急胡姬花给金妙妙办事送钱的事,不到上班时间,就去了报社,看胡姬花来上班,还是不上班,几点来上班。胡姬花上班大都早到晚走,他想以此来判断她是给金妙妙办事去了,还是送钱根本是个骗局。

艾新闻盼望胡姬花上午不来或迟来,那会说明胡姬花真是去办金妙妙的事了。可不到八点,胡姬花的办公室门响了。胡姬花哼着小曲进了办公室,她的心情太好了。胡姬花怎么不去给金妙妙办事,金妙妙今天能出来吗?是不是她上午会去办金妙妙的事呢?也许她上午会去办金妙妙的事。艾新闻的心"挂"在嗓子眼上,盼胡姬花尽快出去送钱办金妙妙的事。可一个上午,直到下午,胡姬花也没离开办公室。金妙妙的手机仍关机,金妙妙仍没消息,说明她没被放出来。

等到下午快下班时,胡姬花仍在办公室,金妙妙的手机仍关机,金妙妙仍没有消息。艾新闻如热锅上的蚂蚁焦急而痛苦,催魏风说,他在等金妙妙出来,到现在也没消息,赶紧催一下胡主任。魏风说,今天不是还没过去,急啥。艾新闻催得魏风不高兴了,艾新闻再不敢问了。

艾新闻就不停地给金妙妙拨电话,在一分一秒地盼等手机响起金妙妙的电话。到了下午快下班的时候,艾新闻的手机响了,是林萍萍的电话,让他下班早点回家,有急事说。林萍萍的口气里冒着火。艾新闻问,是什么急事,电话先说。林萍萍不再说话,把电话挂了。艾新闻意识到,是不是林萍萍发现了他"偷"家里存折,取了二十万元钱解救金妙妙的事,心里七上八下起来。

林萍萍刚把电话挂了,一个让艾新闻牵肠挂肚和魂牵梦萦的金妙妙的电话来了。

"妙妙,妙妙——你在哪里?!"

艾新闻有点失控的声音,让魏风、马旺财和办公室里的人望着艾新闻吃惊。尤其是魏风,朝艾新闻"啧啧啧——"地嘲笑说,天那,叫得像心肝宝贝似的,肉麻。艾新闻意识到失态,在办公室无法交谈,去走廊也不便说话,干脆跑到男厕所与金妙妙放声聊了起来。

"妙妙,妙妙,你在哪里?!"

"我在检察院。知道你为我着急,给你打个电话。"

"你把我急死了。你快出来呀,那地方有啥好待的!"

"我要出不来,你会怎么样?"

"你会出来的,很快会出来。"

"我要真出不来,你会怎么样?"

"我去陪你坐牢。"

"你把我妙妙感动死了。"

"听你喜悦轻松的口气,不像是在那个地方。"

"你猜我在哪里?"

"在办公室?"

"我在你楼下。不过,牛社长找我。我与你再联系。"

"晚上我请你吃饭,给你压惊。"

"好,你选个清静的地方。"

....

金妙妙真回来了,魏风和胡姬花的话真算数,他的二十万元钱真是没白送。艾新闻不觉得厕所的气味难闻,闻到的却是满厕所的香味。

艾新闻喜悦不已地回到办公室，想对魏风说一番感谢的话，而魏风和办公室的人都走了。没人与他分享金妙妙从检察院出来的喜悦，他只好自己独享。

牛社长听了金妙妙被检察院放出来的消息，想知道总监是如何让金妙妙从检察院出来的，金妙妙的受贿和勒索嫌疑是怎么排除的。胡姬花告诉他，是总监撤了对金妙妙的举报。总监给检察院说，是他们跟金妙妙搞了个游戏，就想以此吓唬她，让她给公司赔礼道歉，结果假戏做成了真。检察院不干，要追究总监和小晏的法律责任。结果有上面领导出来"说话"，就把追究总监和小晏法律责任的事暂时放下了。

在金妙妙从检察院放出来的第一时间，总监给胡姬花打了电话，胡姬花给牛社长打了电话，接着牛社长给金妙妙打了电话，让她先到报社来一下。金妙妙本来想先回家，再去报社见牛社长。刚才在检察院，总监和小晏给金妙妙当面道歉，总监大夸牛社长对她金妙妙真好，不然她还会在检察院继续待着，金妙妙信以为真，对牛社长又是一番感动。从检察院出来，金妙妙急于要感谢的人便是牛社长。她想见完牛社长，回家洗完澡与艾新闻见面。

已经下班，牛社长办公室已清静，正接电话的牛社长看到金妙妙，把电话挂了，赶紧让金妙妙坐下，沏茶。牛社长对金妙妙格外客气，也是他对下属少有的客气。金妙妙最怕男人对她殷勤和热情有余。牛社长的热情和客气，让金妙妙想好的感谢话，因一时紧张而说得语无伦次。

"妙妙不必找词说客气话，我是你的社长，帮你是理所当然的。"

牛社长问了总监和他助理小晏请她吃饭的过程。牛社长装着全然不知的样子，引金妙妙说出原委。

"总监为什么给你送大额银行卡？"

121

"给我五十万元,让我写那篇内参报道失实的道歉信。我的文章事实准确无误,没有失实,不能为钱而违背良心,我拒绝了。我不干,他们也就翻脸了。翻脸了,他们就为我设计了陷阱。"

"妙妙你做得非常对。记者应当坚持这样的操守。但你知道,总监他们的企业,是报社广告的大客户,每年给报社多则几百万元广告,也可说是报社所有人的衣食'父母';你的内参文章会让他们的企业损失几千万,甚至倒闭。当然文章不是在本报刊登的,文责自负,文章跟报社没关系,但你妙妙是报社的人,你很清楚报社财务已出现亏损,要再没更多的广告收入,报社连工资都发不出去。你这文章一登,公司把定好给报社的几十万元的广告不给了不说,还没了承诺每年给报社的至少二百万元的广告投入,这损失可就大了。所以,妙妙你也得为报社的困境着急。接下来,社里和你一起努力一下,把公司和报社的关系尽量修补好,那你给报社的贡献就大了。"

"社长的话,我听明白了。是不是您也要我给他们写道歉信?"

"写不写,你想明白了再说。我当社长的不会逼你妙妙,你觉得为报社利益牺牲点个人尊严值得,就写;如果你觉得个人尊严比报社利益重要,就不写。我跟社班子成员商量了,妙妙你要支持报社的工作,愿意受点委曲,报社给你补偿,破格提你做深度报道部主任。"

牛社长的话刚落,牛社长的手机响了,是总监的电话。总监说,他们老总要请牛社长和金妙妙吃饭,老总要亲自给金妙妙赔礼道歉,并说了聚会的地点。

牛社长对金妙妙不说总监和老总邀请吃饭的事,他瞅着金妙妙,等她对他刚才的话的反应。

"牛社长说的都很在理,也感谢您和社领导提拔的好意,写道歉信的事,容我想一下。"

牛社长不催金妙妙马上决定,嘱咐她想好了再来找他。在报社由副主任提拔成主任，尤其是像金妙妙这样文章虽写得好，但文章在社会上惹人恼怒且会让报社遭是非的人，在牛社长看来，即使金妙妙写出多少妙文章，报社民主投票也通不过，再加上社主要领导不同意，提拔正主任基本没门。牛社长清楚金妙妙的渴望，正主任的职位，比有人给她五十万元钱更有诱惑力。牛社长判断，金妙妙决然不要五十万元钱的好处，却不会放弃升正主任的好事。

牛社长把刚才总监和老总请他和她聚会，要当面再次给她赔礼道歉的邀请电话，跟金妙妙说了。牛社长说，既然老总和总监诚心诚意邀请，还是去的好。金妙妙想立刻见家人和艾新闻，说，昨晚被检察院的人带走，父母和兄弟姐妹都急坏了，她得马上回家。牛社长说，跟他们见个面再走不耽误多少时间。想到与艾新闻见面的喜悦，金妙妙说，昨晚到现在没换洗了，见不得人，社长代表算了。牛社长不再劝，说，为了报社大家的"饭碗"，他不能不去。

出了报社门，金妙妙给父母和兄弟姐妹打了电话，报了个平安，就给艾新闻发短信，约他一小时后见面，让艾新闻把选好吃饭的地方告诉她。金妙妙回家利索地洗澡和换衣服，盼望与艾新闻的聚会。金妙妙刚要出门，可艾新闻发来短信，说家里闹"地震"，大"地震"，出不来了。金妙妙问怎么回事，艾新闻没回短信。金妙妙放心不下艾新闻，就打艾新闻的手机，但手机关机，急得她坐立不安，只好不停地给艾新闻发短信，但艾新闻的手机死了一般没动静。金妙妙猜不出来艾新闻与林萍萍的大"地震"是为啥，倒是心里嘀咕，总不是因为她金妙妙吧。

金妙妙简单吃点东西，等艾新闻回短信，等到深夜也不见艾新闻的音讯，焦虑的金妙妙不知怎么办好。金妙妙脑子里全是艾新闻，她发现自己深深地爱上艾新闻了。她想艾新闻，想艾新闻是那么莫名其妙的喜悦和激动。

总监和老总约牛社长聚会，时间不长就结束了。老总来得比牛社长迟一个小时，又提前走了，吃饭只有总监和牛社长两个老男人。老总压根没把报社当回事，压根也没把牛社长当回事。报社求公司要广告，实质是他姓牛的靠公司广告来发财，总监和老总瞧不起他这个社长。这个牛社长明白，他没法计较，更没法给他们摆谱，计较和摆谱，他的口袋就会少了银子，就这么简单。

今晚的聚会，有金妙妙参加与无金妙妙到来，气氛都是单调而乏味的。因为总监本来对牛社长没好感。尤其是金妙妙录像带的事，牛社长把他总监吓得几乎软瘫，拿着架势要敲他总监的"竹杠"，结果敲诈了他们公司五十万块钱。在总监眼里，牛社长在录像带这件事上，是个十足的"王八蛋"。在老总心里，牛社长也成了十足的"王八蛋"。所以，总监和牛社长没有更多的话说，坐在一起只有更多的尴尬；老总和牛社长也没有更多的话说，坐在一起只有说要办的事，给多少钱办事。好像他们同牛社长多说一句办事以外的话，都很耻辱似的，这顿饭让牛社长吃得非常难堪。

虽然与牛社长多说一句话都感到没意思，但总监和老总还不得不找牛社长吃饭，还得给他笑脸，还得给他敬酒，还得面子上大体过得去。因为牛社长知道他们陷害金妙妙的证据，虽然证据被总监以五十万元"买"走了，也被总监销毁了，但牛社长究竟有没有留复制录像带，实在让他们心里难安。还有让金妙妙写道歉信的事，金妙妙是绝对不会配合他们去做的，哪怕给她再多的钱，她绝对不写，只有牛社长能有办法逼她写，只有牛社长能安排他的报纸刊登。所以，这顿饭必须吃，同牛社长的"朋友"关系还得维持下去。同牛社长的关系要维持下去，他们就给牛社长承诺，只要他让金妙妙写了道歉信，只要他安排见了报，给他个人五十万元的"辛苦费"不说，还给报社送上二百万元的广告投入。这顿饭虽然老总迟来早走，虽然总监半冷不热，但有巨额真金白银在招手，牛社长从不舒服里获得了惊喜。

牛社长答应老总,道歉信一定会刊登在《华都经济报》上。

牛社长已下决心,无论金妙妙如何抗拒不写道歉信,这道歉信也得"生"出来,得登在报上。他牛某人,为这笔钱,为了从总监和老总这里拿到更多的钱,必须得去做这件事,不管金妙妙愿意不愿意。

牛社长与老总他们吃饭的时候,胡姬花也是为与金妙妙有关的事请魏风吃饭。胡姬花一般不请魏风吃饭,只有魏风请胡姬花吃饭,胡姬花也常常拒请。拒请的意思很简单,胡姬花把魏风当作"腿",训斥的多,表扬的少,当魏风在对胡姬花失望的时候,胡姬花就给她点广告的"甜头",让她有了继续在广告部跟着她"走"的动力。魏风厌烦了文字工作,与当老师的丈夫贷款买的房子还款压力很大,巴结胡姬花挤到了广告部,依附了胡姬花。平时她既怕胡姬花,又讨厌胡姬花,但却顺从着胡姬花,且对胡姬花的事守口如瓶。胡姬花需要这样对她俯首帖耳的人,尤其魏风惧怕她的感觉,特别对她的"胃口",就事事交给魏风去办,包括一些很隐私的事,魏风办得大体漂亮。而胡姬花却不知道魏风对她怎么看,实际上魏风很厌恶胡姬花的"肉和汤一起吃"的自私。有几次,她帮胡姬花挣了大钱,胡姬花全吞了,一分也没给她,使她很伤心,也很失望。魏风曾联系好几个单位要走,胡姬花就让牛社长给她提了广告部副主任,魏风感恩有余不走了,忠心不二地跟着胡姬花,委曲求全地跟着胡姬花,好多来点儿钱让房贷还得快一点。

胡姬花当然知道魏风太需要钱了,但她却是"适当"给魏风点好处,一来是到手的钱她舍不得掏出来,掏出来如同割肉一般心痛;二来她不想让魏风的房贷还得太快,房贷还得越快,魏风离开她就越快。今晚,她的包里本来给魏风装了两万元钱,也是为了给她两万元钱而叫她吃饭的。这两万元钱是艾新闻给金妙妙办事的二十万元钱里的,她把十八万元存在了银行，留了两万元想给魏风。

胡姬花如此大方地想给魏风两万元，是因为她这一个解救金妙妙的妙想，经过魏风的传达和操作，她理所当然地"挣"了二十万元钱。没有魏风的跑"腿"，她直接从艾新闻那里拿这二十万元钱，风险太大。所以，胡姬花清楚，这二十万元随手可得的钱，不同于她拉的广告而让魏风办了个手续那么简单，魏风也是担着风险的。如若有朝一日艾新闻知道这钱入了骗局，或者魏风知道这钱是她胡姬花的骗局，魏风要担风险，她胡姬花也成了一个十足的连下属钱都蒙的大骗子。她胡姬花在魏风的心目中，那就彻底完了。由于害怕看到这样的结果，胡姬花在艾新闻的那帆布包里拿出来两万元，又把钱放回去，拿出来，又放回去，来回拿放了五六次，终于拿出了两万元，装到了她的手提包里，还装了条她不太喜欢的围巾，想酬劳魏风，也是让她为这笔钱担点风险。但胡姬花见到魏风的一刹那，改变了给魏风两万块钱酬劳的想法。

改变想法的动因，是胡姬花产生了这样的想法，要艾新闻拿二十万元钱解救金妙妙，本来是利用金妙妙为艾新闻广告的事打抱不平而被总监设圈套弄进了检察院，艾新闻不得不救的急迫而骗的钱，也不是她胡姬花骗他的钱，应当是艾新闻为她胡姬花拷贝回总监陷害金妙妙的监控录像带而付出的代价，给她胡姬花的辛苦费。没有她胡姬花的这监控录像带，即使拿几百万，金妙妙也出不来。金妙妙如她所说今天出来了，艾新闻一定认为这钱没有白花。所以，这二十万元钱本来就是她胡姬花应当得的，本来就与魏风没有什么关系。她胡姬花要把这两万元酬劳费给了魏风，那会让魏风产生她敲诈或骗了艾新闻二十万元黑钱的想法，是她胡姬花拿两万块钱封她魏风的口呢。这一机灵想法，使胡姬花想明白了艾新闻的这二十万元钱是她应当所得，这钱跟魏风没多少关系。想到这些，胡姬花觉得今晚她能叫魏风吃饭，对魏风来说，已是给她很大的面子，更是很大的奖励，因而就只给了魏风一条围巾。一条红围巾，别人送她而她十分不喜欢的围巾，送给了魏风。魏风很喜悦地收下了，更是口口声声"感谢胡主任"给她礼品，又请她吃饭，破费了。

　　胡姬花对自己独吞这二十万元钱的心安理得和不应当给魏风两万块钱的聪明判断下，喜悦得有点陶醉。胡姬花脸上灿若桃花，让魏风情绪很好，让她高兴得不知道如何赞赏胡姬花好。这顿饭，虽然菜很简单，时间很短，但魏风非常高兴，因为她从胡姬花一脸的笑上，看到了她在胡姬花心中的满意度和她未来的好前景。

十九

林萍萍火急地催艾新闻赶紧回家,不说是什么急事,要他回家了说,催得艾新闻心里七上八下。

金妙妙下午从检察院放出来,艾新闻要给金妙妙接风压惊,选了一个优雅的饭馆,也给金妙妙约了相会时间,但林萍萍带着"火"的电话催他立刻回家说事。艾新闻跟林萍萍说,有朋友请聚会,聚完回家再说。没想到林萍萍说,即使与情人金妙妙约会,也得回来把一件事说清楚再去。艾新闻一听,吓出一身冷汗:林萍萍怎么知道他今晚要与金妙妙见面?火急地催他回家说事,难道是她发现了他为解救金妙妙"偷"了家里二十万元存款的事?艾新闻赶紧回家。没有做饭的林萍萍,在客厅沙发上躺着,一副怒气冲天的样子。

艾新闻去做饭。

"饭不用做了,说完事,你跟你的心上人妙妙去吃饭,你就不用管我了!"

被林萍萍直捅心窝的话吓得艾新闻不知道说什么好,也不知怎办好,浑身直冒冷汗,只好坐在沙发上等候林萍萍发落。林萍萍朝艾新闻扔过来一个存折,像头母狮般吼叫起来。

"金妙妙从检察院出来了,她是为你打抱不平而进去的,她可真是为你啥事都愿意做,你为她啥事也能干得出来……她出来了,你是要给她'洗'

身压惊吧，我把你俩的好事打搅了。先不说你今晚是不是跟金妙妙约会，存折上的二十万元钱，取去做啥了？！"

艾新闻不语。艾新闻怕金妙妙打他的电话，把手机关了。

"取这么多钱，到底干什么了？！"

艾新闻不语。

"说啊，不说清楚，今晚不会有完！"

艾新闻不语。

"你取这么多钱，去干了啥，为啥不告诉我一声？"

"你不是知道了吗？还要我说啥！"

"我是知道了，但你给我说个理由！"

"既然你知道了，还要我说啥。"

"你要主动给我说清楚这钱拿去干啥了，如果理由正当，也许我还能接受。"

"有言在先，我要如实给你说了，你不能计较。计较，我就不说了。"

"我答应你。你要如实说来，说实话，我不计较。"

…………

虽然林萍萍承诺他要如实说来，她不计较，但艾新闻还是不放心。以他对林萍萍的了解，也是跟她这么多年的教训经验，对林萍萍要说实话，她对他说的话，会认真地验证，绝不是以信誓旦旦的态度跟她说假话就能蒙混过关的。如若对她说了假话，一旦让她发现，她会闹"死"他。而艾新闻却十分困惑，这二十万元钱是他的住房公积金，他应该有点支配权，但钱一进了林萍萍的手，就很难出来。这钱，是为解救金妙妙偷取的；她与金妙妙已成情敌，对金妙妙恨得咬牙切齿，也对艾新闻怀疑越来越深。别的实话说了没事，他帮金妙妙的实话，该不该说，说了她会不计较吗？艾新闻凭感觉，这实话对林萍萍不能说。那说啥理由能让她相信呢？说父母急用，她不相信。父母急用，没有必要偷；说借给了朋友急用，她一定会找借钱的朋友核实；说被骗子骗了，怎么骗的，可信的被骗过程他编制不出来；说是被人敲诈了，她查看汇款没有痕迹，骗不过去。艾新闻苦思片刻，竟想不出一个能让林萍萍听了信以为真的理由。

艾新闻苦思说假话的表情，想不出个假表情来。他的所有表情，哪里能逃过林萍萍那双"毒"眼。她对艾新闻说，可要想好怎么把她骗相信了，要是骗不相信，饶不过他。艾新闻本来打鼓的心，被林萍萍这话说得更加厉害了。艾新闻实在想不出一个能大体骗过林萍萍的理由，神情紧张，头上冒汗，心里发慌，难受得想有个洞让他钻进去才好。

艾新闻看林萍萍很快没了那一丝信任的期待，发作在即。实在想不出骗过林萍萍理由的艾新闻，头脑"轰"的一热，干脆实话实说了。

艾新闻把解救金妙妙急需用钱的特殊情况，给林萍萍如实说了。

"你是说的实话。幸亏你如实说来，其实我已经猜到你偷取钱干啥去了。除了为金妙妙，你能偷家里的钱吗？为你爹妈、为你朋友，你会与我商量，唯有为了不正当的事，你才会瞒着我从家里偷……英雄救美人，艾新闻为金妙妙真是动真情了，让我林萍萍好感动……谁拿钱解救的金妙妙，二十万元钱给了谁？"

"给谁办的，不能说。"

"是你拿二十万元钱救出的金妙妙？"

"钱给了办事的人，第二天就放出来了。"

"是吗？检察院收钱就放人，就这么简单？！"

"事情没你想得复杂。"

"我懒得问那么多，我急得是那二十万元钱什么时候回家。金妙妙救出来了，金妙妙什么时候还钱？"

"金妙妙不知道为她花这钱。"

"哟，哟——这更感动人了。我要是金妙妙，有一天知道了艾新闻在她危难的时候，冒着不怕与老婆打架和离婚的风险，偷家里钱救她，她会给你'献身',她会嫁给你。艾新闻你就等着抱美人吧!"

"这钱不是金妙妙让我送人解救她的,与她有啥关系,她还什么钱?!"

"好啊,把金妙妙护得严严实实的。你不让金妙妙还钱,那这钱从哪里回来?"

"这钱是家里的不假,但它是我的住房公积金,咱俩商量过,我有使用它的一点权利。这钱就算我借家里的,我会如数补上。"

"你就哄吧,我是傻子。你把我当傻子对待吧。"

艾新闻气得无语以对。

"我再说一次,二十万元不是个小数目,这钱必须由金妙妙掏。再问你一次,你问金妙妙要是不要?!"

艾新闻无语。

"告诉你艾新闻,这钱,你不问金妙妙要,我会问她要!"

"你问她要,不是丢我的人吗?!"

"哟,你真是爱她爱得舍身忘己,真是无耻透顶了!"

…………

林萍萍见不到二十万元钱回来,不会罢休。甚至连十天半月都会等不住,她会向金妙妙要钱。他不把钱尽快拿回家,林萍萍必定会向金妙妙要钱。以艾新闻对林萍萍的了解,林萍萍通过向金妙妙要钱,给艾新闻和金妙妙制造矛盾,在他们之间制造摩擦与冲突。林萍萍在琢磨,这送人的二十万元钱,既然不是金妙妙让艾新闻送的,那就是艾新闻上当受骗送出去的;虽为她金妙妙送的,但却是金妙妙压根不情愿花的。这钱即使花了,金妙妙也不会掏,也会让艾新闻把它要回来,或者她把它要回来。

送出去的钱,能要回来吗?送给的人要不是艾新闻的上司,也许能要回来,可送给的如果是艾新闻的顶头上司胡姬花,这钱怎么要?人家会说花到金妙妙身上了,说让金妙妙第二天回来,就让金妙妙第二天回来了;你艾新闻情愿花钱,人家把金妙妙的事办了,这钱有道理问人家要吗?林萍萍琢磨的结果是不知道怎么办好了。

艾新闻也在琢磨怎么能让林萍萍不做伤他面子的事，实在想不出稳住林萍萍的好办法，只好给林萍萍保证，十天时间，就十天，他向金妙妙要来那二十万元钱。艾新闻让林萍萍保证，十天内不许找金妙妙要钱。林萍萍说，她保证不找金妙妙。

虽然给林萍萍下了还钱保证，十天之内要借到这么多钱，艾新闻想不出钱到哪里去借。

…………

艾新闻承诺二十万元钱十天之内向金妙妙要回来，林萍萍从沙发上起来，提上在艾新闻回家之前整理好的包，说："今晚上的饭你是跟金妙妙吃，还是自己做，给你自由，跟你没心情吃饭，我回娘家去了。十天之内，你哪天把钱要回来，我哪天回来接着跟你过日子。你也知道，我林萍萍与金妙妙虽是同学，但早已是仇敌；如今你与她越发难舍难分，已经不清不白，我俩的'离婚协议'早已写好，要过要离，全在你艾新闻手里。"林萍萍说完，扔下艾新闻就要走。

林萍萍的醋意和恨意，全摆在她脸上。艾新闻劝林萍萍在家吃饭，他来做，不要走，并再次保证，他跟金妙妙没有任何问题，今后也不会有问题，请她完全放心。林萍萍却说，事实胜于雄辩，为了金妙妙他都不顾一切"偷"家里的钱了，不顾伤害自己老婆的感情，这饭她吃不下。林萍萍说完，转身走了。

夜已深，艾新闻的肚子实在饿了，也气得实在浑身酸软了，是在家做点吃，还是到门口下馆子？艾新闻打开手机，看到金妙妙几十条短信，在等他回电话，他给金妙妙打了个电话。金妙妙用兴奋不已的声调问，与林萍萍为啥闹"地震"，连手机都关了不开，急死人了。艾新闻说，没事，家务事。金妙妙问，林萍萍吵完架一定又回娘家了，不然深更半夜他怎么会给她打电话。艾新闻说，她回娘家了。金妙妙问艾新闻，他是不是饿着肚子。艾新闻说，吃包方便面睡觉。金妙妙要艾新闻来她家，她给他做饭吃。艾新闻说，太晚，不去了，明天见。金妙妙坚持要他去她家，艾新闻想到林萍萍写好的"离婚协议书"，想到林萍萍可能会查他在不在家的"岗"，更想今晚如果去了金妙妙家，他的日子就不好过了，于是拒绝了金妙妙的炽热邀请。金妙妙很不高兴地把电话挂了。

女人与女人一旦结上仇，结上情仇，总会折腾出事儿来。林萍萍虽然跟艾新闻保证十天之内不会对金妙妙提要钱的事，但到天亮她也没有睡着，想起艾新闻竟然不顾她提出离婚，死活要进《华都经济报》的事就窝火。最让林萍萍愤怒的是，起初艾新闻一心要进《华都经济报》是热爱文字的梦想和冲动，后来因她的阻拦报社坚决不要，艾新闻去报社已经有所动摇，却是金妙妙这"妖精"使劲拉他，他又动了执意要去的心思，怎么劝也拦不住。他被金妙妙迷住了，即使她以提出离婚来阻挠他，他还是去了报社，两个人从此凑到了一起，居然好到了生死相依的地步——她为他打抱不平写内参，他在家里"偷"钱救美人；他和她的关系，已发展到不那么简单的地步。这样发展下去，那不是她林萍萍以离婚能够吓唬得了艾新闻的，那就是艾新闻真要跟她提出离婚而无可挽回的现实了。

林萍萍想到这里，困乏被愤怒赶得没了踪影。她等着天亮，她决意不管给艾新闻十天时间找金妙妙要钱回来的承诺，她要给金妙妙打电话，把二十万元钱要回来，把她和艾新闻的不正当关系搅个"稀巴烂"。

愤怒在林萍萍心里升腾成了仇恨，仇恨燃烧起了火焰，她不想等到天亮，她立刻就想打电话把金妙妙从被窝里"揪"出来，把金妙妙气得上不来气，把二十万元钱立马还来。说打就打，林萍萍拨金妙妙的电话。金妙妙的手机关机，林萍萍如同撞在了金妙妙竖起的冰冷的大墙上，撞得又疼又屈辱，恨不得把金妙妙从床上拉起来，赶紧接电话，立马还钱，离艾新闻远点。

林萍萍给金妙妙的电话,是快上班时打通的。

"林萍萍,真稀罕接你的电话,是艾新闻出啥事了吗?"

"你比我还牵挂艾新闻,艾新闻也牵挂着你呢,你们俩真是相依为命,难分难舍!"

"林萍萍,你大清早打我电话,有什么急事,快说!"

"艾新闻为解救你从检察院出来,他从家里'偷'了二十万元钱打通关系。送了钱,你第二天就出来了,这钱你得给我还回来!"

"什么,艾新闻为解救我给别人送了二十万元钱?我怎么不知道这事?"

"金妙妙,你就装吧。要不是你让艾新闻给人送钱,谁能让他从家里'偷'钱?!"

"笑话,我本来就没事,送什么钱来解救我呀?!"

"没事,检察官怎么从你包里搜出五十万元钱的银行卡!"

"清者自清,不许污辱我。至于艾新闻为解救我给人送了二十万元钱,我没让他送,你找我要什么钱!"

"金妙妙,你真无耻,你要耍无赖呀……"

"林萍萍,你听好了,既然是我让艾新闻给人送的钱,那你让艾新闻来要!"

"金妙妙,你抢男人抢到同学老公这里来了。你'偷'我的人,还让艾新闻偷我的钱呀?!"

"林萍萍,我告诉你,你又不爱他;你不爱他,我来爱他!"

"你这个无耻透顶的女人。把我的钱还了,你们爱去吧,老娘放人!"

"钱一分不会少你,你敢放'人',我就敢要'人'!"

金妙妙说完,把林萍萍的电话挂了。

金妙妙真不要脸,"我敢放人,她就敢要人",居然真的要抢艾新闻,她是铁了心要抢艾新闻。随着金妙妙话音刚落,随着金妙妙的电话挂断,林萍萍不仅有种被金妙妙恶心到撞到墙的剧疼感,还有种被金妙妙掏空了心的感觉,"哇——"地大哭起来,惊吓得隔壁间的她爸妈赶忙过来看她怎么回事。林萍萍爸妈非常讨厌她与艾新闻闹意见,动辄住在娘家的恶习,劝导不听,也只好随她性子。自从查出女儿不生育,两口子的婚姻渐渐有了隔阂。当女婿的艾新闻不上岳父岳母家,使得老两口对女婿意见很大。女儿对艾新闻的讨厌,老两口不觉得是怪事。日子是两个人过的,一心想离,那就离去,老两口不再劝。

金妙妙挂了林萍萍的电话,心里七上八下,心都快跳出来了。林萍萍说艾新闻为解救她,给人送了二十万元钱,有这回事吗?这究竟是林萍萍的胡扯,还是艾新闻真的被人骗了?金妙妙打艾新闻的电话,艾新闻说刚睡醒。金妙妙让他到她家来,有话要说。艾新闻一向躲避去金妙妙的家,他以林萍萍"醋"劲大,还是不去她家的好为由,上班去报社她办公室聊,反正办公室就她一个人。金妙妙让艾新闻一到报社就找她,事儿急。艾新闻一到报社就去找金妙妙,金妙妙在等他。

"林萍萍一清早给我打电话,说你为解救我从检察院出来,从家里偷了二十万元钱,有这回事吧?"

"说好她不告诉你这件事的,她真是个不讲信用的女人!"

"那就是你为救我出来,给人送钱了?"

"这是我的事,与你没有关系。"

"我没任何事,一清二白,还需要给人送钱吗?"

"解脱你受陷害的证据在有些人手里,如果拿不到,你就会蒙怨。所以,这该花的钱就得花。"

"谁让你送的钱,你告诉我!"

"是谁不能说。你最好不要问,我不会告诉你。"

"你告诉我,我会把二十万元钱要回来。要回来,也是还我个清白。"

"不能说,绝不能说。这钱绝不能去要,不然后患无穷。为了你平安无事,花钱能办的事,都是小事。这钱,跟你无关,你不用理林萍萍,我会把钱找来给她。"

"新闻,你为我竟然能做到这样,你让我说什么好呢。"

"好了,再说一遍,这钱与你没关系,你不用搭理林萍萍,我有办法解决。"

金妙妙漂亮的眼里流出了两行泪水。金妙妙扑过来要抱艾新闻,正巧金妙妙的座机响了,艾新闻让她接电话,是牛社长的电话,要她到他办公室来一下。金妙妙放下电话,又扑过来要抱艾新闻,艾新闻开门跑了。

艾新闻现在最要紧的是给林萍萍打电话,要骂林萍萍。他要把林萍萍骂个痛快。林萍萍真无耻,约定了十天之内他把钱拿回来,十天之内不许找金妙妙要钱,可林萍萍连一天都忍不住,就向金妙妙要钱,气得艾新闻恨林萍萍恨得咬牙切齿。艾新闻给林萍萍打电话,林萍萍不接,再打仍是不接,再打仍是不接,再打却关机了。艾新闻的火没处发,只好憋着,嗓子憋了个疙瘩。

金妙妙去找牛社长。

金妙妙知道牛社长为什么找她。为什么找她,自从那天牛社长给她开出提拔她当主任的条件,要她给总监公司写道歉信,金妙妙就一直在想如何应对牛社长,也就是要寻找一个不要主任一职、拒绝写道歉信而又不让牛社长对她太失望的办法。毕竟,牛社长对她不错,尤其是这次她被总监公司栽赃陷害,牛社长不管处于什么样的用意,他还是不顾得罪总监和老总在解救她,她金妙妙要知恩图报,要给牛社长面子。对此,金妙妙已想好应对牛社长要她写道歉信的想法。这个想法,金妙妙觉得不会让她失去尊严,牛社长也会理解和接受。

牛社长给金妙妙沏了杯茶,把桌上两部电话机的线拔了,又把办公室门反锁了，这是牛社长要跟人谈重要事而常有的习惯。金妙妙清楚牛社长的习惯，断定今天与牛社长的谈话，影响着她在报社的前途命运。

"妙妙，我那天给你说的写个道歉信的事，你想好了吗？"

"想好了。要是冲着您牛社长对我的好，我当然没啥说的，写。但我反复想了这件事，我给他们公司写了道歉信，那就是我承认了报道失实。报道失实，严重的会诉诸法律，那会把作者搞得身败名裂。"

"妙妙想多了，他们就是想给公司捞点面子，不至于在名誉和经济上损失太大。他们是不会拿道歉信做出损害你的事的。"

"谁能保证他们不把我置于死地不罢休呢？！"

"妙妙，要相信我，我来保证他们不拿道歉信做'文章'。"

"牛社长，你约束和制约不了他们。总监和他老总的人品，啥事做不出来！"

"那怎么能让你相信他们不拿道歉信做'文章'呢？"

"你让总监的老总给我写一个保证书，那我可以写。"

"我看可以。你别走，也别出声，我给老总打个电话沟通一下，让他们公司写个保证书送来。"

金妙妙坐到了一旁沙发上看杂志，等牛社长的沟通。

牛社长给老总说了金妙妙同意写，但要他们公司写个不追究道歉信内容的保证书。老总迟疑了一会儿说，保证不追究道歉信的内容。牛社长说，那就以公司名义写个保证书让人送过来，金妙妙的道歉信马上会写好。老总说，看到金妙妙的道歉信，他们再写。牛社长一听，脸上立马有了怒色。

牛社长不知对金妙妙接下来说什么好，望着金妙妙一时愣起神来。让金妙妙写了道歉信，他们看了道歉信再写保证书？写了道歉信，他们会写保证书吗？这好像是扯淡！

金妙妙从牛社长的神态看出，牛社长在她面前有点失面子的不悦，也感觉到了老总的狡猾与阴险。牛社长后悔，不应当当着金妙妙的面给老总打这个电话,接下来没法再说让金妙妙写道歉信的事,金妙妙见此情不写道歉信,他也说不出什么。

牛社长真不知该如何跟金妙妙说话,他瞅着金妙妙,想从她脸上寻找下面如何跟金妙妙再谈道歉信的事。

"妙妙,你也听到了老总先看到道歉信再写保证书的话,你看怎么办?公司财大气粗,我们该让,还得让着点。"

"牛社长您的意思是,我写给他们,他们看了满意再给写保证书?"

"他们随后写给你保证书,应当不会有问题吧?"

"我对您放心,我对他们一万个不放心!"

"那怎么办呢,总得写呀,不写报社每年的几百万元就没了。"

"他们后写也可以。但我有个请求,牛社长这事您帮我帮到底,报社给我写个保证书,保证我给公司写了假道歉信,一切责任有报社负责。报社给我写了这个保证书,我就写这个假道歉信,内容您说怎么写,我就怎么写,写到让他们满意。"

"妙妙,你行啊,脑瓜转得真是快,转眼间把报社拉进来了,等于把我拉进来了。这我得想想,这样做合适不合适。"

牛社长在琢磨金妙妙的要求,金妙妙在琢磨牛社长愿不愿这么做,她该不该说那个"两全其美"的想法。金妙妙猜测,牛社长不会同意她的要求,他牛社长和他的报社,面对有着上下复杂关系且无赖的总监和老总,他不敢这样玩。牛社长琢磨的结果,真让金妙妙猜中了。

"为一个民营公司和个人之间的行为,把报社牵扯进来,这事搞大了,绝对不能这么做。"

"既然报社都怕总监和老总,那我一个弱女子就更不能冒这个险了。况且,即使是公司给我写了保证书,保证不追究我道歉信内容的法律责任,那也不能保证他们拿我的道歉信追究我的法律责任,他那保证书能起到保证追究道歉信内容没有法律责任的作用?鬼才相信他们!"

"那你就眼看着公司给报社的每年几百万元的广告收益泡汤?"

"牛社长放心,金妙妙感激您这次救我,也感激过去我的报道多次惹了麻烦,您帮我解脱之恩,不然,妙妙我早被人摧垮了。我有最后一个想法,在我看来是'三全其美'的想法,我说给您的听,如果可行,那岂不更好?"

"但愿你的想法能让我、总监和老总接受。你说说看。"

牛社长给金妙妙沏杯茶,等着金妙妙喝完。

"不急,妙妙,想周到了再说。"

"想好了,牛社长。"

"说。"

"我说得如果不成熟,说得如果感到自私,您可要开恩和'豁免'我言者无罪呀!"

"说吧。"

"公司要的道歉信,可以这样操作:不以我金妙妙的名义写,我写了我有风险,我的风险报社担当不合适;也不让公司和报社给我写保证书,保证书其实没什么法律效用,写了我也不会要;可以以报社的名义给他们写个道歉信,登在报上,起到了公司想挽回名誉的目的,也把个人写道歉信和报社写保证书会出现的风险排除了,岂不是'三全其美'了?以报社名义写的道歉信,我来打草稿,您修改。"

金妙妙说得干脆利落,说得胆战心惊,意识到这主意一出口,牛社长准会对她有看法。话落,牛社长果然脸上渐渐有了畅快的表情。

"不过,妙妙,这个主意倒是有点妙,真是有点'三全其美'的感觉,就看总监和老总接受不接受。"

金妙妙听牛社长这么说,出了口长气,胸口轻松多了。

牛社长把拔掉的两部电话机连接线插上,又把反锁的门打开,金妙妙知道牛社长与她的重要谈话该结束了。金妙妙仍然坐着,等牛社长应当说的一件事,那就是她金妙妙提拔主任的事有"戏"没"戏"。而牛社长却不再坐下，这便是让金妙妙走了。金妙妙等不来牛社长再说什么，便心里嘀咕，是牛社长忘了提拔她的那个承诺，还是今天她没有满足牛社长的要求而不会提拔她？金妙妙便往好处想，也许牛社长忘了提拔她这个茬了。

金妙妙临出门，牛社长说，后一种主意如果公司不接受，还得做好写道歉信的思想准备。金妙妙装作没听见，赶紧走了。

过了一天，牛社长给金妙妙打电话说，总监和老总不同意以报社名义刊登道歉信，报道是金妙妙写的，道歉信应当以金妙妙的名义刊登；如果金妙妙不写，报社每年近三百万元的广告投入，公司就不给了。牛社长希望金妙妙再考虑一下，以报社利益为重，还是做出让步的好。这样，她的主任提拔，在报社就会顺理成章了。金妙妙说，这不又回到原来的话题上了，那她金妙妙的风险没人负责，她是绝对不能这么做的。牛社长不再劝金妙妙，把电话挂了。

金妙妙非常纳闷和生气，牛社长那么聪明透顶的人，明明清楚她写道歉信的风险，那天在他办公室已经说得很透彻了，他也认可她说得没错，也认同总监和老总的为人靠不住，为何又装蒜地要她写道歉信，难道他与公司有利益交易不成？肯定是他大有好处，如果单纯为了报社广告利益，他是不会装傻跟她周旋的。

过了一天，牛社长又给金妙妙打电话，说，经他三番五次与总监和老总沟通，总算勉强同意了以报社名义写道歉信登报的想法，但投放报社的广告费减到一年五十万元。牛社长又说，为了避免她金妙妙的顾虑和风险，他做出了损失报社利益的最大让步。牛社长要她以最快速度，以报社名义写个给公司报道失误的道歉信，最大限度让他们满意，他安排登报。金妙妙说，明天交稿，牛社长辛苦了，妙妙感恩您的呵护。牛社长在电话里透出了愉快的口吻，"等你的稿子"。

金妙妙替报社写给公司的道歉信，总监和老总没有通过，称写了个皮毛,让写深刻点。牛社长让金妙妙又补充,金妙妙补充了,牛社长又加工,给了总监和老总,他们又加了不少内容。加的地方有些太离谱,几乎改写成了金妙妙对报道基本失实和造假的道歉,牛社长不干。这样相互博弈了几个回合,牛社长做了让步,把大部分重要内容失实改成了一些重要内容失实,终于使总监和老总认可了,登报了,这事与金妙妙没关系了。当然,牛社长如数得到了总监的老总给他承诺的"辛苦费"。为此发了笔不小的财,而金妙妙升主任的事,牛社长再没提起过。

二十

林萍萍给金妙妙打电话要二十万元钱的第三天,金妙妙忙完牛社长交代她写道歉信的事,赶忙凑钱,准备好了二十万元钱给艾新闻要还给林萍萍。金妙妙朝艾新闻要存折账号,艾新闻一听就火了,坚决不要。金妙妙又不愿与林萍萍联系,就存在了一张卡里,让艾新闻来她办公室,约艾新闻吃饭,又在报社门口等艾新闻下班出来给他,艾新闻都是躲。随之,金妙妙打艾新闻的电话,艾新闻一概不接,下班去艾新闻家敲门,也不开。怎么把银行卡给艾新闻呢?金妙妙想了很多主意:把银行卡装信封塞到艾新闻家门缝下,去艾新闻办公室把银行卡塞给他,把银行卡邮寄给他,托艾新闻的朋友把银行卡转给他。这些招儿,金妙妙都觉得有风险。

金妙妙揣着二十万元钱的银行卡给不到艾新闻手里,而艾新闻四处找人没找到借来二十万元钱的渠道。金妙妙着急,艾新闻痛苦。

眼看与林萍萍约好的十天时间到了,艾新闻好几天跑东跑西借钱,只借到了十万块钱。虽然林萍萍破坏了与艾新闻十天时间的约定,但艾新闻还是按约定的十天时间不停地找钱,眼看十天时间就要到了,很难凑够二十万元钱。

艾新闻怕林萍萍再打电话跟金妙妙要钱,更怕她闹出大的动静来,想把十万块钱先给她,跟她说点好话,让她再宽容十天,然后再想办法借到十万元,把二十万元钱补齐。

林萍萍还在娘家住着不回家，艾新闻给林萍萍打电话说，十万块钱已拿回家了，还有十万元随后拿回来，让她回家。林萍萍说，这钱是金妙妙还的，还是他艾新闻借来的，必须给她说清楚。艾新闻说，不要管钱是哪来的，反正补上家里那二十万元钱的"窟窿"就行。林萍萍说，她只要金妙妙的钱，不要他的钱；他艾新闻借来的钱，也是她林萍萍的债，别糊弄她，她不是傻子。艾新闻一听，怪自己说话太实在了，怎么不说是金妙妙给的十万元钱呢。艾新闻赶紧纠正说，这真是金妙妙给的十万元钱，另外十万元她马上给。林萍萍说，骗她林萍萍的人，还没从娘胎里出来，就他艾新闻那点说话的水平，能把她林萍萍骗了，地球就倒转了……再说，他艾新闻从谁那里借来的十万元钱，她林萍萍一清二楚。林萍萍的话至此，艾新闻无言以对。挂了电话，艾新闻不知道怎么办好了。

艾新闻怕什么，什么就来了。

正是下午上班的时候，牛社长叫艾新闻来一趟。牛社长的声音很生硬，艾新闻心里一惊。

牛社长一副怒气冲天的样子。

"你老婆林萍萍刚从我这走！"

"她来干什么？！"

"你从家里'偷'了二十万元钱给人解救金妙妙，是怎么回事？"

"这林萍萍疯了，这事怎么说到您这了。这跟报社没啥关系，您不用理她。"

"谁让你送的这钱，送给谁了？！"

"牛社长，送给谁不能说。"

"金妙妙的事，你送什么钱，送钱解决了啥问题，给我说？！"

"她有证明金妙妙被陷害的录像证据，我给钱，她就把证明金妙妙无罪的证据送给检察院。说好头一天送钱，第二天放人，我把二十万元钱送给人家，第二天金妙妙就放出来了。"

143

牛社长听了，眼睛瞪得像牛眼睛大，好像想问什么，却不问了。

牛社长为啥不再逼问艾新闻把钱送给了谁，是因为牛社长知道了这二十万元钱是谁让艾新闻送的，谁拿了艾新闻二十万元钱，是胡姬花。胡姬花等于利用拷贝监控录像带的事，利用艾新闻救金妙妙心切，赚了艾新闻二十万元钱。牛社长惊叹地想，胡姬花赚艾新闻这二十万元钱，赚得巧，赚得妙，赚得让人说不出她有啥不对，但却让牛社长对胡姬花心涌憎恨。牛社长憎恨这个贪财着迷的女人，挖空心思地啥钱都不放过，竟然连可怜巴巴的下属的钱都算计，太不是个东西。

牛社长气归气，他要保护胡姬花，他要让监控录像带的事就此打住。牛社长装作不想过问此事的样子，打发走了艾新闻。

艾新闻出门，牛社长拨通了胡姬花的电话，他要故意问胡姬花知不知道艾新闻解救金妙妙的二十万元钱送给了谁。胡姬花是聪明人，只要牛社长问她，她会断定牛社长知道了是她胡姬花利用监控录像带的证据敲诈了艾新闻二十万元钱，她会说出一千个敲艾新闻钱的理由，会说得让他牛社长觉得合情合理。况且，她胡姬花一定猜测到了，他牛社长用她胡姬花给他提供的威胁总监和老总陷害金妙妙的录像带，也敲了总监和老总的一大笔钱，她胡姬花敲了艾新闻这点钱算个屁呀。

已拨通胡姬花电话的牛社长，当他想到胡姬花会对他怎么说时，想到自己比胡姬花敲了更多的钱时，他感到这钱的事不能捅破，捅破定会引火烧身。电话中传来了胡姬花"喂——"，牛社长却把电话挂了。胡姬花当即给牛社长回了电话，牛社长说"拨错号了"。随着胡姬花挂断电话，牛社长几秒钟前愤怒和不安的心，立马放下了，感觉与胡姬花在利益上平安无事，是明智，也是智慧。

放过了胡姬花，牛社长仍然不安：林萍萍找他催金妙妙还艾新闻送人的二十万元钱，如果他找金妙妙，金妙妙会认账吗？如果金妙妙不理这钱的茬，艾新闻又一时借不来钱给他老婆，这两个女人能罢休才怪哩。林萍萍和金妙妙都会挖这二十万元钱送给谁了,艾新闻就得说出这钱到底送给谁了,一旦让检察院介入,那就会挖出胡姬花,那就成了案子,那他牛某人也就成了案中人。这个结果,他牛某人敲总监和他老总的五十万元就成了案子,弄不好他得进去。想到这里,牛社长浑身冒起了冷汗。怎么让林萍萍息事宁人?牛社长想了让艾新闻从报社借钱,帮艾新闻找朋友借钱,给艾新闻找个大额广告解决这钱的办法……牛社长想了很多办法,但牛社长继而推翻了这些办法。怎么办才能又快又好地平息此事?牛社长想到最好也最安全最快捷的办法,是他拿二十万元钱给艾新闻,赶紧给林萍萍了事。虽然让牛社长拿二十万元钱如同割肉般痛,但牛社长想,比起出事和坐牢,这又算得了什么呢!花这点钱买平安,值。

牛社长虽下了忍痛破财的决心,但又担忧艾新闻是一根筋,不要他的钱怎么办?牛社长想不出让艾新闻顺当地收下他给的钱的办法,只好逼他收下了。于是,牛社长又把艾新闻叫到了办公室。

艾新闻不知道是什么事,面对牛社长一脸的紧张。牛社长把一张银行卡递给了艾新闻。

"这是你为解救金妙妙送出去的那二十万元钱,人家还回来了,给你老婆吧。"

"牛社长,我不能要。求人家解救金妙妙,我艾新闻花钱心甘情愿,人家也把人救了出来,这钱已不是我的,我不能要。"

"人家退还回来了,让我交给你,你不收,让我怎么办!"

"牛社长,谁退还给您的,您能告诉我吗?"

"艾新闻,你送给了谁,你能告诉我,我就能告诉你是谁退给的。"

"这——还是牛社长您说,是谁退还给我的,您告诉我应当方便些。"

"你不说是谁,我也不说她是谁。反正钱是你的,你得拿走,赶紧把你老婆安抚好了,别为这事到处胡说八道,影响了报社声誉,弄出什么案子来。"

"牛社长，您让我拿回这钱，实在是为难我。"

"艾新闻，你不拿走这钱，你不是为难我吗？！"

艾新闻沉默。牛社长一脸的不悦，艾新闻搓着耳朵搓着手，急得不知道怎么办好。

牛社长把银行卡送给艾新闻，艾新闻不得不拿。艾新闻接过银行卡，牛社长对艾新闻说，他马上开会，让艾新闻别再啰唆了。艾新闻看牛社长火要冒上来，只好拿着卡走了。

艾新闻从牛社长办公室出来，上广告部那两层楼的台阶，如同登陡峭的山，腿软而气短，似乎浑身的血管都被牛社长那张憋着怒火的脸和口袋里沉重的银行卡堵塞了，更感到装在口袋里的那张银行卡烫得他胸口作痛，迈一个台阶是那么艰难。

艾新闻望了眼牛社长办公室的门，他想去求牛社长把银行卡退还给胡姬花，但那深棕色的门冷峻地关着个严实，射着对他的讨厌、鄙视的眼神。他不敢再去这个办公室，他只能把银行卡拿走。

艾新闻快走到广告部楼层时，看到胡姬花办公室门里好像洒出一缕刺眼的光线，让他口袋里的银行卡越发烧得胸口难忍，他真想把它扔掉。而扔掉不可能，最好是顶着挨骂还给牛社长，如若牛社长执意不要，最好是直接退还给胡姬花。此时，艾新闻对胡姬花充满了好感，对她过去的反感和憎恨被这张退给他的银行卡抹掉了，甚至为胡姬花的这举动而感动，觉得他拿回银行卡，实在是对不起胡姬花的无耻之举：胡姬花给他办了事，钱都送给了办事的人，这钱就是"泼出去的水"，怎么能收回呢？要他拿回去，胡姬花和魏风怎么看他，牛社长怎么看他，他艾新闻在他们眼里纯粹成了卑鄙无耻的小人。

可牛社长那怒气冲天的脸，哪里容得他不把银行卡拿走。艾新闻感到自己无路可走，他只能做无耻的小人，只能尽快把银行卡给林萍萍，使她不再生事。在他胸口感到滚烫的银行卡，让他对林萍萍涌起从来没有过的厌恶和憎恨感。

对胡姬花产生的无耻感和对林萍涌起的憎恨感，让艾新闻越发感到这银行卡还是还给牛社长的好，顶着挨骂也得还给他。艾新闻又去了牛社长办公室。牛社长办公室的门开着，牛社长不在，里面有人等，艾新闻只好扭头离开。

回到广告部，艾新闻想把银行卡给胡姬花，但他把握不准这银行卡是不是胡姬花让牛社长转给他的。在楼道恰巧碰到了胡姬花，胡姬花对他依然是不冷不热的往常表情，对他没有"异样"的眼神。魏风在办公室，艾新闻看魏风看他也没有异样的眼神，也没啥不对头的表情。艾新闻判断，胡姬花和魏风脸上的表情，说明这银行卡不是胡姬花让牛社长转给他的，应当是牛社长自个拿的钱。推测到这里，艾新闻纳闷，牛社长在报社被谑称是"钱"社长，钱在他的口袋里只能进，很难出。这钱是胡姬花送人的，如果送给了牛社长，也应当是牛社长退给胡姬花，由胡姬花退给他呀？牛社长怎么退还上这钱了？这么多钱，牛社长怎么舍得出呢？肯定舍不得。艾新闻又想，倘若是胡姬花把钱送给了牛社长办了金妙妙的事，即使牛社长给他退还钱，那胡姬花和魏风总会知道给他退钱的事，退钱给他，不是件好事，胡姬花和魏风憎恨他艾新闻是必定的。但从胡姬花和魏风脸上，没有流露出一点异常的表情，这说明牛社长退他的钱，牛社长是瞒着胡姬花做的，胡姬花不知道，魏风当然更不知道。艾新闻断定，这退还的二十万元钱，不是他送给胡姬花解救金妙妙的那二十万元钱，是牛社长的。

艾新闻十分纳闷，这钱牛社长应当问胡姬花要，牛社长为什么要自己拿钱呢？艾新闻想不明白，这钱是给林萍萍立马息事宁人，还是无论如何还给牛社长呢？艾新闻很快想好了牛社长给的钱怎么办了：把这钱当即给林萍萍，化解了这个疯子再找人要钱的危险；权当是他艾新闻借牛社长的二十万元钱，挣了钱马上还给他。艾新闻这么一想，装在口袋里的银行卡

147

是那么温暖和亲切,牛社长也是那么温暖和亲切。

下班后,艾新闻买了菜回家,希望吃顿可口的饭,希望林萍萍回家。艾新闻给林萍萍打电话,让她回家拿银行卡。林萍萍说,是金妙妙退还的,她就要,要是他艾新闻借的钱,她还会去找金妙妙要,在金妙妙那里要不来,还会去找牛社长要。艾新闻听了林萍萍这话,气得快要跳起来了,但即刻叮嘱自己,对这疯女人要忍住,先把她的纠缠平息了再对她算账。艾新闻说,是金妙妙通过牛社长退还的,是牛社长给他的,若不信,可打电话问牛社长。林萍萍说,可别糊弄她,糊弄她,她可放不过金妙妙。艾新闻忍着怒火说,要不信,赶紧问牛社长。林萍萍说,回家少不了还得吵架,她过几天再回;这二十万元钱怎么取走的,给她怎么回到那个存折上。艾新闻说,事已闹成暴风骤雨,赶紧收场,再别折腾出什么事来,不然他这日子真过不了了。艾新闻的话音没落,林萍萍就把电话挂了。

刚平息了林萍萍,又冒出来了金妙妙。林萍萍刚挂了艾新闻的电话,金妙妙的电话就进来了,问艾新闻在哪里。艾新闻说,刚回家。金妙妙问,林萍萍在哪里?艾新闻说,在娘家。金妙妙要艾新闻上她家来吃饭,有要事给他说。艾新闻不想去金妙妙家,便撒谎说林萍萍一会儿回家。金妙妙断定艾新闻在撒谎,她说,她马上过来。艾新闻急忙劝金妙妙不要来,可金妙妙说声"等着"就把电话挂了,再打她电话,不接了,他只好乖乖在家等着。但艾新闻实在不敢让金妙妙到家里来,就到小区门口等她。

艾新闻刚到小区门口,金妙妙就出现了。她背着平时背的粉红色的皮包,手里又提着个沉甸甸的牛皮包。见到艾新闻,就知道他不敢让她去他家,便把牛皮包扔给艾新闻,看左右没人并悄悄说,包里是二十万元钱,赶紧还给林萍萍。艾新闻一听急了,这钱跟她金妙妙没关系,钱他已还给林萍萍,赶紧拿走。可金妙妙再无二话,冲他灿烂一笑,转身走了。艾新闻赶紧追上金妙妙,给她包,她不要。街上人多,眼看到了金妙妙家的小区门口,艾新闻不敢再与金妙妙拉扯,便急中生智,对金妙妙说,他请她吃饭。金妙妙说,他若把手里的"东西"放回家,可以一起吃。艾新闻说,他要上她家去吃。金妙妙坚持说,把手里的"东西"放回家,到她家来吃。艾新闻说,他放下"东西"就去她家。金妙妙说,她去做饭,快点来。

艾新闻跟金妙妙要了个幌子,假装疾步回家,但到小区门口却躲在了一角,并没有去家里放装钱的包,估摸金妙妙到了家,他提着那牛皮包去了金妙妙家。艾新闻上她家来,金妙妙喜上眉梢。开门,却看见艾新闻手里提着她给他钱的牛皮包,就不让他进门。可金妙妙哪里能拦得住艾新闻呢,艾新闻把牛皮包放在金妙妙的梳妆台上说,要不把钱收起来,他立马走人。金妙妙说,他要不把这钱拿走,以后不理他。艾新闻说,他饿了,先吃饭。金妙妙刚要下厨房,艾新闻的电话响了,是林萍萍的电话,问他怎么不在家,是不是跟金妙妙在一起。林萍萍闪电般的精确查问,吓得艾新闻不知怎么回答她。

好在这个年龄的男人多少有点撒谎的经验,赶忙说在买菜,买了菜就回去。林萍萍的电话,也惊讶得金妙妙愣在了厨房门口。艾新闻跟金妙妙说声"再见",趁机脱身。临出门,艾新闻对金妙妙郑重地说,妙妙听着,再说一遍,送人办事的钱与你没关系,他把二十万元钱已经给了林萍萍,皮包的现金千万别提来提去,以防出事,也别给他添乱。可金妙妙哪里能听得进去,快手快脚地又把牛皮包塞给了艾新闻,艾新闻把皮包扔到了沙发上,生气地说,要让他再见到这包,他可真生气了。艾新闻说完,把门使劲拉上,金妙妙随即开门,不是给艾新闻送牛皮包,而是倚门深情地看着艾新闻上了电梯。

艾新闻买了菜回到家,林萍萍已在厨房做饭。两人好些日子没见面,见面彼此只是瞅了一眼,无言以对。艾新闻从林萍萍那满是狐疑和愤懑的脸上,看到了她对他是多么反感,多么不信任,多么怀疑他跟金妙妙的暧昧到了不一般程度。林萍萍脸上的表情和她刚才说不回家而又忽然回了家,是一致的。她料到今晚的金妙妙肯定要约艾新闻吃饭，艾新闻也一定会跟金妙妙相约，她感觉他们会相聚，甚至会出事，所以她从娘家回来了。

艾新闻把牛社长给他的二十万元钱银行卡放在了饭桌上。林萍萍拿起银行卡瞅了半天，问艾新闻，是金妙妙还的，她收下；不是金妙妙的，她不要。艾新闻气在心里涌，但压着火说，说过了是金妙妙还的，还要啰唆什么。林萍萍把银行卡收了起来，两人一顿饭没说一句话。两人一晚上没说一句话。艾新闻感到，二十万元钱回来了，这件与金妙妙相关的事好像还没有完，林萍萍仍恨着金妙妙和艾新闻。艾新闻与林萍萍的隔阂深成了看不见底的沟。艾新闻对林萍萍从来没有厌恶到此时的程度。此时的林萍萍倘若把"离婚协议书"放在艾新闻面前，艾新闻会毫不犹豫地签字，毫不犹豫地同她去离婚。艾新闻就想，与林萍萍离就离了，真要跟金妙妙在一起也不错。一而再、再而三提出离婚的林萍萍，此时为何不提离婚了呢？艾新闻不知道林萍萍怎么想的。艾新闻干脆睡到了书房，决意在书房睡下去，睡到直到不再如此厌恶林萍萍再说。

清早上班，艾新闻怕金妙妙找他，金妙妙真找他了。在报社门口，她提着那个昨晚装钱的牛皮包，在门口等艾新闻来。艾新闻见状，赶紧躲她，却被金妙妙的话吓得不敢往前走一步。金妙妙真绝，她不追他，她却给他拨了个电话：要是不把"东西"拿走，她马上去送给林萍萍，不信瞧着看。这话把艾新闻真吓住了。艾新闻清楚金妙妙的脾气，她说一不二，这钱再不拿着，她真会把钱送给林萍萍。她把钱送给林萍萍的结果，艾新闻后怕。转眼间推测的厉害后果，让艾新闻不得不乖乖地朝金妙妙走了过来，乖乖地把牛皮包接了过来。

金妙妙说，给林萍萍的钱，借谁的钱还给谁。

艾新闻生气地拿着包上楼了，直接去了牛社长办公室。牛社长在喝茶看报。艾新闻进门顺手把门倒锁住，把牛皮包放到牛社长桌上说，牛社长，这是还您的二十万元钱,不过是现金,劳驾您收下。牛社长愣了一下,张口却没有说话。接着,艾新闻把包打开,拿出崭新的一捆捆钱。刚拿出几捆,牛社长便把艾新闻的手摁了回去,艾新闻不敢再掏钱。这新得硬邦邦得像金砖一样的钱,让牛社长眼睛闪亮且兴奋起来。牛社长亲切地对艾新闻说,好了,装起来,你个艾新闻真是头"倔驴";办公室马上就会来人,不数了,错不了,赶紧走吧。艾新闻闪电般地给牛社长鞠个躬,赶紧开门走了。一切顺利,过程简单,牛社长高兴,艾新闻心里轻松了半截。

二十一

艾新闻纳闷,他偷拿家里的二十万元钱去解救金妙妙,被林萍萍发现后醋意大发,提出离婚,可把钱拿回来后,却一句也没再提离婚的事,究竟是何缘由?原来林萍萍听到了一个消息,艾新闻有可能被提拔为广告部副主任。这消息是那天她到牛社长办公室,让牛社长帮她要艾新闻拿家里的二十万元钱时,牛社长透露的。

牛社长对报社上级主管部门的林萍萍,很给面子,当即承诺林萍萍,艾新闻解救金妙妙的钱,他会尽快协调好。林萍萍给牛社长聊把广告部做成"摇钱树"的构想,把牛社长的话茬打开了。牛社长说,他真要把广告部做成报社最大的"摇钱树",采编人员要求到广告部做经营的人越来越多,要给有经营思想的人机会,报社不能光有一个广告部,也不能光有一个干广告部主任的胡姬花,报社要成立多个广告部,要有多个广告部主任,互相形成竞争,有竞争才有活力,广告有活力报社才有希望;报社广告经营需要艾新闻这样做事既倔强又执着的人,给他个副主任,让他大显身手一番;艾新闻能干,相信有她林萍萍做帮手,很快会财源滚滚。牛社长的这番话,激情豪迈,让林萍萍兴奋不已。林萍萍想到艾新闻要当广告部副主任,随之会有更多的广告而来,广告提成会源源滚滚,一年几十万,几年几百万,住上别墅的梦想,不会再是梦想。林萍萍想到这些,因金妙妙暧昧艾新闻和艾新闻迷恋金妙妙引起的离婚冲动,在她心里戛然而止。

牛社长的"摇钱树"构想，很快成了现实。因为这个构想太符合报社财务出现亏损的形势了，报社需要太多的钱来扭转亏损，需要太多的钱来提高收入而稳定人心，需要太多的钱来做强报纸。现在报社的经营和财务状况很不乐观，如若接着亏损下去，工资将发不出，人员将压缩，报纸版面将减少，好文章奖励费已取消，稿费标准已减半，好稿渐少，报纸影响度在下降。

面对报社经济一直走下坡路的局面，牛社长的构想极大地顺应了报社那些不想做编辑、记者而挣钱无门之人的迫切之望。构想一出台，报名到广告部的人数超出了牛社长想象。

牛社长的构想，是个下"蛋"鸡，在广告部生出五个广告部。加上原来的广告部，共六个广告部。每个广告部设主任一名，副主任多名。代理副主任由主任确定。牛社长给这六个广告部做了"游戏"规则，各广告部业务归由一位社领导主管并独立运行，绝对独立，发挥优势，相互竞争。这广告部的扩张构想，当然极大地满足了一些不愿干文字而渴望挣钱人员的心愿，当然也极大地伤害了独霸报社广告的胡姬花的心。

构想出台的那天，胡姬花没想到新成立的广告部与她有关系而业务上却没关系，让她大大失意。胡姬花看到了这改革削弱的是她胡姬花的广告业务：等于过去她独一份的广告资源，成了六个部门共抢的格局；等于过去她一个人主持的《精英》周刊由六个部门轮流主编；等于过去她一个人"进贡"牛社长，现在牛社长又多了五个部门主任给他"进贡"，牛社长的这招真成了他的"摇钱树"！

胡姬花给牛社长打电话，要找他谈谈。

牛社长知道胡姬花不是来找他谈，而是来闹的。胡姬花是要找牛社长去闹，她要把新成立的广告部的业务管理闹到她手上。牛社长已经很烦胡姬花，不想见她。牛社长说，电话说一样。胡姬花带着哭腔说，要当面说。

牛社长说,没空。胡姬花把电话扔了,再没理牛社长。牛社长也没理胡姬花。

胡姬花哪能罢休,下午下班前,她把正要下班的牛社长堵在了办公室。胡姬花坐在牛社长办公桌对面,什么也不说,就是放声大哭。牛社长呵斥胡姬花"赶紧闭嘴",并把门关了个严实。牛社长的呵斥,是发火,是大怒。胡姬花不敢继续激怒牛社长,虽没闭上哭闹着的嘴,哭声却是由大变小了。尽管牛社长气得恶狠狠地跟她拍了桌子,但胡姬花的哭仍止不住,好像有天大的委屈似的,好像牛社长有多对不起她,欠她多少似的。因而,牛社长的怒声呵斥,成了埋怨,成了劝慰。胡姬花就等着牛社长的劝慰。牛社长劝慰几句后,胡姬花止住了哭声,变成了抽泣,变成了轻轻抽泣,变成了无泪的哽咽,变成了抹泪。

胡姬花啥也不说,只是抹着泪,她在等牛社长说话。她的哭和泪,是要牛社长改变新成立广告部业务独立的决定,要答应她新成立的广告部人员归她管,广告业务她也要管,广告部主编的《精英》周刊仍由她一人做主编。就是一句话,广告部不管来多少人,搞了多少主任,广告部主任应当只有她一个。这番话,她已在构想宣布前给牛社长提出过,遭到了牛社长的断然拒绝。此时,她就是要用眼泪"泡"软牛社长的心,让他满足她的要求。她什么也不说,她认为哭与泪比说话更管用。

牛社长在等胡姬花开口,胡姬花在等牛社长说话。可任凭胡姬花多会哭,哭得多委屈,牛社长就是不开口说"正事"。彼此就是僵持不语。哭声和伤心的眼泪并没有让牛社长心软,这让胡姬花没料到,哭反而让她觉得在牛社长面前更尴尬、更丑陋。胡姬花看了一眼牛社长,牛社长的眼睛看着窗外的风景,胡姬花对面前这个男人的失望和憎恨,看到了底。她想,她已不能让这个对她很反感的人对她心软,此时只有她马上消失,才是最明智的选择。胡姬花又极为伤心地哭了几声,扭头离开了牛社长办公室。直到胡姬花开门出门,牛社长竟然对她没有一句话。胡姬花的伤心和委屈,全涌了上来,她使劲咽怎么也咽不下去。

牛社长终究没给胡姬花让步,新成立的部门广告业务独立运行,《精英》周刊六个部门轮流主编。牛社长唯一给胡姬花让步的是,艾新闻和魏风继续留在胡姬花部门工作。牛社长原计划提拔艾新闻为广告二部主持工作的主任,魏风调任艾新闻部门当副主任。胡姬花坚决不干,要求牛社长把艾新闻继续留在她的部门工作。牛社长要胡姬花讲出理由,胡姬花说,艾新闻真诚且执行能力强,魏风是她培养起来的得力助手,她的部门不能没有他们。牛社长痛快地答应了胡姬花的要求,但提出要艾新闻当副主任。胡姬花说,艾新闻刚来报社不久,广告业绩没一分,提了他别人不服,等他有了业绩再提拔也不迟。牛社长不愿跟胡姬花啰唆,干脆就答应了她的要求。艾新闻的任职,转眼就成了泡影。

胡姬花让魏风找艾新闻谈话,没让艾新闻当成副主任,给他个《精英》周刊的副主编。副主编头衔,是广告部的"内部粮票",协助主任兼主编的胡姬花写稿,等于是"枪手"。艾新闻到广告部以来一直被胡姬花当"枪手",艾新闻乐意当"枪手"练写文章,胡姬花感到爱文字胜过爱钞票的艾新闻,恰恰是她难得的"枪手",抓住艾新闻不放手。魏风对艾新闻说,没有提副主任,提他做副主编,要正确对待;再说了,副主编也跟副主任差不多。艾新闻说,压根也没想过当副主任啥的,不存在是否"正确对待"的问题。的确,艾新闻压根也不想在广告部干,一天也不想。即使给他副主任头衔,他也不愿要。因为他在等待离开广告部的时机,一旦有机会跳走,他会立刻离开这里。哪怕广告部让他一年能挣个金山他也不愿待在这里,哪怕去当没人瞧得上岗位的记者,也比待在这铜臭气的地方强百倍。所以,艾新闻对胡姬花把他"扣"留在广告部而失去了副主任任职,继续做魏风和马旺财的部下,不在乎。

艾新闻不为自己被"飞"掉的职务难受,而为编辑、记者涌入广告部的那些才子才女而难受。广告部新生出五个广告部,牛社长安排了新的主任和副主任,在原来二十多人的基础上,人员又增加了一倍。一个不到百人的报社，三分之一的编辑、记者跑到了广告部，这已是极不正常的事。跑到广告部的这些编辑、记者，哪个不是大学毕业生，哪个不是写一手好文章的才子才女？

看吧，这些才子才女也挤到广告部来了。昨晚，又是金妙妙请客，金妙妙为喜爱文字与文学的艾新闻请客，把跳到广告部的才子才女和跳出报社另谋高就的才子才女请到一起，聚了一下。聚中和聚后，他们的大学校门、读书的厚重和才学的丰厚，令艾新闻感慨不已。

伍一武，报社文章一"腕"，请求到广告部拉广告来了；李美儿，小有名气的编辑，也是报社的一"腕"，请求到广告部拉广告来了；张天林，一个双学位并写小说的才子，已经出版了长篇小说，要是一边写新闻一边写小说，也是报社的一"腕"，请求到广告部拉广告来了；高奔，报社名"记"，也到广告部拉广告来了；路兆福，报社经济评论和经济综述写得大有名气的"金笔"，请求到广告部拉广告来了；向燕，一个散文写得纯情醉人的才女，已经出版过两本散文集的知名散文家，在报纸上写的散文体新闻，真是能与《华尔街日报》的鲜活文章媲美，让人读来文字精致而如音乐一般有节奏，如若她的散文和散文体新闻写下去，那会是著名散文家和著名记者，也到广告部拉广告来了；还有很多才子才女，也来广告部了。

艾新闻问他们，毕业于响当当的大学，学富五车，写一手令人赞叹的文章，还有风光的文学作品问世，已成为社会上知名记者，为何放弃编辑、记者岗位，甘愿当广告员？大家的回答大同小异：既然当不了官，就只好挣钱；码字永远富不了，拉广告没有富不了的。

还有之前来广告部的魏风、刘学文、王阿妹、马旺财等，莫不是大学毕业后怀揣文字梦想做了编辑、记者的，可后来也对文字渐失了信心，挤到了来钱快而多的广告部拉起了广告。艾新闻曾问过这几个同事，也是那几句话：码字没意思，挣钱有意思。

他们都是曾经有文字梦想的人，现在他们已不再有文字梦想的追求。

赚钱，成了他们最大的追求。

广告部还有很多才子才女，艾新闻不认识他们，但在社会上，知道他们大名的人很多。

他们不好好写文章，涌到广告部拉广告，迷钱迷得连文章都讨厌了，艾新闻感到好笑。

…………

昨晚在金妙妙的张罗下，这些到广告部上任和报到的才子才女放开大吃，开怀畅饮。刚开始兴奋、豪迈，继而有人伤感、失落、惆怅，继而有人喝酒后情绪失常、说话失声、言语失控。他们去广告部是自愿的，却看不到他们对未来抱有什么憧憬和喜悦，哪怕是对钱也没有憧憬和喜悦。他们好像是牛社长等人绑架他们去的广告部，是可恶的金钱诱惑他们去的广告部，好像广告部这地方与他们骨子里文人的清高格格不入，苦闷随酒渐往上涌。他们心情放纵，大杯喝酒、大块吃肉，男女对喝，亦哭亦笑，口无遮拦，骂出脏话，好像让他们去了个堕落的地方，生出一串又一串愁闷感和悲壮感来。

酒喝到了一半，他们开始为金妙妙叫怨，都说大才女金妙妙写那么一手好文章，写了那么多让坏人害怕、好人叫好的好文章，却一次次被坏人诬陷，一次次被检察院带走，蒙受多大委屈，钱没比别人多挣多少，可受的苦却比任何人多，担当的风险比别人多，受的罪比任何人多，却还是个副主任，当了八年的副主任。报社提拔了好几个比妙妙平庸且资历浅的主任，可还没有提拔妙妙的意思，不知道报社怎么想的。难道妙妙就心甘情愿这么下去？还不到广告部来做广告，就凭妙妙的能力，就凭妙妙的漂亮动人，只要妙妙给他们个媚笑，只要妙妙陪他们喝杯小酒，一年还不挣个百儿八十万的……拉广告总比写文章轻松多了，也比写深度调查舒服多了，请人喝喝酒，吃吃饭，唱唱歌，跳跳舞，洗洗澡，泡泡妞，广告就来了，提成就来了，存款就多起来了，很快就富起来，宝马车就有了，别墅就有了，锦衣玉食就有了，富人的日子过上了。再不用天天苦读做学问，再不用接到电话就出差，再不用求爷爷告奶奶要新闻，再不用挑灯熬夜写稿子，再不用数着字数挣工资，没有了批评了别人被人恨，更没有因报道捅了"马蜂窝"被人打，更没有惹了什么人被检察院带走……

大家你一言我一语地埋怨报社，也埋怨金妙妙简直是个傻子，还乐此不疲地写什么深度调查报道，写什么招人烦、招人怨、招人恨的文章……要不调到年薪几十万的银行去吧，要不去那富得流油的企业吧，要不就到报社广告部来吧，轻轻松松挣大钱，总比当个"码字匠"强百倍……

大家替金妙妙喊冤叫屈和打抱不平也好，劝她来广告部和调到挣大钱的地方也罢，金妙妙不急不恼，大家以为她听进去了，真会调走和到广告部来做广告，可金妙妙的反应出乎所有人意料：她喜欢吃文字这口饭，还没吃够，她哪儿都不去。金妙妙的回答，气得在座的又是一番数落。大家都是好意，金妙妙一句也不反驳，以笑代答，让人觉得她以清高在嘲笑他们，无不对她垂头丧气，有了看法。唯一不同的看法是，金妙妙迷恋着痴情文字的艾新闻，她是想陪伴痴情的"一根筋"艾新闻成全文字梦而哪儿也不去的。有人这么说金妙妙，金妙妙仍然笑而不应，倒是把艾新闻搞得脸红地低头装聋作哑。有人说金妙妙不离开记者岗位是为了陪伴艾新闻成全"记者梦"，不知是真是假，但艾新闻的心里对金妙妙好不感动、好不敬佩，对未来好有信心。

大家把金妙妙说了个够，便有人话锋一转，转到了艾新闻这里。有人说，如果说金妙妙是报社的奇葩，那么艾新闻就是所有进报社人里的"大傻"。为什么是"大傻"？一个曾经的宣传部副部长，是政府机关的官员，混得快一点，还会混个"厅"官。混上"厅"官，那该是什么社会地位，既受很多人尊重，又是做官又做"老爷"，指挥下面一堆人干活，自己可以少干或不干，那该是多么威风凛凛和光宗耀祖。可艾新闻不知怎么想的，却非要来报社，而报社不要，要了又不给职务且贬到广告部拉广告。可奇了怪了，艾新闻死活要来，要来当记者，要来追求文字梦想，让人不可理解，真像是脑子进水了……现在看，只要多挣钱，挣到大钱，脑子也没有进水。正好，那就跟哥们一起拉广告、发大财吧……

全桌上只有金妙妙夸艾新闻，说别看艾新闻是机关干部出身，却是个纯正文人；别看大家是大学毕业的纯知识分子，却是"动摇"文人。她金妙妙喜欢爱文字爱文学爱得如艾新闻这样倔强的不迷官不迷钱的人。

桌上几个人听了金妙妙夸艾新闻的话很不爽快。有人笑逗金妙妙说，金妙妙爱艾新闻爱得好深沉。金妙妙就给逗她的人灌酒，饭桌上气氛更加热闹起来。接着，有人把话题又转到了牛社长身上。

金妙妙说，还是不要说领导，说牛社长但不要说他坏话，牛社长对她金妙妙是有恩的，几次她被检察院带走，好几篇文章惹了事，牛社长都想方设法为她解脱，在她金妙妙看来，他是个不错的领导。

金妙妙的话一落，就引起好几个人的反感。有的说，牛社长大学毕业到机关时间长，适合在机关混，可偏偏要求到报社当官；牛社长来报社不是热爱什么新闻事业，实际是冲着钱来的，结果是他富了，报社出现亏损了；有的悄悄说，牛社长爱财事小，关键是不爱才，编辑、记者在他眼里好像狗屁不是，不抓报道抓创收，抓自家的创收比报社的更上心，报社的人谁不知道，他家的广告公司，吃着报社的广告资源，大把的钱往自己口袋里流……不过，跟着牛社长倒是不用苦思冥想写稿子，可以放开拉广告挣钱。不过，老牛这样的玩法，迟早会把自己玩到"局子"里……

大家说完牛社长，又扯起了另一个社领导王公文，有人说，要说报社的纯正知识分子，同金妙妙、艾新闻一样钟情文字文章的人是王副总编；王副总编对文字有梦想，他要是当总编，在座的各位哪能不继续"爬"格子，能放你到广告部拉广告赚钱？有人问，在座的拉广告挣了大钱，还回采编部门做新闻不做？有人说，挣了钱谁还去做那既辛苦收入又寒酸的编辑、记者，肯定不去做了。有人又问，做几年广告，会不会写稿手生了？

有人说，这个担心幼稚，本来就是到报社混碗饭吃的，写得好怎样，写得不好又怎样，好歹都会混到碗饭吃。有人问，咱们这些名牌大学毕业生不好好写大块文章却去拉广告，让同学和家人看不起，是不是走向了精神颓废的下坡路？有人说，别把大学文凭太当回事，在机关里混事的名牌大学生多的是，他们并不比咱们拉广告的大学生高到哪里去……

大家在酒的催情下，对做采编转到做经营，担忧和迷茫，失落和憧憬，交织在一起，贬损自己在走向坠落的同时，大有与文字情人生死离别的感慨，留恋他们被人看作是文人和知识分子的有点金光灿灿的编辑、记者头衔，放不下给他们带来自信与充实、价值与尊严、赞美与陶醉、荣耀与光环的编辑、记者岗位，放不下文人的斯文与清高、诗意与浪漫、孤傲与孤独，留恋墨香与书香、文心与文章的那种情怀和生活方式。

好在金妙妙的一句话，让心有担忧和留恋的人豁然开朗起来，感到给他们打开了一扇回来的门。金妙妙说，伤感和担忧的哥们儿和姐们儿何必伤感与担忧，广告部是大家爱钱的选择，搞经营挣点钱让自己富起来不耻辱，为大家有拉广告的勇气而拍手叫好，做采编再做经营也许不是坏事，倘若保持一颗文心，拉广告也可以写文章，照样也是尊贵的文人，照样精神充实而很有意义，想回来做编辑、记者，照样可以回来重操旧业，妙妙等着挣到钱或没挣到钱和厌烦挣钱的哥们儿、姐们儿回来……

这些编辑、记者，总体上是迷恋文字的文人，总体上是些精神纯情和意志脆弱的文人，金妙妙的话，居然让几个哥们儿、姐们儿感慨得湿了眼圈。

二十二

就在这些才子才女蜂拥挤到广告部来报到的这天,艾新闻听到报社采编部门人走位空,大缺特缺编辑、记者的喊叫声,他感到离开广告部的时机到了,去当记者的机会来了,他想去深度报道部,去跟金妙妙一起写深度调查文章。

艾新闻对金妙妙说,他要去她的部门。金妙妙说,来她部门最好,去找牛社长,跟他提出离开广告部到深度报道部的要求。艾新闻就去找牛社长,请求离开广告部去深度报道部做记者。艾新闻对牛社长说得很迫切,而牛社长却几句话回绝了艾新闻:"报社用记者年龄最高三十五岁,你都四十出头了,没岗位让你做记者。你想当编辑,你的年龄当编辑没问题,但编辑你也当不了。报社规定,没做过记者的,不能做编辑。你的问题,就这么简单。你就死心塌地在广告部干吧,广告部挣钱多,挣的是大钱,别人都挤破头往广告部钻,你是傻子呀,要去做记者,就你这么大年龄,就你的文字水平,早过了做记者的年龄,能拼过那些年轻晚辈吗?"

看到艾新闻一脸的失望,牛社长便温和地说:"胡姬花不是很欣赏你吗?说你写文章既快又认真,舍不得让你走,那你就在她那里写文章不一样吗?在广告部挣点钱比当记者总要实惠一点吧?"

牛社长的话说完,生气地瞅着艾新闻。艾新闻感到牛社长的话已是板上钉钉的话,他生气的样子好像也是对他好,但艾新闻感觉到的是让他透心的寒气，说不出一句话来。

艾新闻哀叹，他遇上牛社长，算是倒血霉了。

其实，报社遇上牛社长，牛社长遇上报社，都是倒血霉的事情。报社的倒血霉，源于牛社长对新闻采编的一窍不通和冷淡。尤其是对编辑、记者职业的冷淡，让人渐渐失去了对职业的热爱和自信，渐渐失去了对文字的尊重的氛围，也渐渐让追求文字梦想的人失去了心理的平衡。

牛社长对新闻采编的冷淡，是他把它看成了"上过学的是人都能干"的职业。在牛社长看来，好像只要是大学校门出来的都能当记者，而实际上不是凡是大学校门出来的都能当记者。当记者，起码得热爱新闻，起码得有文字能力，起码得淡薄金钱和官位。这三方面缺一不可。缺了这其中任何一点，或是不称职，或是不安心，或是患得患失，不会成为一个好记者。所以，记者这样的行当，应当是具备这三种素质且还要有文字梦想、新闻情怀的人，才能配得上"记者"这个称谓。牛社长哪能料到，他的冷淡，让能干的编辑、记者受到了伤害，使平庸的编辑、记者得到了认可，搞得人心失衡了。于是，在他到报社后不久，编辑、记者辞的辞，调的调，三天两头地走人，三天两头地进人。有的屁股刚坐热椅子就走人了，有的屁股还没坐热就走人了。也有不走的，也有赶也不愿走的，那是些文字能力低下的在其他地方找不到更合适工作的人，是些盘算在这上班自由也舒坦的生儿育女混日子的女编辑、女记者。几年时间，报社的编辑、记者大部分成了女的。

挤到广告部的这些才子才女，掀起了报社编辑、记者"东南飞"的高潮，起了个很坏的带头与导向作用，好像报社马上就开不出工资要关门了，好像报社在鼓励编辑、记者另谋高就，好像编辑、记者再要干下去是愚蠢的选择，仅仅半月时间，采编部门就走了十二个编辑、记者。有的跳到了机关；有的端上了旱涝保收的"铁饭碗"；有的去了企业，收入立马比报社多了几倍;有的自己开了传媒文化公司,拿在报社积累到的资源很快赚到了钱。

采编部门的才子才女几乎走空了,报社一片恐慌,而牛社长不恐慌。牛社长不但不恐慌,反而说是"好现象",可以实现"编辑、记者年轻化"了。牛社长在全社提出:愿意走的不拦,愿意来的欢迎。这样的冷漠态度,那些本来犹豫不决的人,干脆一走了之。

牛社长让人事处招聘编辑、记者。报上就连续刊登"招兵买马"的启事,可应聘者寥寥无几。要说在眼下工作不好找的情形下,作为省级大报的《华都经济报》,是半年前挤破"头"都难以进来的单位,可仅仅半年时间,为何没人愿意来《华都经济报》?报社亏损。谁敢来一个日渐亏损的单位。

招不来人,从不恐慌的牛社长恐慌了。报纸得办,稿得有人写,没稿办不了报,没好稿报纸没人看。最恐慌的是总编室主任秦一纯,从几个月前的稿少,凑合用那些过去不能用的稿子;到近几个月的缺稿,记者无稿而向社会作者约稿;到这段时间的稿荒,转载新华社的现成文章,报纸已少有好稿和充足的自采稿子。没有自家稿子而靠外稿和转载办报的秦一纯很恼火,也觉得很丢人,写了份辞职书找牛社长,要辞去总编室主任,牛社长没理睬秦一纯。

这些天的编前会,让牛社长很窝火,用稿部门不是说没稿子,就说没人写稿子。部门主任把矛盾交给牛社长,牛社长让部门主任想办法。部门主任除了从外面约稿,就只好亲自写稿。写稿是苦差事,把编辑、记者当作谋生方式的人,都是被动写稿的人,一旦混到副主任级,早把稿子写厌烦了。《华都经济报》规定,副主任不是官,仍以编辑、记者考核,不干具体活没绩效工资,所以干到副主任还得拼命干到正主任一级,才能脱离编稿写稿的考核。当上正主任就舒服多了,主任是官管人,没了采访写稿考核,指挥别人编稿写稿,至多是带着记者写稿,大多时间是坐在舒服的软椅上审改别人的稿,因而也就习惯了喝茶看改别人的稿子。至于版面有没有稿，主任们不会认为是自己的责任。所以，总编室主任秦一纯每次把稿荒的责任推到社里，牛社长每次听了都不舒服。牛社长对秦一纯"不舒服"已不是一两天，从他到报社来，就对秦一纯"不舒服"。秦一纯自恃是中文博士，总觉得自己写得一手妙文，其实是冷酷无味的文章，看上去没有多余的文字，文字背后却是冷冰冰的，让人生厌，但他总是高人一等，看不上报社任何人的文字和文章。对下面狂妄，对上面高傲；跟他做部下和给他做领导，都很不舒服。此时，秦一纯把辞职报告递给牛社长，牛社长扫了一眼，气一不打一处来地把辞职报告撕了个粉碎，扔到了纸篓子，冲秦一纯就是一顿火气冲天的话。

"为什么辞职？！"

"巧妇难为无米之炊。"

"忘了你是文学博士，你曾经是报社第一支笔，你不是称你是'巧妇'，也是报社曾经号称的'秦头条'吗？没稿你喊叫什么？没稿你来写呀，没头条你更应该写呀！报社有困难，你就要做'缩头乌龟'？！"

"写稿是记者的事情，没人写稿是报社的事情，我一个主任，就是每天晚上不睡觉，也写不了几篇稿呀。况且，写稿不是我主任的职责，缺稿也不是我的失职。我的职责，是主任的职责，我想写可以写，不想写可以不写！"

"那好，就同意你辞职。你辞职了，去做记者，是'名正言顺'的记者，那写稿就是你的本职，完不成写稿任务，扣工资。"

"报社是你牛社长的，你规定三十五岁以上不能做记者，我都是当记者爹的年龄了，怎么说也是处级干部，怎么说也是博士，你让我做记者，我就去做记者？宁可没饭吃，也不去做记者！"

"记者是'无冕之王'，多么崇高的职业，难道做记者很丢人吗？"

"处级以上都是领导干部，我还是个博士，你不也是个处级吗？你才是本科学历，你当社长和总编，让我当记者，不感到滑稽吗？"

"你刚进报社不就是博士记者吗？一直觉得很丢人吗？很丢人，你怎么不走人，到现在怎么还端着报社饭碗？"

"要是有处去，谁来做记者，也不就是混个'文字饭'吃而已！"

"一个吃新闻饭的人，靠做新闻混饭吃，真是报社的悲哀。"

"报社混新闻饭的人多了。要是把新闻真当'饭'吃，也不至于让报社越来越没人愿意当记者！"

"当了主任都不愿意写稿子，报社养活这么多处级干部有什么用？！"

"可以做编辑呀。"

"没人写稿，编个球啊！"

"做什么都行，不做记者！"

"不做记者，没稿子可编，你干什么？"

"干什么都行。"

"那好，去广告部当广告员。既给报社创了收，又为自己发了财，两全其美。"

"我一个博士去拉广告？这不是作贱人吗？！"

"不做记者，不拉广告，那你就无事可干，只有下岗处理，那就只能拿个生活费了。"

"那——你是社长，你看着办吧。"

"是接着当主任，还是当记者，或去做广告，你选。"

"辞职报告你都撕了，你还让我辞吗？"

"既然还想当领导，那就把总编室主任给我当好。没稿子是你的事，你不去带人写，难道让我当社长兼总编的去给你写稿子吗？！"

"我带人去写，我自己也写。对了，艾新闻不是想当记者吗？真佩服他四十多岁了一心想当记者的执迷。他想去金妙妙部门当记者，金妙妙那里缺记者，何不让他去，还多个写稿的。"

"他年龄超了，当不了记者。你都不愿做记者，艾新闻也是副处级干部，你就好意思让他去做记者？你除了比他多混了几天学校，在报社多混了几年，他比你一点也不矮。反过来，人家艾新闻放下副处级干部的身份，情愿做广告员，一心想做个记者，比你这个高傲的博士纯粹百倍！"

"什么年龄，不就是牛社长你一句话吗？我跟艾新闻年龄差不多，你让我去做记者都不嫌年龄超了，怎么艾新闻做记者就年龄超了？在你这里哪有什么标准。既然艾新闻比我纯粹百倍，让他去当记者，不就正好吗？"

秦一纯说完，还站着等牛社长说话。牛社长低头看起了文件，秦一纯赶紧走人，心里涌起的感觉，像吃到肚子里的"麻辣烫"，火烧火燎。秦一纯压根也看不起牛社长，背地里说牛社长"狗屁也不懂，就懂钱"，这让牛社长很窝火。

牛社长对秦一纯心里有火，但还是压了又压，不敢让秦一纯太难堪，毕竟报社目前面临空前危机状态，把这么个自高自大的人弄难受了，到底折腾的是他和报社，况且总编室主任只能"送"给郝恪则，郝恪则早就等不及了。牛社长早就不想让秦一纯干了，但又不想让郝恪则接主任。还有，报社在亏损，关键岗位不易换人，他打算对秦一纯忍一步，待时机成熟，即使他不愿离开总编室主任的位置，他也得滚蛋。只要是给他牛某人写了辞职报告的人，迟早会让他没有职务。从秦一纯提出辞职那天起，总编室的事，牛社长就找副主任郝恪则，让秦一纯坐了"冷板凳"。郝恪则趁机架空了秦一纯，秦一纯成了"闲人"。

在牛社长看来，凡是对新闻和文字失去热爱的人，都没有必要在报社编辑、记者岗位上混下去，要找那些热爱新闻和迷恋文字的人，充填编辑、记者阵容。牛社长有奇怪的心思，不喜欢文字和摇"笔杆子"的人，但他也不喜欢"三心二意"的人。

刚才秦一纯说何不让艾新闻做记者的话，让牛社长的脑子里跳出了艾新闻。牛社长想，如若艾新闻年龄小十岁，还真是难得的编辑、记者骨干，就会像金妙妙一样，多一个好记者。报社其实不需要太多的记者，有金妙妙这样的十多个好记者和好编辑，那就一个顶十个了。现在是十个记者顶不上一个金妙妙，金妙妙是天生做记者的料，不让她做记者，真是大错特错了。要不给艾新闻个做记者的机会？牛社长由此冒出个想法。这想法不是一心想成全艾新闻，他是借要不要让艾新闻做记者在想有些人的事：应该给那些今后如秦一纯这样一旦辞职和被免职的主任一个"出口"，不想干的和不让干的，就去当记者。还有，也可以让当不好编辑的去做记者。这样，也让记者、编辑看看，年龄不是做记者的问题，问题是爱不爱新闻和愿不愿写出好稿。于是，牛社长让人事处高处长起草《报社编辑、记者岗位进人放宽年龄的通知》，由原来记者的年龄不超过三十五岁，调整到已在本报工作的人，做记者没有年龄限制。

秦一纯的辞职和艾新闻的记者梦，让牛社长立刻改变了对记者年龄的限制。

二十三

报社人事处关于放宽本报人员做记者年龄的通知发到全社，只有一个人报名，那就是艾新闻。艾新闻报名要求到深度报道部去做记者，也就是金妙妙副主任主持的部门。深度报道部本来六个记者，陆续走得只有一个副主任金妙妙，也只剩一个记者金妙妙。金妙妙要艾新闻报名到她的部门做记者，艾新闻早就想同金妙妙做记者，跟着金妙妙写深度报道。在艾新闻看来，采写深度报道，虽然风险很大，苦恼很多，但却用自己的良心和灵魂在说话，逼迫自己眼睛要实，内心要实，文字要实，这样实打实的文字，非常有意思，也非常有价值。这也是艾新闻一心想进报社，一心想做记者的冲动，实则是崇敬新闻和文字而来自灵魂的冲动。让人很难理解，也让人很难接受。这个报社，只有金妙妙理解他，也只有金妙妙欣赏他。

艾新闻报了名，等人事处通知到新部门。可一月过去了，没人通知他。因为全社也只有艾新闻一人报了记者，报社就把这件事放了下来。既然报社发了通知，那不能因为只有他艾新闻报名，这个通知就成了废纸。

艾新闻和金妙妙分别找牛社长，要求按通知要求办，让他去做记者，让艾新闻尽快去深度报道部工作。牛社长对金妙妙说"等着"，什么话也不说了；艾新闻找他，也说"等着"，再没第二句话；人事处高处长找他，也说"等着"，再不讲第二句话。高处长了解牛社长，牛社长的"等着"，就是"放着"。放着，就是停办，停办就是不办了。

高处长为艾新闻着急,艾新闻在为去做记者着急,她不想让艾新闻再次失望,她不能让社里的通知变成张废纸。

"社里通知既然发了,就有权威性。即使只有艾新闻一个报名,那也不能不办。不然,就会造成社里的决定缺乏严肃性,会影响社领导的形象。"

"就艾新闻一个报名,那不就让人说,这个社通知是专为艾新闻发的,更不让人可笑?!"

"牛社长您不能这么想,通知发了只有艾新闻报名,那还是有人报名呀。幸亏有艾新闻报名,如果没有一个人报名,那才让人可笑呢。"

"我可以让艾新闻去做记者,可胡姬花不放手呀。我当社长的也得照顾到部门主任的情绪。胡姬花毕竟在给报社创收,她要谁,应当满足她的要求,何况一个没有从事过新闻采编的艾新闻,在广告部也合适。"

"问题是胡姬花要死留艾新闻,可艾新闻不愿意在广告部。这次社里通知白纸黑字写的是用人部门和记者本人'双向选择',胡姬花选择艾新闻只是个单向选择,只有艾新闻选择广告部,才算'双向选择'。艾新闻选择深度报道部,金妙妙选择艾新闻,符合社里规定,必须维护通知的严肃性。照顾了胡姬花的情绪,那这通知就成了一张废纸,那可不好。"

"胡姬花不放艾新闻,况且提出让艾新闻做广告部记者。他不是一心想做记者吗,在广告部做记者不一样吗?"

"可是艾新闻不愿意在广告部工作,他选择的是深度报道部,那就满足他的愿望。他死活进报社的心愿,不是要当你的官,就是要做个记者,这个要求很可敬,也很普通,应当成全他才好。"

"成全他没问题,但得让胡姬花愿意放人。那就让艾新闻去做工作,只要胡姬花放人,我没意见。"

…………

高处长找艾新闻,对他说,只要胡姬花放他,他马上可以到金妙妙的深度报道部做记者。

艾新闻让魏风做胡姬花的工作。胡姬花对魏风说，告诉艾新闻，她跟牛社长说好艾新闻留在广告部，牛社长是答应了的，艾新闻老老实实待在广告部干活，想离开广告部，没门。魏风把胡姬花的原话告诉了艾新闻。魏风对艾新闻说，他要是尚存说服胡主任的想法，可以直接去说；不过，胡主任执意留他在广告部，千万不要理解成她跟他有意过不去，她是欣赏他的才干才刻意留人的，她对他没有坏意。艾新闻没有吭声。艾新闻清楚，胡姬花执意不让他离开广告部，是不让他跟金妙妙在一起，是想用他的能干给她发财。他去找她，就是去找气生。

艾新闻去找牛社长，请求牛社长跟胡姬花说，让她放人。牛社长说，离开广告部的工作自己去做，做通胡姬花的工作就离开广告部，她不放人他也没办法。

艾新闻在牛社长这里又碰了钉子，艾新闻料想他是很难离开广告部了。想到还要给胡姬花当"枪手"，想到当了胡姬花的"枪手"拿不到广告费提成，在林萍萍那里逼他交广告费提成而得去借钱的后怕。至今他为了搪塞林萍萍而借别人的钱还没钱还，接着给胡姬花当"枪手"，胡姬花还是不给他广告费提成，他就会被林萍萍逼疯，他会继续被逼着要广告费提成，他就得继续借钱给林萍萍顶替广告费提成，不是把他逼疯，就是把他逼死。艾新闻一分钟都不愿在广告部了。

这座报社楼里，最懂艾新闻的人，莫过于金妙妙。金妙妙把艾新闻叫到她办公室，问清了牛社长和胡姬花不让他离开广告部的实情。金妙妙去找牛社长。

牛社长知道金妙妙找他，是为艾新闻。

"如果是为艾新闻做记者的事，就长话短说。"

"牛社长，让全社人员'双向选择'是您的决定，我选择艾新闻，艾新闻选择了我的部门，为何不让他离开广告部？"

"胡姬花要用他。留在广告部挣钱写稿两不误，是好事。我让艾新闻做胡姬花的工作，胡姬花放人，他就去记者。"

"我现在是'光杆司令'，我的部门急需要人，把艾新闻给我吧。"

"这次'双向选择'既然老人都不愿做记者，那以后就没机会了，三十五岁以上的报社老人，再不安排做记者，记者一概招聘进新人，你们采访部门由人事招聘年轻记者。"

"那也得再有个年龄大点的记者。艾新闻能吃苦，太适合做深度报道了。"

"艾新闻是有'一根筋'的优点，但即使到采访部门做记者，也不可能安排去你部门。"

"为什么？"

"就为林萍萍这女人不是个'省油灯'。"

"那么说因为林萍萍'泼'，我和艾新闻不能做同事了？"

"只要林萍萍没意见，我当社长的有什么意见！"

话说到这儿，金妙妙感觉牛社长话里有话，但没有直说。金妙妙清楚，包括牛社长在内，都知道她金妙妙爱上了艾新闻，在追艾新闻。事实也是如此，她金妙妙喜欢艾新闻，为了艾新闻她什么都愿意做。这次"双向选择"，艾新闻到她部门，本应是水到渠成的事，没想到胡姬花拦了一下，牛社长拿胡姬花和林萍萍"说话"，金妙妙再不敢说话了，要再说，牛社长难听的话都在嘴边呢。

…………

金妙妙为艾新闻的事刚走，关副社长来找牛社长。关副社长对牛社长说话，一向是直来直去。

"老牛，你在艾新闻的事上，是不是做得太过分了？！一个满腔热情要求做记者的干部，你先是顶着不让进，进了却'打发'到他不愿意去的广告部，你的'双向选择'有人要他，却纵容胡姬花压着不放人，这说不通啊！"

"老关,别火。艾新闻通过'双向选择'做记者我没拦着,可胡姬花看上他了,我也得照顾经营部门主任的要求呀;这次新增五个广告部,等于破了胡姬花在广告资源的独份,在我这儿又哭又闹,所提的要求全被我拒绝了,仅提出艾新闻和魏风不能调离她部门的要求,我得答应她。胡姬花留艾新闻,是看中艾新闻的能干,她和我并无恶意。胡姬花提出这么点要求,我能拒绝吗?况且,给胡姬花写稿子,又可以拉广告挣钱,对艾新闻来说,也是好事啊!"

"老牛,你怎么不考虑艾新闻的感受。艾新闻不愿在广告部,是你把他摁在广告部的,现在又出来个胡姬花摁住艾新闻不放,这不是坑人是干什么?再说,艾新闻四十一岁了,当记者的年龄本来就大了,明年更大,后年更大,再过几年五十岁了,你还让他当记者吗?他还愿意当记者吗?你在他一心做记者的年龄,不成全他做记者的梦想,我们对不住人家,也是没有人情味的。再说了,艾新闻进咱们报社,没有要你的官位,不就是想做个记者吗?这个要求不过分,这个要求太可贵了,可贵的足以让报社所有记者起敬。"

"老关,你说的全对,我也想成全他做记者的梦想,可除了深度报道部金妙妙要他,其他采访部门没人提出要他呀。"

"金妙妙要,那就让他去金妙妙的部门不就得了。"

"艾新闻去哪个部门都可以,他不能与金妙妙在一起。"

"为什么他不能跟金妙妙在一起?就因为有人传闲话说金妙妙爱上了艾新闻的缘故?这话也当真!"

"我不当真可以,但他的老婆林萍萍当真,还跟我几次说金妙妙是'第三者'。起初让我坚决不能要艾新闻进报社,艾新闻进了报社后又让我不安排他跟金妙妙一起采访,更不能安排在一个部门,尤其是金妙妙最近被检察院带走,艾新闻从家里'偷'二十万元钱找人解救金妙妙的事,林萍萍对艾新闻和金妙妙不依不饶,闹到我这里来了,说金妙妙爱上了艾新闻,艾新闻也恋上了金妙妙。他们三个人之间，已经够热闹的了，我再让他去金妙妙的部门，让他们两个人坐一个办公室，两个人双双出入报社，那不就让人说成'恋人深度报道部'了吗？我成全了艾新闻，林萍萍干吗？我这社长不是没事找事吗？"

"老牛，你也太在意这些了。是金妙妙爱上了艾新闻，还是艾新闻恋上了金妙妙，跟报社记者工作有什么关系。要是他们真爱上了，不在一个部门也会爱上，谁也拦不住。再说了，他们爱上是他们的事，林萍萍在意是林萍萍的事，报社的出发点应当是工作为上，不必听信这事的存在。在我看来艾新闻与金妙妙在一起，不会有什么不妥，更不会出什么问题。"

"老关，你的话是没错，为工作可以不考虑这么多，但林萍萍毕竟是主管报社的宣传部的处长，她反感金妙妙与艾新闻掺和在一起，不是过分要求，没必要为艾新闻而闹得'鸡飞狗跳'。报社还有采访部门，只要新闻采访部主任虎生苗要他，他可以去做记者呀。"

"老牛，让艾新闻去新闻采访部倒是不错。要不，你跟虎生苗说一下，让他接收艾新闻，再跟胡姬花说一下，让她放艾新闻去做记者，这不就得了。"

"我答应了胡姬花让艾新闻留在广告部，我不能出尔反尔；胡姬花的工作，只有艾新闻自己去做，或者让主管广告部的王公文副总编去做；协调虎生苗要人，我不宜出面。这次是'双向选择'，如果虎生苗不要艾新闻，谁也没办法。你既然想要艾新闻离开广告部，那你和高处长协调，虎生苗要他，我没意见。"

牛社长的话很明确，他不参与艾新闻的事。关副社长知道虎生苗是一介书生，是处处不想多事的人，也是遇事回避胡姬花的人，一般情况下他不"惹"胡姬花。她感觉，艾新闻是胡姬花留的人，虎生苗会不要艾新闻。她协调虎生苗，虎生苗会为难。关副社长让高处长去协调虎生苗。

虎生苗对于艾新闻进新闻采访部做记者有点为难。对高处长说，记者是充满青春活力的职业,做记者的年龄最大也不能超过三十五岁,年龄太大,不适合做记者;他的部门虽然人走空了,但绝对不要年龄大的,宁可缺人也不能要大龄记者。

高处长跟虎生苗讲了艾新闻的许多优点,尤其是对新闻和文字的执着热爱,非常可贵,希望虎主任成全他做记者的梦想。虎主任说,艾新闻这年龄不适合做记者,再加上他从没做过记者,肯定完不成采访任务。高处长说,看着她的面子,就算是她个人求他,收下艾新闻做记者算了。虎主任说,高处长是他大姐,话说到这份上,那他就答应要他,但不能做正式记者,只能做委托记者,也就是报社人事处委托到他新闻采访部的记者;干好了继续做委托记者,干不好,还是由人事处安排他该去哪去哪。高处长同意虎生苗的意见,让艾新闻做委托记者。报社有"委托记者、编辑"这个规定,凡是采编部门不想要的人,报社一定要安排,就作为"委托记者、编辑"使用。使用期间,部门主任随时可以把"委托记者、编辑"退回报社人事处。委托记者、编辑,是这个报社的"发明",等于给记者、编辑设了个临时岗位,被称为"记者、编辑临时工"。高处长征求艾新闻的意见,愿不愿做"委托记者",艾新闻欣然接受做"委托记者"。

就在高处长找虎生苗之前,艾新闻找过虎生苗。虎生苗问艾新闻多大了。艾新闻告诉他四十一岁。虎生苗说,做记者的年龄不超过三十五岁。艾新闻说,他热爱新闻,年龄不是问题。虎生苗问,经济报道有专业门槛,没学过经济的人,很难看懂经济,每月六千字工作量很难完成。艾新闻说,他没问题。虎生苗说,能不能要他,不确定。不久虎生苗同意他做"委托记者",他喜出望外。

尽管艾新闻乐意做"委托记者",但艾新闻能不能离开广告部去新闻采访部做记者,取决于胡姬花放人不放人,这是牛社长的交代。关副社长让高处长协调胡姬花,高处长为难。关副社长去找胡姬花的主管领导王公文，王公文叫胡姬花来他办公室。胡姬花问王副社长啥子事，她正忙，电话能说电话说。王公文说，是艾新闻的事。胡姬花问，是艾新闻的啥事。王副总编说，新闻采访部要他做记者，他又不愿意在广告部待，放他去算了。胡姬花说，牛社长确定让艾新闻在广告部，如果让艾新闻离开广告部，让牛社长发话，她放人。

王公文去找牛社长。王公文把胡姬花要他给她说句话她就放艾新闻的话，跟牛社长说了，请牛社长跟胡姬花说一下，干脆成全艾新闻算了。牛社长烦了，对王公文发火说，一个艾新闻当记者的事，接二连三有人找他来"发话"，真是烦透人了，胡姬花不放艾新闻，他也没办法。王公文说，艾新闻为当记者，找了他几次，他也烦，可胡姬花不听他的，非他牛社长发话不行。牛社长喜欢听恭维话。王公文贬低自己而抬举牛社长的话，让牛社长的火消了。牛社长沉默片刻，拿起电话，拨通了胡姬花的电话。

"姬花，艾新闻一心想去采访部门做个记者，这是他死活要来报社的目的，这你是知道的。他都四十出头了，要说早过了做记者的年龄，可他就是'一根筋'，不当记者不罢休，只能在新闻采访部做个'委托记者'，你干脆成全他算了。你部门想要什么样的人，我都开'绿灯'。"

"只要他去的不是金妙妙的部门，我可以考虑。"

"那就让他去虎生苗的部门报到吧。"

"不过，我有个要求，既然艾新闻是'委托记者'，不是正式记者，他还是我部门的人，如果新闻采访部哪天不要，我要。他以新闻采访部的工作为主，以广告部的工作为辅，我有写稿任务得随叫随到。"

"那就一言为定。"

"一言为定。"

…………

艾新闻将要去新闻采访部做"委托记者"，艾新闻高兴，有一个女人也高兴，有一个女人却不高兴。高兴的是金妙妙，不高兴的是林萍萍。虽然艾新闻没有去成深度报道部,但金妙妙仍为艾新闻做记者而高兴。她给艾新闻发了个长长的短信祝贺,短信里尤其是那首短诗,让艾新闻备感温暖:

欣赏你的灵魂

一个人的特别是灵魂的特别
你的特别是灵魂的特别
你的灵魂在追逐文字的魂魄
文字和魂魄让你神魂颠倒
你的神魂被文字迷倒
连迷人的官位和金钱都拉你不起
你膜拜文字而甘愿接受荣辱
"委托记者"让人为你心涌酸楚
而你为当上"委托记者"喜上眉梢
你为何心不酸楚而喜悦
因为你看到了一扇亮丽的门向自己打开
因为你感到了自己的灵魂正在走向高处
高处是文字的五彩世界
文字是拯救你灵魂的阶梯
也是我与这个世界对话的带刺的玫瑰
你的灵魂在我的灵魂里相互拥抱
两个灵魂在文字世界里相伴
有灵魂的文字定能寻回那失落的过去
有灵魂的追求定能拯救那堕落的灵魂
一起追逐

一起拯救

灿烂的阳光在向高贵的灵魂招手

…………

　　金妙妙的诗，如缕灿烂的阳光，把艾新闻压在心里的忧郁、烦闷、委屈、苦恼、痛苦一扫而光，他对这多年来自己追求的文字梦想，尤其是为进报社所付出的艰辛困苦，感到是多么正确，也是多么值得。艾新闻按捺不住心里的激动，也给金妙妙写了首诗：

天妙天使

称你为天妙，实是灵魂的天使

你是文字的精灵

你是文字的天使

你是引领我的天使

你的灵魂牵着我的灵魂飞翔

我们去享受美妙的文字世界

…………

　　艾新闻写了几句，写得有点东拉西扯，再不敢写了，再写就会写到情感上。他实在不敢写到情感上，写到情感上，后面相处会很别扭。艾新闻把这几句诗发给金妙妙，金妙妙说："把我高高举起，举到了看不见、触不到的地方；这赞美的诗句，是没有温度的诗句。"

　　金妙妙一向对艾新闻对她的情感冷淡不满意，金妙妙不止一次埋怨艾新闻对她没"温度"，艾新闻只有装作没听见。艾新闻的装"冷"，金妙妙虽埋怨，甚至很生气，但从没对艾新闻失去爱意。聪明的金妙妙清楚，艾新闻聪明而情感不"冷"，她理解艾新闻的处境，不能急，不能逼他。金妙妙对艾新闻，早已有足够的耐心。

林萍萍不但反对艾新闻去金妙妙的深度报道部，也反对他去新闻采访部当"委托记者"，要艾新闻继续留在广告部做广告。就在昨天晚上，林萍萍生气地对艾新闻说了半天要他绝不去做"委托记者"的理由，说他去做那个"委托记者"，就是做"委屈"记者；这么大年龄的人了，不管怎么说也是个副处级干部，干什么记者！即使给个首席记者，也未必去干，何况求爷爷告奶奶地当"委托记者"，是自己找"掉价"的事儿，也是给她这个在省委宣传部做处长的老婆丢脸。

不管林萍萍如何火气冲天，不管林萍萍如何阻拦，艾新闻还是坚持要去做记者，即使是"委托记者"也愿意，气得林萍萍一时没有办法。林萍萍对艾新闻是没有办法，但她对艾新闻能不能当成记者，却有制约作用。她和报社虎生苗熟悉，便给虎生苗打了个电话，让虎生苗部门不要艾新闻。虎生苗当然答应了。因为让虎生苗的部门不要艾新闻的人，还有胡姬花。胡姬花也婉约地跟他说了不要艾新闻的话，虎生苗没表态，但又不想得罪胡姬花，便决定不要艾新闻做"委托记者"。林萍萍的要求，虎生苗当即答应，他的部门不要艾新闻，即使做"委托记者"也不能要。所以，即使艾新闻在报社做出天大的努力，也抵不住林萍萍给虎生苗的那个电话。

艾新闻明天去新闻中心报到，马旺财为艾新闻到新部门订了个饭局，根据魏风建议，拟请广告部的胡姬花、魏风、王阿妹、高奔、路兆福、伍一武，还有金妙妙、虎生苗吃饭，也是为艾新闻半离开广告部送行。

马旺财请这顿饭，也不是马旺财一心想请，是魏风的主意，也是经过胡姬花认可的。魏风当了大半年艾新闻的主管副主任，她从心底里敬佩艾新闻，她想请艾新闻吃饭，但又不愿与艾新闻走近，就"启发"马旺财来张罗。马旺财与艾新闻有了点友谊，想张罗这饭局，但又怕上了魏风的当，惹胡姬花恼怒。在《华都经济报》，在牛社长的手下，尤其在胡姬花的手下，他们都反感，也许是他们惧怕职员谁与谁走得近，谁与谁来往密切，谁与谁抱了"团"，因而很讨厌谁跟谁在一起吃饭。鉴于这种氛围，马旺财哪能任凭魏风说吃饭就吃饭的，他得看胡姬花的脸色。马旺财之所以取得胡姬花在广告部的半信任待遇，也是他几年来不敢闯胡姬花"底线"的结果。请谁吃饭，在胡姬花这里不是小事，是关系到他在广告部能不能挣到钱，能不能在这里混下去的大事情。因而，马旺财就去听胡姬花对请艾新闻吃饭的口气，也请胡姬花主持这饭局。胡姬花对马旺财说，魏风提出请艾新闻吃饭，她不反对。胡姬花问马旺财，叫了几个人。马旺财把要叫的人给胡姬花说了一遍，胡姬花说，叫什么金妙妙。马旺财赶紧说，那就不叫金妙妙。马旺财说，请胡主任您做主持。胡姬花说，叫上虎生苗，虎生苗去，她就去。马旺财马上在胡姬花的座机上给虎生苗打电话，邀请他参加。虎生苗问，是哪些人。马旺财刚说了有胡主任，虎生苗就说"有事参加不了"，胡姬花在旁边听得一清二楚。胡姬花对马旺财说，她不参加了。马旺财再邀请胡姬花参加，胡姬花就不高兴了。马旺财十分害怕胡姬花那张说翻就翻的狐脸，赶紧闭嘴走人，后悔听了魏风的话，张罗为艾新闻送行的破事，让他别扭又窝火。

窝火归窝火，吃饭的事已经给胡姬花说了，给艾新闻送行的饭还得吃。马旺财邀请了胡姬花认定的人，放弃了邀请金妙妙，聚会顺利组合。

没有领导的送行宴，大家随便坐，话也就渐渐随便说了起来。马旺财提醒说，是给艾新闻送行，也不是送行，都在报社楼里，是送他荣任"委托记者"；大家说什么都可以，但不能说政治，不能说领导。马旺财这么一说，大家话题当然是艾新闻半离开广告部去做"委托记者"对与不对。说了半天，全桌子的人，除了魏风没说话，都在埋怨艾新闻是错的。继而，几杯酒喝下去，你说他说，竟然成了该不该吃"记者饭的"评判宴会。

高奔跟艾新闻连碰了三杯，动情地说："新闻兄，什么叫傻，什么叫愚，你这就叫傻,你这就叫愚;报社的才子才女们,不包括我,有关系的调到机关去当官,有本事的去开公司,离不开报社的挤到了广告部做经营,你进报社就是反着来,这次去新闻采访部又是反着来,人家不要,你却死活要去,给了个'委托记者'还乐此不疲。我就奇了怪了,你怎么跟别人想得总是不一样……艾新闻你都多大了,四十有余了,应该是做处长做局长的年龄了,不去做处长做局长,怎么迷恋当个记者,让人真是想不通……艾新闻,当记者真是四十岁以前的事,四十以后不是跑不动,就是思维枯竭。还有,要做也得做个正式记者呀,做什么'委托记者',那就是'委屈'记者。这么大的人,当个'委托记者'多丢人呀。你这是给自己找难堪,还是要'过把瘾去死'啊?以我看呀,不要去当那个'委托记者',还是在广告部一门心思干下去,干到退休,肯定是有钱人……别抱着那个虚幻的文字情结不放……"

"高奔已经是有钱人了。每年几十万,干了五年广告,早是百万富翁了。"伍一武接着说,"你艾新闻在广告部干五年,也会很有钱的。现在就是编辑、记者的工资翻倍,八抬大轿抬我去,我也不去。真的,艾新闻,你得听哥们儿一劝,文学只能是个业余爱好,文学早已边缘化,做什么文学梦,那会让你穷得叫苦连天……趁胡姬花有那么点儿欣赏你,还是在广告部好好干,先挣钱,有了钱,再做'梦'。你那'梦'其实是个无聊的梦……"

"好了,今天是欢送,也不是欢送,实际是欢迎艾新闻走上我们曾经走过的记者路,也是圆他我们曾经梦想的记者'梦',应当为他的勇敢选择而干杯!"魏风说,"你们劝艾新闻的话,是对也是错的。你们当过了记者,后又爱上了钱,肯定是错的。一个大学毕业的知识分子,一个曾经对文字和文章迷恋追寻的人,居然对自己钟情的追寻背叛,也不能说是背叛,应当是放弃和厌倦,新闻人或者是文学人迷恋上金钱和官位,实则是倒退,应当说是颓废,是狼狈地逃窜……说实在的,我羡慕艾新闻这么大年龄了,如此执着地执迷文字、迷恋文字。他的执着和迷恋,让我惭愧,那些年我是多么喜欢文字,可看到别人发财和当官,对文字失去了兴趣,不仅失去了兴奋,做了广告后,简直书都不愿翻了。我这个过去的才女变成了现在的财女,觉得如今的自己很世俗,也越来越有点讨厌自己。这样下去,不知道以后的我还能不能重爱文字?茫然,茫然……好了,我也是喝点小酒吐真言。说了这么多,无非都是对文字怀旧的话,酸溜溜的,也悲凄凄的,要是哪天广告干烦了,挣不到钞票了,我就同艾新闻一样,去当记者。好了,这餐是欢送艾新闻的,你们都说了不少,留点时间让艾新闻说几句吧。"

今晚的艾新闻喜悦里表露着几份恐慌和忧愁。艾新闻的表情,准确地反映了他的内心。就如他手里的那杯酒,芳香里透着辛辣。芳香是他追求的记者职业,辛辣是委屈地去做"委托记者"的辛酸。也许是艾新闻的喜悦、恐慌和忧愁,引发了魏风的感慨。这感慨让艾新闻亲切,让艾新闻感动,今天的魏风好像与广告部的魏风是两个人,她很真实,真实地让他感到她不是魏风,是另外一个人。艾新闻奇怪,难道人进了广告部,都会变成另外一个人?在座的这些才子才女,真实的一面,又是什么样呢?也许就是这样,也许不是这样。艾新闻想不出来。

艾新闻愣神。魏风催他说话。艾新闻"咕噜噜"把满杯酒喝了下去,给大家鞠个小躬说:"没啥可说的,就想当个记者写东西,写东西感到很充实,充实到感觉每天写的文字如挣到的钱一样,不仅有喜悦感,而且有幸福感。当然,还有种安静感。写文章能让我安静,安静到不胡思乱想。哈哈,这就是我扑着跳着要进报社,要当记者的怪异需求……"

…………

聚餐结束,魏风最后举起杯酒,对喜悦和满脸忧愁与恐慌的艾新闻说:"新闻,你这个'委托记者',不是正式记者,也许人家会随时把你退回来,我感觉这种可能性是有的,你要有思想准备啊!不过,胡姬花主任舍不得你离开广告部,我也觉得你在广告部没什么不好,祝愿你的'委托记者'

早日转为正式记者,也欢迎你随时回广告部……"

大家夸魏风刀子嘴,菩萨心,刚说的是"乌鸦嘴"话,祝愿艾新闻记者梦成真,成为报社的"大叔名记"。

正如昨晚聚餐时大家骂魏风是"乌鸦嘴"说的,今天上午,人事处高处长把艾新闻叫到她办公室说:"虎主任那里有变化,新闻采访部新记者还没招来,'委托记者'暂不进,待正式记者进入,人员编制空缺,才能进'委托记者',所以艾新闻你的转岗进入暂缓。"艾新闻问高处长:"以虎主任的说法,如果正式记者进满了,我就进不了了?我不就是个'委托记者','委托记者'占编制吗?"高处长没接艾新闻的话,只是说,好事多磨,让他耐心等待。

艾新闻从高处长办公室出来,腿若灌了铅一般沉重。他预感,他的这"委托记者",十有八九是当不上了。

二十四

艾新闻从高处长办公室回来,魏风和马旺财已知道艾新闻去不了新闻采访部,究竟能不能当上"委托记者",好像还不确定。艾新闻去不了新闻采访部,是胡姬花通知魏风的,魏风告诉了马旺财,也告诉了同办公室的王阿妹等几个人。艾新闻回到办公室,大家都用惊异和同情的眼光看着艾新闻。艾新闻装着无所谓的样子,给大家打招呼。马旺财给艾新闻打个招呼,马旺财瞅一眼魏风说,真是个"乌鸦嘴"。魏风没理马旺财,给了艾新闻一堆材料,对艾新闻说,既然走不了,还是该干吗干吗;胡主任交代写两个稿子,写一个赞扬的,写一个批评的,不用采访,从材料上找素材写,尽快交稿。

魏风给艾新闻交代工作,仍是过去的那副冷面孔。艾新闻心里"咯噔"一下,心里惊了一下,不是为胡姬花和魏风的冷面孔,而是又要写广告客户的文章。广告费提成又不会有他的事,林萍萍就会催要广告费提成,那该怎么办?

艾新闻吃惊,魏风的脸变得真快,快得让艾新闻认不出她就是昨晚聚餐时的魏风,倒也让艾新闻瞬间转换到了平时魏风的面孔上,顿时又不觉得奇怪了。最让他奇怪的是胡姬花,她刚刚知道他去不了新闻采访部的事,她会知道他心里不好受,为何她一点也不考虑他的情绪,立马就给他布置工作了,简直不近人情。艾新闻想得出来胡姬花是以嘲笑的嘴脸,让魏风给他安排写稿任务的。艾新闻早已看透胡姬花，对魏风啥也没说，赶紧看起了材料。

两沓材料，都是同一个建材企业的内容，一沓是先进事迹，一沓是严重问题。艾新闻看了材料一头雾水，问魏风，给一个企业写正反两篇文章，究竟是啥意思。魏风说，这是个拉广告的策略，尽管写好两篇文章，先进事迹的文章要写生动，揭露问题要深刻尖锐，写好文章再听胡主任的攻略方法。

艾新闻已感受到了广告部所有人的恐慌，也感觉到了报社亏损引起的所有人员的恐慌。就在几天前，社里召开全社人员大会，牛社长板着极其难看的脸用极其严肃的腔调说，报社每天在亏损，如果不扭转亏损的恶局，几个月后人员工资得减半，甚至发不出工资。所有人都要参与经营创收，通过亲戚朋友找资源，没有关系就找办法，不管采取什么办法，只要不违法乱纪，都可以想好招用实招，都来创收、挣钱、挣钱、创收。

社里的创收动员会一开，牛社长的要求一提出，所有的人都对报社的未来感到沮丧，所有的人都在想用啥法子赶紧搞钱去，不然就领不上工资了。尤为沮丧的是广告部的人。广告部从原来的一个部门增到六个，广告人员也比原先多了好几倍，能拉到广告的客户就那么多，开发新客户的空间不是很大，过去的客户资源有限，等于一块"肉"三个人盯着，现在却成了十个、二十个，甚至三十个人盯着，你抢他夺，各挖墙脚，你死我活的广告争夺战就开始了。有些人的广告，就被另一些人抢夺走了。广告"狼"多"肉"少，抢到的兴奋，抢不到的沮丧。更让广告员们可怕的是，广告客户被同事抢走没人管，抢不到广告没人同情。广告部有人说出了"这里只认广告，不同情眼泪"的话。鉴于这种严峻的局面，广告部一些人就想搞钱的奇招。譬如，写企业和地方政府的负面报道，用半吓唬、半敲诈的方式，逼企业和地方政府做广告、给赞助。

看来胡姬花也拉不到广告,或是出现了广告客户危机,也用这奇招搞广告了。艾新闻对这个找广告的流氓手段已知套路。先是刘学文给他介绍过这个拉广告的方法,实则是拉广告的流氓方法,也是很多报社记者惯用的诀窍:想从某个企业和地方政府弄来广告,或者搞笔赞助费,先要提出给他们做宣传,不能说收费,收费对方不干。不干怎么办?先让"鱼"上"钩",上了"钩",就写篇赞扬的稿子、写篇批评的稿子发给企业和地方政府,让他们看。哪个企业和地方政府不怕批评报道,哪个企业和地方政府都想"多一事不如少一事"。他们看到一表扬一批评的稿子,不用记者明说,这是要钱的稿子,给钱登表扬稿,不给钱登批评稿。企业和地方政府一般都选择花钱登表扬稿。于是,企业老板和政府有关部门的人会给报社写稿的记者打电话,会问记者有什么要求。记者会说,在报上做个多少钱的广告,或者赞助多少钱。企业老板和政府的负责人气在心里,但还不能不答应"可以考虑"。而记者会告诉他,一周后回复做不做广告或给不给赞助费,如不理睬,批评报道即刻见报。收到这个"通牒",没有企业和政府不着急的,先是通过各方关系给报社写批评稿的记者做工作,或者找记者领导施加压力,花上几万元小钱,把批评报道的"火"灭了。也有找不到关系解决和灭不了"火"的,那就会与记者讨价还价,最后达成多少钱的广告费和多少钱的赞助费。钱打到报社账上,就会"平安无事"了。企业老板和地方政府领导骂这种广告和批评文章是"抢钱文章"和"流氓报道",当然也骂这样的记者是"抢钱记者"和"流氓记者"。受害的企业和政府直喊"防火防盗防《华都经济报》",实在难听。尽管骂记者和骂报社的话十分难听,但大把钱的诱惑力不会改变有些记者的无耻动机,你骂你的,他写他的,给钱就撤稿,不给钱就登报。你骂记者无耻,记者就接着写批评连续报道,直到让企业和政府领导害怕了,给钱了,才不再写批评报道,而且笔头一变,写赞扬报道。还有另一招,盯准一个地方和企业的问题,尤其是中央极其关注的问题,影响到书记、县长、局长晋升和企业声誉的问题，可以写成专题报道，发给当地政府部门和企业"审"稿，写哪里，哪里会坐得住；写哪里，哪里会不急于灭"火"。灭"火"，就得掏钱，要么给赞助，要么做广告，况且钱给少了不干，只好满足记者的要求。这两招，简单的靠材料，有点辛劳的是去当地做暗访挖问题，花不了多少时间，也花不了多少差旅费。

这些招，没有哪个企业和地方政府能经受住，大都以花钱买"平安"告终。这些拉广告搞赞助的招数，在其他小报早已成了一种记者发财的"流水作业"。这手段也被日渐亏损的《华都经济报》的人学到了，尤其是广告部的老记者，更是学得用得快而熟练。这些流氓招数，也渐渐被部门主任和牛社长默认。牛社长说，虽然无耻，但各报都在这么搞钱，不默认支持它，报社就得亏损下去，就得面临发不出工资。牛社长还说，没钱养活人和报纸，这是"逼良为娼"，可社会"笑贫不笑娼"，为了报社生存，要点流氓也无妨。

有牛社长的渐渐默认，广告部脸皮厚的，耍起了这种文字流氓。

这个套路，艾新闻后来在马旺财这里看了个清楚。就在昨天，马旺财叫艾新闻陪他去个宾馆，说是他搞了一个县的环保广告，当地的宣传部部长和环保局局长，来省城要见他面谈广告费用，他一个人有点"孤单"，让艾新闻陪他去一下。艾新闻就陪他去见了县里来的人。约见是在宾馆的房间，县里来了六个人，脸上带着强装的客气，但客气里透着火气。艾新闻感觉，他们是来找马旺财打架的，或者是来吵架的，根本不是来做广告的。马旺财介绍艾新闻是他的同事，跟这篇报道没关系。来人的怒眼，全聚焦在了马旺财脸上。

宣传部部长对马旺财还算客气，而环保局局长一说到稿子，就把稿子"啪——"往茶几上一拍，吼叫着说，这报道百分之八十的内容是胡说八道。马旺财说，这报道百分之百真实。环保局局长说，这是造谣中伤，要是登了，在法庭见。马旺财说，报道事实准确无误，要是不怕，那就在法庭见。环保局局长说，想钱想疯了，用这样的虚假报道拉广告，是敲诈。马旺财什么话也不说。环保局局长接着说，要是敢把这报道登出来，就让他马旺财丢"饭碗"。随同环保局局长和宣传部部长来的干部，对马旺财和艾新闻一脸的怒气和仇恨，要动手又不敢动手的样子。一个干部对马旺财和艾新闻说，你们胆敢见报，走着瞧。马旺财说，那就见报，走着瞧，他等着丢"饭碗"。说完，马旺财起身对艾新闻说"咱们走"，马旺财刚起身要走，宣传部部长把马旺财拉住了，也把正要走的艾新闻拦住了。他一脸堆笑地对马旺财说，别生气，有话好说，事情好商量。马旺财又坐下来，艾新闻也被拉着坐了下来。宣传部部长接着说，他们受书记、县长的委托，是来认真对待这篇批评报道的；欢迎马记者对本县工作关注和批评；我们是来解决问题的，不是来找你算账的。请马记者不要登这篇报道，县里在报上做个广告，需要多少钱。马旺财装着还在生环保局局长的气，一时不说话，吊他们的胃口。

　　出现僵局。马旺财不说话，且做出即刻要走的架势，非常生气的样子。宣传部部长瞅一眼环保局局长，环保局局长的脸色马上缓和了下来，继而由愤怒转为平和。宣传部部长赶紧说，马主任息怒，不必计较，首要的是现在把广告费说好，县里马上出钱，需要多少广告费尽管说。马旺财听到广告费和钱，脸上马上有了笑意，反问宣传部部长说，关键是县里要做多少钱广告。宣传部部长说，他们是国家级贫困县，广告费能不能少点。马旺财说，再少，一版也得三十万。宣传部部长说，这么多，对贫困县能不能照顾点，十万块。马旺财说，三十万的价格，是报社定的，他做不了主。又是僵局。

　　宣传部部长让环保局局长和随同的人出去，环保局局长把个鼓鼓的牛皮纸袋子给了宣传部部长，也出去了。宣传部部长瞅了艾新闻一眼后，马旺财让艾新闻也出去一下，艾新闻明白是要跟马旺财单独说话，也许是送啥让其他人不能看见的东西。艾新闻也赶忙出去了，便给马旺财发了个短信,说他有点事先走了,需要让他来,他马上过来。马旺财老半天才回短信,说"没什么事了,谈完了"。

刚才,宣传部部长从环保局局长手里接过牛皮纸袋子,又把人都打发出去时,马旺财就猜出宣传部部长要给他送什么东西了。他把艾新闻打发走,宣传部部长就把牛皮纸袋子口的曲别针去了,露出一捆捆百元大钞。宣传部部长把钱放到他与马旺财之间的茶几上说,这是十万块钱,是酬劳费,把批评报道撤了,绝对不能见报;广告费能不能免了,他们贫困县财政很穷,再多了出不起。宣传部部长接着把纸袋子里的钱掏出来一半说,看这钱旧成这个样子,就知道他们县有多穷了。

那几捆子百元大钞,的确像是经过汗渍和脏手,破旧而有点脏。宣传部部长想以此感动马旺财,在批评报道高抬贵手的同时,发点慈悲心,少要点钱。宣传部部长以为这破旧的钱和他求情的话能感动马旺财,可马旺财看了看那一捆捆破旧的钱,并没有推辞不要,更没有唤来马旺财太大的善心。马旺财犹豫了一会儿说,县里那么穷,这钱谁还敢拿,至于广告,没法免除。宣传部部长说,不要推辞,一定拿着;广告不能免,广告费能不能少点。马旺财说,那至少要做十万元的广告。宣传部部长说,那要没有办法,也不为难,那就做十万块钱的广告,尽快了结算了。马旺财说,批评报道回去就撤稿,十万块钱的广告合同,可在一周内签完合同并把广告款打过来。宣传部部长说,马主任尽管放心。

马旺财背着有点分量的大包,满脸喜悦地与宣传部部长握手告别。艾新闻在宾馆门口等马旺财出来,也是等马旺财一旦有事召唤他,他立马上去。马旺财平安无事且一脸得意地出来了,去时的空包鼓了起来,显然装进了宣传部部长的那牛皮纸袋。

马旺财看到艾新闻,一副若无其事的面孔,对艾新闻说,没事了,回吧,他有点事。艾新闻挤公交回报社。艾新闻在公共汽车上看见马旺财进了宾馆附近的一家银行,一定是存那牛皮纸袋子里的东西去了。随后到报社的马旺财,提着去宾馆时的空包,包里的东西一定是存在银行了。凭艾新闻的眼力,那包牛皮纸袋里的钞票,也得有十万八万块,而马旺财面对艾新闻,好像啥事没发生似的,甚至表现出对这点钱不屑一顾的样子,更流露出这钱与艾新闻半毛钱关系没有的样子。艾新闻从马旺财写批评报道吓唬地方政府后要钱和逼地方政府官员"就范"后讨价还价的老练程度看,马旺财对这"流氓"记者的"流水"操作方式,不仅熟练透顶,而且还从容透顶。艾新闻为马旺财发财之术而吃惊,凭一篇批评报道就能捞这么多钱,这捞钱方式真是太绝了。

艾新闻见识了马旺财吓唬地方官员搞钱的手段,也为马旺财的这流氓手段而担忧,因而对胡姬花让他写"阴阳"两种报道而感到耻辱。艾新闻想一推了之,但感到他在报社的处境非常艰难,稍不留神就会被胡姬花彻底抛弃与否定。此时的胡姬花抛弃与否定了他,胡姬花会让他在广告部无事可干,甚至会把他"踢"出广告部。被"踢"出广告部的下场,还不如委曲求全地在广告部当胡姬花的"枪手",当"枪手"还能写文章,写文章还能提高自己,提高自己就有机会做记者、编辑。没了这个机会只能去后勤做杂事,做杂事没人安排写文章,写文章没人给他刊登,刊登不了文章就被抛在"沙滩"上,今后连干采编的机会都不可能有了。没有了干采编的机会,那他艾新闻只能在报社打杂干到退休,那会让他痛苦不堪,也会让他遗恨终生。艾新闻想到这里,虽心惊胆战,虽有干脆把这"阴阳"材料撕个粉碎,不干这"下流"的勾当的冲动,但他劝导自己,要克制,要忍耐,要清醒,但也要装傻。

艾新闻想清楚了写"阴阳"报道的可耻与无奈,就埋头"消化"材料。"消化"材料,是金妙妙教给他写好文章的妙招。要艾新闻在写每篇文章前,必须把相关的材料"吃"透了,不放过任何一句有意思的话和有益于写文章的细节,"吃"尽了材料,才能弥补采访不足的缺陷,也容易把文章写得生动活泼。

艾新闻牢记这妙招，只要是胡姬花交代的报道，都是采访艰难加一堆材料。广告部的同事拉广告没有心不急的，给客户写报道基本上是抄材料拼凑而成，登报别人不看，写谁谁看，标准黑板报稿子。而艾新闻的报道，经胡姬花和魏风一次次折腾过后，渐渐与众不同，除了经济上有点"隔靴搔痒"的不足，却能挖出事迹的灵魂和思想的高度，且是用饱满的事实与细节叙述，不仅见事见人，而且文章读来有"流水潺潺"之感，且交代给任务想什么时候要，就能什么时候交稿，这在广告部找不到第二人。就凭这般写稿的能力，要放他当记者，那便是放"虎"归"山"。这是胡姬花不愿看到的，也是胡姬花决意"摁"着艾新闻不让他离开广告部的缘由。写得快是商机，写得好就是钞票，这是胡姬花的经验。胡姬花太需要这样的"枪手"，太需要艾新闻这样帮她发财的"枪手"了。艾新闻也感到了胡姬花对他的"喜欢"与利用，他对胡姬花的"喜欢"与利用，暗自窃喜，便打定主意，他写他的"阴阳"报道，写完交差，其他事不再参与。

艾新闻写了"阴阳"稿，看了几遍，"阴"稿证据描述透彻，上纲上线，违纪违法，令人寒战，且语言通顺，文字干净，表达准确，准能把对方吓唬住；"阳"稿事例描述细致抒情，不同凡响，模范典型，令人欣喜，且语言生动，文字流畅，表达准确。艾新闻感觉魏风和胡姬花挑不出太多的毛病了，就交给了魏风。

魏风照例是要改艾新闻稿子的，即使让艾新闻看来可改可不改的地方，魏风也要改几个字或几句话。这是魏风的习惯，也是魏风维护她副主任的尊严，更是为了给胡姬花看她劳动的体现。因而，魏风加了许多话，也删了许多话，也改了好多字句，尽管这些加的话可加可不加，改的语句可改可不改，但她却加得很霸道，改得也很蛮横，让人讨厌。

艾新闻对魏风的过度修改，或者是对魏风"表演"式的修改，早就习以为常，也已理解，她也有工作量，她不改也得改，不改没有面子，不改胡姬花会说她不负责任,她也企盼胡姬花给她分块"蛋糕",因而同过去改稿一样,也把"阴阳"稿改成了"大花脸"。艾新闻问了一句,要不要清了稿再送胡姬花,魏风很不耐烦地说,该让他清稿时就会让他清。说完,她把稿子给胡姬花送去了。没有哪篇稿子是胡姬花不挑毛病的,这篇也如此。她让魏风告诉艾新闻,"阳"稿缺少闪光与豪迈语言,每段里可大加特加,加得"肉麻"也没关系,必须让人读来动情和起敬;"阴"稿事例单薄,描述不够损狠,上升到违纪违法的分量不重,对事情的严重性要说得再狠些,要说得让企业心惊肉跳。

  魏风把胡姬花的修改意见给艾新闻说了个清楚。艾新闻非常为难,因为"阳"稿的提升好加内容,而"阴"稿的事例上哪里找去?要写得让对方心惊肉跳,那得有证据,没有证据凭什么能让人家心惊肉跳。艾新闻朝魏风要证据和事例,魏风说,借题发挥去编。艾新闻说,没有根据编不出来。魏风说,这她不管,编造不出来,去找胡主任。艾新闻哪敢去找胡主任,问马旺财怎么办,马旺财骂艾新闻是"笨蛋"。艾新闻让马旺财明示,马旺财说,网上搜索,哪个企业都会有负面东西,要是实在没有,就编造企业偷税漏税的事,哪个企业没有偷税漏税问题。艾新闻总算找到了补充稿子的渠道,从网上搜,果然有反映这个企业的群众举报材料,就把它补充进去,交给了魏风。魏风又把改得密密麻麻的稿子送给了胡姬花,胡姬花在"阴"稿加了吓唬企业的几段话,稿子算是过关了,在标题下加上了"本报记者艾新闻",魏风让艾新闻清了稿再给她看。

  艾新闻清了稿,在"本报记者"后加上了胡姬花和魏风。魏风让艾新闻把她的名字去掉,艾新闻说,稿子是她改出来的,还是加上好。魏风说,去掉,必须去掉。艾新闻坚持不去,魏风说,不把她的名字去掉,她不管这稿子了。艾新闻无奈,只好把魏风的名字去掉。去掉了魏风的名字,魏风并没有马上把稿子送胡姬花,她沉思好久,又对艾新闻说,也把胡姬花主任的名字去掉。艾新闻马上感到这稿子就是块巨大石头要落下来,砸到头上的只他一个人,胡姬花和魏风会毫发不伤。这"阴"稿既没有采访,又没有提供证据的人,仅靠来路不明的材料和网上不靠谱的举报信,就写成了这般虚实不清的报道,一旦被企业告为诬陷,那可是犯罪。想到这里,艾新闻吓出了一身冷汗。

写这样的"阴"稿,本身就是缺德,要不是为了有一天当上记者,要不是他年龄大了有可能当不上记者,要不是怕彻底得罪胡姬花,要不是他在报社处境越发艰难,他艾新闻是绝不当这样无耻的"枪手"的。之所以接受写"阳"稿,又写了"阴"稿,是艾新闻觉得是领导交给的任务不能不完成。在"阳"稿和"阴"稿一起写时,并没把"阴"稿太当回事。直到"阴"稿写成,胡姬花和魏风大加特加许多吓人哆嗦的话后,艾新闻才感到这稿子太缺德、太无耻,甚至太离谱、太可怕。艾新闻着急地想怎么办好,竟然想不出啥好办法解套,就去问金妙妙。金妙妙叮嘱他,写"阴"稿是"底线",署自己的名是"红线";破了"底线",绝不可以破"红线"。金妙妙的叮嘱,让艾新闻有了自己的主意。

魏风让艾新闻把"阴"稿上胡姬花的名字删了,艾新闻把他和胡姬花的名字都删了,只留下了"本报记者",给了魏风。艾新闻对魏风说,稿子是他艾新闻写的没错,稿子材料是胡姬花提供的,要是胡姬花的名字不署,他艾新闻的名字绝对不署,谁写上他艾新闻的名字,他艾新闻跟谁急。魏风说,她跟胡姬花原话实告,可署艾新闻的名与否,不是她魏风说了算,是胡姬花的大笔说了算。艾新闻冷峻地说,这是"底线",不能突破。

魏风把只署了"本报记者"的清稿送给了胡姬花。胡姬花看艾新闻把自己的名字去了,问魏风怎么回事,魏风把艾新闻不署名的原话告诉了胡姬花,胡姬花啥话也没说,在清稿的最后写上了"联系人:艾新闻;电话号码:585285转369"。这是艾新闻的电话座机号码。

胡姬花把稿子给魏风,让艾新闻当着魏风的面给企业打电话并把"阳"稿和"阴"稿同时发传真。胡姬花预料到艾新闻会拒不发稿子的传真,便对魏风说，告诉艾新闻，如果他不干，他就从广告部滚蛋。

艾新闻拿到稿子，看到胡姬花写上了他是联系人，那等于他还是稿子的作者，坚决不干。魏风就对艾新闻说，胡主任说了，这是工作，不干，就从广告部离开。艾新闻说，让他离开也不干。魏风就去问胡姬花，艾新闻坚决不干怎么办。胡姬花毫不犹豫地对魏风说，艾新闻不干，艾新闻是她魏风的下属，他不干，那谁干，回去看着办。

稿子，特别是"阴"稿，落在了自己手上，魏风的心头顿时压上了块石头。胡姬花的话很明确，艾新闻不干，她魏风也就艾新闻一个兵，那就只有她魏风干了。魏风脑子里顿时雷鸣闪电的，她知道这是替胡姬花当"枪手"，弄不好就是被对方打"死"的"枪手"，即使不挣钱，也不能冒这个险。魏风打定主意不干，但又找不到替她当"枪手"的人。艾新闻交了稿子就下班走了人，他的座位空着，魏风瞅着稿子发起愁。

正愁着，胡姬花的电话打过来了，告诉魏风，不管是谁给企业打电话和发传真，明天上午必须把稿子给传过去。下面还要给两个县写批评报道，她魏风和艾新闻谁来写。"谁来写？"胡姬花莫不是让她来写吧。魏风感到，传真这稿子的事，胡姬花对她魏风不满意，她有苦头吃了，就恨起了艾新闻。"这该死的艾新闻，推来推去，推得胡姬花不高兴，结果把'火球'推到了我头上。艾新闻该死！"

魏风愁来愁去，没有出口，却把"出口"打在了艾新闻身上。

二十五

　　艾新闻下班刚到家，马旺财给艾新闻打电话，叫他吃饭，艾新闻拒绝了。因林萍萍刚给艾新闻打了电话，让他下班就回家，等他吃饭。林萍萍把艾新闻去新闻采访部做"委托记者"的路给堵了，心里发虚，就以主动做饭来安抚她那七上八下的心，更是为了安抚艾新闻受伤的心。

　　林萍萍给艾新闻打电话让他早点回家吃饭，实是心虚地在试探艾新闻是否知道是因为她而当不成记者的。人事处通知让他第二天到新闻采访部报到，广告部的欢送宴都吃了，一夜过去，却是新闻采访部暂不要人的通知，变得太快了，变得让艾新闻反应不过来。而艾新闻做梦也不知道，这一夜之间的变化，不是别人，正是自己的老婆林萍萍引起的。林萍萍压根也不会支持艾新闻做记者，却满心欢喜地劝他做广告，拉广告多挣钱才能过上富有的生活。艾新闻到广告部已经给她创造了可喜收益的现实，林萍萍让他在广告部待下去，能待多长待多长，能多挣使劲多挣，这是林萍萍的企盼。林萍萍是艾新闻到报社好久以来少有的主动做饭，也少有的对他口气不错，艾新闻不敢马虎。

　　可马旺财几乎以恳求的口气要艾新闻一定与他"坐坐"，有件重要事情跟他说。艾新闻说，林萍萍少有地给他做饭，他得在家吃。马旺财说，事不等人，老夫老妻的饭天天吃，不在乎这顿饭，赶紧到"麻三香"来。艾新闻推不掉马旺财，只好给林萍萍打电话说，马旺财有急事找他说，晚饭她自己吃。林萍萍一听说火了,说了句"看着办。不回来吃饭,晚上好'事'别做",就把电话挂了。林萍萍老是对艾新闻施行性惩罚,一有不高兴,就不让艾新闻"动"她,甚至不让他睡在一个床上。尤其是自艾新闻闹调动以来,林萍萍与艾新闻一闹气,就性惩罚,不让上床,不让抱,更别想动她。这是小惩罚。至于她一气之下回娘家十天半个月,那就是让艾新闻别说"动"她,连见都见不到她。为了进报社,艾新闻成了林萍萍眼中"钉"和肉中"刺",更多时候看他不舒服,走近他肉皮痛,所以性惩罚越发频繁,导致这一年多林萍萍和艾新闻做爱次数越来越少,导致艾新闻几乎对林萍萍没了性欲。马旺财又催了,艾新闻顾不得林萍萍的情绪和性惩罚,去见马旺财。

马旺财点好了菜,打开一瓶"五粮液"在等艾新闻,一脸的不高兴。马旺财平时抠门儿,要喝上他的好酒,除非他有事相求,不然是不会拿这好酒的。

艾新闻让马旺财快说啥事,马旺财先让艾新闻喝酒。酒过几杯,马旺财竟然越来越沮丧了,沮丧得几乎要崩溃了似的,就快要掉眼泪了。

"怎么回事?"艾新闻问道。

马旺财不说,只管喝酒。

马旺财不说,艾新闻不问。艾新闻不问,马旺财却说了怎么回事。

"写那批评报道,现金和广告挣了十四万块钱,一大半被'狗'叼走了。"

"被'狗'叼走了,听不明白。"

"被牛社长和胡姬花'叼'走了。"

"这是你'敲'来的钱,与他们有啥关系!"

"可八万元装进了牛社长的口袋,两万元的广告费提成进了胡姬花的口袋!"

"怎么回事,快说呀!"

"牛社长不知道从哪里得到的消息,把我叫到他办公室,笔使劲敲着桌子问我是不是收了那个做广告的贫困县十万元现金,尽管吓得我心脏'怦怦'乱跳，但我说没收钱。牛社长接着又猛敲着桌子说，县检察院的电话都打到我这里来了，马上要来报社取证，你还死不认账。这下我慌了，就如实说收了十万块钱。牛社长说，你收的钱，你自己'扛'着，跟报社没啥关系。我说，钱是宣传部部长给的劳务费，收劳务费有啥问题？牛社长说，到时你给检察院的人说，看人家认定是劳务费，还是诈骗的钱。我一听慌了，如果是诈骗，报社曾有人诈骗二十万元，被判了十五年刑，那十万元的刑期短不了。我问牛社长怎么办，牛社长说他没办法。我当时就给牛社长跪下了，求他救我。牛社长说，那就帮我一把，出两个主意。一个是他给我做证人，检察院的人来取证，他一口咬定，马旺财没收过十万块钱；二是把十万块立马交到报社财务，充作广告费入账，由报社承担部分责任。我答应把钱交到报社财务。牛社长说，随我选择。我赶紧去银行把那十万块钱取出来，去报社财务，但已门锁人走。牛社长还没走，我就骂自己是'笨蛋'，何必把钱交给报社财务，交给牛社长岂不比交给财务更好。我把十万块钱放在了牛社长的抽屉里，牛社长没有拒绝。我说，牛社长您朋友多，神通广大，没有您摆不平的事，这钱就不交给财务了，有劳您替我把事情'摆'平，旺财对您感激不尽。牛社长居然就收下了，但从中取出两捆钱，扔给我说，不要全留在他这里，这两万块让我拿去。临出门，牛社长说，他尽力，但还是要给艾新闻说好做证，万一检察院调查时有不可预料的事，让艾新闻也一口咬定我没有收钱。"

艾新闻对马旺财要求他在检察官取证时给他和牛社长做证，不知道答应还是拒绝。马旺财收了贫困县宣传部部长一个牛皮纸袋子，出宾馆就去了银行，在艾新闻看来，马旺财绝对收了贫困县宣传部部长的大额现金。既然收受现金是事实，检察官又不是傻子，他艾新闻做证他没收钱就会认定没有收钱？艾新闻觉得牛社长和马旺财幼稚到了极点。马旺财没有发现艾新闻脸上那异样的表情，又接着慷慨激昂地说了起来。

"嗐，我马旺财就是个傻货，我真是个十足的傻货，我让人'涮'惨了。

我把十万块钱给了牛社长，牛社长收下八万块钱，刚出牛社长办公室的门，却接到了贫困县宣传部部长的电话，说我给他们策划刊登的县里的广告'软文'写得好，书记看了很高兴，让代他感谢我。我当时接他的电话，腿都直打战，没想到是感谢我的电话。接着让我丈二和尚摸不着头脑的是，宣传部部长要我的邮寄地址，要给我寄土特产。他们不是让检察院调查我诈骗钱的事儿吗？怎么又是感谢，又要寄土特产，我以为他是在搞一边让县检察院调查我，一边又稳住我的把戏，我就没客气，我问宣传部部长啥意思，又是书记表扬，又是寄土特产，背地里却让县检察院来调查我，一阴一阳的，怎么能这样。宣传部部长一听，说我胡扯，他们哪能做这样阴损的事，压根没有让检察院调查我的事，倒是报社有人打电话了解过广告费的事，环保局局长不知道怎么说的，反正他一口咬定没给过我一分钱，只是做了十万块钱广告……宣传部部长这人初见我就认定他厚道，因为厚道，我才收了那十万块钱。宣传部部长的话真诚，我相信他。"

马旺财接着激动不已地说：

"报社是谁给贫困县环保局局长和宣传部部长打的电话呢？电话又是谁给提供的呢？是牛社长？打死我也不会相信是牛社长打的，牛社长是不会打这电话的。是胡姬花？是牛社长的亲戚？都有可能。唉，这是什么事啊！原来牛社长说的县检察院马上来调查的事，是报社有人无中生有出来的。八万块钱就这么进了牛社长的口袋……转眼间，我费尽心机搞到的十大捆钱，就剩两捆了。还有，胡姬花真不是个东西，四万块钱广告费提成，以'承担责任费'的说法，被她'敲'走了两万。你说，她凭什么搞出个'承担责任费'的花招，凡是以写'阴阳稿'方式搞来的广告费和赞助费，都得交部门领导百分之五十的'承担责任费'，说是一旦对方或司法部门找麻烦，部门领导要承担风险责任，所以得交'承担责任费'。胡姬花这女人太有心计，心肠太黑，竟然分走一半的钱，坐在主任位置就可以发大财……我真想铁下心，拉下脸，一分钱不给她，但一次可以，可下次的任何广告费的提成,她就会让你一分钱提不出来。这个不要脸的女人,你要不顺着她,不让她占便宜,她准让你'死'定……你艾新闻不就是个小'羊羔'吗?替他当了那么多文章的'枪手',居然连一分钱都不给,真是个吃了肉又吃骨头又把汤喝个一滴不剩的东西!"

说到这里,马旺财竟然气愤又委屈地掉下了眼泪。眼泪一掉,便接连喝了三满杯酒,又端起杯酒瞅着艾新闻,有话要说,但又不说,艾新闻就等着他说。

"艾新闻我服你了,给你堆烂材料,都能写出篇好稿子,还他妈写啥像啥。我马旺财,还有广告部的许多人,都说你厉害。"

"旺财兄在给我戴高帽子呢,你们都是科班出身的老'记',我一个机关出身的人,哪能比你们厉害!"

"新闻,帮我写个稿吧。"

"你又不是不会写,用得着我帮你写。"

"我又'瞄'上了一个企业,它们有钱,但它们的产品有质量问题,'捅'它一下,准能搞个大广告,也好把牛社长和胡姬花'敲'走我的十万块钱找回来。你帮帮我。"

"你自己写吧,这种稿实在太难写。"

"我手上正写两个'阴'稿,实在忙不过来。这报社真喜欢写稿的人越来越少,以后会不会只剩下你艾新闻、金妙妙和王公文了。你喜欢写,写得快,你就给我代劳一下算了。"

"急啥,慢慢写。写完前面的再写后面的,又没人抢你的。"

"抢,胡姬花会抢,她上周听说我要搞这个企业,她今天的桌子上就放着几份这家公司的材料,估计会让你来写。你不给我写,也得替她写,还不如替我写。"

"如写'阳'稿,我可以帮忙,写'阴'稿,我不写。"

"写'阳'稿,'敲'不到钱,'阴'稿一写一准。"

"你马旺财挣钱,让我艾新闻义务打工,只字不提报酬,自私到了透顶。"艾新闻心里"嘀咕"着,也想起马旺财那天收宣传部部长牛皮纸袋子现金时让他回避并若无其事走出宾馆的样子,如今广告部大体都成了马旺财这样的人。马旺财的自私和贪心十足,跟胡姬花没什么两样,他就是胡姬花的影子,也是牛社长的影子,广告部的有些人是胡姬花的影子,也是牛社长的影子。艾新闻厌恶透了这种影子。马旺财有死皮赖脸的一面,这不知是当记者当油了形成的,还是钱的诱惑使他变成了这样,艾新闻想不明白。已看透马旺财是极其自私的人,艾新闻便不接他的话茬。

马旺财不肯罢休。

"或者,我俩合作挣一把?我先把牛社长'敲'走的钱搞回来,剩下的钱,给你分点。"

艾新闻不愿与马旺财掺和钱的事,仍没接他的话茬。

"胡姬花让你写,肯定不会给你一分钱,至少我还给你一点钱。给她写,还不如给我写。"

"帮忙写,我写;给钱,我就不写了。"

艾新闻说不要钱就写,简直说到了马旺财心坎上去了,他端起酒,给艾新闻敬酒,并自己连喝了三杯。也许是酒好,舍不得让艾新闻多喝,一瓶酒,差不多他自己喝了。

马旺财立马从包里掏出一大摞材料,给了艾新闻。说是写"阴"稿的材料,请新闻老弟写透写狠。艾新闻拿上材料,先走了。马旺财对艾新闻先走,并不生气,他端着最后一杯酒,接着吃没吃完的一盘菜。

艾新闻回家,林萍萍在客厅看手机,并没有因为艾新闻没回家吃饭而脸挂苦相,反而笑问艾新闻这个那个,是在观察艾新闻情绪有什么异常,知不知道是她把他当记者的好事给搅了。

"马旺财找你啥子要紧事?"

"找我写稿。"

"写什么稿，莫不是找你写'阴'稿？马旺财这人心眼比谁都多，先说好给多少钱再写。"

"他没说给钱，我推不掉，只能替他写。"

"不给钱，写个屁！"

"面子推不开。"

"不给钱给他打工？莫不是你在骗我吧？！"

"爱信不信。"

话到此，林萍萍的脸又阴了，艾新闻的脸也沉了下来。艾新闻被林萍萍的怀疑，弄得心掉到了坑里。艾新闻的心掉到了坑里，不光是林萍萍那句怀疑的话引起的，而是艾新闻十分厌恶林萍萍"盯"钱的感觉，或者是深恶痛绝林萍萍把他的钱盯得死紧且穷追不舍的感觉。林萍萍的"盯"钱，简直盯成了说事就想到钱，想到钱就要盯到底，盯到底就要问艾新闻钱到哪里去了，盯到了不拿回钱来不罢休的程度。艾新闻越来越感到在林萍萍身上他越发看不到上过大学的影子，看不到是省委宣传部堂堂副处长的影子，更看不到一点本来有点美丽女子的影子，变成了一个十足的"财迷精"，十足的俗气女人。

艾新闻对林萍萍厌恶极了，赶紧离开了沙发，去书房。

"想不想'做'一下，想'做'，就快去洗澡。"

"累了，我想马上睡觉。"

"讨厌我了？"

"累了。"

"累了，就是不'做'的理由？！"

"很累。"

"那就滚蛋！"

…………

艾新闻就到书房睡去了，也是写稿子去了。

艾新闻对她的不感兴趣，意味着什么，林萍萍心里很清楚，他和她的感情裂痕越来越深了。这深痕，不是她林萍萍做错了什么，而是艾新闻走得离她越来越远，不能怪她林萍萍，怪就怪他艾新闻；她为了谁呀，都是为了你艾新闻好，都是为了这个家好，即使把钱抓得死紧，也是为了这个家好；这一年多来，她林萍萍对他有很多少怪怨，怪他不当领导干部当什么破记者，怪他认定一条道像头"倔驴"拉不回，怪他被金妙妙那个妖精迷得神魂颠倒……想到这里，林萍萍委屈极了，她这样做，是输掉了婚姻与爱吗？是输掉了她精心守护的家庭吗？林萍萍不知道，她不知道对艾新闻怎么办好了。林萍萍掉了几滴眼泪，很生气地关了电视，回了卧室，把门关得震天响。

艾新闻听到卧室门的"抗议"声音，知道林萍萍又气上了他，恨上了他，赶紧放下马旺财让写稿的材料，去安慰林萍萍，林萍萍已把门反锁。反锁卧室的门，早已成了林萍萍拒绝艾新闻与她亲近，惩罚艾新闻，解决内心委屈的一个习惯。一般来说，只要林萍萍把门反锁了，艾新闻很难敲开，后来艾新闻也就不敲了，各睡各的。艾新闻敲了几下卧室门，林萍萍没动静，艾新闻就看材料，给马旺财写稿子去了，直到写完了稿子洗漱上床，林萍萍上卫生间也没理他，他也没理林萍萍。

互相听到洗漱和上卫生间都没理睬的林萍萍和艾新闻，都在生对方的气。林萍萍盼望艾新闻听到她上卫生间的声音，立马关心她一下，并把她抱到卧室的床上。在艾新闻没闹调报社前，准确地说没被金妙妙缠上时，每当生气或吵架后她把他拒之门外后，他都会不停地敲门，虽然她常常不给他开门，但她的气因他不停地敲门会消一大半，随之他听到她去卫生间的声音，他会喊她"萍萍——"，继而会出来，等她从卫生间出来，把她抱到卧室的床上，要么趁机钻到她的被窝里。而她盼望的这些生气而仍相爱的举动，没有了，让林萍萍对他气上加气，恨上加恨；艾新闻每当写稿子，都很上心，总是把写稿子当作比做爱还要重要的事情。每当写稿子，他总

201

会冷落林萍萍。这也是他进报社后发生的变化,这让林萍萍全怪罪在了金妙妙身上。林萍萍今晚也如此,艾新闻写稿子写累了,加上在生林萍萍的气,就没理睬她。这互相的不理睬,夫妻间的怨恨一夜间又升级了。

早上起来,林萍萍挂着泪珠的眼,仍然怪怨艾新闻,甚至憎恨起了艾新闻。这恨是她一夜脑子里都是金妙妙与艾新闻的影子而加重的。她恨艾新闻,更恨金妙妙。恨归恨,林萍萍也不是对艾新闻没有同情感,她对艾新闻傻乎乎地一头撞到报社当记者的幼稚而付出的磨难心痛。想到艾新闻受的磨难,便给还在睡的艾新闻准备了早餐,上班去了,也提上了回娘家的东西,晚上不回家了。

提着包将要出门的林萍萍,犹豫了一下,她质问自己,说话不和,动不动就不回来了,艾新闻对她越来越厌烦,是不是自己做得太过分了?想到自己的小心眼和倔强,想到父母也不停地数落她,去娘家住被母亲不停地赶她回家的苦恼,林萍萍虽意识到自己对艾新闻缺乏理解,想把拿娘家的包扔到沙发上,但脑子里却又闪出金妙妙的"狐狸精"脸,想起艾新闻提起金妙妙那个赞赏有加的喜悦劲儿,林萍萍对自己的责怪荡然无存了,对艾新闻的同情与理解顿时变成了对金妙妙的怨恨,也成了林萍萍在艾新闻这里解不开的"锁"。即使她想到自己有多少不对,即使可以包容艾新闻许多愚蠢,她也包容不了她的女同学与自己丈夫的日渐深厚的私情。林萍萍只要脑子里闪出金妙妙的瞬间,就会在艾新闻这里失去理智。她干脆提着包出门,干脆住娘家,不见艾新闻,她就会少想起烦心的金妙妙。

林萍萍这情感上解不开的"锁",只要艾新闻还在报社工作,他俩谁也解不开。

早上一上班,魏风把艾新闻写企业的"阳"和"阴"稿,给了艾新闻。对艾新闻说,胡主任让她把稿子传真给了企业,企业的人一定会打电话过来,不能不接,也不能怠慢,谈费用,推给她来谈;这是胡主任交代的工作，不能写完稿就完事，还得把广告和钱弄来，才算办完了事情；当然，也许广告费提成与写稿子的人一毛钱没有，但也得干，除非不在广告部干，这事不仅要干，而且还要主动干好，不能让胡主任太操心，不能躲躲闪闪，要主动为胡主任承担责任……

艾新闻看稿子上的联系人和电话是他艾新闻，那就等于这个"敲"别人钱的损事与胡姬花和魏风没有一毛钱关系，完全成了他艾新闻的事，这恶行的责任和坏名声，都得他艾新闻顶着，这是什么事呀，简直是损人利己的强盗行径，亏胡姬花和魏风能干出来。还有，刚才魏风的话，在艾新闻看来，全是欺人太甚的狗屁话，哪里有让部下做敲诈，自己收渔利的无耻之事。即使这种钱给他艾新闻分再多，他艾新闻也不要，一分不要。他艾新闻早已给自己下了戒律，领导让写"阴"稿，他不能不写，绝不以写"阴"稿赚钱，也绝不从别人那里拿一分"阴"稿的钱。但他艾新闻喜欢写稿，喜欢写揭露问题稿，只是为练笔，不愿以文坑人。他艾新闻把金妙妙的深度报道作为范文来学，渴望有机会采访写出金妙妙那样触动人们灵魂的文章，只是为写一手好文章，别的不想。所以，谁找他写问题报道，他愿意当"枪手"练手，尽管然写一篇"阴"稿比写十篇"阳"稿苦，但艾新闻感觉这对以后写出像金妙妙那样的妙文，大有帮助。这是艾新闻心底里不拒绝别人让他写"阴"稿的在别人看来幼稚的动因。

替别人写"阴"稿，会不会惹来麻烦，艾新闻没想这个问题。金妙妙提醒过艾新闻，而艾新闻不以为意，金妙妙却为他捏着把汗。

二十六

　　马旺财正要催艾新闻要稿子，艾新闻就把稿子的电子版发到了马旺财的邮箱。这天早上刚上班，马旺财看到广告部已有好几个人，这几天给对方发的"阳"稿或"阴"稿，都有了收成，要么给了广告费，要么给了赞助费，且数目都不小，有的广告超过了五十万元，有的赞助费多达六十万元。尤其是"阴"稿，搞成广告和赞助费的成功率很高，让马旺财看着热血沸腾，急得恨不得让艾新闻立马把稿子拿出来，当天就把企业的广告或赞助费"敲"回来。这不，马旺财刚张口要稿子，稿子就在他邮箱里了，乐得他手舞足蹈。

　　马旺财看了稿子，乐得更是手舞足蹈了，直夸艾新闻简直是天生写"阴"稿的奇才，凭几个"烂"材料，就写成了"厉害"稿，且昨晚上给的材料，今早上就拿出了稿子，手快不说，写得有理有据，直切要害，没有废话。马旺财夸完，平时对艾新闻说起稿子来教授面孔和导师口气的魏风，也少有地夸艾新闻写"阴"稿广告部没人能比。接着王阿妹等几个，也对艾新闻的写稿速度无不夸赞，看了给马旺财写的"阴"稿也赞不绝口，便着急起这种写"阴"稿搞广告和弄赞助的既快又好的事来。看来稿子是"炮弹"，目标就是金钱，只要找准目标，发出"炮弹"，接下来就是等着收钱了。连魏风都着急忙活起来，刻不容缓地在寻找"猎物"。他们盯上谁，谁就是"猎物"，他们会快速为"猎物"打造"炮弹"，更会快速地把"炮弹"射向"猎物"。

魏风着急地把几张材料给艾新闻,让艾新闻帮她立马写个"阴"稿。魏风看了胡姬花让艾新闻写的"阳"稿和"阴"稿,暗里赞叹艾新闻提炼问题和逻辑思维能力真棒,文章精干且内涵层层相扣,文字既准确又生动。看了"阳"稿,让人起敬;看了"阴"稿,问题点"穴",句句见"血",让人愤怒。魏风看了艾新闻给马旺财写的"阴"稿,更加证实了她对艾新闻写这种稿子的天才水平。这般干练的文章,她魏风写不到这水平,广告部的才子才女们,也很难靠材料提炼出这等顺溜精致的文章,且写不了这么快。她魏风昨天写了好几稿,也没写出个像样的稿子来,她断定她写不出艾新闻这般又短又准又深的"阴"稿来。想到"阴"稿就是"炮弹",打准来钱,打不准麻烦。于是,魏风咬着牙,撕了自己写的稿子,拉下脸来求艾新闻帮她写"阴"稿。

魏风让艾新闻给她写稿,艾新闻满心底里不想写,略微推辞了一下,魏风就不高兴了,艾新闻就不再说什么,赶紧看材料,看完就当即写了起来。艾新闻写得很快,一千五百字的"阴"稿,竟然用了一个多小时就写好了。魏风看了稿子,脸上绽出了花儿,夸艾新闻是"写稿的机器,又快又好",居然一改过去看稿那种凡稿必改的习惯,稿子一字没改,立刻给对方发传真去了,好像发得晚了,钱就飞了似的。这让艾新闻终于证实他对魏风的看法,魏风是多么虚伪的一个女人,又是多么真实的一个女人。

刚把魏风的稿子交了,王阿妹又拿着材料跟艾新闻套近乎,求艾新闻给她也写个"阳"稿和"阴"稿。怕艾新闻不写,王阿妹给艾新闻承诺,拉来广告和赞助,她和他一人一半。王阿妹也是才女,虽然平时交流不多,但她在艾新闻心里是个稳重与秀雅的女孩。艾新闻一直想不明白,这么个秀气有加的女孩,不做美女编辑、记者,就因为她姐姐是开广告公司的,她就跑到广告部拉广告来了,竟然也干上了用"阴"稿和"阳"稿敲钱的办法,真是误入歧途。王阿妹红着脸,求艾新闻给她写稿,还是一"阳"

和一"阴"两篇稿。艾新闻对王阿妹的所求,不能拒绝,但他还是把"阳"稿推给了王阿妹自己写。艾新闻仍然用了一个多小时,给王阿妹写好了"阴"稿,王阿妹满意得直说"棒棒棒",但又求艾新闻,她写的"阳"稿"四不像",和"阴"稿比水平太差,"阳"稿和"阴"稿不相匹配,帮人帮到底,给她把"阳"稿也写了算了。艾新闻听王阿妹说得有道理,就二话不说,接着给她写了"阳"稿。王阿妹对"阳"稿也满意得不得了,赶紧传真给了对方。传给了对方,王阿妹紧张得手抖了起来。她又求艾新闻,如若对方来找她麻烦,或者约她到公司去谈稿子和广告费的事,要艾新闻陪她去。艾新闻只好答应。

一时间,写"阴"稿,成了又快捷又成功率高的招数。六个广告部都在悄悄开会,还把艾新闻写的"阳"稿和"阴"稿作为"敲"来广告和赞助的范本,打印人手一份,有的参考,有的模仿,有的改头换面,倒也加快了一些广告部人员写"阳"稿和"阴"稿的速度。

尽管有艾新闻的范文作为参考,可以用艾新闻的范文套出文章,也可以用艾新闻的范文改出文章,但大家大多对自己写出的"阴阳"稿不太满意,或者感到实在难以出手。尤其是写"阴"稿,不做深入调查采访,仅靠材料和捕风捉影,哪能写成一篇稿子,哪能写出像样的稿子。而广告部的人,没几个人愿意不惜代价和不顾风险去暗访,不会去,也没那个胆略和耐心去做调查,甚至连花时间都不愿意。所以写出的"阴"稿,应当说是东一句西一句凑出来的,语句生硬,思路不清,逻辑混乱,发给对方不是石沉大海,就是返回来骂文章"狗屁不通",不仅让对方一眼识破,是流氓记者的流氓文章,而且对方还打电话或发邮件过来,谩骂写稿的人是"错别字连篇的'王八蛋'假记者""狗娘养的冒牌记者""想钱想疯了的无耻流氓记者"等等。骂得要多难听,就有多难听。有的广告员还接到了恐吓短信和电话,说"要再冒充假记者会让你死得不明不白"和"敲诈勒索的假记者会让你家破人亡"等等，吓得广告员心惊肉跳，有的还被吓得尿了裤子，有的吓得一时不敢回家……接到这样的辱骂和恐吓，没有人敢报警，广告员本身知道自己不是干记者的，本身虽有记者证，但现在不是记者，本身确是敲诈行为而不是记者正常的新闻监督。鉴于这种做贼心虚的害怕，被"阴"稿反弹回来受到恐吓和谩骂的广告员，没打到"狼"，反而被"狼"咬了一口，个个有苦说不出来。

先说让一家人心惊肉跳的高奔。高奔瞄准了一个民营企业。广告部的聪明人、胆子小的人，大多都"瞄"民营企业。"敲"民营企业，成功率虽不高，但风险也不大。这些聪明人以为民营企业"敲"了就"敲"了，其实这种判断大错特错了。民营企业有错综复杂的社会关系，"敲"疼了，要么痛快出钱，要么会与记者搞个鱼死网破。高奔"敲"的是一家农业龙头企业，他捕风捉影地写它的农产品"毒蔬菜"问题。

高奔不"笨"，他为了"敲"准这个企业，把企业的几样蔬菜，找关系做了个农药残留鉴定，还真是农药残留超标。高奔就以此大写特写了篇揭露该企业"毒蔬菜"危害社会的报道发给了企业。这企业当即有了反应，有一男士打电话给问他，稿子不登需要多少钱，直说无妨。高奔断定"敲"到了企业的痛处，想急于痛快掏钱解决问题。高奔直说，不见报，做三十万元的广告，或者赞助报社二十万元。电话里男士说，只要不登报，不要说三十万元，三百万元都没问题。高奔听这口气，听这张口就能出三百万元的大户，后悔自己要钱要得太慈悲了。电话里的男士不跟高奔商量约啥地方谈，武断地说，晚上他带财务的两位女士上府上拜会高记者。高奔感觉上家谈不妥，约了个茶馆，而电话里的男士也不问高奔住在啥地方，仍然武断地说，上家拜访，晚上八点见。高奔仍要拒绝上家，但对方把电话挂了。"连我家住哪里都没问，上什么家去？"高奔奇怪，上家不问家住哪，有这样的人吗？高奔继而想，也许人家出发时会问他家的地址，那也很正常。高奔感觉电话里的人虽爽快，但有异常的味儿，是武断与强横。对方的武断与强横,尽管让高奔极不舒服,但想到晚上会送上三十万元的广告费,或者会给他更多的广告费和赞助费。想到"钱"要上门,高奔反而觉得这个企业让他"敲"对了,一篇千字小稿,居然"敲"了这么多广告费,夸赞自己真是聪明绝顶。

  晚上七点刚过,有人敲门,猫眼里看是三个警察。还没吃完饭的高奔,心里"咯噔"一下,问"找谁",警察说,查户口,请开门。高奔不得不开门。三个警察进屋,高奔的老婆和儿子,吓得停下了吃饭。警察拿出他们的警察证,朝高奔晃了一下,让高奔拿出身份证。高奔把身份证递给了警察。验高奔身份证的警察说,是高奔没错。又接着说,把记者证拿出来。高奔说,查户口,没必要看记者证。警察问,是真记者,就拿证出来,要是假记者,那就去趟派出所。高奔此时才明白过来,电话里的人,不是公司的人,是公安的人。高奔意识到他的"阴"稿惹大祸了,赶紧去拿记者证。幸亏他有记者证,虽然过期了,但装在包里。警察看了记者证说,这是过期记者证,就是说他高奔不是记者,不是记者而冒充记者采访写稿违法,而搞敲诈就是犯罪。警察拿出了手铐,但没立刻铐高奔,高奔却吓得后退了起来。高奔的老婆和儿子听警察说高奔冒充假记者犯罪,已经吓得不知所措,又看到寒光闪闪的手铐,便大叫起来,求警察手下留情,骗了钱赔钱,千万别抓人。

  警察把发给企业的那篇"阴"稿拿给高奔看,并说没有记者证,写这稿拉广告,就是敲诈,就是敲诈勒索罪。另一个警察接着说,敲诈是要坐牢的。高奔听了要坐牢,吓得立马跪在了地上,向警察求饶说,他错了,给个改错的机会。接着,高奔的老婆,也"扑通"跪在了地上,向警察求饶说,高奔错了,求警察给他个改邪归正的机会,千万不要抓他。接着,高奔的儿子也哭喊着拉住拿手铐的警察的胳膊说,求警察给他爸改错的机会,不要抓他爸爸。领头的警察说,那就看在他高奔孩子和老婆求情的分上,也念他高奔曾经是记者的分上,也考虑到他高奔诈骗未遂的实情,那就给个改错的机会,放过这一次。警察说完,就扔下仍跪在地的高奔夫妻俩走了。

警察上门,当然是那家企业报的案,也许是企业操纵的,也许是冒牌警察。高奔被刚才吓蒙的脑袋,忽然想到了这突如其来而让他全家惊心动魄的一幕,后面一定有"鬼",警察是假的;而又从警察不问他家住址却直接找上门,只有警察才会查到他的住址这一点,又判断警察是真的。不管是真警察,还是假警察,这亮手铐的一幕,却把高奔吓得一直在哆嗦。高奔的老婆和儿子,哪见过警察上门抓人的一幕,更是吓得吃不下饭了。高奔的老婆和儿子等缓过神来,把高奔问了个仔细,把高奔骂了个狗血喷头。高奔只好听着,不敢给老婆、儿子发半点火。

警察上门的事,高奔的老婆吼叫着说,要是不嫌丢人,就给报社的人说去。高奔说,谁也不许说出去。高奔的儿子说,谁在外面说这事,谁是狗。

这事,高奔不说,广告部的人做梦也不会想到写"阴"稿会有这么大麻烦,更会有极大的人身与违法风险。高奔不敢提醒大家。高奔觉得没有义务提醒谁,提醒谁,谁会怀疑他被警察抓过,只好只字不提。心想,谁"敲"来大钱,算谁好运;谁"敲"出倒霉来,算谁倒霉,活该。所以,他看平时关系不错的伍一武,还有几个同事多年的哥们姐们热衷于写"阴"稿,或自己写,或找艾新闻写,在争分夺秒地操作企业和政府,他只能替他们捏把冷汗。

高奔的"心惊肉跳"实际不算什么,没打到"狐狸"惹了一身"臊"的是伍一武。

伍一武的"阴"稿"敲"的也是一家民营公司。稿子传给对方,公司的一位副总打电话说,要见面谈一下。伍一武一听要谈一下,高兴坏了,以为要谈广告费和赞助费多少的事,赶紧问,在哪里谈。公司副总说,去报社谈。伍一武觉得互不认识,让对方来报社不合适,提出去咖啡店和公司谈。公司副总说,从稿子这般差看,看来他是冒牌记者;如果是真记者,就在报社谈。对方怀疑他是假记者,把伍一武逼到了"墙角",只好答应副总,那就来报社谈。彼此约好了时间,在报社广告部伍一武的办公室见面。

副总如约,来到了报社伍一武的办公室,随身带了三个人,五大三粗的三个小伙子。公司副总哪像是上门送广告和赞助的,一脸的怒气,像是来打人的。办公室一屋子的同事,伍一武看这架势不对劲,要副总去报社会议室谈,副总不去。伍一武赶紧请坐,赶忙给沏茶,副总却不坐,把办公室门关了说,看完记者证,再沏茶也不迟。伍一武掏不出记者证。这几年伍一武从编辑部挤到了广告部,过去的记者证过期了,新记者证没办,准确地说是报社没给他办。他便对副总说,他的记者证正在办,明天就会办好。副总怒气冲天地说,看那写得狗屁不是的稿子,就知道是假记者;假记者没人打,他们来打。说完,就一拳打到了伍一武脸上。接着,随从的三个小伙子,拳和脚就上来了。要不是办公室同事,也是他的部下当即拦住,后果不堪设想。被拦住的公司副总和随从的三个小伙子,也许是害怕在别人的地盘吃亏,也就适可而止了,转身就要走,被伍一武的部下拦住了,有人在打电话报警。

挨了几拳脚的伍一武没有还手,让拦住副总和随从的人放手,赶忙把报警的电话压了。公司副总对伍一武说,怎么不还手,他等着警察来抓。伍一武赶紧给副总双拳相握一个作揖,副总说:"要不是你那狗屁不是的文章,我还真不敢怀疑你是假记者。记住,诈骗得有滴水不漏的本事,就你写文章的臭水平,只有'傻子'上会当。算你识相,你回一拳看,你报案试试看,被关起来的不是我,一定是冒充记者搞诈骗的你,姓伍的!"说完,挥一下手,随从的人跟他疾步走了。

这一幕,从公司副总带人来伍一武办公室随即打人到离开,不到十分钟工夫。这十分钟,伍一武经受了到报社十多年从来没有过的被人毒打,经受了从来没有过的恐惧和侮辱,且还在自己的部下面前,敢怒不敢言,敢怒不敢还手，还得给打他的人作揖告饶，受了极大的屈辱，丢大了人。

虽然伍一武被人上门污辱和殴打，但是打人的人关了门，声调不高，出手很疾且时间短，没惊动整个广告部，其他办公室的人都不知道发生了这样的事情，加上伍一武给部下交代谁要说出去刚才发生的事，他找谁算账的狠话，谁敢露出去这事？因而广告部其他五个部门的人谁都不知道发生了严重的打人事件，因而广告部的人该怎么埋头操作"阴"稿，就怎么放开胆子操作以稿"敲"钱的事，也包括艾新闻仍在为胡姬花等人当"阳"稿和"阴"稿的"枪手"。

发生在伍一武身上因写"阴"稿被毒打的事，应当是广告部非同小可的事情，也是报社非同小可的事情，因为发生在被封闭与封锁了影响的一间办公室里，这非同寻常的事情，如同没有发生，也就不能让别人心惊肉跳。不能让别人心惊肉跳，后面还会发生这样心惊肉跳的事情。这一点，伍一武深知，但他为了自己的脸面，他绝不会把这惨痛的屈辱泄露给别人，尽管别人定会遭到这样的教训，甚至比他更为倒霉的遭遇，他绝对要把它捂得个严实，所以没人敢漏半点动静，所以广告部的其他同人仍在埋头写"阴"稿，应当是疯狂而肆无忌惮地在找目标和写"阴"稿。

一时间，也许是忙不过来，也许是写不出来，也许是艾新闻好说话，广告部曾经的大编辑、大记者们，纷纷找艾新闻当"枪手"，帮他们写"阴"稿，也写"阳"稿。艾新闻不停地推辞，推辞不掉就帮他们写。一时，在他这里排队排了二十多篇，足以让他每天白天到晚上地写半月多。

这么多稿子要是压在别人头上，早就压崩溃了，可压在艾新闻头上却显得没事，他写得很卖力，写得很愉快，也写得很快，篇篇写得都不马虎，篇篇写得各有不同。广告部的人暗夸艾新闻是"神枪"，胡姬花偷看了艾新闻给人写的稿子，篇篇稿子标题不重，内容不重，都有特点，骂艾新闻"真是头写稿的'倔驴'"，便又让魏风给了艾新闻一堆材料，让他写两篇"阴"稿。

艾新闻想推辞掉，看到桌子上要给别人写的稿，就没敢推辞，只好把"活"接下来。魏风对艾新闻说，不管别人的稿有多急，先写胡主任的，明天交稿。艾新闻说，争取明天交稿。魏风说，胡主任说的，明天必须交稿。艾新闻就放下给别人写了一半的稿子，赶紧先看胡姬花给的材料。材料简直是堆杂乱无章的文字"垃圾"，让艾新闻肚子里涌起了气，是来自材料的气，实是对胡姬花的气，是对魏风的气：胡姬花这个霸道的女人，怎么连句人话都不会说呢！

广告部门这些曾经的名"记"和大编辑们，变成了搞钱的疯狂的猎手，一股冷汗从艾新闻后背渗了出来，艾新闻感慨：文人一旦变成钱的"猎手"，那比虎狼都凶猛。

…………

正在看胡姬花材料的艾新闻，也正在琢磨如何快速而高水平地完成胡姬花稿子的艾新闻，接到了牛社长的电话，叫他到他办公室去一趟。艾新闻赶紧去见牛社长。牛社长把两袋材料和一个电话号码给艾新闻，并说，艾新闻成了广告部写"阴"稿的大"把式"，他当社长的也得找他写了，也不是替他写，是替一个跟报社长期合作的广告公司写，也不是为广告公司写，实际是以他艾新闻的名义写，把这两个材料改写成两篇"阴"稿，帮他们搞成两个大广告。

牛社长对部下交代任务，一向不管他忙还是闲，不管他乐意还是不乐意，不管他有没有利益。于是，根本不问艾新闻乐不乐意写，接着对艾新闻说，稿子写好以他艾新闻的名义发给企业与政府部门，但只是义务写而已，公司会给点微不足道的辛苦费，至于公司总经理牛丽丽是不是他牛某人的妹妹，即使知道她是他牛某人的妹妹，也要装着不知道，更不要对别人说。

牛社长既然只让艾新闻接受任务而不给说话的机会，是让艾新闻接受任务后立即离去，便没让艾新闻坐，艾新闻就拿着材料站在牛社长面前听完他的两段话，嗓子里顿时堵了个东西，也就什么话也不去说，跟牛社长点了头，算接受了光荣任务。牛社长说，时间就是金钱，明白了就赶紧去写，明天下午把稿交给公司牛总。

提着沉沉的材料，从牛社长办公室出来的艾新闻，想起进牛社长办公室前对广告部人员的感慨——广告部门这些曾经的名"记"和大编辑们，变成了疯狂搞钱的"猎手"，而这疯狂"猎手"的后面，还有更疯狂的老"猎手"——牛社长。牛社长要如此疯狂起来做"猎手"，那会有更多的企业和政府吓出一身汗。想到牛社长是"猎手"后面他妹妹公司这个"猎手"，一股冷汗从艾新闻后背又渗了出来。艾新闻感慨：管报纸又管记者的社长兼总编，一旦变成钱的"猎手"，那比虎狼都要厉害十倍。

二十七

今晚的艾新闻得写四篇"阴"稿，胡姬花的两篇，牛社长妹妹牛丽丽公司的两篇，都催着恨不得让他写篇稿子如撒泡尿那么快。在他们看来，艾新闻写篇稿，就如撒泡尿那么快而容易，胡姬花让魏风，还有牛社长的妹妹牛丽丽，都在下班前用着急的口气催了稿，都说"晚上加个班"，意思是明天一早要稿。虽然每篇"阴"稿也就千余字，应当是一个字就是一颗"子弹"，不仅每个字要穿"透"对方的眼睛，而且要真击"心脏"，让对方顷刻"崩溃"，继而束手就擒，要广告给广告，要多少钱广告要让他不敢太多地讨价还价，要多少钱赞助费要让对方不敢不给且不敢太多地讨价还价。要让"阴"稿字字是"子弹"，那得让稿子不能有废话，不能有空话，不能有软话，不能有远离主题的话，不能有吓唬人的话，不能用形容词而要用动词，不能信口开河要用政策说话，不能失实而要用事实，不能用官话套话而要用新鲜活泼的语言，不能有病句，不能有错别字，不能……这是艾新闻写"阴"的标准，篇篇都是这么写的，都是辛苦写出来的。要写到这个标准，没有采访靠材料，不知有多难，只有艾新闻自己知道，当然凡是吃过文字饭的人都知道。正因为大多人都知道难，太难，所以都要找艾新闻当"枪手"。

广告部的人找艾新闻当"枪手"，连压根不愿意让艾新闻当记者的牛社长也找艾新闻当"枪手"，艾新闻虽感觉压在他头上如山的稿子让他喘不过气来，感觉虽苦但却很乐。虽然给大多人写了是白写，他仍乐意给他们无偿地写。因为他感到他写的稿已有很多人认可，这比挣多少钱都有价值。艾新闻又叮嘱自己，快点下班回家，今晚肯定得彻夜写稿。艾新闻提着好几袋材料下班回家，金妙妙叫他到她办公室来一趟。金妙妙也在赶稿，显得很疲惫，她把一大袋材料给艾新闻说：

"赶忙帮我写篇稿子，牛社长要我急写两篇稿，明一上班就要，写了明早上给我，他给牛丽丽。"

"牛社长也让我急写两篇'阴'稿呢，也让明早给牛丽丽。"

金妙妙惊讶得两眼都瞪圆了，把手里的电脑鼠标扔到了一边，生起气来。

"牛社长搞钱真是搞疯了，疯狂得到处找人制造'炮弹'。可这一发'炮弹'，他妹妹牛丽丽就能装到口袋几十万元，真可谓无本得万利的'炮弹'，不写这无耻的稿子，不当这可悲的'枪手'！"

"报社会写稿的人多了，不知道牛社长还找了谁给他写稿。"

"报社会写稿的和不会写稿的都在忙着写'阴'稿、'阳'稿、论坛稿搞钱呢，也只能找咱俩。他知道我'清高'不挣'黑钱'，三天两头找我写，我也给帮写过，所以就又找我。这不，报社都传你是写'阴'稿的'快枪手'，也成了'神枪手'，也知道你'清高'不沾这种钱，不找你写找谁写！"

"写'阴'稿真磨炼人，我都喜欢上写'阴'稿了。"

"你这人也真怪，怎么同我一样，一写'阴'稿，就来劲头。不过，给牛社长写完这篇，打死我也不再给他写了。写这种'阴'稿，是作孽，更是犯罪。你也赶紧拒绝不要再当帮别人发不义之财的'枪手'了！"

"你不写有饭吃，我不写胡姬花就不给我发工资。我写是广告部的工作任务，我不写广告部就待不下去，待不下去的后果很严重。"

"那你不能学我清高，广告不拉，'黑钱'不挣，靠什么挣钱？你得挣钱，不能光替别人当'枪手'呀！"

"用写'阴'稿拉广告,饿死我也不干。我只能做胡姬花的'御用'记者,做广告部的同人的'枪手',才是我艾新闻的出路。"

"不挣这样的钱也罢,通过给别人写稿练自己本事也好,这一点清高,我尤其喜欢,保持,保持吧。你喜欢写,等着吧,牛社长会找你写,还有人会找你写。他们会找你接着写'阴'稿,还会让你替他们写论坛稿。"

…………

金妙妙越发灵秀动人了,身上总是洋溢着迷人的体香。面对金妙妙时,艾新闻总会出现心跳和气短的感觉,这让艾新闻见金妙妙时很紧张。艾新闻感到,金妙妙的美,会让他紧张得喘不上来气,实在不敢多看她的双眼。

艾新闻拿上金妙妙让他给牛社长妹妹写稿的材料要走,金妙妙却把材料抢了回去,把门反锁了,把艾新闻紧紧抱在了怀里,在他嘴唇上留了一个深深的吻。这突如其来的抱和吻,让艾新闻几乎没反应过来,木然地不知道怎么办好。

抱完吻完艾新闻的金妙妙,看艾新闻红着脸啥动作也没有,啥话也不说,炽热的抱和吻好像没"点燃"艾新闻身上的情爱火焰,她害羞并生气地对艾新闻说,真是写稿写傻了,写得"呆若木鸡"了。艾新闻只是紧张地笑了起来,没抱金妙妙。金妙妙更生气了,对艾新闻说,赶紧滚蛋,牛社长妹妹的论坛稿不麻烦他了,她来写。艾新闻把那袋子材料抢过来说,他来写,明早交稿。金妙妙没争,找回鼠标接着写稿,头也不抬地对艾新闻说,赶紧滚,快滚。艾新闻赶紧撤,用很内疚的眼神瞅了金妙妙几秒钟,便赶紧走,生怕金妙妙再发火。艾新闻让金妙妙失意并生气,他没啥办法挽回,背上了沉重的"包袱",但这包袱让他感到既痛苦又甜蜜。

近来的林萍萍对艾新闻由恨到了憎恨的地步。她还是拿住娘家来发泄、教训、惩罚对艾新闻的不满。憎恨升级的另一缘由,是艾新闻要"清高",白天黑夜地帮别人写"阴"稿,又写"阳"稿,别人大把地挣钱,他连个小钱也拿不来。

　　林萍萍对广告部的情况了如指掌，谁挣了多少钱，钱是怎么挣的，她清楚得很。林萍萍听了别人拿艾新闻给他写的"阴"稿，一赚就赚了几十万元，急疯了。问艾新闻，帮别人写稿让别人赚，别人"吃肉"连汤都不给喝，脑子不是进水了，就是痴呆了。林萍萍骂了艾新闻不知多少"串"难听的话，艾新闻反复说"我饿死也不搞'阴'稿这种缺德钱"。林萍萍又说，挣"阴"稿钱缺德，那怎么不写"阳"稿挣钱。艾新闻说，连记者身份都没有，哪有资格写新闻稿，怎么给人家写"阳"稿。林萍萍说，她找牛社长让他赶紧去当记者。艾新闻说，当了记者他也不会去拉广告。艾新闻的话，气得林萍萍骂艾新闻"简直是一头没救的'倔驴'"，晚饭不吃也不做，扔下写稿的艾新闻，又回娘家了。这几天艾新闻每天拿回好几摞材料，每晚要赶写好几篇稿，没有林萍萍做饭，只好在街上简单吃点，争分夺秒地写。别人在催，他不能不争分夺秒地写。不过，艾新闻虽苦，却写得不时地兴奋，不时地欣慰，不时地有着成就感。艾新闻连自己都纳闷，这么苦的活，这么苦的不停地干，怎么会有快慰和成就感呢？感觉自己是个怪物。

　　…………

　　艾新闻写到深夜，其实写到了凌晨。他为把牛社长妹妹的两篇"阴"稿和胡姬花的两篇"阴"稿，还有替金妙妙给牛社长妹妹牛丽丽的一篇论坛综述稿写完，极度困乏，不去看表，不让自己上床，把手表藏起来，把手机关了，写，写到了窗外有了晨光，才知道写了一整夜，写完了五篇报道。他把每篇报道控制在千余字，虽然很累，但写完一篇喜悦一次，在不断的喜悦的鼓励中，写完了一篇又一篇稿子，写出了一篇又一篇令他自我满意的稿子。写完，改完，艾新闻不但不觉得异常劳累，也不觉得委屈痛苦，看完自己写出的精致而干净的文字，反而有种得意感在心头涌上。

　　不是写文章让他有了得意感，而是把死材料变成了鲜活的报道让他有了得意感,是把没有"角度"的内容写出了鲜明的角度,是把干巴的文字变成了活泼的文字,是把不想看的材料变成了想看的文章——这正是艾新闻追求的写文章的目标,这是艾新闻崇拜《华尔街日报》记者用简约而准确生动的文字写作的目标,这也是艾新闻用散文方式写新闻的尝试。在艾新闻看来,这每篇"阴"稿和"阳"稿的别人"强迫"和自我"强迫",都是对自己写作的一次次不小的提升,这提升给他带来无限的愉悦,这无限的愉悦使他对文字和文章产生无限的美好感,使他对做记者增添了美好的想象和迷恋。

艾新闻对文字的迷恋和喜悦到这般地步,对文字迷恋和喜悦到不当记者不回头的程度,除了金妙妙理解他,报社没有别人理解他,林萍萍绝对不会理解他。即使艾新闻跟林萍萍做多少解释,在林萍萍看来,艾新闻一头扎报社,死不回头地要做记者是因迷恋金妙妙的"魂不守舍"和职业偏好的脑子进水了。艾新闻每当在欣赏自己写出的新闻作品的时候,在有点自我陶醉的时候,他会涌上林萍萍和别人对他对文字和记者职业迷恋不理解的烦恼。而这烦恼,却随着他对写出的篇篇稿子的喜悦渐渐淡去。

一早上班,一一交稿。给胡姬花写的两篇"阴"稿魏风看了竟然没改,胡姬花竟然也没改,竟然没让他再修改,这是没有过的。没有提出批评,没返回修改,在艾新闻看来那就是肯定。事实上,魏风把两篇"阴"稿看了,简直心眼里感动和折服,显然是艾新闻一夜没睡觉下大功夫写出来的,主题准确,文字简约,新鲜活泼,即使有改的地方,她也不忍心再改。胡姬花也一样,即使有个别想改的地方,但也没有改。胡姬花对魏风说,这头"倔驴"真是好"枪手"。这话,魏风没对艾新闻说,因为她对艾新闻有了妒意和害怕。

艾新闻帮金妙妙给牛社长妹妹牛丽丽写的稿子也得到了大夸,金妙妙打电话给艾新闻传话说"棒得很,棒得很"。金妙妙又说,艾新闻就是写文章的天才,妙妙没喜欢错人。艾新闻说,跟着妙妙大才女写文章,不成天才，也会成人才。金妙妙说，这话她喜欢听……我俩如在一起，天天写有妙文，渴望早日在一起。艾新闻没接金妙妙的话，金妙妙便把电话挂了。

艾新闻等牛社长和他妹妹牛丽丽对稿子满意与否的电话，等了一天也没有反馈。艾新闻心里挂着那两篇稿子，怕牛社长和他的妹妹不满意，要是重写或修改，他晚上加班改写。艾新闻正要给牛社长的妹妹打电话问稿子的情况，牛社长的电话却来了。牛社长叫艾新闻到他办公室来一下。艾新闻以为是改写稿子或稿子不能用要挨批，可见到牛社长一句没提那两篇稿子的事，竟然又给他两摞材料，要他接着给牛丽丽写两篇"阴"稿。艾新闻心里"咯噔"一下：前面两篇是写废了，还是用上了，怎么只字不提，却又让写两篇"阴"稿！艾新闻欲问前面的两篇稿子啥情况，却没敢问，赶紧接受了又写两篇"阴"稿的任务。牛社长说，虽很急，该睡觉也还得睡觉，明天上午给牛丽丽就可以。艾新闻想，明天上午交稿，晚上不加班，明天上午能交稿吗？牛社长真会说话。

"那两篇'阴'稿，究竟是用了，还是废了，怎么只字不提呢？"艾新闻话到嘴边想问牛社长，牛社长让他"快去忙"，艾新闻没问成，赶紧走人。艾新闻对牛社长不提前面两稿，接着又让写两稿的做法，弄不清他是啥意思，但艾新闻从牛社长脸上已猜测出八九，那两篇"阴"稿牛社长妹妹用上了，也许打中了"目标"，所以让他接着给他们"炮制"新稿。

牛社长压根也看不上艾新闻，即使他把稿写得再好，也不会从他嘴里听到夸赞的话。艾新闻早就感觉到，牛社长是个复杂的人，更是自私的人。一个复杂和自私相辅相成的人，从他嘴里很难听到实话。尽管牛社长让他生厌，但牛社长让他写文章，他很乐意，乐意到有份窃喜。窃喜这么大报社牛社长不找大牌编辑、记者给他写，居然找在看来当不成记者的人写，这不是他给自己打嘴巴吗？想到这，艾新闻不认为上午给牛社长交稿，下午牛社长又交代写稿是反常现象，反而感觉是给他的展现才华的机会。他要利用这机会，让牛社长对他改变看法——他艾新闻不是记者，却胜任记者。想到这里，艾新闻简单吃点晚饭，又接着给牛社长写稿子了，写得很卖力。愉悦写稿，艾新闻写得很快，不到深夜，就写完了两篇稿子。艾新闻写得得意，睡得很香，早上一上班，就把两篇稿发给了牛社长的妹妹牛丽丽，并给牛社长发了个短信。牛社长只回复了一个字"知"，便一天再没下文了。没下文了，艾新闻知道稿子又过了，好不高兴。

一天过去，牛社长和牛社长的妹妹牛丽丽都没找艾新闻，艾新闻想来写的两篇稿子定是又"过"了。

一天过去，艾新闻又忙赶广告部同人让他帮忙写的稿子。这一天，艾新闻又替别人写了火急般催要的四篇千字"阴"稿。这四个广告部的同事，也许是想钱心切，也许是稿子不需要修改，随即就发给了被"敲"的"目标"。接下来，他们就喝着香美的茶，或者哼着小曲并抽着烟，想象着"目标"看到"阴炮弹"的那种吃惊，"目标"会焦急，继而害怕、愤怒，继而商量对策，继而打听记者"来头"，继而采取办法欲"收拾"记者，继而放弃粗暴的解决方式，继而决定拿钱"摆平"记者，继而决定找记者协商"私了"解决……"阴"稿发给"目标"的这些必然会出现的"画面"，让写"阴"稿的人不断想象。

起初，广告部的同人还会同"目标"一样，发稿时担心，发完稿害怕，没反应着急，有反应紧张，反应愤怒更加害怕，找上门来心惊肉跳，谈判过程满心打鼓，不给广告和赞助更加害怕，给了广告和赞助暗自窃喜，拿到钞票心花怒放……因为做的是"下三烂"的敲诈事，广告部用"阴"稿"敲"广告和钱的人，都要会经受这么一个不周寻常的精神过程。但"敲"几次后，"敲"得成功与不成功，"目标"是厉害与不厉害，好像都能对付自如，好像紧张和害怕的程度越来越轻，至于"缺德"和"无耻"的谩骂，更不在乎了。因为广告部的同人，也不仅仅是广告部的同人，采编部门的同人，没有人不痛恨官员的无耻和老板的缺德。许多官员日进千金，家有金山；许多老板勾结官员，发缺德财。有了痛恨官员和老板的前提，用"阴"稿"敲"

钱的同人，感到用写"阴"稿"敲"广告和弄钱，简直是小巫见大巫，跟"缺德"和"无耻"扯不到一起。所以，广告部有些同人发完"阴"稿后，就尽情想象收到"阴"稿的官员和老板那些必然出现的"画面"，并在这想象的"画面"里享受"打"人钱的快乐，甚至有种报复这些人的快乐的满足感。

尽管不是每篇"阴"稿都会"打"中"目标"，但总还会有"打"中的目标。尽管被"打"中的"目标"有束手就擒的、有顽抗反击的、有死皮赖脸的、有不依不饶的，广告部的同人都会奉陪到底，并不会有后悔之感。这也是大家跟胡姬花和一些"老广告"和"老记者"学来的心理功夫。

胡姬花多次跟广告部的人说，不要流氓挣不到钱，拉广告该耍流氓就得当流氓。马旺财和伍一武等几个人夸赞胡姬花的这话是"广告人经典语录"。

这话让艾新闻很吃惊，艾新闻气愤地骂这话是"无耻的语录"。有人把艾新闻的话传给了胡姬花，胡姬花说，那就让艾新闻自个清高去。

…………

广告部疯狂的"阴"稿满天飞，兴奋着广告部的人，也忙坏了广告部的人，也暗自乐坏了牛社长。

自从广告部写"阴"稿的人越来越多，找他牛社长"灭火"的官员和老板时不时地会找来。找来，想"灭火"，没钱是不行的，三万、五万、八万、十万，只要给了牛社长钱，牛社长就答应不"曝光"，写稿的人一听牛社长答应不"曝光"，知道"好处"让牛社长"吃"了，那就等于稿子白写了，"目标"不再找他，他也不敢再找"目标"。所以，广告部的人就怕"螳螂捕蝉，黄雀在后"的牛社长，牛社长坐在办公室或家里，就可以充当好人并收钱。对牛社长来说，"鼓励"下属写"阴"稿，是无本万利的事。纵容和默认报社更多的人写"阴"稿，对报社扭亏为盈有利，他牛某人就能坐收渔利。

221

近来的老板和官员隔三岔五找上门求他"灭火",又请他吃饭,又送他礼品,又送了钞票,乐得和忙得牛社长除了兴奋还是兴奋,是他到报社从来没过的兴奋。他牛某人来报社几年,没几个官员和老板如此礼遇般地求过他,即使是官员和老板求他写篇报道,从不会给这么多钱和这么贵重的礼品,也不会花大价钱宴请他。这些年来报纸发行量这个魔鬼,订户成了爷爷,折磨得牛社长不停地得求官员和老板订报,还得用给对方写廉价讨好报道这种方法扩大发行量,甚至为发行量低三下四讨好对方,这情形下有谁会给他送钱和请他吃饭呢,这没人"求"的状态,让牛社长非常郁闷。

让牛社长感到不能不把他这个社长当回事儿的是批评报道。金妙妙的批评报道,也让有些人不得不理睬报社和他牛某人。但金妙妙写的报道不同于广告部的"阴"稿,金妙妙的报道是事实确凿的报道,即使是有人找他"灭火",他牛某人也不敢收受钞票和礼品,虽然金妙妙会偶尔听他一次把稿子废了,大多情况下他牛某人不敢给金妙妙施加压力废稿子。因写深度调查报道是金妙妙的本职工作,她本人无利可图,没有十二分的理由,他牛社长不敢不发金妙妙的稿子。而广告部的"阴"稿,实则就是敲诈稿,他牛社长大可以坐收敲诈的成果,且写"阴"稿的人,没人对他敢言,更不敢有怒。哪个有怒言,那他必然"死"定了。所以,牛社长从不批评写"阴"稿的人,在大会小会上从来也是暗示下属"多动脑筋",更是从来不批评广告部的"阴"稿是否缺德和"流氓"。即使近来上面领导批评报社"阴"稿搅得政府和企业"鸡犬不宁",牛社长也不批评写"阴"的人。恰恰相反,牛社长对搅得政府和企业"鸡犬不宁"还暗喜:你们领导端着"旱涝保收"的"铁饭碗",政府不给报社一分钱,自负盈亏找"食"吃,报社记者不找政府和企业麻烦,你能把报社记者当回事吗,不折腾谁会把广告费送到报社来?不折腾,报社只能等待关门。这就是牛社长的让报社扭亏为盈的"招数"。他认为,只有这个"招",才能救报社,如果光靠写赞美稿,那一定是死路一条。

牛社长的办报思路是,不在于稿子写出个"花"来,即使写出"花"来,也换不来大把的钱;报纸就得靠"折腾"生财,不"折腾"没人理睬,只能等死,小"折腾"赚小钱,大"折腾"赚大钱。

什么叫大"折腾"?大"折腾"就是大写特写"阴"稿,大搞特搞活动,"折腾"烦了政府和企业,或者"折腾"高兴了官员和老板,他们就会理睬你,他们就会给你掏钱。所以,采编部门的编辑、记者,在牛社长看来,是靠人养活的人,工资给得越低越好,养的人越少越好。所以,自从报社亏损以后,编辑、记者岗位,报社的人不愿干,外面的人不愿来,即使给解决正式编制,优秀大学生也不愿来,生怕今天来,明天就得下岗。于是,没几个记者写稿的报纸,只能抄转别人的文章,抄"剩饭"的报纸,越来越没人看,发行量越来越少。虽然报社发行量从过去的"天上"掉到了现在的"地上",但六个广告部大写"阴"稿的招儿,不到两个月,居然创收了好几百万元,缓解了继续亏损的危机。

于是,牛社长便大张旗鼓地在报社提出:继续推行"大经营、小采编"的办报思路,每个人都要经营,编辑、记者都要赚钱。

牛社长的办报思路,面临的是光明,还是灾难,谁也看不清楚。

二十八

艾新闻以为只有广告部的人在忙写"阴"稿和"阳"稿到处"敲"钱，实际上广告部在到处"敲"钱上，远远比不上采编部门的人活跃和大张旗鼓。金妙妙给他说过编辑、记者弄钱很"猖獗"，就不知道怎么个"猖獗"法，直到近来采编部门的人不停地找他写稿，还有人拉他帮忙，才发现采编部门的主任和编辑、记者，一点也不比广告部的人缺乏胆略和手段。这些胆略和手段，都是社领导"默认"的。以牛社长他妹妹牛丽丽公司打着报社名义操作的写"阴"稿、拉广告、搞赞助、办论坛、做专版、有偿新闻服务；以马守记副总编亲戚公司打着报社名义操作的办论坛、做专版、有偿新闻服务；以总编室副主任郝恪则，也叫"好格涩"，利用报社平台办论坛、做专版、有偿新闻服务；以新闻采访部副主任刘四腾依托朋友公司操作的新闻写作培训；以专题部主任白得成利用报纸专刊大搞的报告文学有偿写作。各用报社的资源，发挥各自的能耐，四面出击，到处开花，好不热闹。

报社成了挣钱的公司，报人成了经理老板。能折腾挣到钱的人如鱼得水，没本事折腾的人离开了报社，清高又喜爱文字的人该写啥写啥，新进的年轻人看不惯报社成了"生意场"和"骗子场"愤然离去。仅有关副社长、王公文副总编、高处长、虎生苗、金妙妙几个主任和社领导，还有不到十个老编辑和新老记者傻乎乎地在编稿与写稿。艾新闻不是记者，却仍然不顾利益地沉浸在当"枪手"的写稿乐趣中。艾新闻这个廉价"枪手"，被牛社长和胡姬花当牛一样使,不管白天还是黑夜,不管艾新闻愿意不愿意,几乎每周都要让艾新闻写稿。牛社长的妹妹不仅不给艾新闻一分钱,而且把艾新闻用得既频繁又狠心。胡姬花也一样,让艾新闻写什么就让魏风指挥,有什么话让魏风传达,艾新闻有话只能跟魏风说,魏风要听了不高兴,艾新闻就只好忍着,连牢骚都发不到胡姬花跟前。

胡姬花把艾新闻当牛使,但从没当面安抚过"牛"一句暖心的话。魏风也从不对艾新闻说什么安抚的话,魏风早已给艾新闻表露过,稿子是胡姬花给他的"活",胡姬花不说表扬话,她魏风不能胡编。这话让艾新闻窝火,憎恨胡姬花心狠又冷。报社谁都知道,艾新闻是胡姬花的好"枪手",艾新闻是牛社长妹妹的好义工。这是艾新闻执迷文字的成本,这也是艾新闻执迷当记者的幸运与不幸。而这幸运却迎合了不幸。艾新闻的幸运,是否会成为不幸,艾新闻不愿这么想。艾新闻愿意当"枪手",愿意成为报社无双的名"枪手"。于是,艾新闻几乎是有求必应的"枪手"。

写"阴"稿在继续,论坛蔓延开了。广告部和牛社长妹妹牛丽丽公司疯狂的"阴"稿,拉开了报社论坛、专版、有偿新闻的口子。这在过去是采编人员违纪的勾当,却在牛社长的暗示下,也是在他的引领下,渐渐成了报社采编人员的主业。

先是新闻采访部副主任杨望阳找艾新闻,给他两袋子材料,是两个地方政府的改革典型材料,要他帮忙写两篇新闻通稿。杨望阳告诉艾新闻,稿子要在两个专家论坛用,他张罗论坛忙不过来,请他代劳。杨望阳是高傲之人,眼里没"人",更不会有艾新闻。他找艾新闻当"枪手",艾新闻不愿当,却不敢不当。杨望阳就恭维艾新闻,报社现在传他艾新闻是写稿的"神枪手","阴"稿和"阳"稿写得既"狠"又"准",稿子"打"哪中哪,他杨望阳实在佩服……杨望阳是报社的大才子,又是新闻采访部副主任,他艾新闻哪敢得罪,不敢不写。杨望阳给了材料就催稿,而且催稿的语气很冲,艾新闻放下手里的活赶紧写。好在论坛的消息通稿是千余字,又是吹捧性的稿子,只要提炼出改革创新的与众不同来,再把高度说到是全国率先,这个稿子就写出高水平了。艾新闻对写这种稿已驾轻就熟,一个下午就写好了两篇新闻通稿,发给杨望阳简直得到了让艾新闻脸红的夸赞,什么"快枪手""神枪手""大手笔""大才子"一连串大夸。

艾新闻的稿子确实让高傲的杨望阳折服了。杨望阳用这么多和这么大的令艾新闻感到肉麻的词夸赞他,是因为杨望阳把新闻通稿发给两个要办论坛的地方政府,他们大加赞赏杨望阳不愧是省级报社的大牌记者,稿子写得站位高大,经验写得出神入化,文字精致得字句传神,并说这要刊登在省报和中央报刊,这要让省市和中央领导看了,那就成改革创新的全省和全国典型了,若要是领导在报道上做了指示,那他们县和县长、书记不就成了全省、全国改革典型了……这篇精致的新闻通稿,在杨望阳对经验放大后将产生巨大效果联想的引导下,立即引起了办论坛政府部门领导的兴奋与联想。联想这论坛将要给他的领导和领导的领导们,将给全县和他的部门,还会给他本人带来政治影响和社会效果,这联想就成了激动和兴奋。

在这激动和兴奋下,政府主办人员对杨望阳提出的论坛费用额度,由起初的不情愿,在这篇精彩通稿的效应下,也在杨望阳引导放大了论坛和稿子登报的作用下,杨望阳报价要一百万元费用,对方痛快地给了八十万元。八十万元办一个专家论坛,最多用掉三分之一的钱,"打点"了牛社长十万,"打点"了总编室副主任、报社的人通常叫他"好格涩"郝恪则五万块,净落四十万。

杨望阳压根也不想给牛社长和"好格涩"割一大块肥"肉",但杨望阳判断不"割"不行。报纸要发新闻通稿,不给牛社长和郝恪则"割"大块肉,稿子就见不了报,稿子见不了报就没法给办论坛的政府交代,就拿不到全款。更重要的是会失去对方的信任,给他们的"肉"必须"割"。但杨望阳又心疼,给他们"割"这么大块太多,也想给少"割"点,但又不敢少，少了要坏事。有一次给他们少了，通稿没登出来，不仅少挣了二十万，还差点"翻"脸一分钱不给了，这让杨望阳懂得了给他们"割"少了的厉害。因而，杨望阳每次搞论坛都给他们这个数，他们"笑纳"后能保证通稿很快顺利见报。至于牛社长和"好格涩"总想知道他的论坛费收费多少，杨望阳只要把办论坛的政府具体办事人员跟牛社长和"好格涩"绝"缘"，他们只能猜测，不会多事。

杨望阳再精明，也逃不过牛社长和"好格涩"的眼睛。牛社长和"好格涩"也能大体猜测出杨望阳每次论坛能挣多少钱。因为牛社长和"好格涩"总是会轻而易举地打听到，况且他们也是搞论坛的老手，杨望阳除了给他们的，自己能挣多少钱，基本清楚。虽然牛社长和"好格涩"清楚杨望阳每次搞了多少钱，虽然给他们的不算多，但他们也无不喜悦。因为只要是杨望阳搞次论坛，就得给他们至少这么多"好处费"，也还有别的编辑、记者在不停地做论坛，在不停地给他们钱。论坛连连，金钱滚滚，不动腿嘴，坐地发财，都在偷着笑，都在偷着乐。所以，只要是给了牛社长和"好格涩"钱的人，给得不是太寒酸，他们都会把论坛的新闻通稿给登得体面。

牛社长和"好格涩"毕竟是绝顶聪明之人，只有鼓励论坛遍地开花，他们的"好处费"就会成江河而来。令牛社长和"好格涩"惊喜的是，自从鼓励编辑、记者办论坛以来，"好处费"让他们收得不单是喜悦，简直是惊喜不已。而杨望阳每当给他们送一次钱，就对他们大恨一次：什么屁事都没干，守着报纸版面就发巨财，十足的"乌龟王八蛋"。但恨归恨，骂归骂，每次虽让他忍痛"割"去了两块肉，但想到大头还在他的口袋里，便消了些气，继而狂喜不已起来。这次搞完两个论坛，杨望阳的腰包里就会装进八十万元。两篇通稿和请一群专家学者，就能搞来这么多钱，杨望阳把它视为"印钞机"。

做论坛的杨望阳脸放红光，笑声朗朗，春风得意，心花怒放。杨望阳能不咧着嘴笑吗？！想到当记者一年写稿即使写得吐血，不到十万块钱收人,这两个论坛从寻找"目标"到拉合成功,仅用了一个月就赚了八十万块钱。稿子是艾新闻代劳的,他也就是打电话张罗了各大报刊的记者,张罗了几个领导和专家学者,再就是组织记者和专家学者去了当地三天而已,动了动嘴,动了动腿,吃了数十顿饭,喝了七八瓶酒,"折腾"了地方政府好几天而已,就挣了他在报社近十年的工资,什么叫无本生意,这真是天大的无本生意,能不偷着乐吗?!

还有让他乐的是,每当给政府和企业组织办完论坛,领导和老板们把他杨望阳当作菩萨和贵宾,也可说是像"大爷"一样侍候着。杨望阳挣了他们的大钱,还成了他们的贵人,感谢的话说得让杨望阳听得心里发虚不说,听着实在不好消受。杨望阳总觉得自己就是个大"忽悠"和大骗子,尽管他狠狠地"忽悠"和大骗了地方政府,官员们还说他是全县人民的恩人,让他心里总涌起五味杂陈的东西,面对他们总是面红耳赤。

令杨望阳兴奋中不安的是,越是把他恭维得高,越是把他当作座上宾,他就越发感到自己是骗子,就怕被他们戳穿识破,他就想尽快消失,消失得越快越好,当地政府的领导不要再找他。这是杨望阳一路上告诉艾新闻的大实话。艾新闻在杨望阳眼里,是十足的大傻子。

这两个论坛,杨望阳忙不过来,必须找人帮忙,他在报社"找"了几圈,没找到合适的人。要请报社有"能耐"的人帮忙,不给钱肯定不行,给就会成了让别人坐享其成的亏本买卖,杨望阳实在不愿把钱分给别人。也许是考虑到艾新闻既是报社新人,人又老实巴交,喜欢写稿不贪财,就"圈"定了找艾新闻帮忙,给艾新闻说只有三千块钱辛苦费的那种几乎义务性帮忙,艾新闻说没有辛苦费愿意效劳。杨望阳就让艾新闻帮忙,前一次给了艾新闻三千块钱辛苦费,艾新闻推着不要,他使劲塞给了艾新闻,而艾新闻没嫌少,收下显得非常高兴。这让杨望阳没有想到,给了艾新闻这么点"好处费",艾新闻就显得满足得不得了。于是,第二个论坛,又请艾新闻帮忙,艾新闻同样跑前跑后促成了论坛举办圆满成功。杨望阳这次给了艾新闻五千块钱。艾新闻钱是收了，但又还给了杨望阳两千块钱。杨望阳问艾新闻什么意思，艾新闻说给得太多了。杨望阳把两千块又塞给艾新闻，艾新闻说起初说给三千元就三千元。艾新闻不收那两千块元，杨望阳就装进了自己包里。不过，艾新闻不但给他义务帮忙写新闻通稿，还用足了吃奶的力帮他张罗论坛，尤其是不想钱不贪钱的"傻"劲，让杨望阳好不感动。

办完第二个论坛回来的路上，在好几个小时的火车上，杨望阳跟艾新闻透露了他"拉"成两个论坛的过程，也是跟艾新闻分享他的战利成果，也是跟艾新闻介绍操作方式，让他学着做论坛。杨望阳赚大钱后心情冲动，按捺不住喜悦，夸他是如何在不到一月时间"拿"下两个政府，收获了"两个论坛"，是何等的大胆略和大智慧。当然，杨望阳夸耀他的战果，实是被艾新闻义气和没有贪心所感动的结果，他想启发艾新闻也来做论坛，一起悄悄地挣大钱。艾新闻参与了杨望阳新闻通稿的写作，也参与了两个论坛的全过程，完全摸清了做论坛的套路。这套路，就是给猎物下"套"术，挺无耻的。

其实，搞论坛，在报社并不是什么新鲜的儿，牛社长没来报社之前，只要政府和企业有需求，报社都会帮他们办论坛。先是双方确立出彩的论坛主题，再就是讨价还价谈好费用并签过合同，把论坛费用打到报社，开始操办论坛。一个新闻通稿，一群专家学者，多家报社记者，组成一个"吹拉弹唱"的团队，要么在省城，要么去地方政府，能在哪里搞得"声响"大，就在哪里搞。牛社长没来之前，论坛不容许哪个人私下操办，是由通联活动部承办、广告部签合同、财务处收钱，承办部门的人不沾钱，签合同的部门不参与论坛，收款的财务处单纯收钱，论坛搞成只有做论坛的人有绩效奖励，没有个人提成，更不分钱，每个论坛受益的只是报社。而自从牛社长来报社后，自从牛社长与胡姬花达成某种"默契"，或者是某种交易后，报社主导的地方和企业的论坛渐渐少了，后来没了。论坛少了、没了，但是报上刊登的论坛性质的新闻通稿并没少，反而越来越多了。报纸上多起来的新闻通稿，就是论坛办完的"出口"，论坛在不停地办着，只是牛社长把本由报社公办的论坛，弄成了"私"办——牛社长把找上门的论坛，不是给了他妹妹牛丽丽的公司去做，就是给了胡姬花的私人公司去做；报社人私下联系的论坛，牛社长不是让他们跟牛丽丽合作，就是让他们跟胡姬花联手。这样一来，报社的人彻底明白了牛社长的意图，所有的论坛，都可以化公办为私办。于是，报社的"明白"人很快有了自己的公司，用报社编辑、记者的名义拉论坛，用私人公司运作论坛，结果所有论坛跟报社没了丝毫关系，可与报社少数人大有关系。牛社长和"好格涩"，还有些社领导和部门主任，成了坐收渔利的主，滚滚钱从四面来，想不到的钱滚滚来。领导不费力就能捞到大钱，领导就暗中支持做论坛，报社的"聪明人"就让亲朋好友开公司对接做论坛搞钱。

有牛社长引导，报社人后面的公司越来越多，策划的稿子"五花八门"，尽管"五花八门"的稿子不是谁想写就能写出来的，尽管不是谁写的稿子都能"打"中目标和让对方掏钱，但都在疯狂地写和"打"，都在琢磨怎么"打"得准和"打"得狠。要"打"中目标让目标不还"手"，掏起钱来手不抖，绝对取决于稿子这"炮弹"的"硬"度。这就琢磨起了如何让稿子成为"炮弹"。虽说报社会写稿的人不少，而能写成一稿"打"准目标，一稿让对方决定掏钱的稿子的"硬枪手"不多。艾新闻被视为"硬枪手"，还被视为"神枪手"，已是让人不得不服的现实。艾新闻的稿子，是"战场"检验的结果，绝非几个人"吹"出来的神话。因为别人写的稿子，大多"打"不中目标，或者"命中"率极低，不得不服艾新闻的稿厉害，也不得不找艾新闻当"枪手"。

牛社长一干人想着"招"忙挣钱，艾新闻忙着给他们当"枪手"。艾新闻白天写不完的稿子，还得晚上写。都在找他，都在催他，累得他头晕眼花，累得他无可奈何。

牛社长的妹妹牛丽丽郑重地对艾新闻说，写一手好稿就能赚大钱，赶紧开个公司，很快就发达了。

牛社长也对艾新闻说，好好跟牛丽丽学着开公司。

艾新闻对牛丽丽的话听着感到正常，对牛社长的话听着不解其意。艾新闻对牛丽丽和牛社长说，他艾新闻只爱写文章，干不了别的。牛丽丽骂他是"一根筋"，牛社长骂他是"傻子"。

金妙妙对艾新闻说，牛丽丽和牛社长对她也说过同样的话。她跟牛社长和牛丽丽说，她金妙妙只会写文章，干不了别的。牛社长和牛丽丽听了不高兴。

…………

二十九

好些天不回家的林萍萍,忽然回家了。很少来他们家的她表妹小毛,也在家。林萍萍和她表妹做好了几个菜,在等艾新闻回来。艾新闻纳闷,林萍萍等他回来吃饭,怎么没告诉他,难道这饭菜压根与他没关系,是招待她表妹的?林萍萍逼艾新闻写"阴"稿赚钱,艾新闻不干,林萍萍一气之下又回了娘家。林萍萍的欲望老是在艾新闻这里成为失望,林萍萍对金妙妙暗恋艾新闻的怀疑总归成了难解的怨恨,两人解决不完的矛盾,跟艾新闻吵不完的架,夫妻关系到了这地步,见面很是别扭。

"你们俩吃,我在门口吃碗面就行。"

"这菜就是我们俩给你做的。"

"你怎么知道我今晚不在外面吃饭,要回家?"

"你的啥事我不知道?你今晚不会在外面吃饭。"

…………

艾新闻很是纳闷,林萍萍是怎么知道他今晚会回家自己做饭吃呢?自从他进了报社后,他艾新闻在报社的任何行踪,报社有些什么与艾新闻有关的事,林萍萍几乎无所不知。艾新闻猜测,难道林萍萍在报社有"眼线"?难道是马旺财和魏风?也许是,也许不是他俩。

酒菜齐备,菜很丰富。小毛说是她的手艺。艾新闻好久没吃过家里这么丰盛的饭菜了,料想这饭菜的后面会有啥事。果然,饭很快吃完,一瓶红酒见底，林萍萍说，她累了去休息，小毛跟他聊个事。

"姐夫，你在报社是写稿的'神枪手'啊，帮别人挣钱挣得'哗啦啦'，自己穷得'叮当响'，也不为自己挣点！"

艾新闻不知道说什么好。无语。

"萍姐让我注册了个传媒广告公司。"

"是吗？"

"你不问为啥注册的？"

"为挣钱，还为什么？"

"是为挣钱没错。你不想知道是为谁挣钱？"

"为林萍萍挣钱。"

"说对了一半。"

"为你俩挣钱。"

"说对了一半。"

"为谁挣钱？"

"为你挣钱，也是为萍姐挣钱。"

"好啊，为我挣钱，我高兴！"

"你高兴就好，那就开张。不要你干什么，你就给公司写'阴'稿和拉'论坛'就行。"

"这事我干不了，也不干。"

"你不是成天在给别人写吗，给自己家写就不干了？！"

"不干！"

林萍萍听到艾新闻"不干"的话，拿着营业执照过来了。她把营业执照和离婚协议书往艾新闻面前一放，嚷开了。自从艾新闻调报社，自从林萍萍发现金妙妙在追艾新闻，自从艾新闻迷恋当记者又怀疑他迷恋金妙妙后，林萍萍的嗓门儿越来越高，且遇到大小的事，总是跟艾新闻大嚷嚷。

"报社的人都在开公司挣大钱，你艾新闻帮别人挣大钱，亏你看着别

233

人挣钱不眼红,真让人想不通,你不但是'一根筋',还是傻子一个。公司已经注册好了,你干不干?!"

"不干!"

"再问你,干还是不干?!"

"坚决不干。我给别人写稿处于无奈,用这种方式搞钱是欺诈,这种'下三烂'的钱我不挣!"

"你写稿帮别人挣'下三烂'的钱,你不也是'下三烂'吗?!"

"再说一遍,我属于无奈,更是为了文字练笔。我没分他们一分钱,跟'下三烂'沾不上边!"

"别人拿你写的稿子,发了大财,是事实吧?"

"我从不关心这个,我关心的是我的稿子如何写到精致!"

"写精致的稿子顶屁用,人家赚钱偷着乐,你拿稿子偷着乐呀?全报社也就是你和金妙妙是这样的'傻货'。你就是让金妙妙那'傻货'教坏了,竟然写那破文章比赚钱还乐,脑子整个进水了!"

"我喜欢写文章,我写文章比赚钱高兴,你不理解是你的事,这跟金妙妙有啥关系!"

"喜欢写,给自己家公司写,给自己家赚,我从此把你当大爷供上!"

"哪怕全报社的人开了公司赚这种钱,我艾新闻也不沾这样的钱。我沾这样的钱,我也就是'下三烂'货。我在报社就图个写手好文章,这种'下三烂'的事不干,绝不干!"

"不干,你是成心让我绝望。营业执照已经办好了,离婚协议书现成的,你选一个!"

艾新闻把手里的酒杯狠狠地扔在了餐桌上,回书房去了。

…………

不一会儿,小毛到书房来劝艾新闻,让他考虑考虑,为了家庭平安无事,还是干为妙。艾新闻说,不用考虑,报社别人干的这些"下三烂"勾当,他艾新闻穷死也不干。小毛说,不妥协,萍姐不干。艾新闻说,她不干,他也不干。

林萍萍和小毛走了。林萍萍显然又回了娘家。不一会儿,小毛给艾新闻发来短信道:"与其讨好全报社的人,还不如讨好自己的老婆;与其帮别人挣大钱,还不如自己挣大钱;与其陶醉在写文章中,还不如陶醉在钞票中;婚姻到了危急关头,此事妥协为时不晚;赶紧决定一起干,要抓住报社少有的好时机,发、发、发。快快决定,明天就开张!"

艾新闻毫不犹豫地回了四个字:"坚决不干!"

小毛回短信:"彻底没救!"

…………

三十

　　林萍萍又离家而走，让艾新闻悲愤交集。家里又成了他孤身一人，一阵孤独和悲哀，袭上心头。艾新闻伤感，他怎么就听不进林萍萍的劝呢，他为何总是不能顺着林萍萍呢？究竟是林萍萍错了，还是他艾新闻有问题，他弄不明白。艾新闻心里翻江倒海般难受，一股酸楚涌了上来，竟然泪水止不住地往下流，忍也忍受不住。豆子大的眼泪，打湿了胡姬花给的材料，也打湿了给牛社长妹妹牛丽丽写了一半的"阴"稿。看到材料，想到明天上午胡姬花和牛丽丽要稿子，赶紧按住翻腾的情绪，擦干眼泪，埋头写稿。
　　一进入写稿状态，艾新闻的心情畅快多了，写了一会儿，居然心情越发好了起来。写稿让艾新闻无数次证明，文字能让他回归快乐，进入平静，获得喜悦，忘却烦恼，救助失落的灵魂。
　　稿子写到一半，金妙妙发来短信，问艾新闻睡了没。艾新闻说在写稿。金妙妙约他到家门口的"山青山茶点屋"，有话要说。艾新闻去见金妙妙。
　　金妙妙看艾新闻比昨天憔悴了许多，猜测与林萍萍又有"事"了，便只管给他点滋补汤和美食，啥也没问。不问她也知道，林萍萍在让她表妹小毛注册传媒公司，要让艾新闻拉报社的"活"给公司做。小毛与金妙妙有来往，注册公司前，她问金妙妙，注册了公司，她表姐夫艾新闻会不会给公司拉"活"，金妙妙告诉他，艾新闻绝不会参与。问金妙妙要不要入"暗股"帮她干？金妙妙回绝了。小毛听了金妙妙的话，注册公司没了主意，但林萍萍让她注册,她说她必须逼艾新闻"就范",不能容忍他帮别人写稿发财。所以,今晚上艾新闻要受什么罪,今晚上的林萍萍会如何逼艾新闻"就范",他与林萍萍将会发生什么样的"战争",金妙妙在为艾新闻提着心。

金妙妙判断,艾新闻是不会被林萍萍逼"就范"的,艾新闻是绝对不会挣这种钱的。因为金妙妙与艾新闻多少次交流,艾新闻爱文不为钱,写好稿子,是他进报社一心当记者的"原动力"。谁要改变了他的"原动力",一定是在"颠覆"他的精神底线。还有对他很关键的影响,来自她金妙妙对他的深刻影响,使艾新闻更有了定力。她与艾新闻聊为文与挣钱的话题,她都是毫不含糊地告诉艾新闻,她金妙妙只是喜欢写文章,只因为文章能让她在这世上存得有意义才当这记者,才敢于当这钱不多挣而风险无限的问题调查记者,想挣钱就没必要当这个记者。尤其是艾新闻得知她因揭露问题的文章而几次被检察院和公安带走,险些被判刑入狱;好多次因"捅"痛了人,被殴打、威胁、恐吓、谩骂,受尽了写稿带来的罪。这些,感动了艾新闻,也着实坚定了艾新闻纯净热爱文字的信心。艾新闻不接受来自报社的诱惑,也不接受来自林萍萍让他当官和挣钱的逼迫,是因为她金妙妙的情怀与他艾新闻的灵魂同行着。这成了艾新闻的幸运,也成了林萍萍的悲哀。金妙妙断定,艾新闻是高尚的,林萍萍的价值观是扭曲的;林萍萍的心"占领"不了艾新闻,即使艾新闻迷恋上她金妙妙,那也是自然而然的事。

艾新闻迷上她金妙妙,这跟她金妙妙报复林萍萍没任何关系。虽然她大学时代的男朋友被林萍萍撬走,让她痛苦得死去活来时,林萍萍却把他甩了,让金妙妙从此不再痛苦。虽然"撬"掉了她的男朋友,虽然让她痛不欲生,她恨过林萍萍,恨得想把她杀了,但当林萍萍把他"扔"了后,金妙妙见到那个见异思迁的人回头流着眼泪鼻涕来找她求她和好的嘴脸时,她不再恨林萍萍。反倒认为林萍萍帮她看清并远离了那个男人,真是幸运。想到这一点，金妙妙就同情起老同学林萍萍来，林萍萍那么精明的女人，选择品质优秀的艾新闻应当没错，却跟艾新闻过了长长的十六年，居然一点也不懂他，又觉得她愚蠢。如今艾新闻与她走得越来越远，她跟艾新闻隔阂越来越深，即使是她与艾新闻的婚姻走到了尽头，也与她金妙妙无关；即使她金妙妙跟艾新闻有一天走在一起，与她金妙妙与老同学过去的怨恨无关。想到这里，金妙妙对艾新闻顿生更浓的亲近感，就想处处关心他，深深地把他挂在了心上。

金妙妙要了一瓶红酒，点了精致的小吃和滋补汤，红烛映红了她和艾新闻的脸，也让美酒和美食更加诱人。金妙妙脸上放着美艳的光彩，艾新闻看金妙妙像女神和动人的新娘，他庆幸遇到金妙妙，庆幸她是那么欣赏他。艾新闻仅仅想到这里，他的疲劳与不快，他的怒火与压抑，顿然无影无踪了。艾新闻敬金妙妙一杯酒，给她夹了菜，深情地看着金妙妙。他希望今晚的金妙妙不说报社的事，不提稿子，不说烦人的牛社长等人，就在红烛里喝酒、品菜，可以什么也不说，静静地看着彼此，坐到很晚。

艾新闻静静地瞅着金妙妙，不开口。他在金妙妙面前，总是不知道说什么好，能不开口就不开口。这就形成了金妙妙在艾新闻面前，总感觉艾新闻在等她说话。金妙妙总是话多，艾新闻总是话少。金妙妙喜欢艾新闻的话少，艾新闻讨厌林萍萍的话多，却喜欢金妙妙的话多。

金妙妙与艾新闻酒喝完了，菜吃完了，红烛也燃尽了，两人只是相互瞅着，都不想说话，但是彼此深情地瞅着，坐到深夜，金妙妙也没提出走，好像不想走，好像有话要说，又不想说，好像情绪从深情转为忧伤。

金妙妙在忧伤自己远去的婚姻。自从她的第一个男朋友因林萍萍背叛她，她对恋爱和男人有了阴影，后来的离婚也是受了那"阴影"的影响。那时她难以接受的不是失去了男朋友，难以接受的是她同学正在与她曾经的男朋友热恋，在她离开他的短短时间里，他不知用啥手段，把林萍萍轻拉入了怀抱。而这个对她海誓山盟的前男友，在她离开他的一段时间里又对林萍萍海誓山盟。他被林萍萍扔了后，竟然又对她海誓山盟，说对林萍萍全是虚情假意。呸！金妙妙真想往他脸上吐一口，但只是在心里吐了他一口，毫不犹豫地远离了他。她远离了他，也远离了男人和恋爱，直到三十出头了才勉强接受了一个当老师的才子的求爱并结婚。而这婚姻与可怕的初恋同出一辙，丈夫的见异思迁让她结婚短短五年就逃离了。初恋的失败和婚姻的失败，让金妙妙对恋爱和婚姻有了双重的阴影，直到现在三十七岁了，不敢涉足恋爱，更不想与谁结婚。多少人给她介绍对象，多少俊男和有钱有才有高学历的人追求她，她都拒绝了。一个个拒绝，年龄一年年增大，父母见面就催逼，婚恋成了金妙妙最大的忧伤。

而现在让金妙妙最大的忧伤，也是最大的喜悦，是眼前这个有老婆的男人，这个对她喜欢却不敢爱的艾新闻。尽管艾新闻对她不主动、不热情、不表达，但她金妙妙为何喜欢又爱上了他呢，爱上了曾经情敌的老公？金妙妙自己也说不清楚。尽管自己说不清，但她感觉已深深爱上了艾新闻。爱上艾新闻的结果如何，能不能走到一起，她不知道，也不想那么多。所以，今晚的烛光让她对艾新闻产生深情的联想，也产生更多的忧伤来，但她对艾新闻什么也不想说，就怕说了什么，破坏了她对艾新闻美好的想象。

有点醉意的金妙妙瞅着艾新闻不说什么，艾新闻能猜出金妙妙想说什么，艾新闻害怕金妙妙说出"什么"。已到深夜，艾新闻心上还挂着给牛社长妹妹牛丽丽没写完的一半"阴"稿，明早要交稿，催金妙妙回家，金妙妙生气地说"无家可回，回家也没人"，随之哭了，扔下艾新闻走了。艾新闻追上金妙妙，轻轻地扶上她，抽泣的金妙妙没有拒绝艾新闻的轻扶，反而把身体跟艾新闻靠在了一起。艾新闻稍微与金妙妙拉开了距离，金妙妙重重地踩了一下艾新闻的脚，反而重重地把身体靠在了艾新闻怀里，艾新闻紧张而激动，不敢激动，也不敢拒绝，就随着金妙妙靠在他怀里。艾新闻把金妙妙送到她家电梯口便要走，却被金妙妙一把拉进了电梯。

今晚上艾新闻和金妙妙在"山青山茶点屋"的一切，直到艾新闻被金妙妙拉进了电梯的情形，被一个女人一直盯着，看了个清楚。这个女人是小毛。几个小时前在家与艾新闻吵完架离家的林萍萍，被小毛拉到了"山青山茶点屋"，商量艾新闻不干，注册的传媒公司怎么办。"山青山茶点屋"如同小山寨，小毛和林萍萍坐在西南角，幸亏艾新闻和金妙妙坐在东南角。雅座间有点隐蔽，但卫生间在东南角，上卫生间就路过东南角，就会看到雅座的人，且从西南角的雅座，也能瞅到东南角雅座的人。

小毛上卫生间，看到了艾新闻和金妙妙在红烛下深情地喝酒、品菜，俨然一对情侣，让小毛大吃一惊。好在金妙妙和艾新闻没有看见小毛，好在林萍萍没有看到金妙妙和艾新闻。但林萍萍要上卫生间时，却被小毛撒了个谎，说是卫生间坏了，拦住了林萍萍，不然定会看到艾新闻与金妙妙的红烛相会。小毛怕坐久了林萍萍执意要上卫生间，就说困了，把林萍萍拉出了"山青山茶点屋"。林萍萍回娘家路远，回去太晚，要到小毛家住，小毛说公婆来了不方便，林萍萍只好回自己家住。到家，林萍萍看艾新闻不在家，没写完的稿子在书桌上摆着，想必是被朋友叫出去喝酒去了，不愿意给他打电话，门厅里留了灯，便睡了。

送林萍萍回家，小毛并没有回家，她仍回到了"山青山茶点屋"，把纱巾裹在了头上，悄悄地坐到了金妙妙和艾新闻的隔壁雅座，她想听艾新闻和金妙妙说些啥。坐到了困得打盹，坐到了深夜，只听两个人光碰杯，光吃东西，啥话也没有，啥亲热的动作也没有，很是纳闷。正想走，艾新闻催金妙妙要走，她就跟在后头，看他俩有什么亲密动作。一出门，真让小毛看到了金妙妙靠在艾新闻身上，又紧靠在艾新闻怀里，紧紧靠在艾新闻怀里到了电梯口，艾新闻被金妙妙拉进了电梯，金妙妙向艾新闻不停地发骚和做肉麻动作。

小毛看金妙妙把艾新闻拉到电梯，电梯再下来时没有艾新闻出来，明白艾新闻被金妙妙拉到她家去了。小毛心里"怦怦"乱跳，也是替她表姐林萍萍心里紧张和担心,艾新闻被金妙妙拉到她家,会有些啥动作?她在楼下不远处等着艾新闻出来,可等了半小时,一小时,不见艾新闻的影子,再等就会等到天亮了。小毛的心,替林萍萍着实乱跳了好几个小时,断定艾新闻被金妙妙拉到床上去了,醉生梦死地抱在一起。这个金妙妙不是个东西,这表姐夫艾新闻原来是个伪君子和贪色鬼。

看到艾新闻去了金妙妙家,且一去不回,小毛虽为表姐林萍萍愤慨,但心里又一阵窃喜,窃喜她抓住了艾新闻的"把柄"。有了这个"把柄",不怕他艾新闻不做传媒公司的事,不怕他不听她小毛的差遣。

小毛还想了最后一招,如若艾新闻对他与金妙妙甜蜜幽会的事置之不理,她就如实告诉林萍萍,让他吃不了兜着走。

…………

艾新闻被金妙妙拉到电梯,到了金妙妙住的七层,金妙妙出了电梯,艾新闻却不出来,按了一层的键。金妙妙让艾新闻出来,艾新闻一动不动。眼看电梯就要关门,金妙妙疾手按了下行键,电梯门又开了,便从电梯里一把把艾新闻拉了出来,拉着艾新闻的手,把他拉到了自家门口。艾新闻没有办法拒绝,只好任金妙妙拉着走到她家门口,也只好跟着她进了屋子。

虽然金妙妙无数次告诉艾新闻她住的是几层几号,也叫过他很多次到她家来吃饭喝茶聊天,但艾新闻一次没有来过。不上金妙妙的家,艾新闻是要避嫌。金妙妙毕竟是美丽动人的单身女人,如若传出他艾新闻出入金妙妙的家,他在报社不好做人。坚决不上金妙妙家的最主要缘由,是艾新闻不敢与金妙妙关系发展得太亲近。尽管他与金妙妙啥事没有,报社都在传金妙妙爱上了艾新闻,艾新闻跟金妙妙不一般。更让艾新闻苦恼的是林萍萍,林萍萍是金妙妙的情敌,两人心存怨恨,报社的传闻和金妙妙对艾新闻的穷追不舍,让林萍萍断定,金妙妙以故意爱艾新闻来报复她林萍萍,或者说金妙妙在以身相许艾新闻,是在瓦解艾新闻与她林萍萍的婚姻,甚至怀疑艾新闻在骚狐狸金妙妙的勾引下,已经迷恋上了金妙妙。自从艾新闻有意进报社,执意进了报社以来,林萍萍的和气不见了,随之而来的是升级的火气冲天的怒吼,一次次的提出离婚。尽管艾新闻了解金妙妙,她对他的帮助到喜欢上他,到现在的爱上他,绝对不是出于报复林萍萍,跟林萍萍当初大学时"撬"了金妙妙的男朋友没有关系,纯粹是文心相投和内心纯净相近的吸引,艾新闻对金妙妙也是如此。艾新闻承认,他也爱上了金妙妙,爱得几乎控制不住自己的感情了。但艾新闻想到林萍萍的痛苦,便极力刹住感情的快"车",不能往前走。而无论艾新闻如何控制自己,金妙妙的热恋,已经让他难以拉开距离了。

金妙妙的房子是三居,进门是餐厅,两卧室,一书房。实际是一卧室、一书房、一健身房,到处是花,书房尽是书,宽敞而温馨,花香与书香,香水味与女人味,给人一种等待男士入住的渴望,也给男人一种做这房子男主人的冲动。艾新闻不知道坐哪里好,金妙妙让他随便坐,艾新闻就看花而不坐,想马上回家。金妙妙说,既来之则安之,再喝几杯酒再走。艾新闻说要回,金妙妙理都不理,拿瓶葡萄酒,随即打开,拿两个杯子,要艾新闻到书房来。金妙妙说,林萍萍又不在家,几点回,回不回,有啥关系……边喝酒,边看电影,再聊点事,重要的事。艾新闻说,给牛社长妹妹的"阴"稿写了半截,得赶紧回去写完。金妙妙递给艾新闻一杯酒说,不许走,陪她看电影。

金妙妙书房的书桌上有个微型放映机,一个书柜全是中外经典电影,书桌前有个精致的沙发,沙发散发着淡淡的女人体香味,加上那数盆争妍斗奇的花的芬芳,书房简直是仙境般迷人。沙发是沙发,也是个小床,上面的小狗小猫楚楚动人。金妙妙问艾新闻要看哪部大片,艾新闻要看《泰坦尼克号》。金妙妙就放《泰坦尼克号》。随着电影美妙音乐的荡漾,金妙妙频频跟艾新闻碰杯,随着男女主人翁醉心爱情的升华,金妙妙的情绪在升温,升温到了激动。她要抱艾新闻,艾新闻躲闪开来。艾新闻躲闪她并不生气,反而把艾新闻拉过来,紧紧地抱在了怀里,还深深地吻起艾新闻来。

吻艾新闻吻得很投入，也吻得很执着，吻得很痴迷。金妙妙火热的吻，吻得艾新闻神魂颠倒，起初有所抵触，但终究经不住金妙妙熊熊火焰的抱吻，也从来没有经受过这般火焰燃烧般的抱吻，从来没有感受过柔软得像海绵的肉体，女人的体香让他有骨头酥软的感觉，他被金妙妙吻得陶醉，他把金妙妙抱得紧紧的，也尽情享受两人唇与唇、舌与舌亲密的交流。亲吻持续了好久，也许是金妙妙累了，也许是与艾新闻的接吻让她激动得控制不住兴奋，她干脆把电影机关了，开了个暗灯，深沉地躺在沙发上，又一把把艾新闻拉到了沙发上，把艾新闻搂到了怀里。

被金妙妙搂在怀里的艾新闻，被一个美若天仙的成熟女人拉入怀抱的时刻，他的头"轰隆"响了一下，又酥软得贴在了金妙妙的身上，且冲动得控制不住身体了。就在艾新闻紧紧地搂住金妙妙，脑子里又响起"轰隆"的声响时，这声响是热血沸腾的声响，是一个男人兽性发作的前奏，接下来的事，即使金妙妙不愿意，即使金妙妙拒绝，一个兽性发作男人的昏头动作，就是做爱。虽然金妙妙已酒醉和陶醉得成了软软的面团，虽然艾新闻在林萍萍身上从来没有过这样的激动，虽然艾新闻因夫妻不和而渴望性到了痛苦的程度，但此时的艾新闻却不知哪里来的一股冷风，把他的欲火吹冷了许多。他感到不能做这样的事，不能害了金妙妙。艾新闻深吻了金妙妙，赶紧下了沙发床。兴奋不已的金妙妙，问艾新闻怎么回事。艾新闻说他头痛，要喝点水，要回家。金妙妙明白艾新闻的急刹车，是他的秉性，便生气地说，滚。

艾新闻并没有马上走，他感到不能马上走，金妙妙的激情还在燃烧，他不能走，走了对不起她的纯情的爱意；金妙妙要跟他说报社重要的事，得听她说完重要的事再走。艾新闻把瘫软得像泥一样的金妙妙扶坐起来。一头散发和一脸羞涩的金妙妙，把头发拢好，要杯水喝了，深情地瞅着艾新闻，却什么也不说。

"妙妙，你不是有重要的事给我说吗？"

金妙妙还是瞅着艾新闻什么也不说。不说话，却好像有什么话说。

"妙妙，你快说呀，再不说天都亮了，该上班了。"

"艾新闻，我问你，你敢不敢跟我做爱？"

"娶了你我敢，没娶你不敢。"

"为什么不敢？"

"做了，我得马上娶你。"

"做了，我绝不催你娶我。"

"不催我娶你，我也不敢。"

"为什么不敢？"

"我在婚内，我哪敢。"

"多少有老婆的男人不但敢，而且太敢，但都是痴心妄想。而唯你艾新闻不敢，我爱不敢的你。"

"知道你清高得眼睛朝着天上，知道你纯洁得男人都恨你。你爱我，我知道，我荣幸，但实在不敢。我哪天'敢'了，那就是林萍萍不要我的那天。"

"就是你现在'敢'了，我也不认为你是坏男人。"

"我要'敢'了，我就会认为我是坏男人。不好与你相处了。"

"典型的'倔驴'。就觉得你这倔驴的'味道'与众不同，所以你让我醉心。这世上，怪了，偏偏对你艾新闻醉心。也许是我金妙妙鬼迷心窍……"

"妙妙，你快点说，有什么重要的事告诉我。我还有给牛社长妹妹公司写的半截稿子没写完，得不睡觉写完。"

"你抱我一下，我跟你说。"

艾新闻把金妙妙从沙发上抱起来，抱在怀里。金妙妙趁势搂住艾新闻的脖子。艾新闻抱着金妙妙转圈，转得金妙妙"格格"笑得上不来气了。艾新闻快转晕了，金妙妙赶紧从艾新闻怀里挣脱开来，沉沉地坐在了沙发上，也把累得喘不上气来的艾新闻拉到沙发上坐下。

艾新闻催金妙妙快点说。金妙妙说,不调查研究写的"阴"稿会违法,她为前面给他们写的稿子害怕,她拒绝了给牛社长和几个领导写"阴"稿的差事。金妙妙劝艾新闻,从此不给人当这种稿的"枪手",写文章练笔没这么练的,别把自己"练"到监狱里去了。

…………

金妙妙说的情况,艾新闻听了十分后怕。艾新闻回家虽已困得睁不开眼了,但还是惦记着牛社长妹妹没写完的半截子稿,想即使不睡觉,也要把它写完了明早上交了。

…………

艾新闻回到家,开门顿时惊讶,出门时锁了好几个档的门锁,只轻轻一拧就开了,门显然被人打开过。再有,出门时他是关了门厅灯的,可门厅灯却亮着。林萍萍回了娘家,难道是进了小偷?艾新闻的头发竖了起来。看客厅没什么异常,看卧室的门是紧关的,卫生间的灯是开着的,艾新闻感觉是林萍萍回家住了。艾新闻扭开卧室门,林萍萍睡熟了。艾新闻虽没了惊吓感,但又腾地有了害怕感——林萍萍每次回娘家,都没有随走随回的。他跟金妙妙聚会,林萍萍会不会看到了?想到这,艾新闻心慌气短了。还有四个多小时天就亮了,起床的林萍萍会问他干啥去了,深更半夜跟谁在一起。如果他不承认与金妙妙在一起,撒谎跟别人在一起,林萍萍会打电话证实他是否撒谎,她会毫不留情地戳穿他与金妙妙幽会的事。一旦被她知道或戳穿他和金妙妙的深夜幽会和幽会后去了她家的事,他俩已经每况愈下的夫妻关系,那就无法挽回了。想到这里,艾新闻害怕极了。

艾新闻的困乏,被林萍萍出门而又回来的惊吓赶得无影无踪。他害怕面对早上起床的林萍萍,更害怕她问他为啥半夜里跟金妙妙在一起,做了些啥。即使他有一千张嘴说与金妙妙啥事也没有,她相信吗?本来她就怀疑金妙妙已经把他拉上了床,今晚大半个晚上与金妙妙在一起,说他啥事也没做,打死她也不会相信。怎么办?躲避林萍萍,她要离婚就离,不愿面对她的审问、怒吼、发疯。想到林萍萍会做出失控的事，艾新闻害怕得手都抖了。艾新闻干脆把给牛社长妹妹牛丽丽没写完的"阴"稿写完，趁林萍萍还没起床，他在路边吃了早点，去了报社，等待林萍萍电话审问他。艾新闻想好了，电话审问他，他可以不回答。他不回答，也不至于激怒林萍萍，不至于使她发疯，这样对谁都好。如果林萍萍执意要离婚，他就直接去民政局办离婚；离就离，金妙妙断定林萍萍终归要跟他离婚，也许被她说中了。

三十一

林萍萍前脚回娘家而后脚又返回的反常,让艾新闻一整天都有种做贼被发现的惧怕感,神情忐忑不安,心里七上八下。艾新闻与林萍萍结婚以来,从来没遇到过这种奇怪现象,这是刑侦电影里的画面,简直把头都想昏钝了,也想不明白林萍萍的举动,是不是发现了他什么。

昨晚与金妙妙幽会,林萍萍究竟知道了,还是装不知道?她回娘家从来没有刚出门又回来的时候,林萍萍不可能改变主意不住娘家,像是来捉奸的,或是她知道了他与金妙妙约会而返回来质问个究竟的?以林萍萍的性格,她若要知道他与金妙妙半夜里在一起,她会出现在他和金妙妙面前,且会与金妙妙动起手来。林萍萍对金妙妙的恨,早已恨到动手的程度了。在她对金妙妙恨之入骨的情形下,金妙妙对他的暗恋,他对金妙妙的迷恋,使她对艾新闻在感情上完全不信任了。虽然婚姻滑到随时分开的边缘,林萍萍死也不愿把婚姻输在金妙妙手里,绝对不能输在金妙妙手里。因而她在精心关注金妙妙与艾新闻的动向,也在盯着艾新闻与金妙妙的靠近,因而艾新闻与金妙妙鬼混夜不归宿的事情,在林萍萍这里是天大的事。林萍萍绝不会忍了一天不理会这事的,她也忍不了一天,她忍一天会把她憋死。

这一天,艾新闻在报社一边慌张地写稿,一边焦急地等林萍萍电话,可等到下班,等到天黑,也没等到林萍萍的电话。艾新闻回家,家里没人,林萍萍回家拿的包不在,她是回娘家了。

艾新闻刚要给自己做饭，小毛给他打来电话，约他出来吃饭谈事。艾新闻想，小毛跟他谈的事，不外乎还是让他给传媒公司写"阴"稿的事，便说没空，推了。小毛说，不见面，可别后悔。艾新闻问小毛，啥意思。小毛说，只能当面讲。艾新闻想到注册传媒公司的事就烦，对小毛说，面就不见了，他不会有后悔的事。艾新闻说完，把电话挂了。

艾新闻挂了小毛的电话，以为就把小毛"打发"了，而不一会儿，小毛给他发来短信："表姐夫，你有时间跟金妙妙吃'红烛'饭，上金妙妙家过'销魂夜'，就没时间跟小毛聊会儿天吗？小毛可是帮你和萍萍姐的，金妙妙图你什么，你图金妙妙什么，只有天知道……"

艾新闻听小毛这么一说，吓出了一身汗，一时不知道该怎么应对小毛了。让艾新闻吓出一身冷汗的，是他急需要知道，林萍萍知不知道他与金妙妙整晚在一起的事，是不是林萍萍让小毛来拿金妙妙的事逼他就范的？

"你是怎么知道我跟金妙妙在一起的，难道你跟踪我了？"

"这你别管，反正昨晚上你跟美女妙妙红烛下的浪漫，浪漫后到她家浪漫到天快大亮离开，有人看得一清二楚……"

"是谁在跟踪我？是你，还是林萍萍？"

"萍萍姐还不知道，要是她知道，哪能轮得上我来问你了，她早找金妙妙麻烦了，你也早就'死'定了！"

"那谁跟踪的？"

"谁跟踪的不重要，重要的是你害不害怕？"

"我跟金妙妙是同事，吃个饭，商量写稿子，啥也没干，怕啥？！"

"啥也没干？"

"啥也没干！"

"你说没干，就没干？"

"真的啥也没干。信不信由你！"

"我信不信不重要，关键是萍萍姐信不信最重要。"

"难道你要把这事告诉林萍萍不成？！"

"告诉了你怕不怕？"

"我啥也没干，我怕个啥！"

"真不怕？那萍萍姐问我，我可就如实告诉她了。"

"小毛，你想干什么？跟姐夫直说，用不着抓'把柄'来吓唬我。"

"你知道是'把柄'就好，你不怕是假的。既然怕让别人知道，既然怕萍萍姐知道，那就听我的一句劝。"

"让我跟你们新注册的传媒公司合作，给你们写稿子？跟踪的结果是要逼我'就范'，是吗？"

"全是为你和萍萍姐好。只要配合我们做公司业务，你昨晚与金妙妙的事，即使萍萍姐打死我，我也不透出半句话。"

"小毛你敢威胁我，我要不配合呢？"

"哪敢威胁表姐夫。配合为你们好，不配合你自便！"

艾新闻不知道回复小毛什么好，只能不再回复。小毛的短信，也从此戛然而止，几个小时过去了，也见不着小毛再来短信。

艾新闻等不来小毛的短信，却让他越等越惧怕她起来。艾新闻想，看来他与金妙妙昨晚在一起的事，林萍萍不知道。他拒绝给传媒公司合作，小毛会不会把他昨晚与金妙妙的事说给林萍萍？小毛是林萍萍的"铁"妹，无话不说。昨晚上他与金妙妙大半晚上在一起，从林萍萍刚去娘家又回来的反常举动看，她也许感觉他与金妙妙在一起，所以回家证实他在不在。而她发现他真不在家时，她定是怀疑他被金妙妙拉到什么地方了，便让小毛寻找金妙妙和他。看来小毛从他和金妙妙进了"山青山茶点屋"就盯上他们了，一直盯到了他去了金妙妙家，以及从金妙妙家出来。这小毛真是厉害，让人害怕。如果真是林萍萍让小毛盯的他和金妙妙，那么林萍萍肯定是会问小毛盯梢的实况。也许小毛给他留了余地，先没告诉林萍萍，看他配不配合她的再次劝导，也就是怕不怕对他的威胁。如若他被威胁住与她们公司合作,小毛就不告诉林萍萍,如若不"买"她小毛的账,小毛会不会把昨晚的"实况"告诉林萍萍?艾新闻想到这里,浑身冷了半截,他怕林萍萍闹腾,他更怕林萍萍一气之下跟他离婚。尽管离婚没什么了不起,离了有金妙妙呢,但艾新闻压根不想离婚,更害怕与金妙妙在一起。金妙妙尽管情商很高,文采飞扬,女人味十足,但艾新闻心里有点惧怕她。金妙妙太优秀了,太聪明了,太有才了,他艾新闻哪能配得上她。

人最爱在夜晚联想,人在夜晚最胆小,艾新闻爱犯这个毛病;女人在夜晚最爱联想,有些女人在夜晚比男人胆大。晚上的林萍萍比白天嗓门大,今晚的小毛好像比白天口气厉害。艾新闻对小毛害怕了起来,害怕她跟林萍萍把"实况"全说了,害怕她现在去找林萍萍说"实况"。艾新闻从来没被一个女人吓成这样,他即刻拨小毛的电话,要马上见她,他参与她们传媒公司的事情,以免小毛做出蠢事来。

艾新闻拨了小毛的电话,不接。再拨,不接。接着拨,停一会儿拨,拨了几十遍,不接。

小毛不接电话,艾新闻渐渐慌了。艾新闻猜想小毛是不是跟林萍萍在一起,不方便接他电话,或者是她已打定主意要跟林萍萍说他和金妙妙的事了?这让艾新闻越发害怕和着急。

而就在艾新闻对小毛的害怕加重,想要不要去她家找她时,小毛发来个短信:"跟萍萍姐在一起,不方便接电话。配合不配合,最后再问你一声?!"

小毛把艾新闻逼到了墙角。尽管逼到了这般境地,艾新闻也压根不想一起做传媒公司。而艾新闻不敢立刻说"不做",只好采取了缓兵之计。

"我一切听小毛你的,但想单独与你聊下这事。"

"没什么好聊的,你只说做和不做。"

"容我想周到,再告诉你。"

艾新闻这条短信发过去,再没收到小毛的短信。夜已很晚,人已很困,睡觉是艾新闻眼下第一位的事。艾新闻虽很担忧小毛说出啥,继而想到自己与金妙妙啥也没做,有啥害怕的事情,没必要再害怕她跟林萍萍说出啥,没必要再理会小毛,更没必要跟她们妥协。想到这里,艾新闻面对小毛的威胁和林萍萍知道他与金妙妙约会的不依不饶,顿然不怕了,倒头睡着了。

睡着的艾新闻,梦见小毛不仅跟林萍萍描述了他与金妙妙在一起的全部实况,还描述了他与金妙妙亲嘴、拥抱、穿着衣服做爱……还描述了小毛和他配合写"阴"稿挣了一整个银行的钱。林萍萍听了,笑得前仰后合,把他笑醒了,也把他吓醒了。

吓醒了的艾新闻,看小毛有没有再来短信,看林萍萍有没有电话,没有。艾新闻料想将会发生什么事情,只好等待事情的发生。

给牛社长妹妹牛丽丽写的"阴"稿发到信箱不一会儿,魏风跟艾新闻说,胡主任让他做好出差准备,明天陪牛社长出差。艾新闻问,出差做什么。魏风说,除了写稿,还能做什么。艾新闻问,去啥地方。魏风说,去了就知道了。

艾新闻虽然不再惧怕林萍萍知道他和金妙妙约会的事,但还是希望小毛没告诉林萍萍什么。小毛到底告诉没告诉林萍萍这事,只能等林萍萍的反应。艾新闻就苦等林萍萍的电话或短信,也等小毛的短信。上午没等来小毛的短信,也没等来林萍萍的短信;下午没等来小毛的短信,也没等来林萍萍的短信。

艾新闻在不安中等了一天。到该下班回家的时候,却等来了金妙妙的电话。金妙妙叫艾新闻去她家吃饭,艾新闻不敢答应金妙妙,回了家。家里没人,林萍萍在娘家,根本没有回来。

林萍萍与他这种稍有冲突就分居的日子,让艾新闻心里有了阴影,加上冷清、冷锅、冷床的苦恼,加上连日来的身心交瘁,他真想马上见到林萍萍,林萍萍会提出离婚,他会毫不犹豫地在那张多年来在他面前扔来扔

251

去的"离婚协议书"上签字,并在明天一早去办离婚。可直到他把两碗泡面吃完,直到他躺在了床上,也没见林萍萍的影子,更没等到林萍萍的短信。

艾新闻在焦虑中生产了盼望林萍萍与他明天早上去办离婚,而林萍萍也与艾新闻同样受着煎熬,也在想离婚的事。她让小毛找艾新闻,看他与金妙妙是不是在一起,小毛碰巧看到并跟踪了艾新闻和金妙妙的全过程。半夜时,也正是艾新闻被金妙妙拉到她家的时候,林萍萍在等艾新闻,断定艾新闻与金妙妙鬼混在一起,便打电话问小毛寻找艾新闻与金妙妙的情况。小毛却跟林萍萍撒了个谎,说艾新闻被牛社长妹妹牛丽丽接到公司在写稿。林萍萍对小毛的话不知道该不该信。信的是,艾新闻确实是牛社长妹妹牛丽丽的主力"枪手",几乎是随叫随到,几乎大多稿子给艾新闻写。接他去公司吃饭并说稿子,不是没这种可能。不信的是,牛丽丽是一点累都不愿受的人,与艾新闻说稿子和写稿子,怎么会说到深更半夜呢。如果牛丽丽跟艾新闻说稿子说到三更半夜,那一定有问题。于是,林萍萍就给牛丽丽的妹妹、公司副总牛艳艳打电话问她姐在哪里。被电话惊醒的牛艳艳说,她姐在家里。再问她,是不是半夜去了公司。牛艳艳说,她姐晚上从来不去公司,公司下班就关了门的。林萍萍问牛艳艳,晚上见到过艾新闻没有。牛艳艳说,上午见到过他的稿子,没见过人。林萍萍证实小毛跟她撒了谎。第二天一早,林萍萍打电话要小毛到一个咖啡屋说话,小毛听林萍萍带气的口气,就知道她撒的谎被林萍萍捅破了。小毛推脱公司有事出不来,林萍萍就去公司找她,小毛不在。林萍萍给小毛打电话,小毛不接。小毛躲着不见,不接电话,足以说明艾新闻就是跟金妙妙在干什么,只是小毛不敢说罢了。

林萍萍见不到小毛,但林萍萍是个聪明女人,凭她的直觉,凭她的判断,凭她的推理,她断定艾新闻被金妙妙拉到了她家里,拉到了床上,干了无耻的勾当。从艾新闻一夜不归来看,艾新闻被那个狐狸精迷倒且"豁"了出来,啥也不怕和不顾了;那个狐狸精金妙妙彻底把艾新闻征服在了床上,等着艾新闻跟她离婚与他同床共枕呢。林萍萍想了几乎两晚一天,也联想了金妙妙如何让艾新闻销魂,艾新闻如何在金妙妙温柔的床上由紧张到激动、疯狂。想到这些画面,林萍萍再也坚守不住对艾新闻的那一点希望了,拿出一次次心软而放弃的"离婚协议书",在具体财产归属上,由过去的房子归男方改成了房子归女方;存款归艾新闻,改成了存款全归女方所有。之前,林萍萍提出离婚,想到艾新闻在这城市没有亲戚,离了婚没处住,把房子写给了他。但这次不同了,他艾新闻出轨,金妙妙那么大的房子在等他住,她决然不能给艾新闻留半间房子,也不给一分钱存款,让他光着屁股出去,反正金妙妙有钱有房,他是不会露宿街头的。

这头"倔驴"彻底没救了,也彻底不值得她留恋了。林萍萍横竖下了最后的决心,放走艾新闻,他若真走,滚蛋算了,爱跟金妙妙一起就跟她一起去吧。

林萍萍准备好了精心修改过的"离婚协议书",回家放在了艾新闻的书桌上,并写了一个纸条:"艾新闻,我已没有耐心。我的心已被你揉碎,痛下决心离婚;我不想见你,也不想电话争执,更不想听你无谓的好话哄我。仔细看好'离婚协议书',如有不适条款,短信写来商量,如无短信意见,视同认可,明天上午九点半,准时到山青山区民政局办事大厅办离婚手续。"

晚上,艾新闻下班回来看到林萍萍的纸条和"离婚协议书",虽心里一怔,但感到林萍萍仍在吓唬他、威逼他就范。这一年来,林萍萍给他写过好几次"离婚协议书",这玩意儿让艾新闻一瞅就反感,一瞅就来气。他把"离婚协议书"扔到了一边,忙胡姬花交代的事了。下班时魏风通知他,明天八点在报社上车,跟胡主任和牛社长出差,并交代了今晚要加班完成《精英》周刊明早要的两篇稿子。艾新闻问魏风,去哪里出差。魏风说,外地。艾新闻问,哪个外地。魏风说,鬼晓得去哪个外地。与魏风的对话,已让艾新闻憋了一肚子气,看到林萍萍的纸条,火从心里蹭地冒了出来。

三十二

清早，天还没亮，艾新闻还在梦中，两条手机短信把他吵醒了，是林萍萍的短信。一条是："九点半，去山青山区民政局离婚。好结好离，别耍花招！"一条是："离婚心已铁，没有余地。要是在民政局见不到你，我就在法院起诉离婚。"

林萍萍的两条短信，把艾新闻的瞌睡扫了个干净，这字字句句铁板上钉钉的话，不是过去那种气话，更不是吓唬的话，她要来真的了。

尽管艾新闻判断林萍萍离婚已铁了心肠，但还是给林萍萍发了短信，答应跟小毛合作传媒公司业务，让他写稿就写稿，只要不离婚就行。短信发过去，没有任何回复。艾新闻就打林萍萍的电话，电话打通，随即就被挂断了。再打，又被挂断了。接着拨，仍然被挂断了。林萍萍不接电话，艾新闻想以暂时的妥协让林萍萍放弃离婚的希望彻底破灭了。上午要跟牛社长和胡姬花他们出差，艾新闻拿出差跟林萍萍做最后的努力，给林萍萍发了短信，要求等他出差回来再离。林萍萍当即回复短信说，一天也不等，等一天要死人。今天要是不离婚，林萍萍要寻死，这把艾新闻吓住了。这半年来林萍萍时而哭，时而闹，越发神经兮兮的，艾新闻真担心她失常出事。这一条条想妥协和拖延离婚的短信，竟然在林萍萍这里丝毫不起作用，艾新闻断定即使他做出再大的让步，或再有天大的理由，在林萍萍这里已没了希望，只能顺从林萍萍这一头，不去出差，去民政局，去面对林萍萍，能说服林萍萍不离婚,那是急事,更是今天上午的大事。

艾新闻赶紧给魏风打电话推掉出差。魏风问,陪牛社长和胡主任的差,你敢推,什么理由?魏风问艾新闻什么理由,艾新闻说家里有事。魏风火了,家里有什么事。魏风把艾新闻问住了,又说家里有急事。魏风问,什么急事。艾新闻说,不好说。魏风说,不好说就别说,不能耽误出差。艾新闻说,这差他真的出不了。魏风说,说不出十足的理由就得出差。艾新闻说,出不了。魏风说,别跟她说出不了差,自己跟牛社长说。艾新闻说,真有特殊情况,要么跟领导说一下,他迟走一天,或者迟半天赶到,办完急事赶到牛社长出差的地方。魏风说,即使迟半天赶到,也得给领导说个十足的理由;说不出理由,就是没理由,少啰唆。魏风拒绝替他请假,但艾新闻又不愿意把离婚作为请假的理由说出来,也不愿意直接跟牛社长请假。请假成了僵局,魏风的态度越发恶劣,艾新闻气往上蹿,便跟魏风说出了实情:上午去离婚。魏风吃惊地问,谁离婚。艾新闻说,艾新闻与林萍萍。魏风好奇地问,是真离还是假离;是林萍萍跟他离,还是他跟林萍萍离;是金妙妙催他离的吧,离了跟金妙妙什么时候结婚。艾新闻气不打一处来地说,离婚就是离婚,哪来的假离;什么金妙妙催的,什么跟金妙妙结婚,胡扯。魏风说,他艾新闻跟金妙妙,金妙妙跟艾新闻,报社谁不知道打得火热;为她离婚,就为她离婚,遮掩个屁;牛社长第一次叫出差就冒"泡",婚哪天不能离,偏就今天离;跟牛社长请假离婚,这假她替他没法请,要么离婚的事改日,要么自己向牛社长请假。

跟魏风说了离婚,假没请到,竟然说出这番阴阳怪气的话,艾新闻气往上涌。艾新闻冲魏风扔下一句话,今天上午他必须请假,准不准他都得请假。说完,随即听魏风在发火,但他把电话挂了。

今天去民政局非同小可,去了也许与林萍萍的关系还有机会缓和,不去不仅没了机会,而且还得去法院。去了法院就没有回旋的余地了。艾新闻很清楚林萍萍的性格,一激就会怒,激怒就会恼。他今天要是不去民政局，要是把林萍萍激怒了，结果就是上法院，结果就是必定离婚。艾新闻想到这个结果，管他牛社长高不高兴，差是断然不能出了，见林萍萍是上午天大的事。

艾新闻草草吃完早餐，就往山青山区民政局赶。正打上车，魏风电话来了，让艾新闻立马赶到报社门口，牛社长在等。艾新闻说，他现在去民政局离婚，今天必须请假。魏风说，她跟胡主任说了他今天请假离婚，必须请假，但胡主任请示了牛社长，不准请假，离什么婚，不准离；即使真离婚，出差回来也不迟，要是耽误了出差，后果自负。魏风不听艾新闻再说什么，把电话挂了。

离婚这么大的事，竟然在牛社长这里没有跟他出差重要，艾新闻心里骂牛社长是个十足的畜生，不通情理。气往上蹿的艾新闻，生怕迟到惹林萍萍发火，造成无法回旋的地步，决意不理什么"后果自负"的混蛋话，催出租司机快点开，往山青山区民政局赶。

艾新闻快要到民政局时，魏风又打来电话催艾新闻立刻到报社门口，牛社长在等他上车出差。艾新闻说，他已到民政局门口，让牛社长等他把婚离了，马上跟他出差。魏风高声说，牛社长和胡主任，还有报社的另外一个主任，都在报社门口等他，牛社长让他先去见他，然后去办他离婚的事。艾新闻说，办离婚快的话也就十多分钟，办完离婚马上跟牛社长出差，出一年差都行。魏风压着火气以恳求的腔调说，牛社长对胡主任发火了，胡主任又对她发火了，立刻先去见牛社长，见完牛社长，再去离婚也不迟。

魏风少有以乞求的腔调说话，这求他的腔调，已经让他感到牛社长太怪异了，太反常了，太霸道了。艾新闻提醒自己，对牛社长不能硬碰硬，否则后果真是很严重，那就先去见牛社长，见完再去办离婚。

眼看林萍萍跟他约好的时间快到了，艾新闻给林萍萍打电话，林萍萍不接。艾新闻接着给林萍萍打，仍然不接。又是成心不接电话。不接，说明她压根不改变离婚的决心，更不想听艾新闻的求饶。艾新闻此刻是这么判断林萍萍的。这个判断，让艾新闻失落、沮丧、悲愤到了极点。虽然悲愤到了极点，但艾新闻仍不想放弃与林萍萍不离婚的希望。他又给林萍萍连发几条短信，说明牛社长有急事要找他，离婚的事最好再约时间，或者最好放在下午。发短信发疼了手指，艾新闻抱着手机等林萍萍回复，直到他到了民政局，进了民政局离婚登记室，也没等到林萍萍的电话和短信回复，更没见到林萍萍的影子。艾新闻在民政局离婚登记室门口等林萍萍，等到了十点，也没等到林萍萍，更没等到她的短信和电话。他打电话，她仍是不接。

艾新闻在离婚登记室门口，不知道怎么办时，又接到了魏风的电话，魏风火气冲天地嚷嚷道，牛社长在等，在发火，快点、快点。

挂了魏风的电话，等不到林萍萍，更联系不到林萍萍的艾新闻，赶忙赶往报社。好在山青山区民政局离报社不很远，打车很快到了。牛社长的那黑色的"奥迪"车在报社门口停着，胡姬花和魏风在车边焦急地东张西望，艾新闻看胡姬花和魏风烦躁不安的样子，一定是等他等得烦透顶了，顿时紧张得浑身冒起了冷汗。

魏风和胡姬花看到艾新闻，一脸的埋怨相，而胡姬花什么话没对艾新闻说，便对魏风说"去叫人"，叫牛社长。车里只有司机，牛社长并没有在车上。魏风却让艾新闻去办公室去见牛社长，让他叫牛社长上车。

艾新闻敲牛社长办公室的门，没有回应，便拧门把，门锁着，不知牛社长在不在办公室，便在他办公室门口等了一会儿。过了好一会儿，牛社长的门开了，开门、出门的是专题部的美女代理副主任蒋小曼。蒋小曼是牛社长调来的，没人不知道她是牛社长的相好，牛社长出差大多都会带着她。蒋小曼看有人站在门口，吓得哆嗦了一下，脸也同时"唰"地涨个通红，拢一下有点乱的披肩发，没理艾新闻，低头走了。艾新闻认识蒋小曼，蒋小曼也认识艾新闻。敲半天门后出来的蒋小曼看到艾新闻吓了一跳，蒋小曼的紧张也让艾新闻吃了一惊，他刚要跟蒋小曼打招呼，却被蒋小曼的怪异吓得没说出话来。

艾新闻意识到他的敲门，他敲门后半天等在门口不走，让以为敲门的人已经离去的蒋小曼，出门并撞上了他，让蒋小曼吓得如此哆嗦。这哆嗦，这涨红的脸，这稍乱的长发，让他想不出蒋小曼在牛社长反锁门的办公室里干什么。但艾新闻从蒋小曼紧张的举止和表情上看出，他在门口等牛社长等坏事了，得罪了蒋小曼，也一定得罪了牛社长。

虽然牛社长办公室的门被蒋小曼拉住，艾新闻断定牛社长一定在办公室。闯上了"祸"，要不要进去？艾新闻没敢马上进去，在门口又等了一会儿，刚要敲门，门开了，是牛社长提着小包出来了。嘴角有口红，是蒋小曼唇上的颜色。艾新闻被牛社长嘴角没擦净的口红"蜇"了一下，有点心惊肉跳，但牛社长却一脸的傲慢和从容。

牛社长看到艾新闻，没理，随手使劲把门砰地拉上后，推了一下，确认锁死了，便生气地问艾新闻，刚才是不是他敲的门。艾新闻想说"不是"，但出口却说成了"是我"。牛社长要发火，却忍住了，对艾新闻呵斥地说："去帮蒋小曼副主任提一下行李箱，下楼上车，一起出差！"

艾新闻为牛社长嘴角的口红着急，生怕被人看到，被胡姬花和魏风看到，尤其是被他老婆看到。这风流的口红，把艾新闻的心提到了嗓子眼上。牛社长可是一社之长，他的嘴角有口红，那就被人误为报社男人都是流氓。艾新闻想斗胆提醒牛社长嘴角口红的事，但话将要出口时，牛社长的"牛"眼朝他瞪了过来，也喊叫了起来："犯什么傻，赶紧去帮蒋副主任提箱子呀！"

牛社长训斥孙子般的架势，使艾新闻对牛社长嘴角口红将会造成的无耻后果的担心，顿然打消了，甚至有了希望他倒霉的念头。他决意不跟他出差，去处理好与林萍萍的关系，才是正事。

"牛社长，我和林萍萍有点急事，今天我请个假处理完，明天赶到您出差的地方。"

"先出差！"

牛社长扔给艾新闻这么一句话，下楼了。艾新闻只好去楼上的专题部接蒋小曼下楼。蒋小曼在涂口红，看到艾新闻，满脸的不高兴。

"蒋主任，牛社长让我帮你提一下箱子。"

"不用！"

箱子在门口，艾新闻提上箱子就往楼下走，蒋小曼也不阻拦，接着跟着艾新闻下楼了。

牛社长正往车里钻，胡姬花也正上车，魏风站在车旁边，不耐烦地瞅着楼门口。牛社长从楼里出来到上车，不知谁看到了牛社长嘴角的口红，艾新闻仍是为他嘴角的口红担心着，希望他下楼时擦了个干净，没有人看到，更没被车边的三个女人看到。

艾新闻的担心，是多余的。就在牛社长上车前，魏风给牛社长开车门时，看到了牛社长嘴角的口红，正是走到车边的蒋小曼嘴上的口红颜色，便明白他嘴角的口红来自什么地方。魏风心里一怔，生怕胡姬花看到，赶紧给牛社长开车门。幸亏牛社长没正眼看胡姬花，胡姬花也没正眼看牛社长，牛社长嘴角的口红也就没被胡姬花瞅见。可口红却被司机小马看到了，"扑哧"笑一声，赶紧闭住了嘴。看来司机是不会搭理牛社长嘴角口红的事了，也许会装作压根没有看到，也许压根不敢让牛社长知道他看到，这可急坏了魏风。魏风替牛社长急，并不是她心地善良而不愿意让牛社长丢丑的缘故，而是出于讨好领导的目的。魏风在关心胡姬花和牛社长，还有关心其他社领导上，都是出于讨好目的。用她的话说，社领导没有几个值得让她尊重的，更不会成为她的朋友。

艾新闻提着蒋小曼的箱子出了楼，魏风就大声朝艾新闻喊叫："赶紧啊，领导都上车了，就差你了！"

魏风的话音刚落，楼里出来了蒋小曼，紧跟着艾新闻朝车走来。艾新闻把箱子装到车的后备厢时，蒋小曼拉车门上车。魏风吃惊地看蒋小曼上车,随之胡姬花从车里出来了。胡姬花把车门拍了个大响,朝坐在副驾驶座的牛社长喊道:"怎么回事,蒋小曼也去呀?我不去了,你和她去吧!"

"你不去,别后悔。不想去,赶紧给我滚蛋!"牛社长冲胡姬花说。

"还是胡主任跟您去吧,我不去了!"蒋小曼也下了车,把车门拍得大响,朝牛社长嚷道。

"小曼上车,艾新闻上车,胡姬花不想去,滚蛋!"牛社长冲蒋小曼和艾新闻喊道。

"牛社长我要请假,林萍萍和我今天有急事,办完急事明天赶到您到的地方。"

"不就是离婚吗?离什么婚,你这个婚不能离!"牛社长吼叫道。

"是林萍萍死活要离,约好了上午离婚。"艾新闻说。

"金妙妙巴不得你马上离呢,你更是巴不得早一天跟金妙妙睡在一起呢!"胡姬花朝艾新闻说道。

"上车出差。林萍萍不会去民政局了,我给她打了电话,她上班去了,你安心出差写稿。"牛社长口气缓和点地对艾新闻说。

"谢谢牛社长。那我安心出差。"艾新闻边说边赶紧上车。

"你怎么先上来了?没'眼色',请胡主任和蒋主任上了车,你再上呀!"牛社长朝艾新闻吼叫道。

艾新闻赶忙下车,先请胡姬花上车。胡姬花眼睛瞪着蒋小曼,站在车旁就是不上,但又没走的意思;蒋小曼瞅着胡姬花,也没走的意思。尽管她俩都对牛社长发脾气说她"不去了",但两个人相互瞪着眼,谁也不走。好像谁也不愿主动放弃与牛社长的出差,或者谁也不敢自行放弃与牛社长的这次出差的机会,彼此好似仇敌,两眼冒着火气,恨不得用眼睛把对方杀掉。

艾新闻再请胡姬花上车,胡姬花仍是端着架子,不上车。胡姬花一边气哼哼地瞪蒋小曼,一边在瞅牛社长。她也许在等牛社长发话请她上车,

260

她才会上车。艾新闻虽然恭敬地请她上车,但她正眼也不瞧艾新闻一眼。艾新闻看请不动胡姬花上车,就去请蒋小曼上车。蒋小曼却对艾新闻示好地笑了一下,不管胡姬花上不上,她上车了。

胡姬花对蒋小曼的仇视与僵持,是想看到蒋小曼提包滚蛋,可蒋小曼不仅没有滚蛋,反而先上了车,这是胡姬花没有料到的。她狠狠地瞪了眼艾新闻,心里也在骂艾新闻这头"倔驴",怨他没事生事去叫蒋小曼这骚货上车。嘴贱,要是艾新闻不去叫她上车,蒋小曼也许会被她气走。这个该死的艾新闻,真不是个东西。

艾新闻再请胡姬花上车,胡姬花骂艾新闻"滚",艾新闻便不敢说话了。胡姬花不上车,也不离开,她委屈地、愤怒地在等牛社长让车走,在等牛社长请她上车。牛社长打电话跟人扯淡,装作啥也没看见,不说让胡姬花上车,也不说让车走,拿着手机不看两个女人。

魏风见此状况,要是继续僵持下去,有可能牛社长会把胡姬花扔下,带着蒋小曼和艾新闻走了。如果是这样的话,那胡姬花与牛社长的隔阂就更深了,那会让蒋小曼得了"上风",也等于成全了蒋小曼。聪明的魏风让艾新闻上车,要艾新闻坐中间,把右边的座位留给胡姬花。魏风继而推胡姬花上车,胡姬花虽不情愿,却上了车。这样,后坐中间的艾新闻成了一堵墙,隔开了两个女人。

两个情敌互不相挨,不相看,都看窗外,上车相安无事。牛社长瞅一眼后座,咧嘴笑了,戏谑地说,艾新闻真是幸福,左一个美女陪着,右一个美女伴着,这一路上还不醉过去。牛社长说完,让司机开车上路。魏风对艾新闻高声说,艾新闻照顾好牛社长和两位主任,别犯傻。艾新闻没理魏风的话,没理牛社长的话,更不理身边两位女人,闭眼装睡。他从坐到两个女人中间时才顿然明白,牛社长在他面临离婚这么大的事上,不准他请假,要陪他出差,把他艾新闻纯粹当成了工具,纯粹是他为了带这两个女人出差方便。他讨厌这两个女人,他厌恶前面副驾驶座上的这个人。尽管这个人改变了林萍萍死活要在今天离婚的主意,但艾新闻仍是憎恨他的贪婪、自私、无耻、霸道。

两个女人脸挂冰霜,让车里空气沉闷寒冷。尽管两个女人把车里的空气弄凝固了,而牛社长仍在嘻嘻哈哈地一个电话又一个电话地跟人聊天,且聊得相当开心,一边笑着,一边骂着,一边说股市战绩,一边开流氓玩笑。牛社长的一个又一个电话,牛社长的笑、骂、吹、逗,好像不是非要在车上打这些电话,是让两个女人解闷气的,是破这死寂般的车里气氛的,是显摆他朋友多多,更是他对两个女人夸耀他在股市多么牛。牛社长的"表演"没用,两个女人的耳朵如同塞上了东西,既没被逗出一丝笑,更没有逗出句赞美的话,眼睛都在看着窗外的风景,对牛社长看都不看一眼,好像车里没有人说话。牛社长知道,两个女人在为他吃醋,更知道她们在为争宠而互相仇恨,她们在生他的气,也在不停地骂他。牛社长的双耳在发烧,他断定胡姬花在暗自不停地骂他"不是个东西"。

不仅是胡姬花在暗自不停地骂牛社长"不是个东西",连他认为跟他心贴心的蒋小曼也只对他有恨,不会对他有爱。因为牛社长明确地告诉她,他的心里只有小曼,没有胡姬花;对她是从心底里好,对胡姬花是表面上好;胡姬花是"摇钱树",他要用胡姬花挣钱。尽管牛社长拥抱她的时候,她常怪他"吃着碗里的,又想着锅里的",与胡姬花"说不清楚",但他总是对她说讨厌胡姬花。这样的话说多了,蒋小曼便将信将疑,信以为真。可是,今天蒋小曼却又怀疑和憎恨起了牛社长,她认为他一直在她和胡姬花之间,脚踩两只船,口口声声都在欺骗她——他在抱她的同时,也在抱胡姬花。不然,这次出差,他怎么没告诉她胡姬花也去呢?让胡姬花去,她是断然不去的。胡姬花与牛社长的风流韵事,她来报社后听到了不少。每当牛社长抱她并狂欢时,她都要拿听到的胡姬花的事质问牛社长,油滑的牛社长总是信誓旦旦地说,胡姬花长那么难看,白让他干他都不干;他与胡姬花的传闻，纯属造谣，绝无其事。牛社长的话，她从不信到信，从信又到不信，来回折腾着，但却摆脱不了牛社长的手掌。当然，她摆脱不了牛社长的根本缘由，是她怕牛社长，她也怕失宠于牛社长，他要执意让她去，她受委屈也得去。她知道，她惹怒他的结果，是会让他把胡姬花抱得更紧，也会让胡姬花彻底拥有他。这个后果将使她的副主任职位不仅会不保，甚至在报社难以有出头之日了，那就"死"定了。想到这些利害关系，蒋小曼只能忍辱沉默。

蒋小曼对牛社长厌恶到了十足的程度，但也怕牛社长怕到了十足的程度。自从她被调到报社来，自从被他"得手"第一次后，她就成了他的美"食"，"饿"了也"吃"，不"饿"也想"吃"。牛社长经常借采访的名义，带她出差住宾馆，或约她开房幽会，也借谈工作把她叫到办公室，往往是有床的地方做爱，没床的地方就亲热。蒋小曼起初爱慕牛社长，他在她眼里潇洒多才，出口便是名诗名句，讲起故事来口若悬河，情诗写得动人心弦，她曾被他的才情和热情迷惑，床上床下的事儿心甘情愿。很快，蒋小曼发现牛社长不仅跟她有"事"，还跟胡姬花和报社几个女人有"事"，还跟外面几个女人有"事"，他在报社和外面早有个"黄牛"的外号。

起初，蒋小曼听到有人叫牛社长为"黄牛"，以为是在夸他是一条实干的老黄牛，还为他喜悦呢，后来才明白，"黄牛"的"黄"，是黄色的黄，是下流和流氓的意思，就十分后悔自己的虚荣和浅薄害了自己。蒋小曼认清牛社长不是个东西时，就远离他，但牛社长答应给她提副主任的事便没了影子。蒋小曼决意调走，联系好了省里另外一家报社，可人家来报社外调，听到她跟牛社长的"事"，调动便黄了。再后来，她联系了几个单位，起初都说好了要她，但进入调动过程，就又被"黄"了，也都是因为她跟牛社长有"事"，调动半途而废。她的清白名声，被"黄"色的牛社长染"黄"了，她调哪都难，哪都去不了，在这万般无奈的情形下，只好在报社继续干。

在报社继续干，那就离不开牛社长的手掌，那就得跟牛社长妥协，那就只能顺其自然，那就只好破罐子破摔，混成什么样算什么样。从此，蒋小曼放弃当初对文字的美好梦想，只图安稳和舒坦。只要牛社长让她舒坦，别人爱怎么看，无所谓了，牛社长就把她提为了副主任，工资上了个大台阶，去掉了工作量绩效考核，想干就干，不想干就待着，真是舒坦。就在刚才艾新闻敲牛社长办公室门的时候，牛社长借交代出差的事，把她叫到办公室，说完事就抱她亲她，她只是应付，牛社长对她的所有举动，她只是应付。尽管是应付，牛社长也舍不得丢手。牛社长在她身上，永远是饿鬼，怎么吃也吃不饱。蒋小曼想过牛社长在她身上为何像饿鬼，她怪怨自己，谁让自己长得像山口百惠呢，活该。

　　蒋小曼当然知道牛社长嘴角有口红，那是他出门没擦干净的结果。离开牛社长办公室时，蒋小曼看到了牛社长嘴角的口红，她懒得提醒他，便走了。蒋小曼也不在乎牛社长嘴角的口红让人看到，不在乎让人看到和猜到是她蒋小曼嘴上的口红，报社有几个人不知道她蒋小曼被牛社长霸占着，也欺负着，知道的人越多越好。牛社长嘴角挂着她唇上的口红上车，她才不提醒呢，让胡姬花看到才热闹呢。

　　可魏风与蒋小曼想的不一样。魏风看到牛社长嘴角的口红，便启发了她的一丝兴奋和激动。魏风想把擦掉牛社长嘴角的口红变成她的"战绩"，她要让牛社长通过这事感激她。

　　怎么才能让牛社长把嘴角的口红擦掉，让牛社长把口红擦掉而不对她产生反感？魏风急切地想办法，用纸是擦不掉的，只能用潮湿的东西才能擦掉。魏风没有湿毛巾，舌头是最好的工具，一舔会掉，她恨不得用舌头去给牛社长舔了，那毫无疑问会感动牛社长的。只要牛社长愿意，魏风真情愿用她的舌头赶紧给牛社长舔掉嘴角的那风流印记。此时，只有她魏风在为那嘴角的口红着急，而嘴角挂口红的牛社长狂傲地不理她。不理人，魏风也不愿放弃讨好牛社长的这个机会。魏风急中生智，想到了车里有香蕉，香蕉皮能擦掉那片沾在牛社长嘴角顽固的口红。她想到给牛社长喂香蕉时，顺便把牛社长嘴角的口红擦掉。

魏风从车里拿根香蕉，扒了皮，给牛社长喂香蕉。牛社长说，他要打电话，不吃香蕉。魏风把香蕉递到牛社长嘴边说，吃了香蕉再打。司机小马明白魏风的企图，劝牛社长说，吃根香蕉再打。牛社长说，为啥要让他吃香蕉，香蕉有啥好吃的。伸过手来要拿香蕉，魏风就给牛社长喂到了嘴上。有女人给他喂香蕉，牛社长笑了，牛社长吃了。魏风喂牛社长香蕉时，故意把香蕉蹭到了他嘴角的口红上。香蕉喂到了嘴外，头一次牛社长就不高兴，连续两次，牛社长就急了，骂魏风，笨蛋一个，香蕉尽往脸上喂。尽管香蕉三次蹭到了口红上，但没有蹭掉口红。蒋小曼的口红又红又黏，口红仍牢牢地印在牛社长的嘴角。魏风想再努力一次，使点劲，把牛社长嘴角的口红擦掉，便又把香蕉"喂"到了牛社长嘴角的口红上。牛社长急了，从魏风手里夺过香蕉，扔在了魏风的脸上，并骂魏风"十足的笨蛋，滚蛋"！

半截香蕉打在了魏风的脸上，受到侮辱的魏风，捂着脸，"哇——"地哭着跑回报社。

牛社长被喂香蕉时的突然翻脸和发怒，闭眼装睡的艾新闻一开始并不知道怎么回事，两个女人也不知道是怎么回事，司机小马知道是怎么回事，但装着啥也没看见。所以，魏风喂牛社长香蕉，喂出了牛社长发火，两个女人并不知道是魏风一而再，再而三喂错了牛社长地方，而惹怒了牛社长。

牛社长对魏风发怒，吓蒙了胡姬花，也吓呆了蒋小曼，却让艾新闻愤怒。艾新闻猜到魏风喂牛社长香蕉，是为借喂香蕉擦掉牛社长嘴角的口红，没想到惹怒了牛社长，艾新闻气得握紧拳头，暗骂发怒的牛社长是"十足的混蛋"，这样的混蛋，怎么当上了报社副社长兼副总编辑，恨不得替魏风抡一个嘴巴解气。两个女人不知道喂香蕉为何喂出了牛社长的恼羞成怒，但她们知道牛社长的牛脾气，在他发火时，谁敢介入，谁就会倒霉，使得胡姬花和蒋小曼对牛社长大气也不敢出。胡姬花下车去追魏风，牛社长说："追什么，开车！"胡姬花不敢往前走一步，赶紧上车。

魏风想讨好牛社长，没得到牛社长的意会和领情，反而遭来横祸，为他姓牛的擦"屎"反遭误解被辱，好心当成了驴肝肺，姓牛的真不是个东西。魏风感到丢人现眼、羞辱难耐，办公室里空无一人，便捂住嘴大哭，捂着嘴大骂牛社长。魏风哭够了，骂够了，一杯清凉的水下肚，她想到不能让自己的好心在姓牛的这里当成牛屎，要让他知道她魏风是为他好才这么做的。于是，魏风拿起手机，给牛社长发了条短信："牛社长，我给您喂香蕉，难道是我作践自己才喂香蕉吗？我是借喂香蕉想帮您擦掉嘴角的那片红，那片口红。我是为您好才这么做的，您却反而误解了我，委屈死了没处说去！"

魏风给牛社长的短信发了好半天，才等到牛社长的回复："胡说八道，我的嘴角是上火搞的，哪有什么口红！"牛社长的回复，气得并吓得魏风手抖起来。魏风对牛社长恨到了极点，他的嘴角明明是口红，却说是上火，这姓牛的简直不是人；魏风也害怕到了极点，她是彻底得罪了牛社长。得罪了牛社长，她在报社真是"死"定了。想到得罪了牛社长的后果非常严重，魏风恨起自己来，堂堂的一个名牌大学毕业生，一个曾经的女诗人，混得竟然如此卑微，混得自己认不得自己是谁，混得找不到诗歌的路在哪里，混得竟然到了让单位领导用香蕉打脸的地步，哪里有尊严可讲，哪里有未来可见，还不如跳楼一死了之。

牛社长的一根香蕉打得魏风产生了死的念头。这死的念头，也来自胡姬花对她的埋怨。

就在魏风挨了牛社长一香蕉刚上楼，胡姬花给她发短信问怎么回事，牛社长为啥打了她一香蕉。魏风回复说，为了擦他嘴角的口红，惹怒了他。魏风以为胡姬花会安慰她，没想到只回了四个字：打得活该。

胡姬花的"打得活该"，魏风感觉像一把刀绞进了心里，加上牛社长如同一把刀直捅心窝地打在脸上的香蕉，顿感心里血流如注，将要气绝死去。

这一天，牛社长打在她脸上的香蕉和胡姬花"打得活该"两把刀，让她在剧烈的疼痛中产生了幻觉，幻觉使她站在了报社十层楼顶的边缘要跳下去，幻觉使她站在了山青山悬崖顶上要跳下去，幻觉使她喝了一瓶安眠药从此入了仙境……

泪中沉睡了的魏凤，一觉醒来也没想好用哪种方式自杀。哪种自杀方式她都难以接受，她又陷入了采取何种方式自杀而让自己能够接受的苦想里。她在清晨的鸟叫中又想了好半天自杀的方式，仍然是越想越找不到自杀的好方式，只好一边去上班，一边接着想。

三十三

让车里的人和魏风难以接受的是,牛社长扔在魏风脸上的香蕉刚落下,就说"开车",艾新闻和胡姬花顿时傻了眼,不敢说出一句话来。车里五个人都在冒"火",车里空气似乎都燃烧了起来。

牛社长打在魏风脸上的香蕉,与其说打在魏风的脸上,也打在了车里两个女人的脸上,更打了艾新闻脸上,好像也打在了司机小马脸上。每个人都好似受了辱,愤怒摆在脸上。虽然艾新闻讨厌魏风的装腔作势和狐假虎威的坏毛病,但在艾新闻看来,魏风是个心地善良的女人,也是很有才华的女人,只是在牛社长和胡姬花这样品格的人的手下,为了生存和获取利益而扭曲了自己,成了胡姬花的奴才,让人又讨厌又反感,又同情又惋惜。因为魏风是名牌大学毕业的,让艾新闻平时对她起敬三分,对她那装腔作势和狐假虎威的毛病也容忍三分。艾新闻不希望她沦落成一个可憎的俗女人,希望她继续写她的好文章,希望她远离胡姬花而保持单纯,更不愿意看到她倒霉。牛社长对魏风的粗鲁语言与打在她漂亮脸蛋上的香蕉,就好像刺在艾新闻的心里,打在了艾新闻的脸上,让他那么难堪,让他那么羞辱。

艾新闻攥紧了拳头,恨不得一拳抡过去,让姓牛的威风扫地。艾新闻只能恨姓牛的,他想打却不敢。至于司机小马,魏风挨了牛社长的骂和一香蕉,给他的感觉同艾新闻一样,就是姓牛的太"牛",对他动不动骂,甚至扔东西打过他。他憎恨他，他希望他丢丑，他希望他倒霉，甚至想过把车开翻与他同归于尽。同样，魏风的脸上挨了牛社长一香蕉，两个女人看到这一幕的感觉是，被吓得心惊肉跳，似同打在了自己脸上，自己的脸上有了疼痛感。胡姬花想到牛社长与她、与很多女人的流氓勾当，想起牛社长贪图钱财的自私和对她的无耻手段，尤其是着迷蒋小曼迷到了疯狂的地步，尤其是自从蒋小曼出现就排斥她排斥到了只是金钱关系的地步，加上平时对她的蛮横训骂，对魏风的骂和那一香蕉，勾起了她对他的伤心，勾起了他给她的屈辱，勾起和加深了对他十二分的憎恨。

胡姬花憎恨牛社长把她染"黄"也染"黑"，使得她不得不往"黄"和"黑"里走下去。要不是这个姓牛的，她在报社早已是采编部门的顶尖主任，她的人生也将是文字人生，也是她追求享受文字精彩的人生，他让她成了个商人和他的"摇钱树"，成了见钱眼开和厚脸皮的无耻女人。他虽然也让她发了财，但他通过她发的财，远远比她多几倍，实际是她帮他打工发财。他玷污了她的身，也毁了她的名声，把她引入了利欲熏心的沼泽，她憎恨他。

胡姬花尽管憎恨他，但同蒋小曼一样惧怕他，怕他抛弃她。一旦被他抛弃，她早已被他染"黄"并染"黑"的名声，会使她在报社和社会难有立足之地，更会在经济问题上被他弄出事，招来意想不到的灾难。想到这些利害，胡姬花虽然憎恨得咬牙切齿，但又不敢分道扬镳，她要在报社走下去，她要今后走得平安无事，得依附于这个"王八蛋"领导，且不依附他也不由得她自己，不愿堕落也不由得她自己。胡姬花感觉遇到牛社长，是她的灾难，跟他走下去，也许是大灾难。因为有了这样的后怕，这几年的胡姬花性格怪异，内心越发灰暗，对人淡漠刻薄。这些变化，连她自己也觉得吃惊。但对于她的堕落，她自己已无法控制，只好走到哪算哪。

胡姬花瞟一眼艾新闻，看艾新闻怒脸铁青，眼冒怒光。这怒气和怒光，是牛社长打了魏风一香蕉出现的；这怒气和怒光，冲着牛社长的脑袋许久不离，这让她对身边这"一根筋"的"倔驴"，让她无比讨厌的怪人，升腾出一股好感和感动。原来这"一根筋"的"倔驴"，没对魏风幸灾乐祸，反而对她遭受的羞辱义愤填膺，他有侠义和正义感。胡姬花料想自己对艾新闻的情绪判断准确无误。胡姬花在察言观色上总有十足的自信，事实上任何人的眼光和表情，别想瞒过她的眼睛。

车子晃荡，艾新闻的肩又摔靠在了胡姬花的肩上，她的肩也摔贴在了艾新闻肩上，胡姬花没再躲闪。胡姬花对艾新闻有了点好感，她便琢磨起了这"倔驴"。

这"倔驴"居然忍受很大的委屈，傻子似的喜欢文字文章，莫不是也犯了她和报社许多当初钟情文字文章的人一样的病，为了喜爱文字文章而痴呆到了无所顾忌的状态？看来全报社人对文字文章的痴迷不已，除了王公文和金妙妙，就是他了。

这"倔驴"为何喜欢文字文章喜欢到了不爱钱的地步？莫不是也犯了她和报社许多当初痴迷文字文章的人一样的毛病，为了文字文章而清高到了视金钱和官位如粪土的迷局？好像又清醒得很，目标清楚得很，清楚得倔到了底——全报社也难以找到他这样顶着离婚也要当记者的人。

这"倔驴"的文字文章为何写到了让她意想不到的精妙程度？莫不是有人在背后为他"操刀"和改稿，想在报社急于露一手，好去当记者？好像有人给他助力，也好像他得到了神的助力。

这"倔驴"的文字文章照这种势头写下去，广告部还留得住他吗？留不住是趋势，但留不住也得留下他，她胡姬花太需要这"倔驴"的爱文字而不爱钱的痴呆劲了。

这"倔驴"怎么与金妙妙搞在一起了呢？金妙妙怎么会喜欢上他呢？他与林萍萍离婚，是不是他与金妙妙私订好了他们要结婚？他跟金妙妙结婚，可真是让她心里极不舒坦的事情。这两个令她费解的奇葩走到一起，那可是她胡姬花面对的一对死敌。

胡姬花想到艾新闻的离婚与金妙妙的关系，一块沉石又压在了心头，刚刚对艾新闻的一丝好感，顿然烟消云散了。

胡姬花打定了主意，绝不让金妙妙与艾新闻的好梦成真。

…………

车里鸦雀无声，牛社长知道这死寂的气氛是他造成的。两个女人是情敌，不可能说话；两个女人讨厌艾新闻，不可能说话；他打了魏风一香蕉，好像打在了车里几个人脸上似的，对他都有情绪，不愿跟他说话。还有两个多小时的路，这么死寂下去，那不是对他牛某人的声讨吗？！牛社长只好拿艾新闻说"话"。

"艾新闻，一句话不说，在想啥子呢？"

"牛，牛社长，没想啥子，睡觉呢。"

"你在想林萍萍，还是在想金妙妙？想林萍萍不大可能，一定是在甜蜜地想妙妙吧？"

"看牛社长您说的，哪有这回事！"

"别不好意思。妙妙比林萍萍漂亮，更比林萍萍有风情，她谁都看不上，怎么就看上你了呢？你小子有艳福。"

"我们只是文友关系，并没有特殊关系。"

"都到急不可耐地跟林萍萍离婚，要跟金妙妙结婚的地步了，竟然说与金妙妙没啥子关系！"

"我又不愿离，是林萍萍追着要离。"

"林萍萍说的可与你说的不一样，她可是说你与金妙妙睡在一起了，这婚不离不行了。"

"林萍萍在胡编乱造，绝不是事实！"

"既然是林萍萍在胡编乱造，那你就离金妙妙远点。那你就别离！"

牛社长的话越说越让艾新闻心里不舒服。艾新闻想，他艾新闻离不离婚，是他艾新闻的事，关你牛社长什么事；金妙妙与他艾新闻好，是他与

271

金妙妙的事,跟你牛社长有什么事。艾新闻对牛社长的调侃,反感至极,立刻闭嘴,半句也不再接牛社长的话茬。

艾新闻不接牛社长的话茬,牛社长却接着说:"告诉你艾新闻,婚不准离,与金妙妙不能太近!"

艾新闻仍不接牛社长的话茬,牛社长接着说:"告诉你艾新闻,离婚是你们个人的私事,你要离,谁也拦不住。你想跟金妙妙结婚,组织上管不了你们结婚,但管得了你们是否同在报社。你要是跟金妙妙结婚,不是你离开报社,就是她离开报社,你得想好了!"

牛社长的话,让艾新闻越听越反感。他不想面对这个话题,他仍然不接牛社长的话茬,接着沉默。

牛社长碰到了艾新闻不言不语的软"钉子",就对胡姬花说:"胡姬花怎么装聋作哑,艾新闻是你的人,你是什么态度?"

"态度很明确,牛社长的态度是全社的态度,艾新闻可不要当儿戏。你要想在报社干下去,远离金妙妙,让金妙妙远离你!"胡姬花说。

"你们也太霸道了吧,艾新闻与他老婆离婚,是人家两口子的自由,艾新闻爱上金妙妙,金妙妙看上艾新闻,是他们两个人的自由,他们要结婚,也是人家两个人的自由,何必要设置障碍阻挠呢!"胡姬花的话刚落,蒋小曼接上了话茬。

"你这是说牛社长,还是在说我呢?!"胡姬花冲蒋小曼嚷了起来。

"谁急我说谁!"蒋小曼说。

蒋小曼这话一出口,本来要对蒋小曼发火的牛社长,想到最好不要惹她,也不要惹胡姬花,他的快活都在她们身上,便不敢张口了。

"不负责任!"胡姬花愤然说。

"别有用心!"蒋小曼厉声说。

"无耻之说!"胡姬花也厉声说。

"谁无耻谁知道!"蒋小曼一句不让。

胡姬花被蒋小曼的话气得喘上了粗气。她往副驾驶座拍了两巴掌,朝牛社长喊了起来:"牛社长,有人说那么难听的话,你为啥装作没有听到!"

"你们俩的吵架,是你们俩的事,我没听见!"牛社长说。

"放肆的女人,你就宠着吧!"胡姬花嚷着说。

"谁放肆,也没有你放肆!"蒋小曼毫不让步地说。

"你——,停车,我下车了!"胡姬花吼叫道。

"好了,两位大主任,你们再要吵,我就要跳车了!"艾新闻说道。

两个女人感到在艾新闻面前丢人现眼。胡姬花气得直喘粗气,等牛社长"收拾"蒋小曼,但牛社长沉默无语,她只好闭上了嘴,不再说话。

....

一路无语。

车开得飞快,就要到采访点K市,牛社长说话了。

"都听着,你们三个人的分工别犯糊涂:胡姬花当然是以广告为主,蒋小曼当然是以专版为主,艾新闻以两个主任为主,以写稿为主,两个主任叫干什么,就干什么……"

牛社长对胡姬花和蒋小曼交代,这次是采访,但主要是做有偿报道。你们两个主任,一人两百万元的任务,谁完不成不准回;你们不管采取什么手段,是做广告,是搞论坛,是拉专版,是做有偿新闻,还是拉赞助,灵活把握,怎么能弄到钱,怎么弄;当然,提成奖励可给百分之三十到四十,收益二百万元以上给八十万元提成奖励。两个女人一听,脸上的怒气和冷霜,转眼不见了。

牛社长带人采访,原来不是采访,是"采"钱之行。艾新闻此时才明白,牛社长带他来的目的,是给他们"采"钱当"枪手"的,好像还有其他目的,他一时不能确定。

车到K市,宣传部部长在宾馆门口迎候,先安排住宿,牛社长与蒋小曼安排在了一层，胡姬花安排在了一层，艾新闻和司机小马安排在了一层。而且把蒋小曼的房间与牛社长的房间安排在了门挨门。胡姬花对住宿的安排十分敏感，感觉让蒋小曼住到牛社长隔壁，等于安排住到了一间屋子，等于把她胡姬花扔到了一边。宣传部部长是牛社长的同学，接待得很热情，这个安排定是牛社长刻意交代过的。

胡姬花当即对牛社长发脾气说，给她安排的房子有老鼠，她不住。牛社长知道胡姬花发脾气是什么意思，没理睬她，可她到前台自行把房子调到了蒋小曼对门。午宴后，胡姬花告诉牛社长，为工作交流方便，她把她、艾新闻与小马的房间调了一下，调到了与他同层。牛社长问了房间号，脸上立马挂上了冷霜。牛社长不高兴，是胡姬花料到的。她住到了蒋小曼对门，艾新闻调到了牛社长对门。这一调，等于给牛社长与蒋小曼偷情添了心理障碍，甚至会搅掉他们的好事。搅掉他们的好事，是胡姬花心中醋意翻腾中，几乎对牛社长和蒋小曼失去理智要达到目的的快事，她想她必须这么做，不能让这两个狗男女抱在一起，快活过夜。

想到牛社长宠爱蒋小曼的此时，也是她胡姬花几年前曾有过的宠爱。也曾有过牛社长带她和报社曾相好的女人出差，把她安排到他隔壁，把其他人安排到楼下另外一层。每到晚上，牛社长就到她的房间，在她的床上，一直折腾到烂泥入睡才罢休。牛社长对她"火热"的时候，牛社长对他曾经的相好冷落的时候，她就忧虑，她胡姬花有一天被牛社长玩腻了，或牛社长哪天有新欢了，会不会把她冷落在一边，见她就讨厌。这个担心，她曾多次质问寻欢中的牛社长，牛社长都说"不会有那天"，让胡姬花坚信她与别的女人不一样，她是绝对不会沦落到被牛社长厌烦的地步。可蒋小曼的出现，基本替代了牛社长对她胡姬花身体求欢的角色。尽管牛社长仍没有完全放弃对她的色迷心，这主要是因为靠她胡姬花给他赚钱，也是互相赚钱。虽然牛社长与蒋小曼好上后在渐渐抛弃她，但由于牛社长给了她很多好处，牛社长掌握着她的命运，她得忍气吞声靠牛社长抓紧挣钱，只有挣到很多的钱,她才有可能真正不怕牛社长。显然,她和蒋小曼,还有艾新闻的住宿楼层,是牛社长刻意安排好的,她调到一起,搅了他和蒋小曼的美事,会不会惹怒他呢?胡姬花心里很紧张。

牛社长对胡姬花一脸的冰霜。

下午"采访",实际就是以采访的名义拉专版等谈有偿新闻。K市的副书记和宣传部部长,是牛社长的同学,来之前已经讲好这次"采访"的图谋,给报社钱做宣传。说是"图谋",是因为牛社长与副书记和宣传部部长已达成利益默契,给报社的钱,有部分会进了副书记和宣传部部长的口袋,彼此有呼有应,只是吃喝玩乐和填合同而已。至于采访,也没什么具体采访的人和事,有现成的材料和稿子,对方想登什么,报社就登什么,只需文字上把一下关即可。牛社长给艾新闻的任务,是收集报道所需的材料,编写成报纸形式的稿子,没有其他任务,可说没什么具体采访任务。艾新闻想,这点活,两个主任随手就干了,况且签合同与收益,与他艾新闻没有任何关系,用得着让他放下离婚大事而非要出这个差吗?从牛社长与两个女人复杂而特殊的关系中,艾新闻明白了牛社长带他出差的意图——他艾新闻是牛社长带两个情人出差的"道具"。因为是"道具",艾新闻基本无事可干。

实际胡姬花更是无事可干,谈专版费、赞助款等牵扯费用和合同的事,牛社长都交给蒋小曼,没让艾新闻参加,更没让眼巴巴等着牛社长发话让她与蒋小曼一起谈有偿新闻费的胡姬花沾边。不仅没让胡姬花与费用的事沾边,而且在牛社长眼里似乎没胡姬花的存在,既不让她做事,也不理睬她。尤其是一个晚上过去,好像牛社长对胡姬花有了仇恨的表情。艾新闻不知道怎么回事,胡姬花知道怎么回事。

一个下午签了三个合同,一个是赞助报社一百万元,一个是六十万元专版钱,一个是一百三十万元论坛费。牛社长与副书记、宣传部部长和几个局长在喝茶说笑中,签了二百九十万元的合同。令胡姬花沮丧无比的是，三个合同没一个让她经手，牛社长都给了蒋小曼。喝顿茶的工夫，二百九十万元就成了蒋小曼的业绩，就有一百多万元的提成，除了给牛社长和副书记等人的"好处费"，会装进她口袋三四十万。这么大的一块肥肉，签了三个单子，就轻轻松松到手了，有谁不流口水！胡姬花心里嘀咕，这块肥肉，牛社长会不会割她一块？她从牛社长对她"冷飕飕"的脸上判断，一分钱也不会给她；从蒋小曼对她冷笑的脸上已有回答，一分钱也不会分给她。

这么多的提成进到蒋小曼的口袋，这么多的钱与自己无关，看牛社长对她憎恨的样子，胡姬花感到自己太情绪化了，后悔自己昨天把房间调换到了牛社长对门，等于干扰掉了牛社长与蒋小曼的"好事"。事实上也确实干扰掉了牛社长与蒋小曼的"好事"。

昨晚市领导宴请完牛社长他们后，安排接待的人请报社的所有人去洗桑拿、唱歌。洗桑拿是男女分开的，看不到牛社长开不开心，而唱歌是在一起的，虽然牛社长点了个美女相伴，也有蒋小曼陪唱，但一直没有笑脸。胡姬花感觉她不应该来歌厅，她在歌厅，牛社长不高兴。胡姬花要回宾馆，艾新闻也要回，接待的小黄死活不让走，她只好坐在一角等待结束。不开心的牛社长唱了几曲，就要回，大家一起回。很早回到宾馆，牛社长要干什么？牛社长烦胡姬花在歌厅，她在歌厅他玩不开心；牛社长回到宾馆，想着今晚的"快乐"早点到来——让讨厌的胡姬花早点睡觉，他和蒋小曼的缠绵早点到来。牛社长在房间等了快两小时，感觉胡姬花怎么也该睡了，就跟蒋小曼发短信，要她上他房间来。蒋小曼说，胡姬花的房间有电视声，她没睡，好像她站在门的"猫眼"前，瞅着他俩的门。蒋小曼的短信，给欲火中烧的牛社长浇了一瓢凉水，对胡姬花的气恨又随之涌了上来。又过了一小时，到了凌晨十二点半了，又困又着急的牛社长催蒋小曼过来。蒋小曼半天没反应，牛社长就跟蒋小曼打电话，打了好几遍，蒋小曼才接了电话。牛社长火冒三丈地问，为什么不回短信和不接电话，蒋小曼说，她睡着了。牛社长让蒋小曼赶紧过来，蒋小曼说，她再看看胡姬花睡了没有。几分钟后，她跟牛社长发短信说，胡姬花在看电视，还没睡，好像仍站在"猫眼"前，瞅着他俩的门呢。牛社长不能不信蒋小曼的短信。在牛社长看来，醋劲大发的胡姬花盯"猫眼"的事，是干得出来的。蒋小曼的短信是一盆冰水，浇灭了牛社长的一丝欲火，并且浇起了一腔怒火，更是激起了对胡姬花的憎恨。已到凌晨两点，欲火燃烧中焦急地等了蒋小曼好几个小时的牛社长，已经困乏不堪，已经怒火烧心，已经欲火无踪，把失望的憎恨全扔在了胡姬花头上，愤愤然地睡了。

胡姬花把房间调到蒋小曼对门，惹大祸了，后面签市里有偿新闻的合同，牛社长把她扔到了一边，全给了蒋小曼，等于此行所有的创收与提成，跟胡姬花一毛钱关系没有。

看到蒋小曼一个接一个签单子，胡姬花感觉，她搅了他们的"好事"真是祸惹大了，彻底得罪了牛社长。彻底得罪了牛社长的结果，不仅这次出差损失几十万提成不说，后面不知要损失多少。想到这里，胡姬花真是后悔自己愚蠢透顶的举动，搅了牛社长与蒋小曼这一两次的"好事"，可搅不掉他们以后的"好事"。出差回去，牛社长与蒋小曼什么时候缠绵，她胡姬花去哪里搅他们？！胡姬花骂自己是十足的蠢货。

胡姬花苦想补救的办法，想到今晚她从牛社长和蒋小曼对门搬到楼下。胡姬花联系宾馆前台调房时，却放弃了这想法。她感到这样做也是愚蠢的，那会让牛社长感到她胡姬花对昨晚没"睡"上蒋小曼的事全知道，她胡姬花盯了牛社长和蒋小曼一晚上。最好是不搬，装着什么也不知道。让他感觉她胡姬花啥也不知道，那会比让他感觉她什么也知道要好得多。于是，决定不调房。胡姬花又想了个办法：今晚，她来调一下牛社长的情，如果成功，彻底得罪他的局面，那就全扭转过来了。

晚宴后又是从歌厅回来各回各的房间。胡姬花给牛社长发了个短信：

"您先洗澡,一小时后我去您房间,给您汇报专题工作……"

牛社长没有回复短信。胡姬花又发了一遍,牛社长仍然没有回复。牛社长没回复,胡姬花猜想牛社长没看到,便去敲牛社长的门,牛社长没开门。再敲,牛社长还是没开门。牛社长不开门,胡姬花感觉情况不妙,怀疑蒋小曼在里面,便再不敢敲了,短信也不敢再发了。

过了会儿,有人在敲牛社长的房间,胡姬花从"猫眼"看是市里接待他们的小黄和一个身穿白大褂的女护士。胡姬花给艾新闻打电话,让他赶紧从"猫眼"看牛社长门口。艾新闻也看到,小黄带着一个身穿白大褂的女护士在敲门。敲门,门没开,小黄接着敲门的时候,一头披肩发、提个美包、嘴唇妖艳的女护士在东张西望,让胡姬花和艾新闻看了个清楚。

门开了,小黄把护士送进房间,跟牛社长说了几句话,就留下护士出来,随手把门拉上了。

做保健的护士?胡姬花回想那护士的那妖样,哪像什么护士,简直就是个"小姐"。胡姬花猜想,做保健按摩的按摩师,哪会是这般妖精样子,定是卖淫的"小姐"。

胡姬花在"猫眼"看着并听着牛社长房间有啥动静。胡姬花跟艾新闻发短信,要他眼睛不要离开"猫眼",关注牛社长门口与房间,把看到的人和听到的动静跟她报告。艾新闻回复说,他很困了。胡姬花又说,少啰唆。艾新闻没有回复胡姬花的短信,他觉得盯领导的房间太无耻,上床睡去了。胡姬花听蒋小曼房间有动静,她断定蒋小曼摔了杯子,还摔了个凳子,在踩脚生气,此时在贴着墙静听牛社长房间的动静。

牛社长房间好像没动静。

牛社长房间有洗澡的声音。

牛社长房间的床在晃荡。

是床头碰墙的声音。胡姬花听了个清楚,蒋小曼听到的"咣当"声更响,艾新闻在梦中被一阵又一阵的"咣当"吵醒了。

胡姬花给艾新闻发短信问，牛社长房间什么在响。艾新闻当然听到是床头打墙的声响。床头打墙，除了强度按摩，还能有什么？艾新闻不愿往牛社长嫖娼上想。艾新闻没有回复胡姬花的问话，胡姬花便把电话打了过来，艾新闻没接。小马被牛社长房间的"咣当"声吵醒了。小马好像知道牛社长的"咣当"声是怎么回事，只是说了声"够猛的"，便蒙头睡了。接着，胡姬花故意又给艾新闻发短信："牛社长与蒋小曼在床上开'火车'，听那床震的节奏感……"艾新闻对胡姬花的短信半信半疑。小马被"咣当"声吵得，也是被晃荡床的人刺激得不但没了一点瞌睡，反而浑身躁动不安。小马咽着口水问艾新闻："你猜，牛社长在床上干啥子呢？"

艾新闻没接小马的话茬。因为刚刚胡姬花的短信说牛社长在与蒋小曼开"火车"，艾新闻不相信。

"牛社长在床上开'火车'呢！"小马说。

"你猜跟谁在开'火车'？"小马又说。

"不知道。"艾新闻说。

"一起来的两个女人，哪个漂亮？"小马问道。

艾新闻没有回答。

"牛社长厉害，牛鞭厉害！"小马用羡慕的口气说。

…………

小马的话里，胡姬花的短信，都说牛社长在与蒋小曼开"火车"，艾新闻相信牛社长与蒋小曼的关系不一般。从昨天早上看到牛社长嘴上挂着蒋小曼唇上颜色的口红，艾新闻没有理由不相信牛社长此时在床上正与蒋小曼开"火车"。

"咣当、咣当、咣当——咣当、咣当、咣当——咣当、咣当、咣当、咣当——"像是在开火车。艾新闻听了个清楚，但他仍然认为是按摩师给牛社长推拿用力过猛而使床头晃荡的声响。

胡姬花不认为牛社长与蒋小曼开"火车"，而蒋小曼认为是牛社长与胡姬花在开"火车"。

难道是护士的推拿按摩弄得床"咣当"又"咣当"？胡姬花否定了牛社长与蒋小曼在开"火车"，蒋小曼却确定牛社长在与胡姬花开"火车"——这是牛社长床上的"动作"。她太清楚不过牛社长在床上的动作了。这动作够凶猛的，节奏够频繁的，搞得床头快把墙撞倒了。

这个老流氓，这个大色狼。蒋小曼在大声骂。胡姬花也是骂，骂得她软瘫在了床上。胡姬花骂出这话时，感觉自己的下面湿了起来。

…………

清早起床，牛社长在门里看到塞进的几个单子，是昨天与市里签的几份合同，并有蒋小曼写的纸条："牛社长，有急事连夜回去了，怕打搅了您和老情人胡姬花的好事，只好没经您批准就走了。三份合同塞您门下，您给胡姬花做去吧，我一分钱不要……"

牛社长看完纸条，火冒三丈地把纸条撕了个粉碎，给蒋小曼打电话，手机关机。小马打电话叫牛社长吃早餐，胡姬花叫牛社长吃早餐，牛社长把三份合同装到皮包，再打蒋小曼电话，仍然关机。恼怒的牛社长，一开门看见胡姬花、艾新闻和司机小马在门口等他，似乎吓了他一跳，尤其是看到胡姬花那张嘲讽和怪怨他的脸，好像碰见了鬼似的，脸更难看了。

蒋小曼怎么会认为他和胡姬花上床了呢，他怎么会在她眼皮底下跟胡姬花上床？真是胡扯。牛社长心里怒骂蒋小曼。这宾馆的床怎么会晃荡呢，那床头的晃动声她怎么会听到了呢？我跟那女人不该那么大劲。牛社长推断，昨晚跟"护士"小姐的开"火车"，既然蒋小曼听了个清楚，胡姬花肯定也听到了。牛社长心想，胡姬花听到了床响，肯定认为他在跟蒋小曼"折腾"呢，她会搞出点啥事来？定会折腾出啥事来。牛社长在想如何对付胡姬花的招数。

艾新闻去敲蒋小曼的门，没人应。牛社长说道，敲什么敲，蒋小曼昨晚就回去了。胡姬花说，赶夜路连觉也不睡呀。牛社长对胡姬花这有"意思"的话反感至极，没说话，狠狠地瞪了胡姬花一眼。

吃完早餐，牛社长对司机小马说，回。继而，牛社长扫了一眼胡姬花和艾新闻说，上楼收拾行李，回。按采访计划，应当明天回，为何提前回？艾新闻巴不得提前回，胡姬花一分钟都不愿意与牛社长在一起。提前回，牛社长不说原因，谁也不想问，恨不得马上离开牛社长。到房间门口，牛社长叫胡姬花到他房间。牛社长把一份一百三十万元的合同给胡姬花，交代她去操办。这是论坛合同，经手人已经有蒋小曼签字，胡姬花明白牛社长是拿这合同讨好她。胡姬花把合同还给了牛社长并说，这是蒋小曼签字经手的合同，还是让蒋小曼操办。牛社长说，别啰唆，这份合同百分之四十的提成全归她胡姬花。提成五十二万元！胡姬花脑子里闪电般算出这丰厚的提成时，血往头上涌了。胡姬花略加推辞，便把这份合同拿上了，谢了牛社长，把合同装到自己包里，赶紧帮牛社长收拾行李。

牛社长和胡姬花好半天才下楼。

上车。返回。

胡姬花拉着自己的行李箱，也拉着牛社长肥大的行李箱，胡姬花拉得喘粗气，而肥胖的牛社长跟在行李箱后面，尽管让胡姬花累得上气不接下气，也不把自己的箱子接过来，且还心安理得跟在后面。牛社长简直是个没有同情心的东西，此景看得路人瞪大了眼，这欺负女人和部下习以为常的恶习，艾新闻看着心里压抑到了极点，恨不得抽姓牛的几个嘴巴。

艾新闻看一脸疲倦的牛社长，连自己行李箱都不愿拉的牛社长，想到昨晚床上开"火车"的牛气冲天的牛社长，一股对他厌恶的感觉直往上涌：这牛社长哪像是文化人，哪像个文化单位的社长，简直是个流氓。艾新闻预感，这个牛社长完了，报社在他手上彻底完了。他进这报社的门真进错了，他掉到了美丽梦想的"烂泥潭"。

牛社长嘴角上蒋小曼的口红，牛社长床上与女人的"咣当"声响，牛社长与胡姬花的风流传闻，牛社长挖空心思搞钱的贪婪嘴脸，牛社长暗示和引领报社掀起的写"阴稿"诈骗热、搞有偿新闻热、拉赞助热，让艾新闻感觉前面没路，面临深渊。

三十四

牛社长人还没回来，签了好几百万元合同的消息，炸了锅地在报社传开了。马旺财发短信祝贺艾新闻发了三四十万元提成的财，魏风和杨望阳问拉钱的具体过程，连金妙妙都发短信恭喜艾新闻发财。这些短信，艾新闻哭笑不得，无法回答。事实上，牛社长这几百万元的合同，与他艾新闻一毛钱的关系也没有，但他只好沉默不语。更让艾新闻奇怪和哭笑不得的是，他居然也接到了林萍萍给他发的短信，听说牛社长带他到地方签了几百万元的单子，先祝贺有几十万的提成，让他与牛社长处好关系，争取提成更多一点。艾新闻纳闷，林萍萍的消息真是快，林萍萍看到钱竟然连急着离婚的事都只字不提了，真是让人欲哭无泪的女人。

艾新闻瞅着林萍萍的短信，愁苦又上了心：别人说他这次与牛社长出差，能有多少提成倒也可一笑了之，林萍萍放下离婚而惦记上这莫须有的几十万元的提成，那该怎么办呢？牛社长拉来的收入提成，是人家牛社长的，连胡姬花也未必能分到一毛钱，他艾新闻更沾不上边了。林萍萍"盯"上这压根也没影子的提成，上哪里给她找几十万元的提成呢？这个时而离婚又时而想钱的女人，让艾新闻实在琢磨不透，她究竟是想离婚，还是不想离？看来她还是把钱看得比离婚要重。

"婚，离还是不离？"艾新闻发短信问林萍萍。

"知道你急着离，离了好跟金妙妙尽快结婚，我没那么傻！"林萍萍回复说。

"那就不离。"艾新闻回复说。

"离不离,什么时候离,不是你说了算!"

面对林萍萍的着急离,一天后又不离,艾新闻把离婚的事彻底放下了。尽管金妙妙盼他赶紧离掉,但艾新闻的企盼仍是最好不离。

林萍萍这次急于离婚是因为他绝不参与公司的事,这转眼又不离是来自听说他将有几十万元的提成收益。也有人说这几十万提成定成艾新闻的泡影,他拿不到。她拿不到这笔提成,会不会仍如前面催要提成款那样与他闹个不停?前面几次没拿到提成,他借人给她的十几万块钱,成天愁着不知从哪里找到钱补上这几个"窟窿"。她盯上这几十万块钱,那是场劫难,牛社长不给,她会找牛社长闹出事来,要不让她闹出事来,他从哪里去找几十万块给她呢?艾新闻正愁着回去如何面对林萍萍时,与胡姬花没丝毫谈兴的牛社长,回头瞅一眼皱着眉头的艾新闻大咳一声,又叹了一声,又笑出声来。

"嗨,艾新闻,怎么那么愁啊?!"

"牛社长,有点困。"

"在愁什么呢?"

"没愁什么。"

"在愁与林萍萍离婚的事吧?"

"是有点愁。"

"你就是'一根筋','倔驴'一个!"

艾新闻没吭声。

"我问你,你跟我说实话,你跟金妙妙到什么地步了?"

艾新闻没吭声。

"你真是跟金妙妙难分难舍了?"

艾新闻没吭声。

"问你啥子,你咋一个'屁'不放呢?!"

艾新闻强笑一声,仍没吭声。

"那你痛快点说,你跟林萍萍想离,还是不想离?"

"是林萍萍不停地闹着要离。"

"就是说你不想离?"

"不想。"

"不想离,就立马离金妙妙远点!"

"本身就没啥,只是林萍萍瞎猜。"

"没啥就好,那就别离。"

艾新闻对牛社长这"那就别离"的话,非常反感,没有应声。

"艾新闻,你想不想与林萍萍化解矛盾?"

"我跟林萍萍的矛盾,化解不了。"

"化解很简单。"

"让我听她的,那就简单。她让我东,我就东;她让我西,我就西。我做不到。"

"不就是让你参与她表妹公司的事嘛,让你写啥,你就写啥,帮她们挣钱,也是给你挣钱,她说你死活不干,你怎么那么'倔'!我就纳闷,你艾新闻就只喜欢写文章,不喜欢钱?广告部有点能耐的阿'狗'阿'猫',不都让亲戚开了文化传媒公司,挖报社的资源挣钱,挣得欢着呢。再说了,报社是找饭吃的单位,要钱没钱,要权没权,当官无望,也就是一张报纸资源,利用好了吃肉,利用不好喝汤,要清高连汤都是清汤……要像狼那样去抢肉,抢不到肉的狼,不是好狼,是怂狼,没人同情……你是不是跟金妙妙学清高呢,跟经营'闪'得远远的,好像跟钱有仇……"

牛社长的这一堆话,虽然是报社的现实情况,也是为艾新闻好,而艾新闻仍没吭声。

…………

艾新闻不接牛社长的话茬，等于牛社长对"牛"弹琴，让他很恼火，便接着替林萍萍骂了好一阵艾新闻，艾新闻仍不吭声，气得牛社长喘起了粗气，尴尬得骂起了脏话。胡姬花为给牛社长"台阶"下，便迎合牛社长讽刺挖苦了一番艾新闻。胡姬花的话比牛社长的还要刻薄和阴损，而艾新闻强忍恼怒，装作没听见。面对艾新闻的装聋作哑和无声对抗，牛社长和胡姬花虽气却感觉无趣，便渐渐闭上了嘴。

…………

半路无语，牛社长和胡姬花也无话可说，都睡着了，一觉醒来，车到了省城，各自回家。艾新闻刚下车，就接到小毛的电话，说这电话是萍萍姐让她打的。小毛对艾新闻说："萍萍姐说了，既然牛社长跟你说了可以私下做自己公司的事，你也答应牛社长不离婚，牛社长也不让你们离婚，再加上牛社长支持萍萍姐让亲戚开公司做传媒业务，只要你配合做公司业务，萍萍姐说了，离婚可以暂缓。中午和萍萍姐一起在'浪漫川府'吃饭，给你最后一次机会，谈公司运转方式，离婚与否，取决于你的态度……"

小毛的电话，让艾新闻想到牛社长一路上对他的离婚且与金妙妙关系的责怪和胡姬花对他的挖苦，想到林萍萍逼他要广告提成使得他欠债累累，想到林萍萍拿牛社长压和逼他就范，想到牛社长与蒋小曼和胡姬花的恶心勾当，想到金妙妙对他的炽热爱意，他对林萍萍心灰意冷，对牛社长厌恶透顶，对报社和他的未来信心皆失，便对小毛说："饭我不想吃，公司的事我不掺和，离不离婚林萍萍看着办！"

艾新闻说完，一气之下，把电话挂了。

不去吃饭，不掺和小毛公司的事，不理林萍萍的后果是什么？艾新闻清楚，等待的是离婚。想到离婚，金妙妙从他心里"跳"了出来，跑过来拥抱他，使得艾新闻不想离婚的念头顿然消失，他要跟林萍萍离婚。即使林萍萍不离，他也要与她离。

小毛把艾新闻对她说的话和挂电话的事，没有告诉林萍萍，只告诉林萍萍说，表姐夫路途劳累不想吃饭。林萍萍说，对这头"倔驴"，她真没办法。林萍萍琢磨，这婚究竟是离还是不离？她不能听牛社长的，牛社长不让离，她就不离了？要是拉不回这头"倔驴"，离了不可惜！

刚挂了小毛的电话，艾新闻接到了金妙妙的电话说，想他了，中午一起在"浪漫川府"吃饭。将要到家的艾新闻，赶紧去约会，一股喜悦涌上心来。这一路陪牛社长出差，看到和听到牛社长与蒋小曼、胡姬花的恶心勾当，在他心里撕开了很深的口子，加上林萍萍爱钱不爱他，拿离婚大棒抡来抢去，他感到心如掉到了深渊，见不到光亮，越掉越深。接到金妙妙的电话，听到金妙妙"想你了"的柔情话语，使艾新闻一股热血上涌，眼里涌出了泪花。这一年来与金妙妙的相处，尽管金妙妙早已深情地爱上了他，尽管他对她只有很深的好感和一点爱意，但此时的艾新闻感到彻底爱上她了。

艾新闻赶到"浪漫川府"，金妙妙也同时到了。正是初春时节，"浪漫川府"门口的山茶花和杜鹃花开得鲜艳，穿玫瑰红套裙的金妙妙，在鲜美的花儿和鲜艳的美装下，映得脸蛋儿白里透着粉红，简直是朵娇艳的花，让艾新闻心跳顿时加速。仅两天没见到艾新闻的金妙妙，好像有多长时间没见到他似的，看到艾新闻笑脸和笑声全上来了，不顾门口那么多人进出，兴奋地扑上来，抱住艾新闻的腰，转了一圈，狠狠地对艾新闻吻了一口。这一抱一吻令艾新闻躲闪不及。艾新闻像触电般地推开了金妙妙。被推疼的金妙妙"啊呀"一声，差点摔倒在地上，嚷着问艾新闻为什么推她。艾新闻在惊慌地看一个人，金妙妙顺艾新闻瞅的地方看去，让她大吃一惊——门口几步远的地方，是林萍萍和小毛。林萍萍和小毛"凝固"在那里，看着他们一动不动。林萍萍的眼里射出愤怒的火焰。艾新闻和金妙妙不知道是进去还是立马离开这里，林萍萍好像被看到的一幕气愣了神，不知道怎么办好。四个人的眼睛对视了几秒钟,林萍萍好像快要失去理智,要扑过来打人。小毛赶紧拉住林萍萍,林萍萍仍要往前扑,小毛就死拉着林萍萍离开门口,并把她拉进了路边一辆出租车上,走了。

刚才的一幕,吓呆了艾新闻,吓惊了金妙妙,两人一时不知道怎么办好。两人都吓成这样,哪还敢在一起吃饭。艾新闻对金妙妙说,与林萍萍的婚姻,今天到头了。艾新闻说完,扔下金妙妙就要走,却与杨望阳和马旺财迎了个照面。他们与林萍萍一样,也是来这"浪漫川府"吃饭的。这里的菜做得口口留香,熟人多,艾新闻怪怨自己,光顾与金妙妙相会了,怎么就没在意这里熟人多,不该来这个地方。杨望阳看到艾新闻,一把拉住,问他吃完了,还是没吃。艾新闻说,有点事,不吃了。随之,杨望阳又看到了走过来的金妙妙,看两人表情不好,猜出定是两人有不愉快而不吃饭了,便问金妙妙,吃饭了没有。金妙妙说,没有。杨望阳和马旺财就把艾新闻和金妙妙拉进了餐馆,一起吃。

惊恐未定的艾新闻没胃口,吃不下东西。金妙妙就不停地给艾新闻夹菜。金妙妙夹一次菜,就让艾新闻紧张一次,金妙妙只好不夹,只好用歉意的眼光安慰艾新闻。艾新闻对金妙妙的爱意里,又增添了几许感动。

三十五

杨望阳对牛社长带两个情人并让艾新闻陪同之行,如同受了莫大刺激一般,一连说了数十个"牛社长居然带着两个'姘头'出差",说艾新闻是"傻子",也说金妙妙是"傻子"。金妙妙听了不高兴,杨望阳扯开了嗓门。

"说你们是一对'傻子',真是一对'傻子'。报社有几个像你们这样一门心思写稿的人呢?大都在利用写稿搞钱。别做傻子,别人赚钱你看着,赶紧找亲戚开个文化传媒公司,拉广告和搞论坛,几年就'发'大了。"

"谁爱钱,谁就去赚。谁爱写稿,就去写稿,各取所乐吧。"金妙妙说。

艾新闻只是笑笑,没接杨望阳的话题。艾新闻不想接这个话题,是因为在他的意识中,做记者就别想钱,想钱就别做记者;爱文字就纯情爱文字,爱金钱就干脆做老板,既做文人又做生意,简直是"四不像"的扭曲生活。

"妙妙你执迷写深度报道,你得到了什么?啥也没得到,得到的是遭人痛恨,甚至坐牢,甚至小命会哪天不保。我不是吓唬你,你最近的那篇《马家沟马大姐矿污染传奇》,写得虽好,听说'捅'急了某领导。矿老板马寡妇虽是这矿的老板,但真正的老板是大领导,你把'天'捅了个'洞'。"

"我写的是事实,捅痛了谁,很正常。"金妙妙毫无惧意地说。

"这几年因你的好几篇报道,你差点被人陷害坐了牢,检察院和公安局,可谓是三进三出,真不知道你咋想的。你真是天堂有路你不走,地狱无门偏要进!"

金妙妙只管吃菜，对杨望阳的话不但没有反感，反而笑了。杨望阳看金妙妙的冷笑。冷笑，是笑他的说话，还是笑被报道的可笑之人的，他弄不清楚，但这笑令他很反感，他断定她的神经一定有毛病。一顿饭吃完，杨望阳没跟金妙妙和艾新闻说几句话。

杨望阳早已对艾新闻和金妙妙有看法。不仅仅是看法，而且有了反感。就在半年前，杨望阳有两次好心好意劝艾新闻利用写稿干"私活"，可艾新闻就是不接话题。杨望阳弄不明白艾新闻是对挣钱不感兴趣，还是胆小怕事，还是有别的顾虑，弄不明白，从此不再说这话题，倒是对艾新闻有了看法，甚至对他有了反感和提防，好长时间不再跟他说私密的事情。渐渐地，杨望阳不再找艾新闻帮什么忙了。艾新闻知道杨望阳仍在不停地做论坛，但杨望阳宁可给别人分钱合作，也不找不要钱的他帮忙，甚至远远地把他隔开了，这让艾新闻想不明白。

杨望阳提防艾新闻，是找艾新闻当"枪手"的人越来越多的缘故。

报社又兴起了拉"专版热"。专版热是被写"阴"稿热和论坛热带起来的，领头"羊"是副总编马守记和专题部主任白得成。马守记是从专题部主任提为副总编的，与白得成搭档多年策划专题报道，善于把不经意的话题策划成热点和典型话题，给政府和企业策划了不少新鲜"话题"，曾是读者喜爱的"亮点"，也给报社带来了不小的效应。有过去的影响力，拉专版对他们来说，简直是轻车熟路。报社没亏损和牛社长没解禁采编人员参与经营的规定前，马副总编和白主任不敢私下拉专版，更不敢把专版的钱拉到自己的公司，更不敢想把专版的钱占为己有。自从牛社长让他的妹妹牛丽丽做起报社的经营来后，马副总编让白得成的家人也弄了个文化传媒公司，学牛社长妹妹牛丽丽的方式，把本该拉到报社财务的钱拉到个人公司，把本应收费的稿子和版面当作不收费的正常报道，报社版面当成了发财的"自留地"，真是迎来了他们从事报社新闻以来千载难逢的搞钱好时机，便放手干了起来。当然，马副总编也是报社的聪明人，他要放开手脚挣大钱，他得把牛社长"糊弄"好,每次专版挣钱得手,他都会让白得成第一时间把"好处费"给牛社长塞上,且数额不菲,牛社长对他们登什么,就睁只眼闭只眼。

这专版热,不管是被什么"热"带起来的,那是被牛社长带起来的。随之被牛社长带起来的,是报社采编人员暗地里开公司热。

总编室副主任"好格涩"的小姨子也开了文化传媒公司,对接"好格涩"利用报社的平台拉专版、写"阴"稿和搞论坛经营什么的。"好格涩"手握报社新闻版稿子生杀大权,有的是以稿赚钱的资源,牛社长妹妹的公司近来业务火爆起来,"好格涩"就让他小姨子开了个公司。前段时间他自己赤膊上阵写"阴"稿,很快便忙不过来,就让总编室编辑和新闻采访部的记者当"枪手"。用这些下属"枪手","好格涩"跟牛社长一个德行,用人都是"白用",一毛不拔,用过几次后,人人都往后"缩",没人给他写,便逼人家写。逼得编辑、记者怨声载道,骂声连天,就只好出点小钱让人写,下属还是不愿写,他便刁难编辑和不发记者的稿子,逼走了好几个人。

正在"好格涩"为找不到合适的人当"枪手"的时候,杨望阳为讨好"好格涩",把艾新闻推荐给了"好格涩",把艾新闻吹得天花乱坠。艾新闻是个好"枪手","好格涩"当然知道。但他不敢找他,他与胡姬花素来互掐。因有人说艾新闻是胡姬花的人,他怕艾新闻嘴不严,把他搞钱的事告诉胡姬花,胡姬花必然会说给牛社长,牛社长会坏了他的事。"好格涩"好吃独"食",好几次以稿搞钱没给牛社长"好处",牛社长已坏过他的事,"好格涩"把稿子发到版上,牛社长要么找各种理由让撤稿,要么把稿子砍成"豆腐块",弄得"好格涩"骑虎难下时,赶紧给牛社长送上"好处",牛社长就高抬贵手,"好格涩"的私稿就能如愿以偿见报,"好格涩"的口袋和小姨子的公司,就能顺利进到钱。

因总编室主任秦一纯被"好格涩"架空,或者秦一纯厌恶牛社长想调离报社而放了权,总编室发稿只有"好格涩"说了算。尽管"好格涩"只是总编室副主任,却有发稿大权,可以杀别人的稿子,但绝对不敢怠慢牛社长的稿子,或者不敢怠慢与牛社长有关系的任何稿子。当然,牛社长也不是一点不懂情理的人,"好格涩"对他妹妹赚钱大开"绿灯",他也会让他妹妹牛丽丽给"好格涩"点小"好处",算是有情有义。另外,让"好格涩"不敢找艾新闻当"枪手"的另一个原因,是牛社长老找艾新闻当"枪手",怕艾新闻给牛社长说他什么。好几次,他拉到的论坛实在忙不过来,他没敢找艾新闻。他把给张三、李四当"枪手"的艾新闻已看作是非人,想用而不敢用。"好格涩"清楚,杨望阳也是怕艾新闻坏他事,不敢再用艾新闻的。虽然他小姨子的公司与报社的论坛和广告合作日渐火爆,"枪手"越来越难找,也想找艾新闻代劳,但他不敢。"不敢"后,就对艾新闻有了极大看法,也讨厌起艾新闻来。

从来没与"好格涩"打过交道的艾新闻,做梦也不会知道,他乐此不疲地充当别人"枪手",有人喜欢他,而更多的人已讨厌起他。

杨望阳对艾新闻的隔阂,使艾新闻陷入极度的苦恼中,开不开私人公司?私下里搞不搞论坛?报社有"本事"的人,在牛社长的暗示下,也在牛社长的引导下,也在牛社长妹妹公司的带领下,由家人和朋友开起了文化传媒公司,半遮半掩地与报社的人搞广告、办论坛、拉专版,大有不参与搞钱的事,与他们不是一路人的架势,艾新闻不知道怎么办好了。

杨望阳是报社采编人员中跟牛社长跟得最紧的人,也是利用报社资源利用得最活跃的人。

报社谁的后面有公司,谁做了几个论坛,谁大体挣了多少钱,谁给牛社长和"好格涩"等主要领导多少钱,杨望阳好像是经手人似的,无不清楚。

杨望阳是报社有名的"漏"嘴巴,常常无意之中就把给领导送了什么,领导和某人有什么事,会"漏"出去。他把给牛社长送"好处费"的事,也不知"漏"给了谁,结果传到了牛社长耳朵里,牛社长就对他有了反感。但牛社长对他反感归反感,凡是给牛社长送上丰厚的"好处",照收不误,且还暗示杨望阳多多益善。尽管杨望阳给牛社长送的"好处费"不少，但牛社长放出话去，只要他牛社长在报社当社长，杨望阳副主任就到头了。杨望阳听到牛社长说的这话后，以为给牛社长的"好处费"送少了，就比过去送得更多。即使给牛社长送得再多，牛社长对他的态度也半冷不热。

牛社长从杨望阳的"漏"嘴巴，想到了给他妹妹当"枪手"的艾新闻和金妙妙，还有几个人，有了十足的戒心。戒心里又生出某种可怕的想法。这可怕的想法，艾新闻和金妙妙，还有给牛社长妹妹当"枪手"的人，做梦也不会想到，稿子给牛社长写得越多，危险就越大。尤其是他艾新闻，尽管是给牛社长和胡姬花等领导当着义务"枪手"，虽然艾新闻拒绝要任何好处，但并没有在他们这里落下好处，反而怀疑他艾新闻当"枪手"后面有不良动机。之所以怀疑艾新闻有不良动机产生，是因为艾新闻不要好处费，也不开公司自己拉活干。

报社开公司的人和利用有偿新闻搞钱的人，在防贼一样防艾新闻，也在防金妙妙等这样清高的人。

做贼的人防着不做贼的人，这令艾新闻感到没什么，而让艾新闻做梦也想不到的是，他不做贼的危险，比做贼要大。艾新闻的危险，正在路上，很快会找到他头上。

三十六

　　就在牛社长带头做有偿新闻正热火的时候，报社冒泡似的出现了一连串怪事。

　　——牛社长出差签来的几百万元大单合同，被对方取消了。取消的理由不清楚。

　　——报社财务亏损已达八千多万元，从本月起工资发不出去了。

　　——检察院和公安机关收到检举报社记者利用写负面报道诈骗钱财的举报信，检察院办案人员到报社取证。牛社长被检察官问询。省委宣传部进驻报社，整顿报社，梳理出十大问题。

　　——报社被省委通报批评，艾新闻在通报里成为新闻违规人员的典型事例。

　　——检察院取证广告部人员犯罪证据。

　　有小道消息说，是不是还在暗中调查牛社长的问题，得不到证实。

　　这些重大怪事，出现在牛社长出差回来的一个月内，每件事如同重磅炸弹，使报社上下不停地震荡起来。

　　从来不慌的牛社长，真正慌了起来。

　　牛社长对到手的几百万元签订的合同飞了，有点慌。尤其让牛社长慌的是，合同被取消的理由对方不说。牛社长纳闷，要说宣传部部长是他同学，签了的合同突然被取消，应当说个理由，可牛社长如何问，老同学就是不说。不说取消的理由，让牛社长产生了几个猜想。他猜想，是他宣传部部长的老同学和副书记的老朋友，要调动的缘故？牛社长"耳朵"长，很容易打听到他们的情况，组织部门没有调动他们的迹象。是他们俩，或是宣传部部长要"出事"？牛社长找可靠"渠道"打听了他们的情况，他俩没在纪检部门挂上"号"，没有事情。合同取消，既不是因为人事原因，又不是因为个人缘由，难道是他牛某人的原因，或者是报社的啥缘由？牛社长想不出来。

牛社长虽然"耳朵"长，打听了一"圈"，没打听到对他不利的消息，倒是听到了一堆对报社不利的消息。听到对报社不利的消息，牛社长并不惊讶，更不害怕，牛社长这几年见到的告状信和告状者多了，哪封信和哪个人也没告倒报社，更没告倒他牛某人。牛社长啥也不怕，不相信有人会告倒他。牛社长的不怕和自信，来自他上面有"人"，上面有"大人物"。因为牛社长上面有"大人物"，牛社长才既敢收大钱，又敢玩女人，一般人都怕他，他不会怕一般人。但由他出面签好的合同成了泡影，自打他到报社来，不管是报社的合同，还是他妹妹公司的合同，从来没有发生过这等事。尽管发生了在他身上从来没发生过的事情，牛社长也不怕。他相信，取消的合同，很快会履行，几百万块钱很快会到报社账上。

"亏损几千万算个屁，几十个活动和赞助就把'坑'填住了。"牛社长把财务处处长朱罗罗叫到办公室发火说，"亏损的事，怎么不隐瞒一下，怎么让国资委和财政厅查到了？真是笨蛋！"

"报社的论坛和专版啥的搞钱活动是不少，钱好比头肥猪一样进来，可个人高额的提成和巨额的完税后，'肥猪'又被牵出了报社，报社只落个尾巴，哪能填住亏损的坑！"财务处处长如实地说。

"什么叫'肥猪'牵出了报社，纯属混账话！"牛社长接着对财务处处长发火说，"提成比例是报社定的，个人落大头，报社落小头，小'河'

水不断，大'河'才能水满，这个生财之道你们不懂，只看着个人提成多了眼红，不知道个人没有提成，报社一分没有的道理！"

"这跟眼红没关系，这是管理的漏洞。个人拉来的钱多，报社收益就多，谁都知道这个道理，可个人提成占了大头，报社给个人提成完税后落不下几个钱，报社成了个人赚钱的'提款机'！"财务处处长对牛社长毫不让步地说。财务处处长过去从来也没敢对牛社长说过这么直白而顶嘴的话，面对牛社长的哪怕是屁话和鬼话，都会说"是""对""没错""好的"和"还是社长想得周到"等听从和恭维的话，可今天是哪来的胆子，竟然说出了"管理的漏洞"和"报社成了'提款机'"的刺激话来，让牛社长听着眼睛都气圆了。

"报社亏损是你财务处处长管财理财无能，要深追究就是严重失职。不追究你的失职责任，已经是放过你一马了，你竟然把责任推到经营政策上，转移矛盾，开脱责任，看来你这财务处处长是干到头了！"牛社长指着财务处处长的鼻子喊叫道。

"从报社亏损的那天起，我这个财务处处长就成了'龟孙子'，挨骂受气，人见人烦，早就不想干了！"财务处处长毫不示弱地说。

"写个辞职报告，老子马上让你滚蛋！"牛社长拍着桌子吼道。

"用不着我写辞职报告，你牛社长一向一手盖天，一句话不就免了吗？！"财务处处长用失控的情绪和嗓门说道。

"滚，你这个'龟孙子'！"牛社长气得又把桌子拍了个大响。

财务处处长把牛社长的门摔了个大响，牛社长感到一股冷气冲他而来，冷得他的心颤抖起来。

这龟儿子是怎么了，从来在我面前都是绵羊似的，今天怎么变成狼了？牛社长半天纳不过闷来。

牛社长明白过来了，财务处处长这"龟孙子"变脸变得如此快，是因为最近连续几封举报信，是检察院的人来报社取证的"连锁反应"。昨天到今天，报社属地区检察院的人问询了艾新闻和杨望阳等几个人，核实几个地方政府部门检举他们写稿诈骗的证据，也问询了牛社长几个问题。譬如，艾新闻和杨望阳、郝恪则、马守记、白得成利用写稿给报社诈骗广告费、赞助费和论坛费，是报社让干的，还是自己的行为？牛社长却说，马守记是副社长，杨望阳、白得成是采编部门的负责人，除了艾新闻和郝恪则，其他个人的所有工作，是为报社做事，是经过报社批准的，至于方法上有诈骗嫌疑，但算不上诈骗……艾新闻不是采编人员，报社没有给过他这样的任务，他写稿纯属个人行为，但他是替别人当"枪手"，也不算诈骗。检察官说，杨望阳、马守记、白得成是采编人员，有写这样稿的权利，尽管有诈骗情节，但又是报社授权干的，报社应当承担主要责任，可以不立案调查。但艾新闻就不同，他是广告人员，他写这样的稿子吓唬政府和企业掏钱，是诈骗行为，还有郝恪则不是报社行为，是个人行为。检察官说，还有广告部的马旺财、高奔、路兆福、伍一武都涉嫌诈骗。牛社长辩解说，这些人的稿子都是报社审定的，也是报社给他们的任务，报社应当承担责任。检察官说，既然是报社行为，那这些人的诈骗嫌疑性质待确定。

检察官问牛社长，郝恪则的行为与报社有多少关系，朱罗罗的财务处处长渎职与报社有多少关系。牛社长说，有关系，也没关系。检察官说，那郝恪则就有诈骗嫌疑，朱罗罗就有渎职嫌疑。检察官说郝恪则有诈骗嫌疑，牛社长保持了沉默。检察官就在郝恪则和朱罗罗名字上画了个黑圈。

牛社长为什么替杨望阳、马旺财、高奔、路兆福、伍一武开脱犯罪嫌疑？为何不为艾新闻、郝恪则和朱罗罗开脱诈骗、渎职嫌疑呢？因为牛社长没收过艾新闻的好处，艾新闻和郝恪则没给牛社长送过钱，朱罗罗最近已经背叛了他。牛社长喜欢钱，在他心里，送钱是对他最大的尊重。郝恪则从不给他送钱，还常常以发稿大权在握的总编室副主任要职给牛社长要横,背地里不把他放在眼里和以稿弄钱的名堂,早让牛社长烦透了并想找机会"收拾"他,就没个合适的机会,检察官找上门的机会,可以说不用他动手,他就会完了。

尽管艾新闻给他妹妹的公司当了好几次"枪手",也让他妹妹搞到了很可观的"黑心钱",但在牛社长潜意识里,他不喜欢他,甚至极其讨厌他。

不喜欢艾新闻,并不是牛社长不"解脱"他诈骗的根本原因,根本原因是在牛社长看来,他在艾新闻这里得不到任何好处。艾新闻不会给他送一毛钱。而促使牛社长不"救"艾新闻的另外一个原因,是杨望阳提醒他说的,艾新闻对报社的人搞钱知道得太多,要提防他给上面写"黑材料"。所以,对于艾新闻这样不把他放在眼里,又对他有潜在危险的人,牛社长就会让他自认倒霉,自生自灭。在检察官这次定性艾新闻等报社若干涉嫌诈骗的人员中,牛社长的意见很关键,谁涉嫌诈骗,谁是报社行为,全在于牛社长的表态。牛社长不是牛社长自己的表态,牛社长的表态,是代表报社的表态,检察官定性是否涉嫌诈骗,只能依据牛社长的界定来参考定性。在这件事上,牛社长代表组织具有决定谁命运的大权。给牛社长送不送钱,在这关键事情上,就会体现牛社长的厉害。艾新闻做梦也想不到,他用了吃"奶"的劲给人当"枪手",尤其是给牛社长的妹妹当"枪手",会有坐牢的风险。

检察官核实艾新闻和郝恪则涉嫌诈骗的事实。

艾新闻被检察官传到了报社会议室问询。

艾新闻涉嫌八篇稿子诈骗。四篇是写民营企业的"阴"稿,四篇是写一县政府的"阴"稿。可巧的是,这八篇"阴"稿都是替胡姬花、牛社长妹妹牛丽丽和马旺财等当"枪手"写的,涉嫌诈骗金额一千二百万元。

三位面容冷峻的检察官坐在对面,问艾新闻。

"这八篇稿子是你写的吧?"

"是我写的。"

"这八篇稿子的事实准确吗?"

"我不知道。"

"稿子调查采访了吗?"

"没有。"

"稿子怎么写成的?"

"依据材料。"

"那就是根据材料编的?"

"根据材料写的。"

"难道你不知道胡编乱造新闻事实,以诬陷并威胁诈骗,是犯罪行为吗?"

"我只是写稿,没有骗钱。"

"你不为诈骗,写这胡编乱造的稿子干啥?!"

"我只是写稿,没有骗钱。"

"你最好把情况如实说清楚,不然对你非常不利!"

"我只是写稿,没有骗钱。"

"再跟你郑重地说一遍,最好把情况如实说清楚,不然对你很不利!"

"我也郑重地回答,我只是写稿,没有骗钱。"

"你在这里不说,你会后悔的。"

"我已经说过了,再没有什么可说的。"

"你现在不说,会让你去个地方说个痛快!"

检察官说完,让艾新闻出去,艾新闻"噌"的一声跑出去了。艾新闻没把检察官当回事,而检察官却被艾新闻的顽劣态度气在了心头。

艾新闻感觉自己的态度并不差,他艾新闻只是个写稿的"枪手",写稿只是为了练笔,根本没往钱上想,也根本没沾上一分钱,搞到钱那都是胡姬花的,至于八篇稿要了一千多万块钱,这跟他艾新闻有什么毛关系!胡姬花是他艾新闻的领导,他艾新闻只是完成领导交给的写稿任务,至于稿子交给领导,领导去骗钱,与他有何干系;骗钱的是胡姬花,调查怎么不问稿子给了谁,谁跟对方联系并骗钱,怎么把诈骗的嫌疑停留在了他艾新闻这里,艾新闻对这样的问询气愤,对这样的调查难以接受。

这样的问询和检察官的生气,艾新闻将面临什么,天知道。

三十七

艾新闻是与金妙妙在一个茶屋喝茶时被检察官带走的。

也就是在报社会议室问询完艾新闻的次日晚上,金妙妙约艾新闻喝茶聊检察官调查他的事,艾新闻对检察官问询的事,压根没当回事。因为艾新闻自知自己写稿没沾钱就不会有事,金妙妙提醒艾新闻对检察官的调查不能不当回事时,艾新闻怪金妙妙大惊小怪。金妙妙替艾新闻着急,就把艾新闻约到茶屋聊此事。金妙妙听了艾新闻被检察官问的话,顿时头都大了。金妙妙跟艾新闻提醒说,办案人员只问询稿子的写作,不问用稿子诈骗是谁去诈骗的,这等于把后面拿稿子搞诈骗的人隐去了,写稿子的人成了诈骗者,那他艾新闻就是诈骗犯。艾新闻嫌金妙妙想得太多,没有必要自己吓唬自己,他这个没沾一分钱的人,会成诈骗犯?简直是白日见鬼。两人正在争论不休的时候,有三个人出现在他们面前。艾新闻认出来了,是昨天上午在报社问询他的检察官。他们出示了证件,要艾新闻去检察院,配合调查。艾新闻起身便要跟着走。金妙妙急了,拦住检察官,拉着艾新闻,不让艾新闻向前走一步。金妙妙问检察官,带艾新闻走,通知报社了再说。检察官说,报社要保得了他,用不着找到这里带人。

金妙妙拦住艾新闻不让走,检察官把金妙妙推开,拉住了艾新闻的胳膊。金妙妙急了,从检察官手里把艾新闻抢了过来,拉着艾新闻就要走,却被检察官拦住了。其中一个检察官把艾新闻从金妙妙手里抢了过来,对金妙妙毫不客气地说，要是再阻拦，一起把她带走。金妙妙说，那把她一起带走。一个检察官接着金妙妙的话说，不要着急，很快会成全她的。检察官使劲拽住艾新闻的胳膊，艾新闻抢开他们的手，要自己走，但检察官仍紧拽他的胳膊，把艾新闻拉走了。不是拉走了，实是拽走了。在金妙妙看来，是被抓走了。

"赶紧放开艾新闻，你们是胡乱审查，否则我要给中央写内参！"金妙妙朝检察官喊道。

检察官理也没理金妙妙，把艾新闻推上了一辆写着"检察"蓝字的车。

艾新闻被推上了车，金妙妙几乎失去理智地朝检察官大喊："胡乱抓人，一群混蛋！"

转眼带走艾新闻的车不见了，站在马路边的金妙妙立刻拦了一辆出租车，跟着那辆检察院的车，去了检察院。门卫不让金妙妙进去，检察官也不容许金妙妙进去。

不让进去，金妙妙不停地打电话。

先是给牛社长打电话。牛社长对艾新闻被检察官带到了区检察院，不但不惊奇，反而没好气地对金妙妙说，艾新闻被带走，报社有啥子办法，劝她赶紧离开检察院，少给报社丢人现眼，免得引火烧身。牛社长的话，让金妙妙大失所望。

金妙妙接着给省检察院当处长的同学打电话，要他无论如何帮忙放了艾新闻，艾新闻是全然无辜的。她同学放下电话，很快就给她回了电话说，艾新闻诈骗嫌疑证据确凿，谁说也没用。金妙妙又给她同学说了艾新闻无辜的实情，她的同学听着就不耐烦了，醋意浓浓地说，妙妙连他这样的优秀男人正眼都不看，艾新闻哪里好，竟然冒险阻拦办案、大骂检察官、大闹检察院，八成是昏头了。

金妙妙求男同学遭到反感和指责，让金妙妙更为大失所望，怪自己真是昏了头了，求谁也不能求他这个被她曾经不拿正眼瞧的人，事情没帮反而让她心堵了个疙瘩。

两个电话打到了"茅坑",金妙妙想到几个要好的朋友,他们在北京和省委工作,给他们打电话求救艾新闻,但都婉拒或为难,让她对救艾新闻一时没了招。

金妙妙在检察院长门口等了好几个小时,天都等黑了,还是没等到艾新闻被放出来,焦急地不知道怎么办好时,想到了林萍萍。别人不救艾新闻,林萍萍总不会不救他的。她与林萍萍仇敌多年,从没电话来往,面对艾新闻落难,她硬着头皮拨通了林萍萍的电话。林萍萍不接,打了好几遍仍不接。金妙妙给林萍萍发短信:"艾新闻被检察官带走了,快回电话想办法。"短信刚发过去,林萍萍的电话就拨过来了,问金妙妙怎么回事。金妙妙把检察官带走艾新闻的情况跟林萍萍说了一遍,也把给牛社长打电话求救和牛社长的态度说了一遍,给林萍萍出主意,让她马上找胡姬花,胡姬花家里有人在市检察院当副检察长,胡姬花喜欢钱,该花钱得花钱,需要钱她金妙妙也可以拿,求胡姬花一定能帮上忙。林萍萍听完金妙妙的主意,火冒三丈地对金妙妙说:"你倒是对艾新闻比谁都着急,比谁都想得周到,比谁都舍得一切。你不是抢他吗?你不是要嫁给他吗?你去拿钱,你去救……"

林萍萍的话越来越难听,火气越来越大,嘴里在喷火,火已烧得手机要爆炸了,气也喘不过来了。金妙妙挂断了电话,定神,回想林萍萍的"你去拿钱,你去救"的话,便断定爱钱如命的林萍萍是不会拿钱去找胡姬花救艾新闻的。找胡姬花救艾新闻,胡姬花也是爱钱不要脸的人,不给胡姬花送钱,胡姬花不会卖力。尽管艾新闻是她胡姬花的部下,可她是十分讨厌艾新闻的,艾新闻出事,她会不管。要搬动胡姬花,她只认牛社长,不然只认钱。救艾新闻火烧心头的金妙妙,找人无望,求胡姬花是唯一选择。

只有钱才能帮艾新闻了。金妙妙赶紧从家里拿了仅有的三万块现金,又从银行取款机上取了两万元,还差五万元,她想只有去求爹妈和弟弟妹妹凑了。金妙妙连夜打车去爹妈家凑钱,凑了三万块,又去找弟弟和妹妹分别借了一万,凑了十万块,赶紧往胡姬花家赶。赶到胡姬花家小区,提着沉甸甸的钞票要上胡姬花家楼时,她忽然一个颤抖,腿软了起来,此时才感到她去找胡姬花不妥,送钱更会坏事。"怎么办?!"金妙妙定神片刻,逼自己迅速想办法。金妙妙的办法随即有了,何不找魏风,魏风是胡姬花的"跟班",又是艾新闻的领导,找魏风代劳去求胡姬花最为合适。

已是晚上十点了,虽然有点晚,但救艾新闻的事,最好夜晚搞定,金妙妙希望让艾新闻马上从检察院出来,免得一晚上过去,艾新闻受不了被留检察院的"滋味",更怕把艾新闻的所谓诈骗搞成了真诈骗。想到这厉害结果,金妙妙毫不迟疑拨通了魏风的电话。魏风的电话没人接。金妙妙接着打了好几遍,仍是没人接听。心里十万火急的金妙妙,决意去魏风家找她。

魏风家住什么地方不知道,金妙妙打听了报社广告部的几个人才搞清了魏风住什么地方,便赶紧打车去魏风家。敲门半天,门终于被敲开了,是魏风的丈夫。魏风丈夫听是爱人报社的同事,便把魏风从床上叫了起来。魏风见到金妙妙惊奇不已,问金妙妙半夜上门啥子急事。魏风看金妙妙惊恐的表情和手里沉沉的包,顿时也紧张起来,迟疑片刻,让金妙妙快点说。金妙妙有点哀求地说,想单独说个事,想求她办个事。魏风的丈夫瞅瞅金妙妙,给金妙妙沏了杯茶,对魏风说,他去休息,两人私聊,让他帮忙就说。金妙妙跟魏风说了艾新闻被区检察院带走的过程,也把该想的办法都给魏风说了一遍,请求魏风拿着林萍萍给她的十万块钱,现在去胡姬花家,求她让她当副检察长的亲戚立马找区检察院,把艾新闻放出来。

魏风对金妙妙的请求,毫不思索地拒绝了。她说,胡姬花也不是她能求就求动的,艾新闻跟胡姬花的关系一直没处好,即使送钱,也未必给办。金妙妙恳求魏风,为了艾新闻,一定跑一趟,把钱送给胡姬花,即使钱送了办不成,也绝不怪怨她。魏风说,太晚了,明天她找胡姬花。金妙妙再求魏风，夜长梦多，请她辛苦一趟，现在就去求胡姬花帮忙。魏风说，人家艾新闻的老婆林萍萍不着急，却把妙妙急得火上浇油，爱情的力量真是伟大，妙妙爱艾新闻爱得让她都快落泪了。魏风答应马上去找胡姬花，但执意不送钱。金妙妙把钱塞给魏风说，跟胡姬花就说是林萍萍的钱，是林萍萍让来求她的。金妙妙这么一说，让魏风精神放松了点，把钱塞给金妙妙，赶忙动身下楼。金妙妙跟到楼下，又把那十万块钱的包塞给了魏风，魏风推辞了一下，却拿上了，打车去了胡姬花家。

胡姬花痛快地答应了救艾新闻的事，收下了那十万块钱。她对魏风说，她对艾新闻没好感，但对林萍萍没有坏感，看在林萍萍一片诚心和她又是上级宣传部处长的面子，艾新闻的忙她帮。虽已十一点多，虽怕打扰可能入睡的检察长亲戚，胡姬花还是当着魏风的面给他亲戚打了电话。胡姬花亲戚跟胡姬花说，他不敢保证人能放出来，他马上问一下，不敢保证能帮上忙。胡姬花让魏风边喝茶边等消息。魏风说，很困，她的任务完成了，不等了，有没有好消息，就看艾新闻的运气了。魏风回家了。

魏风刚到家不一会儿，金妙妙打电话告诉她，艾新闻被放出来了，对魏风千恩万谢。魏风也随之喜悦起来，感觉这次去胡姬花家很有成就感，也感觉该救艾新闻，英雄豪杰的感觉涌上心头。

艾新闻从检察院出来，打电话告诉了金妙妙。接完艾新闻的电话，金妙妙急忙给魏风打电话，按捺不住无法形容的喜悦心情感谢魏风，同魏风分享这心焦好几个小时后的天降之喜。魏风听到艾新闻出来的消息，先是迟疑，后渐渐喜悦起来。不过魏风的喜悦从淡到浓，让金妙妙有点不悦，但金妙妙对魏风仍是千恩万谢，谢得魏风"喷"出了难得的怪笑。

…………

金妙妙让艾新闻到她家来，给他接风洗尘。艾新闻想回家。金妙妙对他急了，艾新闻想林萍萍还在娘家，家里没人，就来了金妙妙家。金妙妙炒了两个小菜，开了一瓶红酒，为艾新闻压惊。艾新闻不知道是金妙妙救他出来,更不知道是她花十万块钱把他"弄"出来的。金妙妙没有告诉艾新闻自从检察官把他带走的十多个小时里,她在不停地想办法救他出来的艰辛过程。一无所知的艾新闻坐在金妙妙面前,有感动,但没有激烈的感动心情,金妙妙渴望艾新闻热切的心,有点失意。尽管有渴望和失意,金妙妙没有告诉艾新闻她给胡姬花送钱的事,她想永远也不会告诉他。

在检察院几个小时,虽然检察官对他没有过分的动作,但是艾新闻显然受到了惊吓。面对金妙妙仍惊魂未定,光喝酒,吃不下东西。倒是晚饭粒米未进的金妙妙饿极了,恨不得把香气钻心的菜一口气吃完,但看到艾新闻神情紧张得难堪,顿时没了食欲。金妙妙拥抱艾新闻,艾新闻轻轻推开了她;金妙妙逗艾新闻,艾新闻心情仍然沮丧。金妙妙问艾新闻,人都出来了,有啥不开心的。艾新闻说,人是放出来了,但检察官说,他的诈骗嫌疑仍然存在,放他是"取保候审"性质,让他明天上午十点到检察院,接着接受问询。看来他要是不承认自己是诈骗犯,他们是不会放过他的。

金妙妙听了此情,顿时紧张起来,料想艾新闻的事,绝不是诈骗嫌疑误会那么简单,想必有人想拿他当诈骗犯的"替罪羊"。拿艾新闻当"替罪羊"的人是谁呢?金妙妙排除了胡姬花的嫌疑。要是胡姬花整艾新闻,胡姬花是不会帮艾新闻出来的。是牛社长,是杨望阳,是"好格涩",还是报社的哪个混蛋?金妙妙想不出来。金妙妙让艾新闻想,艾新闻也想不出来。

金妙妙想不出来是谁在整艾新闻,艾新闻苦想不出来是谁要把他送进牢房。艾新闻一时没了主意,而金妙妙却有了主意。

已近午夜,为艾新闻忙累得身心疼痛的金妙妙,眼睛在打架;被惊吓和恐慌折腾得心神不定的艾新闻,眼皮在打架。他们都很困乏。金妙妙让艾新闻住在她家,艾新闻要回家。金妙妙执意留艾新闻,艾新闻倔强地要回家。金妙妙讨厌艾新闻总是对她躲躲闪闪,对她半冷不热,甚至对她的情感也小心翼翼。金妙妙虽然知道艾新闻很喜欢她,但他在尽力挽救与林萍萍的婚姻,面对她的爱,他心理压力很大,又不敢往前走一步。金妙妙虽理解他，但金妙妙压不住对艾新闻的火："赶紧滚，林萍萍等着你上床呢！"

金妙妙的"林萍萍"名字话音刚落，艾新闻的手机就响了，是林萍萍的电话："你不是一个半小时前就从检察院出来了吗？去哪里了，是不是在与你心爱的妙妙亲热呢？！我费尽吃奶的劲把你救出来，你真是个狼心狗肺的东西，一出门就抱金妙妙去了，看来不应该把你这个'王八蛋'救出来！"

电话里林萍萍的喊叫声，金妙妙听了个清楚，艾新闻吓得眼神都直了。

艾新闻问林萍萍在哪里，林萍萍说："就跟你心上人金妙妙共度良宵吧，家就不用回了！"林萍萍说完，把电话挂了。艾新闻打过去，关机了。

艾新闻慌了神，立马回家。

艾新闻闪电般走了，金妙妙没了困意，想刚才电话里林萍萍的"我费尽吃奶的劲把你救出来"的话，纳起闷来，明明是她金妙妙送给胡姬花十万块钱，胡姬花让她亲戚把艾新闻救出来的，怎么成了她"费尽吃奶的劲救出来"的？难道胡姬花收了钱，根本就没帮艾新闻说话，而是耍了个滑头？金妙妙意识到胡姬花不会救艾新闻，定是她耍了滑头。

艾新闻回到家，门从里面锁着，打不开。敲破了门，喊破了嗓子，也没叫开门。再敲再叫，听不到林萍萍的一句回话，只是接到了林萍萍的一条短信："即使你把门敲破，也别想进家门。你好好跟那个姓金的野女人睡去！"

艾新闻给林萍萍打电话，林萍萍不接，就不停地给她发短信说，也是撒谎说，他从检察院出来是在馆子里吃饭，没跟金妙妙在一起，请相信啥的。无论艾新闻如何花言巧语骗她，林萍萍好像亲眼看见他在金妙妙家里似的，丝毫无动于衷。

解释无用，骗也无用，门死活敲不开，艾新闻只好去旅馆过夜。

307

躺在旅馆的小床上，艾新闻从虚掩的窗帘缝里看到他家的小区楼房，看到了家里卧室那楼里深夜唯一的耀眼的灯。看来林萍萍还没有睡。开着灯的林萍萍在干啥？是坐在沙发上睡着了，还是整理柜子里的东西要搬走？想到检察院立案侦查他的诈骗嫌疑，有人成心要把他送进牢房，想到自从决意进报社起林萍萍三番五次提出离婚，想到进了报社被安排边缘岗位的委屈连连，想到林萍萍从家里搬走的婚姻的名存实亡，艾新闻眼眶里止不住泪水直涌。此时，他才真正确信，自己固执地进报社，也许是人生最大的错误，更是人生最大的失败。

三十八

一清早，艾新闻又回家，门仍然反锁着。敲门，敲门，不停地敲门，林萍萍仍然不回应，也不开门。打林萍萍电话，手机通着，不接。艾新闻心里七上八下，生怕林萍萍有什么事。艾新闻赶忙发短信，求林萍萍开门，有事当面说。林萍萍回了短信，让他去敲金妙妙的门，只要她在家，这个门即使敲破，也不会开。

既然林萍萍在家没啥事，既然不开门也不愿见面，艾新闻索性回了旅馆，吃了早点，给金妙妙打了个电话，没告诉她昨晚住旅馆的事，也安慰她不要担心，从检察院回来与她马上联系，便去了检察院。检察官昨晚放他出来时，郑重地告诉他，要他十点必须到此，不得迟到。艾新闻吃完早点，给金妙妙打了个电话，除去路上时间，提早一小时去了检察院。

检察官对他的态度，明显发生了变化。态度没前几次那么客气了。

"艾新闻，你听着，你的诈骗嫌疑，证据确凿，你承认不承认，都不影响继续立案……"

"请问，你们的确凿证据是什么？"

检察官拿出一沓材料，还有录音带，一一让艾新闻看了个仔细。材料是复印件，是林萍萍写的收条，一到几万元不等，总共有八张，总计十一万元。收条字迹，应当是林萍萍的。

"是你老婆林萍萍写的收条没错吧？"

艾新闻不应对。

艾新闻看完收条，吓出一身冷汗。

"听听录音，你老婆林萍萍代你收钱的录音！"

确实是林萍萍的声音。对方说出了送钱的数额，林萍萍回应"没错是三万块""那谢谢你的好意啦""我就替艾新闻收下"等收下钱感谢的实打实的话。

…………

"是你老婆林萍萍的声音没错吧？"

艾新闻不应对。

艾新闻听完录音，冷汗已湿透了衣服。

检察官又让艾新闻仔细看了一遍，又让艾新闻仔细听了一遍。

检察官又问艾新闻，是不是林萍萍写的收条，是不是林萍萍的声音，艾新闻仍不应对。

检察官让艾新闻在笔录上签名。这提前写好的笔录，写着"艾新闻让妻子林萍萍代收了诈骗金共计十一万元"的证词。

艾新闻不签字。

"是事实，为什么不签字？！"

"我从来没让林萍萍代收一分钱！"

"可林萍萍录音里说，她是代你收的！"

"她代我收，我从来没让她代我收钱；收钱是她的事，跟我没任何关系！"

"你要是推到林萍萍身上，她与你合伙诈骗的嫌疑，跑不掉了。"

"我从来没参与诈骗，让林萍萍代收钱，是陷害我的圈套！"

"检察机关只看证据，以证据说话。"

"这证据，跟我艾新闻没关系！"

"林萍萍跟你有关系。"

"林萍萍一直在跟我闹离婚,不信你们去调查。"

"抵赖没有作用,只能加重罪行。"

"我没罪!"

"你有罪没罪,法庭说了算。"

"你们这是陷害无辜!"

"无不无辜,证据说了算。劝你还是老实为好,否则对你不利,对你老婆林萍萍不利!"

"我没有诈骗,就是对检察机关的老实话。"

"既然你死不认账,那就别怪我们没给你机会!"

艾新闻拒绝在笔录上签字。检察官把艾新闻带到了一间屋子,收了他的手机,让人把他看守了起来。

就在艾新闻被看管起来的时候,检察官把林萍萍"请"到了检察院,对那些收款条和录音,进行逐一核实。

"林萍萍,这八张收条,是你写的吗?"

"是我写的。"

"钱是你代艾新闻收的吗?"

"是代艾新闻收的。"

"录音里的收钱人,是你吗?"

"是我。他们真是无耻,怎么会录了音呢?!"

"钱是你代艾新闻收的吗?"

"钱是代艾新闻收的。"

"你代艾新闻收这些钱,知道收的是什么钱吗?"

"让我代收钱的人,都说是艾新闻写稿的稿费。稿费,没有什么不可以收的。"

"你确认这十一万元钱,是你代艾新闻收的吗?"

"我确认。"

……………

下午,三名检察官出现在了艾新闻面前。有一名检察官拿着一张纸,问艾新闻叫什么名字,艾新闻如实回答。于是,向艾新闻出示了一张文书,是逮捕证,并宣布:"经山青山区检察院批准,对诈骗嫌疑犯艾新闻实行逮捕!"

宣布完逮捕令,两名检察官给艾新闻戴上了手铐,并让艾新闻在逮捕证上签字,艾新闻拒绝签字。

尽管艾新闻被宣布逮捕并戴上了手铐,而艾新闻并没有被惊吓到,啥话没说,也不反抗,戴手铐就戴手铐,带走就跟着走。艾新闻的面不改色心不跳和无所谓的态度,倒让检察官抽了口冷气。

"面对逮捕证和手铐,你怎么一点都不怕呢?"检察官对艾新闻说道。

"我问心无愧,我怕什么!"

三十九

　　林萍萍和金妙妙几乎是前后脚到了检察院门口。这两个在大学时的情敌，现在又成新情敌的老同学，因为艾新闻不得不增添新的憎恨，也不得不打交道。自从艾新闻执意进报社那天起，自从金妙妙爱上艾新闻起，也自从艾新闻着迷金妙妙的文章起，她们两个人就成了刻骨憎恨的情敌。此时见面，要不是为艾新闻而来，那不知要发生什么样的事情，尤其是在林萍萍看来，金妙妙已有把艾新闻彻底从她手里抢走的趋向，要不是为救艾新闻，要不是在检察院门口，林萍萍会对金妙妙动手，会拼命。可是艾新闻被抓起来了，金妙妙是为艾新闻来的，不管怎么说，现在的艾新闻还是她林萍萍的老公，有恨也得放下，赶紧救艾新闻是大事。但林萍萍还是醋意大发地朝金妙妙嚷了起来。

　　"你来干什么？！"

　　"救艾新闻呀！"

　　"你这个'祸水'女人，不是你勾引他，他怎么会来报社，怎么会写那些破文章，怎么会有今天的事情发生！"

　　"废话少说。这是检察院，不是吵架的地方，人已经被抓了，还不赶紧想办法救人！"

　　金妙妙的话，把鼻孔里冒火，马上会喷火的林萍萍说得顿时闭上了嘴。

　　林萍萍去了检察院登记室，林萍萍也去了登记室。检察官不见林萍萍，也不让林萍萍见艾新闻。林萍萍打通了检察长的电话,检察长也婉拒了林萍萍的要求。金妙妙打通了不知是检察院哪个领导的电话,领导让门卫登记进来。林萍萍急了,对门口嚷道:"她是个什么东西,她能进;我是艾新闻的老婆,凭什么不让进?!"门口说:"你是他的谁也没用,我听领导的!"门卫的话气得林萍萍直跺脚。

金妙妙不理林萍萍,赶紧进去了。无奈的林萍萍,只能愤怒地瞅着金妙妙进去。林萍萍焦急得不知道接下来她做什么好,要走,但腿又迈不出门房,便打定主意等金妙妙出来,等金妙妙找检察院领导的结果。

林萍萍等金妙妙出来,如坐针毡,想来金妙妙找检察院领导比她方便,出于她对艾新闻的痴情,她会千方百计救艾新闻,她得对金妙妙的恶言收敛点。但林萍萍对金妙妙又生出担心,金妙妙与她的目标虽都是救艾新闻,她还是憎恨金妙妙去救艾新闻,她怕金妙妙在救艾新闻上抢了"上风"。要是她林萍萍在救艾新闻上无所作为,那艾新闻出来对她的感恩戴德又会变成啥样?深爱。那时的艾新闻,也许转眼就成金妙妙的老公了。料到这一点,林萍萍想立刻摆脱金妙妙插手艾新闻的事,赶忙打电话找人,让金妙妙滚远点。

林萍萍还得求省委组织部的一个领导。昨天,就是她求他,他的电话打到了检察院,艾新闻就被放出来了。林萍萍接着求他,那位领导一听"人已被逮捕",便躲躲闪闪起来。林萍萍便给几位同学和朋友打电话求帮忙,一听"人已被逮捕",也为难起来。林萍萍再找不到什么牢靠人求,便给牛社长打电话求助。牛社长说,艾新闻被逮捕的消息,他刚听说,事到如今,进了司法程序,他和报社也没啥办法。牛社长的话,如同一盆冰水,把她从头到脚浇了个彻骨寒。但牛社长也跟她说了句人话,胡姬花的亲戚在检察院,他让胡姬花帮忙,但让她也主动找一下胡姬花,越快越好。林萍萍便想起昨天金妙妙让她给胡姬花送钱,她没有去送,真是天大的错误。林萍萍想到家里有十万块钱,何不赶紧给胡姬花送过去。

林萍萍给胡姬花打电话，胡姬花没接，林萍萍给胡姬花发短信，要求去她家拜访。胡姬花回复说，她不在家，现在接电话不方便，有什么事短信说。林萍萍回复说，艾新闻今天下午被检察院批捕了，十万火急，千万想办法把他救出来。胡姬花回复说，检察院的事情很难办，她不一定能帮上忙。林萍萍说，在楼下等她回来，不管她几点回来，她都等。胡姬花回复说，她今晚住外地，晚上不回来。接着胡姬花短信说，有个东西在魏风那里，由魏风完璧归赵。林萍萍问胡姬花是啥子东西。胡姬花没回复。林萍萍问胡姬花哪天回来，胡姬花回复说，说不好。胡姬花的不接电话和冷淡的短信，让她对她帮忙失去了最后一丝希望。

　　给胡姬花刚发完短信，正要离开检察院传达室的林萍萍，出门又碰上从检察院出来的金妙妙。

　　无助的林萍萍看到金妙妙，复杂的心情变成了渴望的眼神，渴望得到金妙妙的信息。而金妙妙见到林萍萍，想说什么，又闭住了嘴。还是林萍萍着急，要问什么，但又没有张开嘴。

　　林萍萍不张嘴问，金妙妙想说但又没说。林萍萍不好意思问金妙妙什么，金妙妙是因为检察院门口说话不便没张口。离开检察院门口，金妙妙打车，林萍萍也只好打车，两个女人带着对彼此的憎恨走了。

　　林萍萍刚上车，接到了魏风的电话，约她到一个咖啡厅见面。林萍萍赶到咖啡厅，魏风也到了。魏风不坐，把一包东西交给林萍萍。林萍萍纳闷地问是什么东西。魏风说，那十万块钱，胡姬花让还给她。林萍萍说，她没给胡姬花送过钱。魏风说，金妙妙让她转交给胡姬花时说，是林萍萍的钱；既然不是金妙妙的钱，免得还钱出了差错，就把谁的钱直接还给谁。林萍萍把钱塞给魏风，并说这钱不是她的，谁给胡姬花送的，还给谁。魏风便给金妙妙打电话，林萍萍转身走了。

　　"明明这钱不是我送的，明明她们明白这钱是金妙妙替艾新闻送的，明明知道我跟金妙妙是死敌，偏偏要在我面前演这一幕戏，偏偏要让我知道金妙妙为了艾新闻奋不顾身，胡姬花和魏风真是别有用心而阴险！"林萍萍念叨着，对胡姬花的憎恨油然而生。

　　林萍萍刚走，金妙妙赶过来了，魏风把钱给了金妙妙。金妙妙不拿，求魏风跟胡姬花说，帮帮艾新闻，能让他出来还有重谢。魏风说，胡姬花说了，忙一定帮，钱不能收。金妙妙只好把钱拿走了。金妙妙明白了，胡姬花压根也没帮艾新闻的忙，昨天艾新闻被放出来，跟胡姬花没什么关系，胡姬花是不会帮艾新闻的忙的，说不定胡姬花还是害艾新闻的凶手呢。

四十

　　林萍萍回家的路上，越琢磨胡姬花和牛社长，越觉得他们是害艾新闻的"黑手"。想到这里，林萍萍感到真正能帮艾新闻的人，也就是金妙妙。"不管她对艾新闻是爱得死去活来，还是活来死去，救艾新闻出来是最要紧的。管他出来最终是谁的丈夫，顾不了那么多了。"林萍萍这么一想，立马给金妙妙打电话，把金妙妙约到了一个餐馆。金妙妙站着，不坐，随时要走的样子。

　　"林萍萍，你约我来，什么事？"

　　"请你吃饭，也是要聊一下艾新闻的事。"

　　"请吃饭就免了，你想聊什么，请讲。"

　　"你为艾新闻比我舍得花钱又卖力！"

　　"你要只说这个，我就走了。"

　　林萍萍抹起了眼泪。金妙妙仍站着，随时要走。

　　"我找你是请你帮忙，没别的意思。"

　　"要帮忙就说，别的少扯。"

　　"妙妙，是我害了艾新闻。"

　　"事到如今，说什么也没用，关键是想办法救人。"

　　"妙妙，你得看在我们同学一场的缘分上，你给我出出主意，看怎么救艾新闻。"

"我一时想不出啥好办法。"

"你到检察院,见到艾新闻了吗?"

"不让见。"

"你见了检察院的人,他对艾新闻的事怎么说?"

"艾新闻诈骗罪成立,证据看似确凿,没有办法推翻。"

…………

林萍萍反复问金妙妙去检察院找了谁,他们对艾新闻的事情为啥不说,是不是逮捕错了?金妙妙面对林萍萍的这些提问,无语。

金妙妙跟在任的一个副检察长熟悉,她去找他问了艾新闻案子的情况。副检察长把一位办案人员叫来,跟金妙妙介绍了一下案情:艾新闻涉嫌诈骗,金额虽然不大,但性质严重,是社会对新闻记者反映最恶劣的行为;艾新闻诈骗稿的稿费由他妻子林萍萍证实代收,并且收条铁证如山,诈骗证据确凿,无法推翻,必须依法逮捕。严办艾新闻的诈骗行为,对新闻从业人员具有重要的警示作用。艾新闻的案子,不是办案人员哪个人定的,是经过检察长同意并让严办的案子,要帮艾新闻,也只能从量刑上通融,能够轻一点……

办案人员走了,副检察长给金妙妙出了两个主意:"帮艾新闻找个很棒的律师,艾新闻的案子有疑点,疑点是那些借条后面的人有动机,是否构成陷害。这一疑点,我跟办案人员说了,但办案人员很为难,加上艾新闻的案子是检察长直接过问并确定的逮捕,我不好过问,更不可能安排办案人员接着调查。你是调查记者,下功夫摸清楚,也许能改变艾新闻诈骗罪的确立。"

金妙妙决意调查艾新闻案的"黑手"。金妙妙对调查真相,有一种天然的冲动,更何况是牵扯到艾新闻入狱这天大的事,使她更有这种职业冲动。

见副检察长,见办案人员,副检察长跟她出的主意,金妙妙没跟林萍萍流露半句。

林萍萍渴求的眼睛望着金妙妙,想从金妙妙脸上找到一丝安慰的信息,可金妙妙对林萍萍一脸的鄙夷。

"艾新闻是无辜的,是被人陷害的。你林萍萍是害他的人之一。"

"怪我贪财,收了那十一万块钱。这几个人不把钱给艾新闻,偏偏把钱给我,还让我给他们打了收条,看来他们给艾新闻设陷阱是成心的。"

"这肯定是利用你爱财的毛病,给艾新闻下的套,可你却把套帮着系上了口子,把艾新闻装了进去。那些收条铁证如山,你说是代替艾新闻收的钱,艾新闻的诈骗罪帽子,就被你给戴上了,他有口难辩。"

"检察院的人找我,问我那些收条,那十一万块钱,我慌了神,就说是替艾新闻收的。艾新闻从没跟我说过这钱,也没有让我收这些钱,是送钱的人说是艾新闻的稿费,让我代收,我想稿费有什么不敢收的,就收下了。收下了,人家让我打收条,回去入账报销用,我就打了。可是,如果我不说是替艾新闻收的,我怎么说,说这钱跟艾新闻没关系?跟艾新闻没关系,不就成了我受贿了吗?我受贿,艾新闻进去,我也得进去!"

"什么?艾新闻没让你收钱,你为啥对检察院的人说是代替艾新闻收的?你这是陷害艾新闻!"

金妙妙的话一落,林萍萍抽泣得更厉害了。菜上桌了,金妙妙转身就走,林萍萍急了,拉金妙妙坐下。林萍萍把餐盘和筷子递给金妙妙,金妙妙不接。金妙妙不接餐具,林萍萍就哭出了大声,引得周围的人眼睛瞅了过来。金妙妙不敢走了,也不敢不拿起筷子,装作要吃饭的样子,林萍萍才渐渐收住了哭,向金妙妙投来哀求的双眼。

"妙妙,你帮帮我,我可是公务员,受贿可是了不得的事,弄不好把我也会抓进去;你千万不要计较我对不住你的地方,想个两全其美的办法,既不能让他们给艾新闻定上罪,又不能把我牵扯进去。求你了……"

"钱是你收的,条子是你打的,你对检察院已经证实钱是你代替艾新闻收的,你已经把艾新闻的诈骗罪坐实了,我能帮上什么忙!"

"妙妙,求你了,你别走,你一定要帮我。我知道你在恨我,你要真帮了我和艾新闻,我发誓今后不再恨你。这么说吧,你帮了我和艾新闻,我和艾新闻平安无事,艾新闻真要娶你,我一定放他!"

林萍萍居然说出这般下贱和没有尊严的话,既让金妙妙对林萍萍顿添憎恨和厌恶,也让她对这话差点乐得笑出声来。金妙妙实在听不下去林萍萍的哭求,实在不愿意看她又擦鼻涕又抹泪的失魂落魄样子,起来便走。林萍萍又急了,一把紧紧拉住金妙妙的胳膊,又把金妙妙拉坐了下来。

面对林萍萍的无耻嘴脸,金妙妙无法张口应对。

"妙妙,你我之间不管有多大怨恨,你一定要接着帮我和艾新闻……求你,吃菜,边吃边说,我有重要的事情要对你说。"

"饭,没心思吃,有话赶紧说。我没时间陪你哭!"

"我感觉有人在设圈套,害我和艾新闻。"

"谁在陷害,说说看。"

"我感觉是胡姬花和牛社长。"

"凭感觉不行,得拿证据说话!"

"没证据。"

"没证据,那就没办法。"

"想不出办法。"

"办法是马上请律师。"

"我来请……"

说到这儿,金妙妙起身要走,林萍萍又急了,让金妙妙坐下,她还有话没说完。金妙妙说,话已说完,该帮的忙,尽管放心,她会尽力帮忙的,至于结果怎么样,那要看她林萍萍的造化了。

林萍萍看金妙妙烦她烦得一秒钟都不愿意再聊什么,便把一个纸袋给金妙妙。

"这是什么?"

"是收条,就是检察院拿走的收条照片打印件,别人让我代替艾新闻收钱的收条。"

"你给我这收条干啥?你的收条打印件,是哪里来的?"

"是我当时给送钱的人写收条时,怕忘了钱数,每张都拍了照,正好用上了……送钱的人,一个又一个,都要求我给写收条,让我很奇怪,也让我起了疑心,但又想是艾新闻的稿费,收稿费不犯什么错,让我打收条,我就打了,没想到他们都是有备而来,在给我和艾新闻下'套'呢,真是做梦也想不到!看着老同学一场的面上,也看在艾新闻的面子上,求你作为记者身份,调查这些送钱并让打收条人的用意,写篇记者调查文章,能登报最好,不能见报寄给中纪委,揭露真相,惩罚坏人,还我和艾新闻一个清白。"

"这个事情没那么简单。恐怕你高看我了,我哪有那么大能耐,你的清白还得你自己还!"

金妙妙说完,拿上林萍萍的收条打印件,扔下林萍萍走了。

四十一

金妙妙感到副检察长的话真诚实在，也话中有"话"。艾新闻案子的疑点副检察长看得很清楚，是检察长一锤定音的案子，他又无能为力，能不能还原艾新闻无罪的真相，只能靠律师和她金妙妙的调查文章了。

要还艾新闻清白，要挖出害艾新闻的"黑手"，不管这个"黑手"是谁，哪怕是曾在她金妙妙危难的时候帮过她的牛社长，还是跟她友谊深厚的人，还是对她金妙妙有恩的人，她要一挖到底，挖出真相，挖他个底朝天。金妙妙连夜开始筹划调查的路径。调查，她需要林萍萍的配合，说干就干，一分钟也不能停。

金妙妙要从林萍萍这十一万元的收条照片入手，把这些给林萍萍送钱，谎称说是艾新闻让林萍萍代收钱的人全挖出来，再挖他们好像商量好的一起绕开艾新闻并让林萍萍代收钱的人的动机，再挖这些给艾新闻挖"坑"人的动机，再挖这些人的违法犯罪问题。挖到这些情况，他们联手预谋陷害艾新闻的真相，就会大白于世，那真正的诈骗犯就不会是艾新闻，会另有其人了。分析到这一步，金妙妙的困乏顿时全无，兴奋涌了上来。

金妙妙把林萍萍给她的那些收条打印件，摆在餐桌上细看。报社"头面"人物家里有什么公司，都尽收金妙妙眼里。这些公司都找金妙妙当过"枪手"，只是给钱没收，一分也没收，他们出事找不到她头上。艾新闻曾告诉过金妙妙，他给这几个公司当"枪手"好长时间没提过钱，可他们一月前约好了似的，纷纷给他送稿费，他一个也没收。艾新闻没收，他们知道林萍萍见钱眼开，就说是艾新闻让代收的，林萍萍就收了。收了钱，写了这么多收条，也许处于闹离婚的缘故，也许是压根也不愿让艾新闻知道这笔送上门的钱，竟然没一个送钱的人告诉艾新闻。直到检察官找艾新闻调查，艾新闻还蒙在鼓里，直到林萍萍写的代收收条，白纸黑字，铁证如山，检察长下令逮捕他，他才知道有人通过林萍萍给他挖了陷阱。

金妙妙看完收条，一共有八张，十一万块钱，分别是四个公司让林萍萍写的。牛社长妹妹的公司，胡姬花亲戚的公司，杨望阳弟弟的公司，马旺财哥哥的公司。牛社长妹妹让林萍萍代收了四笔钱，四万元；胡姬花亲戚让林萍萍代收了两笔钱，三万元；杨望阳弟弟让林萍萍代收了两万元；马旺财哥哥让林萍萍代收了两万元。收条上只写了代艾新闻收到某某公司多少元钱，却没写收的什么钱。所有的收条都是这么写的，好像是出自一个人草拟的原稿，多一个字也没有。

林萍萍这个爱钱如命的女人，写了八个收条，居然人家让她怎么写，她就怎么写。好在她愚蠢的同时，留了个心眼，给每张收条拍了照。不管是处于日后数钱的动机，还是拿它跟艾新闻"算账"的心机，依它顺藤摸瓜，必有大收获。金妙妙判断，这些公司的"后台"，联手让艾新闻当"替罪羊"的策划好险恶。

金妙妙瞅着摆在面前的这些收条眼都花了，花了的眼里出现了牛社长，又出现了胡姬花，接着出现了杨望阳和马旺财。牛社长和他们四个人拿着一个张开大洞的黑幽幽的麻袋，把艾新闻装了进去，扎住了麻袋口子，一起扔到了一口很深的大井……

金妙妙趴在餐桌上睡着了，醒来已是早晨。

这个早晨的阳光虽然与往日的一样灿烂，但金妙妙的心里压着一个石头，比任何时候都沉，沉得她喘不过气来——艾新闻失去了自由，他的心里不知有多痛苦，艾新闻的痛苦只有她能刻骨铭心地体会到。因为她也曾几次被拘留过，差点也被逮捕入狱。艾新闻在受罪，像一块巨大的石头，压得她喘不上气来。因而，今天乃至今后的主要事情，是洗清艾新闻的罪名，救艾新闻出来。金妙妙想到最有效的也是她只能做到的，是写篇给艾新闻下"黑手"几个人事实确凿的调查，找高端内参刊登，或者实名举报他们的违法行为，把这些人"亮"出来，赶快还艾新闻清白。

金妙妙设计的调查人涉及牛社长、胡姬花、杨望阳和马旺财等报社所有在后面开公司的情况。他们借报社名义骗钱也罢，挖报社的墙脚也罢，胆大而无所顾忌，要摸清事实，只能从公司的账上去摸。金妙妙给自己下了死命令，一周完成调查和写稿，多一天也不行。

这么短时间要完成这么多人有关情况的调查，必须得有人配合，谁能帮她查到牛社长等几个家人公司她需要的数据呢？谁能做到把他们后台的账摸个清楚呢？金妙妙想找税务的朋友，继而被她否定了。查账，不是说查就查，没有组织出面，这些人的账是随便让人查的？税务的那个朋友，他会为她冒这个险吗？绝对不会。想到了审计、纪检和检察部门的朋友，由他们查公司的账，那是职责范围内的事情。可与几个人一说，没想到都断然拒绝了。拒绝的理由很简单，给个查这些公司账的理由，要么让他们领导派任务。"理由"上哪里找去？找到你们领导，还用得着求你们吗？！

找了一圈人，终究没有找到一个人能查到这些公司的账的人，金妙妙决意把这块难啃的"骨头"交给林萍萍，还得催她立马给艾新闻请律师。金妙妙给林萍萍打电话。

"……律师费要那么高，起价就得十万，我没钱；你不是调查记者吗？调查是你擅长的事，也是你的职权，你做这事总比我要方便。"林萍萍犹豫片刻，很不配合地说。

"林萍萍你听清了，要想使艾新闻无罪，必须得请个好律师，必须得有这几个公司的有关证据。不然，艾新闻只能坐牢！"金妙妙火冒三丈地对林萍萍说。

"找人查东西，得花钱，我没钱。艾新闻的'命'交给你了。你救他，他就能出来，你不救他，他只能坐牢！"林萍萍竟然耍赖地说。

"艾新闻的'命'交给我了,你怎么说话呢？！"金妙妙声调提高了八倍。

"不交给你，交给谁。艾新闻是你死缠他进报社的，要是他不进报社，能有这样的烂事发生吗？！"林萍萍声调也失控地说。

"艾新闻进不进报社，有他自己的'腿'，他要是不愿来，我能把他绑进来吗？！"金妙妙略微控制下愤怒的情绪说。

"告诉你金妙妙，艾新闻如果坐牢了，我跟你没完！"林萍萍歇斯底里地喊道。

"艾新闻究竟是谁的老公？！"金妙妙几乎让林萍萍的话气疯了。

"你不是已经把他拉上床了，他还是不是我老公，我也不知道。你问这个愚蠢的话，有啥子意义？！"

"林萍萍你是疯子！"

对方把电话挂了。

没想到林萍萍不配合且说话这么无耻，调查无法下手，金妙妙被林萍萍气得喘不过气来。金妙妙平静了一下情绪，在憎恨林萍萍的同时，在想如何让林萍萍配合调查的招数。必须让林萍萍配合，她是艾新闻案件的当事人，必须得她把几个公司与报社经济来往的线索弄出来。

"为了艾新闻，我啥委屈都得扛，付出多大代价都得扛。"金妙妙叮嘱自己。

想到艾新闻还在"里面"，想到艾新闻在受煎熬，那墙上"嘀嗒、嘀嗒"的钟表声响，好似一锤一锤地敲打着金妙妙的心头。怎么跟林萍萍配合呢？林萍萍爱钱，钱能不能让她听"使唤"？金妙妙想到胡姬花让魏风还给她救艾新闻的十万块钱正在柜子里，何不拿它试试林萍萍，看能不能

"买"动她。

艾新闻的影子在金妙妙脑子里一刻不停地闪现,闪现的是艾新闻焦急、愤怒、痛苦的状况,闪现得金妙妙一刻也放不下艾新闻。在这揪心的一分一秒的时间里,如果再没有解救艾新闻的举动,金妙妙感到她的脑袋要炸裂,她的精神要崩溃,她的呼吸将要停止,她得马上为解救艾新闻而行动。于是,金妙妙给林萍萍发了个短信:"林萍萍,查到报社那几个人亲戚的公司与报社的经营信息,对挖出真正的诈骗犯至关重要,这事只有你来找人做才牢靠。我几天前为救艾新闻送给胡姬花,又被退回来的十万块钱,如果用得着,可以拿去用。"

这试林萍萍的短信,真有效果。过了一会儿,林萍萍回了短信:"你是情愿为艾新闻花钱,真让我感动万分。那好,中午下班,十二点左右,把钱送到我家小区门口吧。"

金妙妙看到林萍萍这厚颜无耻的、一点也不推辞的回复,一边为她取得的成果而冷笑,一边又实在厌恶与林萍萍见面,便给林萍萍发了个短信:"给个银行卡号,打给你。"林萍萍回复道:"想留证据啊?算了,不要了!"金妙妙只好回复道:"那就按时间、地点,给你现金。"金妙妙的短信发过去,林萍萍没音信了。

如林萍萍约的时间,金妙妙到林萍萍家小区门口,没见到林萍萍,等了起码有二十分钟,林萍萍来了。林萍萍见到金妙妙一脸的怒意,伸过手来要装钱的包。金妙妙把装钱的包给了林萍萍。林萍萍拉开包看,是五捆百元钞,立马火了。

"不是给十万吗,怎么是五万?!"

"是五万块。等你把查到的情况全部给我,再把五万块给你。"

"不相信我,怕我骗你?!"

"三天完成任务三天给,五天完成五天给,随时完成随时补上五万!"

"亏你有这等心眼!"

"对你林萍萍,也只能这样。"

"我们是天敌。但钱不咬人,我喜欢!"

"提醒你林萍萍,这几个人亲戚公司的信息准确与否,是救艾新闻出来的关键,如果稍有不实,后果不堪设想!"

林萍萍不再说话,拿着钱袋子,转身走了。

三天后,林萍萍打电话给金妙妙,下午六点,把五万块带上,在她家小区门口拿材料。金妙妙问,查到的是几个人的,信息全不全?林萍萍说,啰唆话少说,见到材料就知道了。查得这么快,金妙妙喜悦不已。

金妙妙拿过材料,看不仅有牛社长、胡姬花、杨望阳和马旺财亲戚公司与报社的经营往来的全部账款收支情况,还有发票存根的复印件,还有报社郝恪则和广告部几个主任亲戚公司与报社发生经营来往的情况,想要的主要情况一个不缺。

这么详细的公司与报社经营往来的情况,林萍萍是找啥子人弄到的?金妙妙很想知道,但又没问,没敢问。只要情况真实而周全,管她找谁弄的呢。金妙妙对林萍萍刮目相看了,这个女人的能量比她想象得大。她有这么大的能量,为何不用在救艾新闻身上呢?林萍萍想不明白。

金妙妙立马把装有五万块钱的牛皮纸袋子给了林萍萍。林萍萍扒拉开数出了"一二三四五",把钱塞进她的包,一句不提救艾新闻的事,扭头走了。好像她把调查的材料给了金妙妙,等于是金妙妙的事了,跟她没了任何关系。

有了林萍萍查到的这些详细情况,金妙妙写内参或检举信的冲动,添到了十二分。

金妙妙看了一下午查到的情况,也构思了一下午是写内参,还是写检举信,决定写检举信。写检举信,首当其冲地牵扯牛社长,牛社长曾救她有恩。她曾被检察院几次带走,要不是牛社长出面,她肯定会被陷害进去。

327

可要检举牛社长,金妙妙的心里压上了块石头。

　　检举信写不写?不写,艾新闻出不来;写了,牛社长得进去。有没有让艾新闻出来,不会使牛社长"进去"的法子?金妙妙思来想去,没有两全其美的办法。金妙妙的情感天平,顷刻倒在了艾新闻一边。她恨牛社长。艾新闻刚被带走,她求过牛社长救艾新闻,可牛社长不救;后又发现艾新闻的诈骗嫌疑是牛社长和胡姬花设的"局",牛社长和胡姬花要让艾新闻当诈骗犯的"替罪羊"。真正的诈骗犯,是牛社长和胡姬花开公司的亲戚。不把艾新闻弄成"替罪羊",他们的亲戚就得坐牢。这封检举信,这些林萍萍提供的牛社长和胡姬花挖报社"墙脚"的账上证据,有可能不单是牛社长和胡姬花的亲戚会坐牢,且会使牛社长和胡姬花坐牢。金妙妙纠结来纠结去,忽然觉得自己想多了,替牛社长担忧是多余的,牛社长会有胡姬花在检察院的亲戚救他,牛社长有通"天"的关系,他是坐不了牢的。金妙妙终于下了决心,只要还艾新闻清白,不必为牛社长多想。下了写的决心,已到晚上。金妙妙牵挂艾新闻,给检察院副检察长打电话了解艾新闻的情况,而电话打了多遍打不通。金妙妙吃不下饭,也坐不安了。艾新闻怎么样了,会不会有事?!金妙妙越想越焦急,便怨恨自己:为写不写检举信,居然纠结了一天,那会让艾新闻在"里面"多难受一天,金妙妙呀,真是愚蠢透顶了。

　　一个通宵,金妙妙三易其稿,写成了检举信:

《华都经济报》的坠落与悲哀

尊敬的纪委领导:

　　抖着手写这封信,已经是经过无数次内心的搏斗,才战胜了重重心理障碍,才下了动笔的决心,才有了写下去这封信的勇气。不是我本身想写这封检举信,我从来没想过要举报本单位的领导,要不是我的一位优秀而无辜的同事被报社领导推出去当"替罪羊",要不是我这位同事当"替罪羊"被检察院逮捕即将入狱而走投无路,我是不会写这检举信的。虽然我的领导们挖公家墙脚肥私而让报社亏损并债台高筑,虽然他们做了和还在做犯罪的事情,但是如若不陷害无辜,我永远也不会管这份闲事。所以,你们看到这封检举信时,我的无辜的优秀同事,已经被陷害逮捕半月了,也许他们正在把我的同事送上法庭。如果你们要慢一点介入调查澄清真相,他很快就会被判刑入狱,那将使贪赃枉法者逍遥法外,也将使一个报社从此掉入黑白颠倒的深渊,这份报纸就会"塌方"式亏损,就会使报纸彻底完蛋。这封检举信,牵扯到一个无辜者的清白,更牵扯到一个报社的生死,请你们一定耐心读完这封信。

一个人的坠落导致一个报社的亏损

牛社长,牛得水——我这封信的主要检举人,是导致《华都经济报》坠落的"带头大哥"。"带头大哥",是报社职工私下送给牛得水社长的爱称。啥叫"带头大哥"?是报社带头人、带头风流鬼、带头生意人、带头发财人。"带头大哥"自从来报社,不是带头把报纸新闻做强做大,而是带头做大自己,做快活自己,做"肥"自己。

牛得水的风流,并不是导致报社坠落的主要因素。风流的牛得水,也只是他一个人的风流,也只能带坏一个报社的风气,不至于颠覆一个报社。从没见过哪个风流的老板把整个企业职工带成"风流鬼"的。风流,往往是个别人的恶行,不能成为所有职工的风流。即使牛得水再风流,也不至于让一个过去赢利的报社亏损。牛得水在外面风流的同时,还与报社几个女职工保持着风流关系。在办公室里风流,在幽静的住所风流,更在宾馆风流。牛得水的风流虽然在社会和报社广为流传,报社职工并不因为他风流而去风流,报社的风气并没有因他恶化,但是他的风流导致了他谋财、敛财、贪财。

挥霍从不"眨眼"。公款私吃,一桌饭一万块、两万块甚至三万块。吃的是什么?什么稀奇吃什么,什么名贵吃什么。吃千年的乌龟、万年的王八,还有人奶、猴脑、什么珍禽异兽新奇吃什么。这些并不是我胡编乱造,一查便让人大为吃惊;几乎每周都有几次高消费宴请,山城的高档酒楼换着口味吃。牛得水极其讨厌每周重复菜肴,报社谁人不知,报社"带头大哥"喜欢"一口鲜",大街小巷的酒楼老板无不知道报社"一口鲜"的"带头大哥"。花公款请的是什么人?几乎跟报社工作没多大关系的领导和老板,但名义上是扩大报社经营和发行量。从他上任副社长兼副总编辑主持工作后,报纸发行量和广告收入年年下降,报社财务每年减收并出现亏损。成天忙着用公款请客吃饭,却为何发行量下降、广告下滑和亏损?一份越发没人看的报纸,哪来的读者,哪来的发行量,哪来的广告投入,哪来的经营收入!请这些人干什么?办他自己家和亲戚朋友的乱七八糟的事情,为他妹妹的公司运作生意资源和做生意。

自家的事从不马虎。牛得水到报社来后,把他的夫人从小学老师岗位调到了收入吓人的省保险公司当上了经理,因不懂业务,只是挂名领工资而已;让他的两个农村户口的弟弟,一个做了假档案,成为乡镇干部,一个做成城市复员战士安排进了国有企业。把在企业当普通职工的小舅子调到事业单位成为干部又调到了省招商局,把一个小姨子从书店调到了省出版集团当中层领导,把一个做茶叶小买卖的小姨子扶持成了广告传媒公司的大老板。说他小姨子成了大老板,一点都不夸张,靠挖报社资源和挖报社"墙脚",她的传媒公司三年净赚三千万,且这三千万真金白银,九成是与报社有关的收入。实属挖了报社"墙脚",肥了自己(账目证据附后)。

在外面腾"云"驾"雾"。看看牛得水每天在忙些什么。他哪里顾得上报社的死活,哪顾得上报社职工的今天和明天,他在利用报社经营平台和花钱方便,在为自己编织硕大的人际关系网,谋取大的财宝,享受超级的快乐,放大自我最大的价值。所以,牛得水把自己和自家人"做"大了,报社就每况愈下地变小了,自己变成富翁了,报社日渐亏损了。这样下去,要不了一年,报社亏损的负债会使得卖掉整个报社也难以抵债。这是多么可怕的现实,多么让人不愿意看到的现实。

一个人的坠落导致一群人的坠落

报社是做什么的?是做新闻的。而在牛得水的心目中,报社是做经营的,报社的主业不是做好新闻业务,而是做好经营创收。创收的目的,不是真正让报社创收,而是他自己和家人要创收。

让全报社的人都来搞创收,牛得水的用心是让他自己肥起来。人人搞创收,人人都会拿到报社"提成"奖励。而"提成"奖励多少,虽有规定标准,但能不能如数拿到,那得由牛社长说了算。搞了创收要想拿得多,或者把奖励费拿到手,取决于对他的"孝敬费"。不管是谁,拿奖励费前,如若没有给牛社长"孝敬费",那奖励费也好,说是"提成"也罢,迟迟拿不到不说,即使拿到了,也会把三位数变成两位数,甚至连两位数也拿不上。没处讲理,牛得水就是理。要讲理,别再想钱,让你得不到一分钱不说,还会让你在报社活得灰头土脸。在这般手段下,他极力鼓动的全社创收,就成了全社人为他创收,也成了用报社名义为个人创收。因为牛得水制定的"提成"奖励费,高得离奇,税后报社仅能落小头,甚至持平,收不到一分钱。报社赚不赚钱,全在于牛得水签字说了算。这种让全社人帮他发财的方式,是牛得水的创举,是牛得水的发明,是牛得水的智慧。牛得水用这种方式敛了多少财,没人能统计出来,只有牛得水能估算出来,也许根本估算不出来。

这点"招数"怎么能满足牛社长"胃口",牛得水的"胃口"大着呢,大到什么程度,大到恨不得报社所有人都是他的"招财宝"和"摇钱树",给他天天进的钱,不是小钱,而是大钱。因而,牛得水鼓动那些对新闻采编丧失兴趣而迷恋金钱的人,到广告部做广告。在牛得水的引导下,有二十多位采编一线的编辑、记者调到了广告部,做起了经营。让关键岗位的这么多"笔杆子"去拉广告搞经营,就不怕报纸质量不保?牛得水的理由是报社亏损,有本事的人不是文章写得好的,而是给报社创收的人;文章写得好的人,创收的能力更大,不能养活那些光会写文章而不创造经济效益的人,要培养既能写文章又有创造经济效益的采编人员。这个思路有什么错吗?他问全报社的人,没人敢说错。因为他说他思路对的前提是,谁说这思路错,谁来改变报社的亏损。谁也不敢说他的思路错,因为谁也不敢保证能扭转报社急剧下滑的财务亏损。

牛得水的这种经营"招数",不能不承认他是在想尽快扭转报社亏损的恶局,但他更大的心思,是更多地敛财。因而,牛得水给包括艾新闻在内报社做新闻的、搞广告的、想挣钱的、有关系的、有想法的人,不同程度暗示过,或者提示过,甚至直接告诉过有些人,让家人和亲戚开传媒文化公司,甚至公开骂出了"守着报社媒体的大平台哭穷简直就是笨蛋"的话。牛社长支持大家"后台"有公司,牛社长就让他妹妹开了文化传媒公司,有想法的人就让家人和亲戚朋友开了与报社业务对接的文化传媒公司。广告部的主任胡姬花等部门领导和一些业务员,让家人和亲戚朋友开了对接报社业务的公司。

开了公司就得做经营,好在前面有牛得水的妹妹和胡姬花的家人的公司做榜样,拉专版、拉广告、拉赞助、搞论坛、写"阴阳稿",有的是业务做,只要业务能跟报社对接上。要跟报社对接上业务,只要跟牛得水社长"对接"上就没问题。跟牛得水社长"对接"很容易,事前说好"孝敬"的收入比例就行,在报社做业务和收益分成与提成就会畅通无阻。关键的不是与报社的业务能不能做成,做成能不能有收益的大分成,关键是拿到钱能不能慷慨"孝敬"牛社长。只要是给牛得水社长"孝敬"到位,报社的资源和报社的"平台"随便用。也就是只要能"孝敬"牛社长,报社的"墙脚"可以挖,外面的坑蒙拐骗和敲诈可以搞。牛得水的妹妹和胡姬花的亲戚等报社领导后面的公司，打着报社名义坑蒙拐骗，明目张胆地敲诈，报社其他人的胆子也就放开了，让家人和亲戚朋友的公司打着报社"旗号"，只要能弄钱，坑蒙拐骗和敲诈一起上。

"带头大哥"牛得水创收"胃口"不停地放大，让那些老实的人变得胆大无比，让那些胆大的人放开了手脚，让放开手脚的人无法无天。从骗到敲诈，花样越来越繁多，手法越来越老到，"得手"率越来越惊人——这些"战果"，只要稍做调查，就会让人大吃一惊。

一个人的坠落导致一个或更多无辜的人犯罪

前面提了，写这封信的目的，绝不是想让牛得水等什么人"进去"，压根也不想。牛得水对我有恩，在我陷入困境时，他曾救过我，胡姬花等人也与我无冤无仇，我不想他们因为我这封信而有"事"。而我不得已必须写这封信，因为我不写这封信，我的正直而优秀的同事艾新闻就得蒙冤坐牢。艾新闻不是诈骗犯，诈骗犯是有人给艾新闻做的"局"。诈骗犯另有其人，至于是不是牛得水和胡姬花等人的亲戚朋友，就看法律是否正义。

我写这封信的目的，是要救艾新闻。他是一个纯粹的文人。说他是个纯粹的文人，是因为他灵魂深处热爱文字，要用文字修炼内心，要用文字放飞心灵。他不迷官位迷文字，不迷金钱迷文字，却在报社屡遭磨难，难以当上记者。他以一手好文章在实现他人生的价值，在单纯地追求人生最大价值的同时，却被牛社长等人利用，并被设局诬陷诈骗，黑白颠倒，无辜被捕。正义的法律，必须还艾新闻一个清白。不还艾新闻的清白，那么就会让真正的诈骗犯逍遥法外。

牛得水的贪婪和坠落，带来了报社一些人的贪婪和坠落，这是让人既悲哀又痛心的事。如果这封检举信，让牛社长等报社更多的人就此警醒而不犯罪，那将是让我喜悦无比的结果；如果我的这封信使牛社长和报社有的人成为罪人，那我只能说对不起。

自从艾新闻被捕的那天起，我曾求牛得水社长收起害人之心，每天都企望牛得水发现他的良心，还给艾新闻清白，可牛得水社长无动于衷，无辜的艾新闻在他的陷阱里难以出来。我已给牛得水机会，牛得水不要，那就别怪我了。

　　本人实名举报，艾新闻被捕即将入狱，事关重大，敬请快快调查，以免误判。感谢你们在百忙这中看这封信，也企望你们火速救人！

　　（附：牛得水、胡姬花、杨望阳、马旺财、伍一武、高奔、路兆福、王阿妹、郝恪则坑害报社和诈骗的相关证据。）

检举人：《华都经济报》深度报道部副主任：金妙妙

联系电话：××××××××××

二〇一三年三月二十日

　　当金妙妙把检举信装入信封的时候，她看到了艾新闻的微笑，她对艾新闻被捕的焦急和揪心的牵挂减轻了许多。检举信是寄给省纪委呢，还是寄给中纪委呢？干脆各寄一份保险。金妙妙给两个纪检部门挂号各寄一份。

四十二

当金妙妙把寄到两大纪委的检举信发出去那刻起,心里又添了份不安。艾新闻被逮捕后的情况不妙,林萍萍找的律师刚介入案子,就摇头,只说尽全力,但没有太大把握。解救艾新闻,只能靠这封检举信了。林萍萍问律师接这么简单的案子,为何没有底气?律师说他怕事。律师的怕,让林萍萍怕上了,也让金妙妙担心上了,听说纪委每天收到的检举信得用麻袋装,她的检举信纪委能看到吗?看了会不会扔到垃圾桶,信的内容会不会泄露给牛社长等人呢?这种可能不是没有。牛社长和胡姬花的关系四通八达,万一他们知道了她金妙妙在检举他们,牛社长和胡姬花的亲戚会不会对她下"黑手"?会不会没救出艾新闻,她成了牛得水和胡姬花等同事的敌人?想到这些十有八九会发生的可怕后果,金妙妙打了个寒战,浑身的冷汗顿时冒了出来。

让金妙妙又打起寒战的是林萍萍电话告诉她,请的律师嫌律师费少,不干了。林萍萍给他加了钱,但仍然不干了。加了律师费,达到了要的价码,却为何不干了?林萍萍不说,让她另请高明。接着,林萍萍请了另一位律师。律师刚一接触案子不到一天,却又不干了,加钱也不干。问不干的缘由,不说,走了。林萍萍又在本市请了位律师,一听说是艾新闻的案子,断然不接。林萍萍便以高价请了位外地的律师,律师拍着胸脯要把案子翻过来,可接触案子不到两天,也撒手不干了。加钱也不干,缘由不说。

林萍萍彻底明白了,一个个律师闻案而走,不是艾新闻案子有多复杂,是艾新闻案子后面有复杂的人。

林萍萍一时慌了手脚,问金妙妙怎么办,金妙妙感到牛社长他们的势力太大了,即使把北京的律师请来,也会被他们或"赶"跑,或收买。林萍萍在电话里急得哇哇大哭,金妙妙就安慰林萍萍说,给艾新闻辩护的事,全由她来张罗,不用她管了。林萍萍听了这话,当即不哭了,但也不说把请律师的那十万块钱退给她。金妙妙明白,进了林萍萍手里的钱,几乎是"肉包子"打狗,有去无回,要不回,不要了,她来给艾新闻辩护。她想,她尽管不是律师,她要在法庭上为他辩护,她有这样的勇气。

被关押的艾新闻,不允许人看望,一点消息都打听不出来。林萍萍几乎每天给金妙妙打两三次电话,要么哭,要么喊叫,要么催金妙妙想办法,好像艾新闻是金妙妙送进去的,烦得她几天后再也不敢接林萍萍电话了。

急也没用,只能等检举信的消息,也只能期盼检举信能救艾新闻了。备受折磨和丝毫无助的金妙妙,只能这样安慰自己,也安慰了快要精神失常的林萍萍。

在检举信寄给纪委半月后的一天上午,纪委给金妙妙打来了电话。

"你是金妙妙吗?"

"我是金妙妙。"

"我是省纪委,你是写了封检举信吧?"

"我是写了封检举信。"

"检举信署名'金妙妙',对吧?"

"对。"

"金妙妙是你的实名吗?"

"是我实名。你们怎么处理我的举报信?"

"你写的举报内容,你敢负责吗?"

"我对我的举报内容,敢负责!"

"诬陷,可是要承担后果的。"

"如是诬陷,我甘愿承担法律责任!"

"那就好。"

"请问你们怎么处理我的检举信,请你们尽快调查,以还人清白。被冤枉的人已被捕,很快会被判刑!"

"我仅是核实举报人的实名与否,会不会调查,什么时候调查,由领导决定。"

"请问您贵姓?"

"免贵姓王。"

…………

金妙妙还想多聊两句,多问点情况,纪委的小王告诉她,实名举报,必有回音,请她耐心等待。金妙妙追问,等多长时间。小王说,不好说。金妙妙向小王提出去拜访他,小王拒绝了。金妙妙的心里顿时没底了。

让金妙妙一时恐慌的是纪委核实举报信两天后,牛社长忽然叫她到他办公室来一下。牛社长的口气与过去大不一样,十分火急,也十分生硬。

办公室里坐着一位男士和两位女士,好像是检察院的人,都板着脸,牛社长也板着脸,牛社长显得非常紧张和愤怒。见到金妙妙,拿起张报纸,翻看了起来。金妙妙的心,提到了嗓子眼上。

牛社长既不对金妙妙说话,也不让她坐。男士伸出手来,要握金妙妙的手,金妙妙没把手伸出来。

"您找我有什么事?"金妙妙问牛社长。

"他们是检察院的三位检察官,他们找你。"牛社长说。

"你们找我,有什么事?"金妙妙问男检察官。

一位女检察官把一张《华都经济报》给金妙妙,说:"这篇写污染的所谓深度报道,是你写的吧?!"

"文章作者不是署着'金妙妙'吗?明知故问!"金妙妙说。

"你的文章严重失实，涉嫌诬陷，请你到检察院接受问询。"男检察官紧接着说。

"严重失实，涉嫌诬陷？哪里失实，诬陷谁了？"金妙妙瞅着男检察官说的同时，也瞅着牛社长说道，"我的文章是经牛社长审批登报的，报社应当替我说话，报社也理当承担责任。"

"哪里失实，诬陷谁了，我们不是法官，那得法院说了算；没人告你，我们不会找你，没根据，不会立案，请你配合调查。"男检察官说道。

"文章是我审批登报的，报纸登文，无不文责自负。"牛社长对金妙妙说道，"文章署你金妙妙的名字，失实和诬陷的责任报社怎么承担！"

从牛社长打电话让她来办公室的口气，金妙妙就感到牛社长已经知道她给纪委的举报信了。继而见到检察院的人，金妙妙意识到牛社长对她"动手"了。牛社长的怒气于脸和这番话，完全说明检察院的人出现在她面前，是怎么回事了，他不会再代表报社为她开脱责任，她不去检察院是绝对不可能的事。

"走吧，我们的车在楼下。"女检察官轻声地对金妙妙说的同时，要拉金妙妙的胳膊，被金妙妙甩开了。

"不用拽，我不会跑！"金妙妙说。

"那就最好。那就走吧。"女检察官说。

检察官要带金妙妙走的时候，牛社长仍在不停地翻看那张报纸。即使三位检察官"带"着金妙妙将要走出办公室门时，好像检察官是他牛社长的家人，牛社长没站起来送人出门，仍在翻报纸。金妙妙稍停片刻，凝望牛社长，牛社长也抬头凝望金妙妙，牛社长脸上绽着怒气，眼里放着凶光。牛社长的凶脸和凶眼，让金妙妙浑身颤抖起来。

…………

检察官问了很多问题，金妙妙只字不答。检察官对她不耐烦，她也不张口。三个小时的问询，检察官不停地问，金妙妙啥也不说。检察官对金妙妙说，最好配合，否则对她极为不利。检察官又说，即使她不张口，而事实一旦清楚，照样可以起诉。金妙妙断定自己写的文章既是事实，更不存在诬陷，没啥好怕的。金妙妙仍是片语不说，后来检察官态度越来越好，让她回去好好想想，等待通知接受问询。金妙妙回家了。

为躲避牛社长等被举报的人对她报复的意外不测，金妙妙休假二十天，在应对检察院调查的同时，立刻去北京为艾新闻被诬陷上访。金妙妙拿着打印好的检举信去了中纪委，询问她的举报信下落。中纪委接待人员很快告诉她，她的实名举报信已批转至省纪委，一定会有回音，让她耐心等待。

金妙妙回去等回音，也等检察院的再问询。半个月过去了，金妙妙仍没等到省纪委的回音，也没接到检察院接着问询她的电话。眼看明天就要上班，等不来省纪委对举报牛得水等人查与不查的消息，金妙妙正犯愁怎么去上班面对牛社长等人时，林萍萍给她打来电话说，省纪委在查牛得水了，而且省纪委相当重视。举报信起效果了。金妙妙问林萍萍她是怎么知道的。林萍萍没好气地说，不该问的，不要多问。艾新闻怎么救，林萍萍不问，金妙妙不说，林萍萍把电话挂了。

林萍萍的消息，让金妙妙高兴了一晚上。

纪委查牛得水的"动静"越来越大，报社乱成了一锅粥。金妙妙成了众矢之的，没法上班，只好无期限地请了病假，回避，等待牛得水的"下落"，也等待艾新闻尽快出来。

尽管调查牛得水的动静不小，但金妙妙感到她和艾新闻将面临危险：被查的牛得水如若"平安无事"，那艾新闻牢就坐定了；牛得水不离开报社，那她金妙妙在报社就待不下去了，得走人。牛得水"上面"关系四通八达，说不定查归查，即使查出事来，他也会毫发无损地继续做他的副社长兼副总编辑。"得做离开报社的准备"，金妙妙想到了调走，想到了如调不走就辞职。

四十三

一个月后,牛得水被纪委"带走",随后被检察院宣布逮捕。艾新闻的诈骗嫌疑被检察院推翻,逮捕令被撤销,恢复自由。检察院介入报社查案件,胡姬花、杨望阳、马旺财、伍一武、高奔、路兆福、朱罗罗、郝恪则,还有牛得水的妹妹牛丽丽、胡姬花的妹妹胡一花被立案侦查。一个月后,这些被立案侦查的人,全部被逮捕。

牛得水被纪委的人带走时的一幕,传到社会上,传到报社,让报社的人感到无比丢人。因为听了这一幕传闻的人,说"牛社长真是个大流氓",无不耻笑《华都经济报》是流氓窝子。

那天午休时间,省纪委的办案人员敲牛得水的办公室,门不开。办案人员知道牛得水在办公室,也断定他压根也不知道他要被带走的消息。敲门不开,就让报社办公室的人拿钥匙打开了门。门一开,办案人员和报社开门的人吃了一惊:牛得水抱着个女人正亲热呢,那女人正是报社专题部的蒋小曼。门忽然被打开,牛得水看到办公室小刘带着人进来,牛得水嘴角和脸上尽是口红,办案人员又尴尬又恼怒。牛得水正要跟小刘发火,办案人员趁他还躺在沙发上,便亮出了证件和办案函,牛得水顿时瘫软在了蒋小曼的身上。有办案人员对牛得水说,牛社长就是"牛",明明知道在被调查,还有这样的雅兴,该风流照风流,居然在办公室风流,真牛。牛得水被吓得更软了，好像放尽了气的皮球，瘫成了泥。

蒋小曼刚被牛得水重重地压在身下动弹不得，见此状，把牛社长推到了沙发下，牛得水软绵绵地滚到了地下，当即被办案人员搀扶起来，帮他穿上鞋，又拿来外衣给他穿上，拿来毛巾把他脸上和嘴角的口红擦了，"请"出了办公室，"请"上了车。顺便，办案人员也"请"蒋小曼一起下楼，一起上车，一起去了一个办案的地方。牛得水被留下，蒋小曼很快回来了。从那天起，报社再没见到蒋小曼的影子。

于是，牛社长的这风流一幕就传开了，传的画面相当生动，风流动作相当精彩，甚至传他与报社某美女大中午一丝不挂地在沙发上大干，等等。报社的声誉，就此色彩飞扬，不堪入耳。

报社这么多人被抓，这在全省新闻界历史上没有过，在《华都经济报》历史上更是空前未有，轰动了当地新闻界，更是造成了《华都经济报》大"地震"，报社名声成了"臭狗屎"，报纸发行量急速下滑，广告收入分文不进，报社亏损达到三千多万元，且以每月亏损五百万元的速度加速亏损。到年底的九个月时间里，照这样恶性亏损的速度，至少会有六七千万的亏损，加上前面的亏损，就会到一亿多元，真可谓债台高筑，寸步难行了。

上级任命关副社长代理社长，王公文副总编代理总编，他们一听如山的债务，头都"大"了。一亿多元的亏损，是个什么概念，便是卖了报社所有资产，也不一定能够抵债。报社已发不出工资，只能靠借钱发基本工资。报社没有经济收益，上级不容许借钱发绩效工资。没有绩效的基本工资，资历浅的一个月几百元钱，资历深的千把元钱，吃饭生活成了困难，养家糊口更是捉襟见肘，报社的好日子，一去不复返了。招聘的都走了，在编的能调走的调走了，调不走的辞职，走不了的上班不干活耗着。

亏损人散，报纸版面成了"杂货店"，没了新闻策划，记者靠抄简报过活，编辑靠转载拼凑文章充填版面。当然报社也有埋头干活的人，艾新闻被安排在记者部当记者,不停地在写稿;王公文每天写杂文,还有过去在牛社长掌控版面时发不出去的文章也给了编辑刊登,几乎每天报纸上都有他的两三篇文章;虎生苗也从校对部调回了新闻采访部,既当主任又做记者不停地在写稿。还有一些对这份报纸有感情的编辑、记者,凭一份对报纸留恋的情感,在为报纸写稿和编稿。尽管有不少人在为扭转亏损不计报酬地做事,但仅靠这些人的努力,已无法扭转报纸亏损和没落的趋势。全报社的人在叹气,难道报纸的"气数"尽了?——报纸臭名昭著,八成读者不订报了。报纸没了读者,半个楼的人都走空了,这个曾经发行量大超省日报的魅力四射的报纸,应当是将要"死"去了。

四十四

牛得水为首的报社人员的案子，上午审判开庭，省委宣传部要求新闻单位从业人员一人不落地参加，尤其是《华都经济报》的人不准请假，请假按旷工处理。关代社长和王代总编，挨个抓人头落实。除金妙妙特批请假外，其他人都参加了。

牛社长等人的案子，报社内外牵扯进案的多达二十六个人，虽然涉案人员众多，但办案人员调查得比头发丝还细，处理得比任何案子都快，不到三个月就审理完毕并进入宣判。虽然涉案人多，却不是什么大案要案，但它是引起中央和省领导相当重视的案子。中央和省领导都做了重要批示，要求从快从严从重处理此案。这个不是大案的案子，成了"从快从严从重处理"的案子，是因为从中央到地方，新闻文化单位改革推进正举步维艰，涉及改革的单位大体负债累累和问题成堆，从业人员迷茫失落和心不在焉，《华都经济报》的案子，被领导批示定为"是新闻从业人员堕落变质的典型"，要作为警示新闻从业人员的典型范例，以教育新闻从业人员，正撞到了改革难破的难点上。所以，牛得水等人的案子，不是很大的案子，却成了引起全省新闻文化单位关注的大案。审判放在了上千人的大审判庭，更是安排了各报刊、电台、电视台记者采访报道此案，使这个审判显得很不寻常。

审判的结果出人预料，《华都经济报》的人压根没有想到牛得水会被判刑二十年，更没有想到胡姬花也会被判刑二十年，绝对没有想到杨望阳、马旺财、伍一武和高奔、路兆福、朱罗罗、郝恪则会分别被判刑八年到十年。

牛得水和胡姬花的获刑时间不寻常,其他人的获刑也让人浑身冒冷汗。辩护律师极力申辩量刑过重,但贪污和诈骗的金额铁证如山,且诈骗的性质无法推翻,宣判后又不得不让人哑口无言,量刑与领导批示的"从重"并无关系,量刑完全是以犯罪事实为依据的,谁也难以推翻。

无法推翻定性与量刑,已成宣判一锤定音。在定性与量刑的铁证面前,连他们的家属也无话可说。法庭问牛得水和胡姬花,还有其他获刑人员,是否服从判决,都说服从,但都喊量刑太重。

牛得水痛哭流涕地悔过,要念长长的"悔过书",法官没让念。

胡姬花痛哭流涕地悔过,要悔过,被法官打断了。

牛得水的悔罪,就让审判时间延长了半小时多。

杨望阳、马旺财、伍一武和高奔、路兆福、朱罗罗、郝恪则都写了"悔过书",请求在法庭上念,都被法官拒绝了。法庭没有那么多时间让他们吃后悔"药"。

…………

四十五

　　审判完牛社长等人，省委联合工作组就进了报社。工作组对报社财务和资产做了深度清点后，因负债过亿，提出由省财政补贴填平债务。报社上下焦急地一天又一天地盼等这"救命钱"，却没有盼来要给一分钱的消息。眼看《华都经济报》快"死"了，关代社长和王代总编一起给省委省政府写信"救救《华都经济报》"，这成了传在新闻界的一句戏谑语。事实上，这两位报社代理领导，三天两头跑宣传部和财政厅，几乎下跪般地求"救命"，但就是没有"救命"的回音。上面不救，自然有不救的打算。

　　在报社苦苦期盼中，终于盼来了省委省政府的联合工作组。他们不是来给钱"救"报社的，而是来宣布一项重大决定——关闭《华都经济报》的通知。

关于对《华都经济报》做出停刊决定的通知

省委宣传部：

　　经省委、省政府慎重研究决定，由于《华都经济报》管理混乱，偏离党的办报方向，违背新闻媒体运作规律，主要领导和一些新闻从业人员丧失职业道德，从事违法乱纪活动，干扰了政府和企业的工作，对新闻行业造成很坏的社会影响，导致报社资不抵债，已经失去该报继续办下去的条件，决定《华都经济报》即日起停刊。报社资产、债务、在编人员交省日报社化解并管理。

……

报纸停刊的决定一宣传，联合工作组要求报社在次日报纸发出停刊启示。关代社长和王代总编代表报社请求工作组给省委领导做工作，收回停刊决定，给他们半年时间，决心能够消除报社过去恶劣影响，全面扭亏为盈。联合工作组把报社的请求意见反映给了省领导，但没有改变省里的决定，要求坚决停刊。停刊已成无法改变的定局，接下来是人员资产和负债交给省日报社安置处理。至此，《华都经济报》在这个城市，在这个省，在全国彻底不存在了。

联合工作组到报社的第二天，《华都经济报》报纸头版和报社大门口，出现了这样的一个启事：

关于《华都经济报》停刊的启事

各位读者：

经省委省政府决定，《华都经济报》即日起停刊。与本报所签订的所有合同终止，所有债务由省日报社接管。报社所借出的单位和个人零星财物，尽快到报社接洽。

再见了，亲爱的读者。感谢你们对《华都经济报》长期以来的厚爱、帮助、支持！

此启示

华都经济报社
二〇一三年十一月四日

传达《华都经济报》停刊文件后，金妙妙把艾新闻叫到她办公室，问艾新闻，报纸停刊，听说创刊新报，报名定了叫《能人报》，这么难听的报名，生存肯定艰难，未来不确定因素很大，要是想走，创刊前赶快走。艾新闻问金妙妙，她走不走。金妙妙说，不管未来如何，她不走。艾新闻说，不管未来如何，他不走。问完，说完，两人看着对方，激动地笑了。金妙妙要向艾新闻扑过来，艾新闻仍是不敢接受金妙妙的"炽热"举动，赶紧把金妙妙推开，开门"逃跑"了。

刚从金妙妙办公室出来，林萍萍给艾新闻打来电话，问他报纸停刊后，是在新创刊报纸继续干，还是想离开。有两个选择：一个是离开报社，调回机关工作；她可以帮忙找调入单位，她写好的"离婚协议书"，就成为一张废纸，她可以立马从娘家回来，好好过日子。一个是艾新闻继续被金妙妙迷惑，或者继续"黏糊"金妙妙，仍要在新创刊的破报社干下去，那就断然离婚。她的耐心已尽，好话也说尽，对他已仁至义尽……心已让他和金妙妙伤透，要真心想跟金妙妙在一起，实言相告，不要欺骗她……这是他和她最后的期限了，不再恭候……是离开，还是接着"黏糊"下去，尽快告诉她；如果选择在报纸接着干，报纸创刊之日，就是离婚之日，这次绝不是戏言……

艾新闻一点也没想过离开新创刊的报纸，尽管这《能人报》报名难听，也尽管面临从业风险，但他艾新闻钟情于文字工作和写作生活，既然费了九牛二虎之力到了喜欢干的平台，既然选择了写文章的生活方式，那还有什么选择呢？放弃现在的选择，顺从林萍萍的扭曲想法，为挽救已经名存实亡的婚姻做出妥协，实在没有必要。

艾新闻早已料到，即使他顺从了林萍萍离开报社的最后通牒，调离了《能人报》，她与他的离婚照离不误。因为林萍萍压在心头的气恨，不是她容不下他当记者这点事，实是容不下他与金妙妙在一个报社。她对金妙妙的愤恨，倒是让金妙妙彻底爱上艾新闻，或者说成了金妙妙紧追不舍艾新闻的催化剂,也成了艾新闻真正爱上金妙妙的助推器。林萍萍把艾新闻彻底推到了金妙妙一边。

艾新闻对林萍萍的最后通牒,只说了一句"你看着办",便把电话挂了。

四十六

联合工作组临离开报社前,让省日报社接管《华都经济报》的领导小组进驻到报社,成立接管小组。接管小组分人事、财务和资产三个组。财务和资产接管,与报社大多数人没关系,无非是查核账目和清点物资,而人事就与报社每个人息息相关,也成了让《华都经济报》所有人提心且吊胆的事儿。因为《华都经济报》不再存在,等于战士失去了阵地,鸟儿失去了森林,要投靠别人的门下,要端别人给的"饭碗",要由别人安排今后的命运,要被别人当"二等公民"对待,每个人无不有失落感、自卑感和恐慌感。

日报接管小组的人还没到报社,关于《华都经济报》人员被接受后的安置和待遇,已有多种传闻。有传闻说,《华都经济报》的人员将被分流到日报各部门,大家听了这消息有种"高就"的喜悦感。省日报是省第一大报,新闻资源和广告市场是全省报纸的"霸"头,丰厚工资稳拿,《华都经济报》的人平常很难调进省日报,要是被分流到省日报,那绝对是"高就"。大家眼盼这个归属。而随即又有传闻说,《华都经济报》的所有人员,要经过考试再上岗,考试不合格者没岗,自行离开报社。还有传闻说,《华都经济报》的领导干部一律无职务上岗,能者任用,无能者不用。这些传闻让《华都经济报》所有人的心悬在了空中,更像断了线的风筝。

终于盼到了真实的人事消息,消息大都与传闻不沾一点边,或者只沾一点边：日报一个原《华都经济报》的人都不要，人员财产不出楼，申请创办《能人报》，隶属日报旗下的子报，人员在原来编制基础上减半，由副厅级事业单位改为文化企业，报纸自负盈亏，盈利的百分之五十上交日报，亏损不予填补。许多人的失望、自卑和悲观，借着讨厌新报纸名的情绪，又翻腾上来了。

…………

"《能人报》是个啥报名，多难听！"

"《能人报》的报名多新颖，它是日报领导定的报名，好听！"

"真是很难听，真是非常难听！"

"难听好听不在于报纸名，在于办出特色。办出特色照样牛！"

"既然让我们自负盈亏，自生自灭，确定报名该给我们点发言权吧？！"

"《能人报》名字已经确定，领导看好这报名的前景。"

"报名太难听了，难听的报名能办出张好报纸吗？！"

"《华都经济报》名字多气派，不仅让你们办倒闭不说，还办得连报名都没了。报纸名，有那么重要吗？！"

…………

"能不能改成《经济人报》？"

"不能！"

"大家对办好《能人报》没信心。"

"告诉《能人报》所有人员，人可以走，报纸名不可以改；让没信心的人离开报社，鼓励没信心的人离开报社，另谋高就！"

…………

关代社长和王代总编与日报接管小组对话来对话去，在报纸名称问题上，不仅没有效果，反而遭到了批评。批评他们两个负责人"对报纸造成的倒闭反思不够，对上级主管领导的决定讨价还价，服从日报领导精神思想不端正……"，并"敲打"他们两个代理社领导，如果对归属日报管理后这样的消极态度，可以离开报社，也可以不做报社负责人。这话一出，吓得关代社长和王代总编啥话也不敢说了，他们虽是正处级干部，后面能不能代理扶正，就在于他们的表现，且传出日报要派社长和总编来的说法，他们有可能成为副职社领导，也有可能没了职务，他们的心提到了嗓子眼上。他俩的不满也好，是《能人报》大家的不满也罢，只有听从，不许说话。没有一点发言权的《能人报》的人，只能任凭日报发落了。

一周后，《华都经济报》的牌子摘下，挂上了《能人报》的牌子。《能人报》的牌子，让原《华都经济报》的所有人叹气——像隔壁幼儿园的牌子那样大小和小气。因为由原来的长而宽的大牌子，换成了传真机大的方牌子，由过去电话机大的字，变成了现在拳头大的字，且跟门挨门的幼儿园的牌子和字体一般大小，谁看了谁都觉得从原来的"大人"，变成了小孩，外人看了发笑，报社的人看了生气。而牌子是日报授的，是上级给做的，《能人报》的领导不敢说三道四。因为原《华都经济报》的人无不听到了这样的话：本来是让"这些人"自找"饭碗"的，能给一个"牌子"，能够继续端上新闻"饭碗"，已经很"宽容"了，再要不满意，连《能人报》的牌子都不给，爱上哪上哪去……这话让原《华都经济报》的人听到，吓得话都说不出来。

《能人报》的人明白，这是把一张好报纸"干"倒闭必须承受的委屈，所有曾经"威风"或不"威风"的原《华都经济报》的人，必须忍受。但是报社不是牛得水一个人干停刊、干倒闭的，这个耻辱，报社每个人都有份，这个现实让原《华都经济报》的人不得不接受。因为这些日子里日报接管小组的人，针对《华都经济报》的"报社倒闭是牛得水等几个人造成"的话，早已下了论断：报社倒闭，人人有责。这让原《华都经济报》的人，责任不能逃脱，人人必须反省。这论断虽很武断，不接受也得接受，不承担也得承担。接下来，接管小组宣布，进入检讨与反思阶段。每人都得要过深刻检讨这一关，检讨不深刻和不过关的，不能在《能人报》上岗。

于是，从《能人报》挂牌之日起，日报社接管小组责令原报社人员开展"查找《华都经济报》倒闭根源和与自我责任"的讨论和自我反省、自我检讨活动。让每个职工在小会上做反省，在大会上做根源剖析，现场打分，把打分高低作为能否进入《能人报》上岗的条件之一。而接管小组并不是把原《华都经济报》的人一概否定，对艾新闻、金妙妙、虎生苗等十个人做出例外规定，只要本人愿意继续留在报社工作，上岗不参加反省、检讨和评议程序，并被树为"有杰出贡献的十佳人物"，级别上调一级，可在《能人报》任选岗位，作为后备领导干部，随时提拔使用。这十个人自愿留《能人报》的，每人写一篇从业个人感悟，在大会做交流的同时，他们的感悟选登《采编内部通讯》全社交流。

这牵扯到自己能否上岗的反省和检讨，要求不能敷衍了事，不能推卸责任，必须解剖自己，找出自己的责任，做出深刻检查。这样一来，原报社的每个人，都在找自己致使一张兴旺的好报沉没的点点滴滴的具体责任。每个人不敢不找自己的责任、过错、失误，每个人不敢不剖析自己的迷茫、消极、失落、堕落的根源。找不准各自的问题，剖析不深刻自己的问题，有上不了岗的风险，谁敢马虎！

这一场反省式检讨，确让原《华都经济报》的人有了"脱层皮"的痛苦，也有"脱层皮"后新生的快感，无不感到当头挨了一棒，让自己警醒，报纸倒闭自己并不能逃罪责；无不感到心服口服，把一张报纸干倒闭，是报人的耻辱；即使自己累死亏死，也不能再把《能人报》干倒闭了。有了这样程度的反省和深度认识，总算让日报接管小组的人脸上有了点微笑，也有了份喜悦。而这份喜悦，来自艾新闻交流并在省日报副刊发表的《自救》的感悟文章。

自　救

　　当你无助、孤独、痛苦至极时，会有根金色的草绳，或是一双无形的玉手向你递或伸来，这是天使抛来的绳，是女神伸来的手，这绳和双手，就是文学。你发现文学这绳和手，可以把你从无助的孤独的痛苦的境地引向欢乐谷，也会把你从无助的孤独的痛苦的地方引向百花园。

　　而一个心存善良的真正的孤独者、痛苦者，总会有天使的草绳和女神的手垂青。佛度有缘人。你与文学有缘，文学之神就会降临你的心灵。真是要感谢文学，她拯救无助的、孤独的、痛苦的灵魂。我不认同"文学已边缘化"的论说，这是对文学的误读。只有被文学边缘化的人，没有被人边缘化的文学。一位文学智者说，文学如果沉默了，清高的人便会腐败；如果倒下了，便给清高的人留下一片精神的废墟；如果堕落了，清高的人会失魂落魄。因为内心纯净而清高的人，是高贵的清高。而文学正在被失去或者没有高贵灵魂的人推向边缘化，这些人实际上是把自己推向边缘化。

　　文学是弱者、孤独者、无助者、苦痛者的救命稻草吗？有钱人、有权人似乎这么说，痴情于文学的人也这么以为。文学，真是天使和女神向弱者、孤独者、无助者、痛苦者抛来的金草绳和伸来的玉女手吗？文学人会这么看待。那么谁又是弱者，谁又是孤独者，谁又是无助者，谁又是痛苦者呢？那会是平民百姓，也会是帝王权贵；那会是穷人乞丐，也会是富豪大亨。文学是精神的花神，这精神的神灵，从来不是势利眼，但她是上帝，倒是尤其钟爱那些善良的弱者、孤独者、无助者和痛苦者。那么谁又是弱者、孤独者、无助者和痛苦者呢？那是感到大千世界的珍宝也不重要的人，那是在歌舞升平里仍觉孤独的人，那是被美女帅哥环绕也感寂寞的人，那是被权贵与金钱和友情和爱情抛弃了的倒霉的人，等等。那又何以成为弱者、孤独者、无助者和痛苦者呢？除了愚蠢、愚昧、孤僻、无知者外，定是不愿与庸俗为伍、不愿向侏儒低头、不愿给权贵下跪、不愿向卑鄙妥协的清高之人……这清高之人,是思想的清醒者、灵魂的独行者、内心的清净者、精神的高贵者。

因为你清高,你就会无助。你的清高不是错,清高是保持高贵的无奈选择。错在你在一个浑浊的环境里,在一个荒诞不经的群体里,在一个自私与冷漠的圈子里。你选择了清高就选择了无助;选择了清高就选择了边缘;选择了清高就选择了孤独;选择了清高就选择了痛苦。这是你心存良知、选择纯净、冷落庸俗的结果。

更多人为一官半职和金钱而鞠躬下跪,那文学就离他远去了。有什么办法呢?有些人的内心装不下文学,他们不需要文学,也不屑于文学。他们追捧权钱,他们享受无穷的放荡,他们扼杀文学人的内心。他们让文学做"口红",拿文学做玩物。他们在用权力和金钱表演自己,他们把权力和金钱玩成了精彩的故事。他们的故事太复杂、太离奇,且太丑恶。你想逃跑,远离他们,但你跑不掉。其实你跑到哪儿都一样,这样的人对文学早已另眼看待。你的周围多有这样的人,而你与这样的群体保持距离,甚至保持着倔强的也有可能是最后的清高。尽管这是最后的清高,也是快坚持不住的清高,但你还在可贵地坚持。你的清高是不合时宜的,甚至是难堪的,更是让人讨厌的。

可惜的是,这样的清高之人越来越少,连那些曾经清高多时的人,也被金钱、权力、富贵、引诱、胁迫、俘虏了。在前些年里,好像社会与生活的任何一个环节,都在引诱、胁迫、俘虏坚守清高的人,好像社会与生活任何一个环节都与清高格格不入了。你早已坚持不住了,你已被逼迫得几乎半投降了,但你还是坚守了你最后的清高。坚守清高而拥抱文学的人,活得就很无奈、困惑和尴尬,甚至痛苦。因而,没有伸过来的手、没有垫起脚的石、没有过河的桥、没有攀山的路,也少有对你的笑;身边的人是那么冷漠,爱你的人又是那么厌你,知心的人又那么难觅;该你的好事擦肩而过,非你的劳苦挥之不去,眼前的目标虚无缥缈……这不是你的错,错在很多人思想堕落了，灵魂堕落了。堕落的灵魂，是不容清高的。

在一个充满荒诞至极的环境里，清高的人，那一定是这样的处境。你不想自己的灵魂堕落到阴沟，你不愿让灵魂像幽灵一样飘荡，你在寻找自救的稻草，你找到了能够自救的稻草——文学。文学让你安静，文学让你慰藉，文学让你充实，文学让一个孤独的、失落的、痛苦的灵魂，找到了家。

你的心灵早已遍体鳞伤，你需用高贵的心灵药物疗伤，你发现文学是可疗伤的。那呼唤善良的文字，那歌颂阳光的文字，那渴望真诚的文字，是一个伤痛者的呻吟，也是一个清高者的呐喊。在这不停地呻吟和呐喊中，你在恢复受伤的心，你找到了孤独的快乐，你找到了回家的路，你从无助的沼泽爬上来，文学助你实现了自救。

我们已经经历了一张报纸的兴旺与没落的岁月，或者见证了一段荒诞不经的人和事。一张新报纸马上要诞生，我希望它是一张清高的报纸，希望热爱文字的人保持一份清高。相信清高将不再是异类，清高将让人脱离庸俗和丑陋；清高将是社会的主流意识；清高将成大多数人认同的美德；清高将让人们走向高贵。那么清高者的文字，将会追求柔美的高贵文字境界了，那将是一个自救者最幸运的事情。

有种生活方式叫自救，对你来说那就是文学。在漫漫人生路上，文学照耀了你人生的灯盏，文学实现了你灵魂的自救。多么欣慰保持了清高而远离了庸俗；多么欣慰拥抱了文学而远离了世俗。文学将是你今后生活幸福的船儿，它会载着你的生命，划向最终的远方。

自救是今天的，也是永远的，因为迷茫是随时随地会到来的，失落也是每时每刻会发生的。对你来说，文学将永远是自救的稻草，也是自救的女神。

…………

接管小组向《能人报》所有人员推荐艾新闻的这篇文章，认为这篇文章道出了新闻从业人员，或者一个有精神追求的知识分子的自救途径——没有文学的情怀，难有对写作的热爱；没有灵魂的文字，难以让灵魂走向高贵；用高贵文字拯救堕落的灵魂，用美妙文字实现职业自信的自救。让大家学习并思考讨论一个话题：文字和文章是文人的灵魂高地；高贵的文字是拯救文人灵魂的"女神"。

这个话题，在即将开张的《能人报》的采编人员中，引起层层波浪，波浪很快变成轩然大波。

四十七

轩然大波由艾新闻的一个话题引发,而让这话题真正成为轩然大波的是马太全与金妙妙、金灵与王迎财、张天林与李美儿、白雨与王公文的讨论,也可以说是辩论。

话题一抛出,马太全扯起嗓门,放了第一"炮"。

马太全与金妙妙

马太全毕业于某名牌大学新闻系,可说是新闻专业的科班出身,在《华都经济报》当记者、编辑十五个年头,擅长写的文字是"他说、他还说、他最后说"之类的访谈和综述,消息和通讯基本写不好,后来就很少写。马太全写稿子的出发点好像是以文字赚钱为目的,以废话多和假空长为特点,没有一篇稿子不是让编辑砍得"遍体鳞伤",或者面目全非。他对文字没有敬畏感,更没有以文赚钱的廉耻感。

起初几年,谁把他的稿子砍短,他跟谁吵架。因怕跟他吵架,即使长而"臭"的稿子,谁都不敢动或尽量不动他的稿子,他的文和人就遭到编辑人员的痛恨,但他不以为意,他以新闻"科班"出身而自傲,该怎么写就怎么写,长期形成了写空长稿的习惯。面对编辑和领导的指责成了习惯,大家对他写稿的动机和习惯也便习惯,渐渐没人跟他较真了。没人敢对他较真,他却更加高傲,总是看不起非新闻专业毕业的同行,更是看不起艾新闻这种对文字一腔豪情,却又是"半路出家"的人。所以他对艾新闻的提法,反感不说,还嗤之以鼻。

"我不赞同艾新闻文字、文学拯救灵魂的提法。文字就是文字,文字是语言表达的工具,说一千道一万,就是把想说的话用文字记录下来,它就是工具,它怎么拯救一个人的灵魂呢?拯救灵魂的提法,太浪漫,太奇异,太忽悠了。还有,文学是艺术,文学是一个人的偏好,优秀文学作品可以拯救人的灵魂,那是作品本身,不是作者本人,用写文学作品拯救自己灵魂的说法,是对文学一厢情愿的意淫,纯属扯淡!"

"马太全,你这番话的高傲,你对艾新闻提法的藐视,恰恰反映了你长久以来对新闻文字的轻视。你口口声声标榜自己是名牌大学新闻系的高才生,从你的身上怎么感觉不到一点热爱文字的味道,更找不到热爱新闻事业的热情,倒像是找了一个谋生的地方,把文字当作卖钱的'壮丁',不管'壮丁'好坏,抓得越多越好,你有什么资格诋毁艾新闻的文字与文学情怀呢?!"金妙妙接着马太全的话激动地说道。

"谁不知道你金妙妙与艾新闻的关系,你护着他不奇怪。你和艾新闻有文学情怀,有文学情怀,是你们自己的多情,跟别人没一毛钱关系。不错,我的文字就是用来谋生的,用来养家糊口的,这跟心灵呀、灵魂呀没有关系。我从来也不愿意也没想过与灵魂有什么关系,今后也不会往这么附庸风雅上想,更不会往这方面费力。你们非要给文字、文学戴上高贵的金冠,还是那句话,那是你们的自作多情。不要拿你们的自作多情来抬高自己,更不要以你们的自作多情来贬低别人。不在乎你怎么看我是个俗人,更不在乎你怎么看我的文字冲着钱来的。在我看来,文字工作,是份工作,把它上升到高贵呀、灵魂呀什么的,太荒谬了!"马太全有点急,但却不恼地说道。

"我跟艾新闻啥子关系,与今天的话题没关系。倒是借这个话题,可以说说艾新闻这个例子。说他是'例子',他确实是《华都经济报》的一个典型例子。因为他热爱文字,迷恋写作,执意要做记者而在不能如愿的情况下,一头扎到新闻写作中,短短一年半时间,写出了一流的消息和通讯,这是全社人人有目共睹的,你马太全怎么看不重要,重要的是大家对他的赞赏和认可。这赞赏和认可,来自他写文章的'硬功夫'——写得快、精、准、深。写到这样的水平,没有对文字的执迷和热爱,没有把写作放到灵魂的高处,恐怕难以写好一条消息,更难写好一篇通讯。还有,看看艾新闻发表在外面报刊的很多散文,同他写的新闻稿一样精致、活泼,如果他没有对文字和文章的崇敬,能写出这样美的文字吗?!"金妙妙尽量克制住冲动的声调,但仍然显得激动地说。

"情人眼里出西施,在你金妙妙眼里,艾新闻的哪里都比别人好,别人都不如艾新闻,你对艾新闻的认知,偏执、太偏执了!艾新闻写消息的那点雕虫小技,算得了什么?更谈不上是报社的'例子'。他连怎么写文章都说不出个一二三来,全凭会写'豆腐块'的消息,会写点'小情调'的小文,就比我等堂堂名牌大学的'科班'生强?笑话。就他的那点新闻综合素养,当我的学生,我还不一定要呢!"马太全扬着头,撇着嘴,用嘲笑的口气说。

金妙妙对马太全的冷嘲热讽既羞涩又恼怒,但极力装着没听到或没感觉的样子,避开马太全刺激的话,接着与马太全交流。金妙妙感到就此结束与马太全的对话也好,辩论也罢,似乎让马太全的夜郎自大占了上风,她得杀杀他的威风。

"你马太全自以为是名牌大学'科班'生,你嘲笑别人不是'科班'出身,你看不上艾新闻写的稿子,艾新闻和别人的稿子为何编辑很少改动?为什么你的稿子几乎每篇都被删改得'大花脸'或面目全非?"金妙妙拿着马太全和艾新闻的几篇编辑修改的定稿,边展示边说。

"我的都是长稿大稿,艾新闻和有些人只会写短稿小稿,没有可比性。

再说了，稿子哪有好和差的评判标准，是好是差都不是人嘴里说的吗？我从来不认为我的文章不好。说我文章不好的人，都是嫉妒我的人。"

"你马太全的文字和文章太粗糙是不争的事实，说明你对职业和文字没有敬畏感。"

"对文字和文章有敬畏感，是基础差和自作多情之人的毛病。我这里只认为它是吃饭的工具，没什么灵魂、高贵、'女神'什么的。以后少跟我提这些肉麻的词儿！"

"马太全，你真是没救了！"

"没救的是你们，你们在发烧！"

…………

谷默与王尔丹

"在我看来，艾新闻在发'烧'，金妙妙为讨好艾新闻在发文学'烧'，马太全在发自恋的高'烧'，都不正常。"谷默接着金妙妙的话说，"要让我谈对艾新闻提法的看法，我只能说，艾新闻的发'烧'，是高级'烧'，会把人'烧'得云里雾里地虚无缥缈，会让人活得很累，我学不了，更不想学。"

"我跟谷默的看法极其一致，艾新闻的提法，只是艾新闻的个人文字和文学发'烧'，值得赞赏，没法学习，也不想学习！"王尔丹紧接着谷默的话说。

谷默和王尔丹的一迎一合，让接管小组的人皱起了眉头，没让他们继续对话下去。

谷默和王尔丹的发言，对讨论艾新闻的提法，有消极作用，有不少人给了鼓掌赞赏。艾新闻的自救提法，好像没被更多人理解。

谷默和王尔丹在这场合如此诋毁被接管小组推举的艾新闻，是因为他们都考取了公务员和财政全额拨款的事业单位，马上要离开《能人报》了，所以有点无所顾忌了。

谷默和王尔丹是从北京某大学工商学院和大学中文系研究生毕业进的报社，都是俊男才女。谷默出版过诗集，王尔丹有三部散文集和短篇小说集出版，进报社做了总编室当编辑，是报社公认的"文字匠"，不喜欢写新闻稿，也写不好新闻稿，他们也不再写诗歌、散文、小说了，但在编辑稿子上有高人一等的地方，一个对文字编得很细致，一个把标题编得很出彩。谷默和王尔丹虽有编稿出人的地方，但对于文字的情结，都放在了吃安稳的"饭碗"上，谈不上多喜欢，也谈不上不喜欢，更没想过在文章上有什么发展。因为他俩的文字观报社人都知道，只想在编辑岗位上图个轻松，不想在写文章上下功夫。

像谷默和王尔丹这样的对文字和文章不讨厌也不热爱的编辑、记者，还有好多位。他们对文字和文章没有追求的缘由，感到在这里下功夫，不如在挣钱、读研、调走上下功夫。尤其是在牛社长这位以"钱"为本的"带头大哥"的"牵引"下，使那些有文字追求和写作梦想的人，渐渐放弃了原来本有的希望，变得平庸和俗不可耐起来，变得迷茫、困惑、失望、痛苦起来，不愿把心思放在文字和文章上，要么就终日沉浸在迷失的、堕落的情绪中，要么想入非非，想逃离报社，又没处去；看到别人发财，自己着急生气……所以，谷默和王尔丹这样的没同牛社长同流合污，或者牛社长根本看不上与他们同流合污的编辑、记者，只能是当一天和尚撞一天钟，虽是这样基本消极的状态，那也是报社的好"和尚"。好"和尚"的谷默、王尔丹等七八个人，先后顺利地考公务员走了，顺利地到"好地方"了。考不走的，没本事调走的，就破罐子破摔，要么一头扎到了牛社长怀里去挣钱，要么就把报社当解气的破皮球，想着法儿踢来踢去。

谷默和王尔丹是《能人报》今后的希望。这是接管小组前段时间的一致看法。这个看法，应当是准确的。就在昨天，调人单位来报社外调谷默和王尔丹之前，接管小组让王公文代社长找他们谈话，希望能留在《能人报》继续工作，许诺提拔领导岗位，都被他们拒绝了，死也要走。接管小组组长要他们调到日报当编辑，也被他们谢绝了。谷默说，不愿跟着牛得水之流沦落为行尸走肉。王尔丹说，她在这里已经变成"行尸走肉"了。

金灵与王迎财

让金灵和王迎财发言，是王公文向接管小组建议的，是王公文刻意安排的。金灵和王迎财是报社小"富人"中的代表人物，也是报社财经业务精通、行业文章写得有深度、挣钱挣得令人眼红但又让人无话可说的记者。

金灵是戏剧专业毕业的，要说所学专业与经济和财政很远，但她到报社后恶补财经专业课，不仅订了许多财经报刊学习，还在财经界交了不少朋友，为报社写股市新闻渐渐写得内行和专业，报社便让她专门跑证券部门新闻采写，股市报道吸引了社会争抢本报看。当然，聪明的金灵学上了炒股，从小投入到大投入，从赚得少到赚得多，几年时间她不仅成了股市报道的专家记者，还炒股炒成了小有名气的"股神"。有猜测说她炒股"炒"了近千万。金灵究竟"炒"了多少钱？别人问她，她只说，这辈子够用了。"这辈子够用了"该会是多少钱？那该是很多的钱。炒股炒成了富姐，她与王迎财不一样，王迎财不好好干工作，是用公家时间兼职挣钱成富哥的，而金灵出彩且超量完成报道任务，全报社的人只是羡慕妒忌，却恨不起来她，也就对她从负面方面无话可说。当然，金灵的股市版的稿子，也不是没有"私货"，每期都会有"私货"，可她总是能顺利见报，让别人无话可说，除了她总有新的角度和轻巧的文字，再就是她给牛得水的妹妹牛丽丽炒股做"指导"，让牛丽丽在股市的百余万翻了翻。

王迎财虽是学文史专业的，但对房地产业的报道很有灵气。也不是靠灵气，主要是执着，以他的执着支撑起了报纸的《深度房地产·金观察》

周刊,也同金灵一样,成了本报的抢眼版面。聪明的王迎财结识了不少房地产大老板,因他报道的深度观察独到而前瞻,成了房地产老板的"座上宾",老板以保本价给了他两套房子,帮王迎财炒作,王迎财大赚了一把。王迎财后又通过不停地买房炒房,赚了几千万不说,还赚下了好几套房子。

尽管报社的人对王迎财借助报社版面"开发"了与老板关系有说法,但不至于讨厌他。当然王迎财在利用报纸版面资源上比较巧妙,一般是先报采写选题,领导同意的他写,领导不同意的他不写,而他一定要写的报道,大都是人物报道,如若领导不同意,他会做通领导工作刊登,也就没有领导对他不满意。这样一来,他除了敏感问题和惹麻烦的报道登不出来,基本上是写什么能刊登什么。加上报社没人能写出房地产行业的深度报道,报纸每周的房地产专刊,是他的"自留地"。尽管是他的"自留地",让报社大多人眼红和着急,有人也说每周版面成了王迎财发财的平台,但他的每篇稿都是上报选题批准写的,私稿也是下功夫的,报社没人能写出这般的稿子,既是房地产老板的专访和人物通讯,报社也没人能够写到他这般有生动细节、有思想文化内涵、有业界专业特点的程度,所有对他的意见和妒忌,从不影响他想写啥写啥,想登啥定会登啥的随心所欲。当然,王迎财每周整版的"自留地"得以畅通无阻地见报,没有牛社长暗助是绝对不行的,没有他对牛社长的"暗送"是绝对不行的。当然,给牛社长"暗送",王迎财让出面的是老板,他并没给牛社长送一毛钱东西。牛社长"出事"后带出来的行贿人都是老板,没有王迎财的事情。牛社长的犯罪事实里没牵扯到王迎财的证据,发了财的王迎财在牛社长和几个房地产老板出事后平安无事。

…………

金灵和王迎财连续几年都被报社树为"行业专家型金牌记者",得到表彰不说,还给了丰厚的奖励。

让金灵和王迎财发言,当然是作为"金牌记者"与艾新闻的提法"呼应"

的,他们俩都很明白领导的意图。所以他们俩都几乎如出一辙地大讲特讲"作为一个记者如何把热爱文字当作珍爱职业生命那样不惜拼命"的情怀,尤其是讲到追求精致文字而给他们的回报,总是躲避利用报社平台和记者的便利让自己成了"小富翁"的窃喜,让人听了他们在歌颂艾新闻的"傻子"观点,更让人觉得他们俩是那般精明和虚伪,更让人看到他们俩精明为富后面的可怕,也让人产生这样的人要继续在这平台上干下去,这精明要用到极致又会是啥个样子呢?他们也许仍会是报社金光灿烂的"金牌记者"。

张天林与李美儿

金妙妙与马大全冒着"火药"味的对话,撕开了有话直说的口子,有好几个人举手要发言,接管小组让张天林与李美儿对话。

张天林是某大学财经和经济学双学位本科生,是让《华都经济报》的人高看他一眼的人,也是被看作经济类报纸难得的人才。懂财经的张天林,刚到报社是宠儿,是社论和本报评论员文章主笔,头版的《金牌时评》栏目,切中财经脉络,文字简约活泼,不到三年就成了经济评论名家,很受读者推崇。如果张天林朝此"著名评论家"道上往前走,会是什么样的地位?报社评论"一支笔"、社会财经评论名家。可张天林想走的不是这条路,而是想当官。可牛社长偏偏这样认为:既然你张天林社会名气很大,已成名人,何不安心写评论,也就别当领导了,当了领导写评论"分神",当了领导少了写稿的"工作量"对报社不利,对他个人发展也有碍。牛社长没有提张天林做副主任。可张天林在翘首以盼地等待提拔,一次又一次没有他。张天林问牛社长,提拔别人,为何不提他?牛社长说,他适合做评论名家,不适合做领导。牛社长的回答,把张天林气得跟牛社长拍了桌子。张天林骂牛社长打压人才,牛社长劝他好好写稿。张天林恨上了牛社长,稿子越写越少,稿子越写越"草"。报社的很多人知道,对于张天林的发展,牛社长绝对不是妒忌和讨厌的缘故，纯属让张天林集中精力做个报社"大牌名家"而已，可张天林即使明白了牛社长的好意，也对牛社长恨之入骨，从此评论不好好写了。

张天林为提职患得患失，眼看就要毁了一个难得的评论奇才，社里其他领导都要求牛社长给张天林提个副主任算了，看提起来能不能调动他写稿的热情。牛社长给评论部主任做工作，选择他当了副主任。提成副主任的张天林果然有了写评论的热情，可他不是当官的料，且有了当主任的野心，不仅跟部下处不好关系，也跟主任较劲，与主任无法配合工作。一年后落职，再没人敢用。从此，张天林勉强完成每月基本工作量，不多写一个字，不再在稿子上下功夫，一心报考公务员，却屡屡落榜，便放弃了报考公务员的想法，把当官无望变成了失落和心痛，从此把乐趣放在喝酒交友上了。看来张天林的当官情结难以了结，因为报考公务员的年龄已过，报社也没合适他的位置，即使有主任处长位置他也干不了，那今生一心想当官的渴望，就实现不了了。摆在张天林面前的通天大道，依旧是他才气横溢的评论文章的老路，可他对此道早已嗤之以鼻。

李美儿起了个女孩的名字，一米八五的个头，却是刚强粗犷的美男子。他为自己的美帅和个头喜悦，却为自己的职位相当不快。李美儿毕业于北京名牌大学播音专业，不愿意干播音员，也不是不愿干播音员，而是好喝酒伤了嗓子，电视台和电台不要，歌舞团想要但他不愿去，喜欢写散文，就找牛社长进了报社，做了副刊编辑。李美儿这么大个头一周只编一块文学文化版、编一版文摘版，轻松的时间多的是，就写散文，散文写得很有知名度，活得好安逸，有几部散文集出版，让报社内外的人很羡慕。

副刊在专刊部，白得成和蒋小曼当主任、副主任，也只有两个副主任位置，李美儿盼着副主任位置，可白得成的年龄比他大三岁，蒋小曼的年龄比他还小几岁，且白得成平庸无才，肯定没有他合适去的部门，更不可能调到什么地方，蒋小曼接不上他的班，他就没当副主任的希望，等到他们俩退休，他李美儿也差不多退休了。副刊是报社边缘业务部门，李美儿写不了经济稿子，去不了其他采编部门。一个人高马大的"块头"，干着报社不重要的版面，别人不把他当回事，感到越干自己越渺小，很滑稽，也很耻辱，越发厌烦当副刊编辑，老跟主任和社领导发脾气。报社也想给李美儿个位置，报社当然有李美儿当副处长的地方，办公室和校对处有位置，但李美儿打死也不愿去。当官无盼头，愁得李美儿几乎天天不痛快，散文不写了，找关系调走，但折腾了好几年，机关进不去，企事业单位没调成，就没心思干下去。前段时间，蒋小曼离职，好不容易空出了副主任职位，眼看就有当副主任的希望了，可报纸停刊，创刊的《能人报》改为企业，人员改为职工，彻底没了当官的平台。这辈子当官的盼望，变成李美儿的绝望了。

李美儿和张天林，还有报社更多的人，可说同病相怜，都在渴望当官的企盼中困惑、迷茫、失望、痛苦、绝望。报社不是当官的地方，进了报社有当官欲望的人，大多得最后以绝望而告终。

李美儿和张天林，对提职有太多的共同感慨。何止是李美儿和张天林，报社有更多的人，同样对此话题有太多的愤慨。

"……艾新闻的提法，只是艾新闻浪漫主义的自我安慰。我和李美儿，还有在座的很多同事，都是起初把文字和文学看得很高贵并钟情于写作进到报社，当真正吃上'文字饭'，写了些许文章，陶醉于文学写作中的时候，却很快发现，自己所写的东西换不来丰厚的收入，更换不来令人荣耀的位置，越写越往社会和报社'边缘化'的路上走，所写文字挣不上钱不说，离一官半职越来越远，让人感觉掉到一个爬不上来的深'井'，看到天空，看不到希望……"张天林望着李美儿愤然地开了个头。

"文字和文学拯救灵魂，我们信过。我们过去把文字和文学放到灵魂高处，让人很清高，清高得看不上权和钱，而清高却把我们'晾'到了'沙滩'上，使我们离实惠越来越远，远得口袋里没钱，远得老大不小了还是一介

'白丁'。真是越看越迷茫，越盼越失望，越走越悲凉……"李美儿也望着张天林，环视着大家慷慨激昂地说。

"李美儿的'越看越迷茫，越盼越失望，越走越悲凉'，真是对我们许多没当上官的'白丁'也好，说是'大头兵'也罢，表达得入木三分。艾新闻提的什么'文字自救''文学自救''保持清高''灵魂高贵'什么的，没什么不对头，只是对他对头，对我等不对头。对他对头，是因为艾新闻到报社年龄大了，知道当官无望，只好用这'空'的东西抬举和麻醉自己，麻醉得连钱都可以看淡。艾新闻迷恋文字和文学的个人目的出于什么，是崇高还是偏执，不好妄加评论，但肯定是走不通的。文字不变成钱，文学不变成财富，不变成地位，没啥值得迷恋的意义……"张开林接着调侃地说。

张开林的话落，李美儿的情绪刚起来，正要接着说，就有即将到《能人报》上岗的十多位编辑、记者强烈要求发言，接管小组组长让李美儿休息，让有强烈欲望发言的人说话。

这些紧跟发言的人，与张开林和李美儿的对话，几乎如出一辙，无不是对没被提拔、没当上领导、没实现人生价值，有太多的抱怨，有太多的不满，有太多的失望，有太多的哀愁。他们和张开林与李美儿差不多，不是研究生，就是重点和名牌大学毕业的本科生，都对文字无不抱有美好的梦想，无不想通过文字实现自己的人生价值。但因为牛社长的引导，大多数人对文字失去了自信，看重了官位和金钱不能自拔。尤其是对当官，每个人都有当官的欲望，每个人的想法和要求都很合理，但每个人的欲望都没有满足，且今后也无法满足。他们的诉说，让人听了好不同情。

白雨与王公文

金妙妙与马太全由讨论变成的辩论，由辩论变成了争论，争论变成了攻击，接管小组的人让他们停了下来，让白雨与艾新闻讨论这个话题。白雨伶牙俐齿，说话有挑衅味，也犯清高的毛病。金妙妙怕她与艾新闻对话，让艾新闻难堪，提议让王公文代总编辑与白雨对话。白雨平时老讥讽王公文写的杂文是"神经痛的呐喊"，很是看不起王公文。尽管他是副总编辑，因为他屈从于牛社长，在她眼里他的杂文很虚伪，她从不把他放在眼里。王公文曾劝白雨辞职专当律师，别脚踩两只"船"。白雨说，报社的"船"不是你家的"船"，要是你家的"船"，早就被她"蹬"了，气得王公文没有办法。王公文虽讨厌白雨的傲慢，但有恐于她跟公检法部门很熟，社会关系很广，只好让她三分。金妙妙知道他们彼此讨厌，在没有多想的情况下，也是为了"救急"艾新闻，推荐了王公文，王公文摆手不干，但接管组的人同意了金妙妙建议，执意让王公文与白雨对话。王公文望着白雨，一脸的阴云。

　　白雨是某政法大学法律专业的研究生，在学校时是学生文学会的副会长、校园诗人，本科时出版过诗集，上研究生时也出版过诗歌集。七年前刚到报社时还写诗，说要做一个"仰望星空"的记者，要永远把灵魂放到灿烂的银河，鄙视牛社长和胡姬花等所有不爱文字爱钱的人，或者用文字换金钱的人，与报社有些人格格不入。她的理想是做一个诗人和律师。她要求做政法记者，同时考取了律师资格证，被一家律师事务所请去做兼职律师，渐渐不写诗了。不写了的缘由，用她话说是"案件的阴暗赶走了诗意的浪漫"，也许是这样，也许是她的兼职律师让她获得了巨额收益的缘故。这些年在牛社长等人"一心发财"的影响下，白雨除了应付性地完成每月报社规定的写稿工作量，主要精力在律师事务所上，年收入五十万元不止，买上了别墅，开上了宝马，皮包是上万元的，穿的是新潮而精致的时装，旅行住五星级豪华酒店，被人们赞为报社"富豪记者"。对于艾新闻的"文字和文学拯救灵魂"的提法，接管小组的人让她发言参加讨论，她推辞再三，看实在推辞不掉，便答应了与王公文讨论这个话题。

　　"王代总编辑近来有何杂文新作，推荐几篇让我等开开眼界、打打'脑洞'。"白雨调侃地对王公文说。

"讨论艾新闻的文字和文学的提法，扯到我这儿干什么？！"王公文有点怒意地说。

"那就说艾新闻的提法和话题。想听听王代总编辑的高见，来个抛玉引砖如何？"白雨紧跟着王公文的话音，笑着说道。

"白雨的嘴，真是个'白刀子'，厉害。好吧，我谈点感受。"王公文压着火气说，"艾新闻的提法并不新鲜，我从一个官员执意调到报社从文，就是想把文字和文章放到灵魂的高处，做个纯粹的文化人，做个纯粹的知识分子。这个初衷从大学时到现在，一直没有动摇，因而也在不停地写。写让我感到充实，也让我得到了自信。我说艾新闻的提法不新鲜，报社大部分做文字工作的人，没有热爱文字的情怀，不会进报社的门吃文字饭。你白雨钟情于诗歌，有两本诗歌集出版，不管这两本诗集幼稚也罢，有情也罢，那是灵魂放到高处的心灵感动，是纯洁的文字，比你当记者写的那些东西纯粹。可是你看你现在的文字，怎么找不到那诗意的内心和纯情的感动了呢？！"

"你王代总编辑一边褒一边贬，不就是抬举你自己的那些发牢骚或骂人的杂文是心灵的感动吗？是灵魂深处的清泉吗？可是你的杂文好像上升不到灵魂和高贵上，看上去只是个人的情绪发泄。在我看来，这样的杂文写下去，会让人的内心越写越愤世，越写越不满，越写越狭隘……"白雨攻击的口气，惹得王公文忍不住了，气得眼睛冒火，但白雨继而却夸起了王公文说，"不过，王代总编辑对文字的执着热爱，对杂文不弃不舍的劲头，令我白雨钦佩！"

白雨的这几句话，让王公文脸色好看了点。接管小组的人朝王公文示意，接着对话。

"你在学校时那么钟情写诗，到报社后应当接着写下去。如若写到现在，你恐怕早就著作等身、名扬四方了。为何做记者后就不写了，没见过你写一句诗呢？"王公文接着说。

"学生时代单纯，相信文字美妙，也相信文学是'女神'，拥抱着文学，好像拥抱了整个世界，心在浩瀚的宇宙里自由飞翔，人在这世界为我独尊，真有艾新闻现在那种'清高'和'高贵'的感觉。但进到这个报社就全没了诗的冲动。当了记者从此写不出诗来，不想写诗。这不能怪我，得怪报社这个环境不好。我一见到牛社长这样庸俗的人就写不诗来，与牛社长这样报社的庸俗人天天见面就写不出诗来，看到你的杂文也不想写诗，看到报纸上天天登的华而不实的文章就写不出诗来。"白雨激动且仍尖刻地说，全然不顾王公文脸上红一块紫一块的表情，接着说，"著作等身又怎么样，名扬四海又咋的？照样在牛社长等人的眼里'狗尾'也不是，在报社这样一个似乎是文化单位，而实际上缺少文化的名利场里，要是著作等身，要不随俗，那不成'异类'了吗？恐怕早有人嫌我不务正业，要把我踢出报社了。说实话，文学就是个爱好，文字工作就是个职业，谁要把它高举到'灵魂'和'高贵'的地方，那只能当精神贵族，让人会骂成'神经痛'患者。而我也承认，文学滋养心灵，但这需要好的人文环境。报社没有这样的环境。要让我变成你王代总编辑这样半雅半俗的人，我宁可去卖淫！"

白雨的话，惹得大家哄堂大笑，气得王公文蹭地站了起来。眼看王公文要发作，接管小组的人急忙冲他摆手，这才使他压住了火气，坐了下来。

"所以你白雨从一个诗人变成了一个彻头彻尾的俗人，也由此看来你学生时代的诗情只是娱乐而已，把跟灵魂放到高处没关系，更跟诗人的皇冠很远。如果你固执地认为你曾经是诗人，从你这些年来稿子写不好，两眼都是钱的现实看，你抛弃了对文字和文学的钟情，那只能说你是个堕落了的诗人！"王公文朝坐在对面的白雨伸着脖子，挥着手说。

王公文的慷慨陈词和滑稽动作，又把大家惹得哄堂大笑，也把会场气氛弄得紧张起来。大家的目光都集中到了白雨，而白雨朝王公文冷笑一声，不急不恼，凝视片刻王公文，就是不张口。大家望着白雨，等待她说话，她就是不张口。

"王代总编辑的话太偏激了,也太过分了。说自己的部下,怎么能用'堕落'这个词呢!"有人撩出这句话来。

"王代总编辑的话不过分,因为我从此不写诗,因为我业余做律师挣了钱,而且挣到了让王代总编辑眼红得冒血的钱,所以说我堕落,是自然而然的。我的堕落,带给我的是富有,恰恰是我每天的喜悦。我甘愿落个堕落的评价,还想'堕落'得再深一点!"白雨接着平静地说,"王代总编辑没挣到大钱,当然没人说你是堕落的。没有挣到大钱的王代总编辑难道没有堕落的欲望?想法子讨好牛社长,一心想当官升官,找关系在报刊发那些发牢骚的文章而发泄自己情绪,不是堕落是什么?王代总编辑的灵魂是分裂的,一半灵魂是堕落的。"

白雨的话真像刀子,气得王公文眼珠子快从眼眶掉下来了。

"也并不是王代总编辑一个人的灵魂是堕落的,在我看来,许多吃'文字饭'人的灵魂是堕落的,也可以说有些知识分子的灵魂是堕落的……"白雨扫了一眼会场,大声疾呼地说。

"吃'文字饭'的许多人灵魂是堕落的,有些知识分子的灵魂是堕落的——这话很新鲜,很有冲击力!"接管小组组长对白雨的话赞赏说。

接下来的讨论,接管小组组长说,要围绕王公文和白雨对话的"堕落"话题展开讨论。

…………

四十八

"堕落"这个话题谁都躲着。谁敢说自己的堕落,那是会冒风险的。对话"堕落",冷场。

接管小组就点名让马守记、魏风、刘四腾、白得成、王阿妹发言。这五个人,还有包括离职的蒋小曼,是与牛社长和胡姬花等人案子上有牵连,免予起诉而责成由所在单位处理的人。报社除离职的蒋小曼,对这五个人分别进行了撤职、降职、留党察看、处分等处理。同时,接管小组让《能人报》做出决定,对这受到处理的五个人,留社察看一年。一年后思想品德端正、工作业绩优良者,经报社民主评议和社委会通过后,可以留报社继续工作,不合格者辞退。接管小组让他们联系艾新闻的提法,解剖自己的堕落过程和堕落的根源,他们都不敢马虎,准备得无不认真。

马守记的泪水

"……艾新闻提出用文字和文学情怀拯救灵魂,拯救堕落的灵魂,并不是自作多情的空洞感慨,是摆在我面前急迫的事情。我承认,我的灵魂是堕落的,因为堕落才导致出现了今天被降职和留党察看的结果。我灵魂的堕落,不是到报社后才堕落的,是当干部后,也是在上大学的时候,就已经开始堕落了。堕落的根源是我一心想当官。当官的目的,是为了光宗耀祖和出人头地。认识牛得水后,这种欲望就更强烈了,也对金钱有了更强烈的追求欲望,致使跟着牛得水堕落得更快,堕落得差点'粉身碎骨'……"

马守记说到这里,居然失声抽泣起来,几乎要痛不欲生地大哭起来。主持人让他冷静片刻再说,他便抽泣着停了下来。

马守记忍不住地哭泣,是他沮丧和痛苦到极点的反应。牛得水"出事"供出他的行贿问题,还有他主动投案自首的贪污问题,幸亏贪污数额不大和自首及时,交代行贿态度很好,做了宽大处理,否则仅贪污犯罪就得坐牢几年。从险些被开除公职、开除党籍的身败名裂,从险些坐大牢中幸而避过,马守记被吓得"屁滚尿流"大病一场。此时当着全社他的部下放声哭泣,是悔恨自己、幸免大难、痛恨某人、惨痛难忍、祈求开恩的情绪组合。这哭泣更是表明,他马守记摔到了人生"低谷",有无限的屈辱难以下咽,有莫大的悔恨难以诉说。在"死里逃生"的幸运下,马守记感到他的哭泣,是对在座的人最真诚的忏悔,泪水是表达他痛改前非的语言。

他抽泣,大家的目光凝视在他身上,会场寂静得难堪,主持人让他接着说。马守记仍然抽泣着说起来。

"我说我的堕落是从上大学时就开始了。"马守记这句话开头,抽泣就戛然而止了,好像顾不得擦去一个眼角挂着的泪,相当诚恳地接着说,"……上大学是读书,堕落从何而说?过去从没想过这问题,摔'跤'后追根找源,也是我陷入人生悲哀的今天才清楚地看到,我上大学后最大的人生目标是为了当官。当官,也不是我的想法,是我父亲和哥哥的'强迫'。父亲是小'包工头',把挣不上钱和被当官的欺负归咎于后面没'人',也就是家人没有当官的人。事实上,也是如此。我父亲凡是包干的工程,都是领导的项目,累得死去活来,钱大都进了领导的腰包,等于他在帮领导发财;不找'靠山',干了白干。我当小学老师的哥哥,把当不上校长归在'朝'里没人,也怪在了我父亲没'本事'。他眼看到手的校长位置,被别人挤掉后想不开。父亲和哥哥期盼我考上大学，大学毕业必须当官。当时我很反感父亲和哥哥的'必须当官'，但父亲的心酸委屈和哥哥的当校长困境，让我下决心要考上大学，大学毕业进机关当官。我幸运地考了大学，我父亲把全家未来'出人头地'的希望放在了我身上，也成了我几年大学埋头学习的目标……"

马守记停顿片刻，仍顾不上擦眼角的那滴泪，痛苦地说：

"我的家人，当然不仅仅是我的家人，应当还有生存的现实，扭曲了我上学的意义，也扭曲了我以后人生道路的选择——在留校当大学老师和进机关当干部的选择上，我毫不犹豫地选择了去机关。当然，选择去机关，并不能说是堕落意识的体现。去机关当干部是份职业，与堕落风马牛不相及。而我选择去机关，就是去当官，这是我的人生追求。我通过牛得水进了省政策研究室。政策研究室跟领导接触多，提拔机会多，但我却老是在主任科员上打'转转'，原因当然是多方面的，而最大的原因是实在不喜欢写文字材料，也写不出领导喜欢的文字材料，失去了提拔的机会。正科级到头，正科级哪是我追求的目标，正科级哪是个官？狗屁也不是。想到升官无望，听到父亲和哥哥的埋怨，就沮丧，就绝望，就觉得人生没有意义……"

马守记眼角的泪，掉到了颧骨上，顾不上擦去，接着说：

"我分析自己的堕落，我认为把人生目标'定格'成当官是我的堕落，并不是有做官的大志就是堕落。有当官追求和当官的人，并不都是意识和目的堕落的人。我所说的堕落，是我这样把当官当作利益目的的人。官位是产生堕落的'热地'。这块'热地'让我头脑发热，烧得我为此神魂颠倒，且以为这'神魂颠倒'是有意义的，从不认为自己当官的目的有啥不对。而人生走到不惑之年的今天，在体会到我与机关多么不适应而被官场淘汰才彻底清醒，我的父亲和我的哥哥，给我定的上大学的人生目标'定格'，不能说全错，但按他们的'定格'，是错了。不是我没当上官，说把人生的志向定格到当官上错了，而是我看到更多我这样'定格'的人也扭曲了，造成了人生追求的错位、尴尬、痛苦、迷失、堕落。不是说官位让人堕落，而是在官位上不纯的动机会让人堕落。我入了官场，但我没当上官，我在机关当上官，会堕落到啥程度？说不准。一定是给的权力越大，堕落越深。这不是在'挖苦'自己，不是在栽'跟头'说气话。幸亏没让我当上官，幸亏没到手过大的权力，不然也就完蛋了……"

马守记的那滴泪珠，仍在颧骨上挂着，他顾不得擦去，深情地说：

"我做政策研究，我不爱材料不爱文字，我就不应当进研究室。一个讨厌写的人，就不应当进'耍'笔头的研究室，可这里是走近领导的'宝地'，我还是毫不迟疑地去了。靠我的一点小机灵，靠我不错的酒量和交友的增多，靠着与牛得水的关系亲密，我即使写不好材料，也能在研究室混，还在牛得水推荐下当上了副省长的秘书，从主任科员跨到了副处级。副处级可是副县级，与老家的副县长是平级。副县长那是县太爷，老家人看来是很大的官。更让我荣耀的是，从此看到了今后无量的前程。当了领导秘书，几乎没有不当领导的。政策研究室是出领导的地方，在政策研究室只要不犯错误，只要没跟错领导，大都能当上领导。当领导秘书是我做梦都想的位置。当上省领导秘书，是走上官场的大台阶，我的兴奋不言而喻，我的父亲和哥哥顿感无限风光，也立马有了高人一等的口气。这些官'光'的后面，是因为我和家人看到了当上省领导秘书，当领导就会有了台阶，就真正踏上了官场台阶，这让我对未来充满无限憧憬。接下来的一年多在副省长秘书职位上，是风光和兴奋的。高端场所，领导家里，高官外宾，高档宴请，名流老板，跟着副省长成天忙着去这些地方，不停地与这些人吃喝玩。一时间巴结我的人想着法儿靠了上来。通过同学、同事、朋友、亲戚约吃饭、送礼品，还有送钱的。当然少不了老家的领导和乡亲找我办事的，找不到我，我父亲和哥哥就成了'通道'，我便一拨拨地见家乡的领导和乡亲，为他们一件件地办事。我的好烟好酒塞满了柜子，我的父亲和哥哥也不停地收到好烟好酒好东西。我的哥哥和父亲,不只是收点东西,包工程和当校长,不用我'说话',自然有人主动'关照'。父亲从小包工头成了大包工头,过去云里望'月'的工程,有人主动给他,且没有领导跟他'分钱',更没人给他找麻烦。父亲毫不掩饰地说,家里明年盖二层楼。哥哥从干上副校长不到一年,坐上了校长宝座,好不享受。当我沉浸和享受在当副省长秘书的快活中时,令我意想不到的,也是令我不可接受的事发生了——副省长被'双规'了,继而坐牢了,我也被接受了难以想象的严厉调查,以较轻的受贿和'插手工程'给了降职处理。虽然降到了当秘书前的主任科员而幸免坐牢,不知有多高兴。我从秘书岗位失'业'了,回到了政策研究室继续做主任科员,受到降职处理,仕途到头了,我倒没什么,我的父亲和哥哥也跟着倒霉了,父亲的公司被查封了,领导给的工程项目资金断了,公司倒闭了,在银行欠下了几百万元,压垮了父亲。我哥哥的校长被撤职了,连副校长都没当上,幸好给了个老师岗位。当秘书后找我的那些老家的领导和各路所谓的朋友,从此不见了,请我吃饭和送我东西的人更没有了……再后来跟牛得水来了报社,被提为副总编兼主管财务的副社长,总算又升到了副处级,总算当上了官,可牛得水坐牢我又被撤职并降级了,又回到了科级。科级不是官,我这辈子与官位拜拜了……"

马守记讲到这里,颧骨上的那滴泪,已成泪痕。马守记不怕亮丑的激情讲述,使会场少有的鸦雀无声。马守记沉默片刻,接着说:

"人的堕落,不是一时半会儿形成的。人的堕落最可怕的是意识的堕落,意识的堕落比行为的堕落难以自救。我对文字工作的讨厌,源于我对官场与当官的热衷。迷恋当官和金钱的人,怎么会喜欢文字工作呢?!就如一个迷恋做官的人怎么会羡慕庄稼汉?不会的。我的迷官情结,我讨厌文字工作,就如讨厌做农民一样,早已在上大学时就根深蒂固了。这个'讨厌'很简单,爬'格子'的人同种田人一样辛苦;当官没爬'格子'辛苦,当官没土里'刨'食劳累。这种意识,是不是堕落意识,我不好说,但成了我上大学后的从业选择，选择了研究与文字工作的岗位，却仍讨厌文字工作，到了以文字为业的报社后仍讨厌文字工作，应当是意识和行为的堕落。一个讨厌种田的农民，能种好庄稼吗？一个讨厌文字工作的人，能写出好文章吗？而选择了种田，选择了文字工作，且'讨厌'选择的工作，且又是为当官和金钱而讨厌这样的劳动，说它是堕落有点夸大其词之嫌，说是堕落的根源不会有错，至少是我堕落的根源和导致堕落的前提。如果说不是我的堕落的前提，我在政策研究室就会喜欢文字工作，就会写出好文章，就会练出一个好笔头。如果不讨厌文字工作，到报社会写很多文章，也会练出个好笔头。可是一心想当官，让讨厌文字工作讨厌到了直到现在，现在我的文字功底和文章动手能力让人羞愧。一个讨厌文字工作和不会写文章的人，居然在报社当领导，审改别人的稿子，居然对行家指手画脚，真是荒唐，也是对自己莫大的讽刺。我进了省政策研究室却讨厌写文字材料，写东西总是应付差事，即使不想应付也写不好文章，我就责怪自己，讨厌文字工作，为何偏来以文字材料'说话'的部门？这责怪即刻被'官场里不会写材料的人照样当官'的现实打消。事实上，许多不会写材料的人，比成天埋头写材料写得'无人替代'的人升官快。所以，讨厌写材料和不会写材料，也可以混，只要跟领导把关系搞好就会混下去，甚至会混得不错。我靠牛得水就够了，我把牛得水'巴结'好，我讨厌文字材料和写不好文字材料，照样混得自在。当然，牛得水也是个讨厌文字工作和不愿写文章的人，他不认为我讨厌文字工作和写文章无能是多大错。到报社来，我讨厌文字工作和不写文章，他也不认为我有什么不对。因为他到报社后，从没写过一篇文章，他也不会写文章。他不会写文章，并不影响他当代社长兼代总编辑。有牛得水为榜样，我在报社离报纸很远，离新闻也很远，导致我现在什么也不会写。这个状态，实在是一路走来的不停地堕落……"

说到这里，马守记站起来，向大家深深地鞠了一躬，然后朝坐在他对面的艾新闻深深地鞠了一躬，并对艾新闻说：

"所以，堕落……自救……文字……文学……清高……写作……高贵……艾新闻你的《自救》里的提法，对一个靠文字'吃饭'的职业人来说，何止是对靠文字'吃饭'的人来说，对所有的自以为或者是货真价实的知识分子来说，由衷地感到是走向自救的方法。你一个半路出家的新闻写作人，因为你用这'自救'的心灵灯盏照亮了自己，不仅成了写新闻稿的行家里手，还在文学创作上取得了好几部作品的成就，实现了自救，超越了自己，也超越了别人。已经是报社普通员工的我，虽然我比你大几岁，但我愿意从现在起同你一样拥抱文字，我愿意拜你为师，学写文章，学做记者，通过文字和文章来实现自救……"

艾新闻赶紧回应马守记说："不敢当，不敢当，我也要学您身上的长处。"

马守记说："艾新闻不要嫌弃我这个'落魄'之人，一定收下我这个学生，也请大家收下我这个学生，帮助我写出好文章，做个好记者……"

马守记的话音未落，掌声淹没了他的话。掌声中的马守记，两行泪水又涌了下来。

王阿妹的怀疑心态

虽然马守记的演说，让在场的人赞叹不已，而王阿妹心里却嘀咕，他不是发言而是在演说，演说得很诚实、很动情，让她着实感慨不已，但王阿妹仍感觉有表演的嫌疑。王阿妹怀疑马守记发言的真诚程度，马守记给王阿妹的感觉，缘于不知道他的哪句话是真、哪句话是假。马守记平时给王阿妹的就是这样的感觉，给报社的人大都是这感觉。事实上，马守记同牛得水差不多，真话和假话让人常分不清，是他动了真情和说了真话的发言打动了在场的人，还是有更多的人出于对他撤职成"兵"倒霉的同情？王阿妹断定对他那鼓着劲的掌声，更多的是同情。

王阿妹对马守记的人品不认可，就像她对牛得水和胡姬花等报社许多人的话必须怀疑一样，即使马守记今天的演讲是号啕大哭和跪地求饶，在她看来，也难以改变她认为他是"混混"的看法。在王阿妹看来，包括她在内，报社的许多人都是"混混"。王阿妹纳闷，大家都是大学毕业生，刚到报社都满怀豪情、心比天高，怎么一两年后渐渐"混"了，变成了"混混"？报社的很多人也形成了怀疑心态，王阿妹对报社的更多人，早已形成了怀疑的心态。王阿妹很讨厌自己过去从未有的怀疑心态，自从到了报社渐渐对人和事有了更多怀疑，是因为报社很多人和事让人怀疑，也就形成了报社普遍的"怀疑心态文化"的社风。

所以，王阿妹尽管对艾新闻有相当程度的好感，对他"文字和文学自救"的认同，但对艾新闻到报社的"动机"，心有怀疑，——一个副处级干部，不去当公务员走仕途，顶着老婆对他来报社反复提出离婚的对抗，固执地要做记者，难道仅是为文而来？怀疑他被金妙妙所迷惑，怀疑他脑子有"毛病"。但此时的她是被撤职处理的人，也是被接管小组当作"堕落"人员让她反省的，她还得端报社的"饭碗"，怀疑的话绝对不能流露，她得好好反省自己。王阿妹站起来，先给接管小组的人鞠一躬，然后给与会的人鞠个躬，口气缓缓地说：

"……不怀疑艾新闻对文字和文学的崇敬，也坚信他的文字和文学是从事文字工作者自救的路径，也是我们这些堕落而走向自救的人的'金钥匙'，我们要以艾新闻为标杆，从堕落的泥潭爬到自救的彼岸。

"人走向堕落，一定是随同了某种堕落的意识和行为，才与堕落为伍的。如果你是一张涂了防污油的白纸，拒绝污秽，污秽就染不黑它。同样是报社的环境，艾新闻和金妙妙，关代社长和虎生苗，王公文代总编辑和高处长，还有不少的同人，他们的内心如一张涂了防污油的白纸，拒绝污秽，保持了他们内心与品格的纯净，堪称是一面没有灰尘的镜子，光亮闪闪。

"直到我被免于追究刑事责任之前，时常惊讶自己竟然变得不知道我是谁，变得自己很讨厌自己。尽管时常讨厌自己，但我没怀疑自己在走向堕落,从没认为自己的变化和让人讨厌的变化是在走向堕落,而是认为自己在走向成熟,是'入乡随俗'适应报社环境的结果。报社主要领导和我的直接领导,还有报社的一些人,是为自己打'算盘'的人,报社大环境就是为各自打'算盘',我从没认为这些人是堕落的人、报社大环境是个堕落的环境,因而我对自己的变化不认为是在堕落。现在猛然惊醒,才发现我早已堕落。

"我的堕落,是我对文字的放弃。说'放弃',是因为我曾经对文字很热爱,不热爱就不会选择报社工作。而几年后对文字热爱的放弃,是我对执迷文字产生了怀疑。怀疑是那次跟曾任副主任的杨望阳去一个地方的十天采访,杨望阳把写稿全交给了我,稿子全由我来写他把关,即使主任一个字不写,也得两人一起署名见报,且主任必须署第一作者,稿费一起分,这是报社的行规,也是霸道的领导占记者便宜的行为。我写了六篇大稿,杨望阳只粗略地改了几个地方,等于采访内容他圈定,他干他的'私活'和吃喝玩乐,采访写稿全放手,见报后七千多元的稿费两人各一半,他毫不客气。这也倒没啥,人家是副主任,是我领导,报社所有当领导的带记者下去都是他们采风游玩,记者干活,没法怪杨副主任有啥过分。让我奇怪的是杨望阳副主任十天干成了两个大'私活'——两个县的论坛。我写的两个地方的专题报道,成了他论坛赚钱的稿子。他的两个论坛,在我稿子写出来后相继在省城豪华酒店搞得很成功,他请牛社长和几个专家和领导'唱'台,就有十五万元进了他家人公司的账,他和牛社长赚了多少我无从知道,只知道他搞论坛没让我沾边,赚了钱没分给我一毛。这件事对我'刺激'不小。正如杨望阳在一路给我流露的'即使把写稿子写死了也赚不到钱'和'给报社的文字不值钱',他用记者的便利让自己的文字,准确地说是利用别人的文字和报社的平台赚大钱呢。他同社长兼总编辑的牛社长对文字早已失去兴趣,而他靠文字的平台发财的怪异,让我怀疑热爱文字和写好文章'傻'。尽管杨望阳利用我的稿子赚大钱,给我不小的刺激,也看到报社一些人利用手里的文字和报社平台给自己谋大钱,但没让我对爱文字和写稿子丧失兴趣。对获奖的稿子仍有喜悦感。

"让我对写稿产生彻底动摇的是胡姬花,还有牛得水。胡姬花带我采访,也是杨望阳那种方式的采访,我写稿她拉广告,我写的稿子成了她广告版的稿子,而广告版提成一分也没给我,我也没在乎。反正报社领导们都这风格,让记者当'枪手'自己挣大钱是正常现象,只好等有一天自己当了主任,使唤别人便顺理成章。况且胡姬花看上了我的稿子是写谁谁高兴,反复找我当她的'枪手',我只能随叫随到。不是我乐意给她当'枪手',而是胡姬花与牛社长的关系说不'清',报社谁敢不顺从她。她虽不给我分文广告提成,但我对她的'活'不敢马虎。在给她写了好几个广告版的稿子后,让我拉广告她给登,我居然拉了两版广告,她让人给我提了八万块钱现金。天哪,没费多大劲,就让我挣了一年多的工资。我受广告部前辈的'点化',我从八万块里拿出一半'孝敬'给胡姬花,给牛社长送上两万元,我留了两万元也很知足。写一万多字就挣了两万元,这些字的新闻稿只能挣个四千多块钱工资。我怕胡姬花不收'骂'我一顿,而胡姬花毫不推辞地收下了,脸上绽出了对我少见的'花'样,这让我感到她收钱收得很从容,也很理所当然。既然胡姬花这里有发财通道,何不靠胡姬花发财?后来,我又拉了几版的广告,胡姬花都让她的'手下'给我领提成,她和牛社长以最高提成的标准给我,我每次照样拿出一半'孝敬'她,她照样毫不推辞收下了。当然我照样给牛社长'孝敬',他照样毫不推辞地收下了。尽管我拿出大半收益'孝敬'了他们,我却落了四十多万块钱,用它买了套房子。这才是不到两年的时间,就靠拉广告挣了一套房子。这样的文字多值钱,且这样的吹牛文字又好写,我从此为报纸写稿子的动力全没了,也认定拉广告是我在报社的'正路'。我求胡姬花和牛社长把我调到广告部,我很顺利地进了广告部。我的广告版拉得更快了,给胡姬花和牛社长'孝敬'的提成更频繁了,他们对我更好了,给了我副主任,给了我很多拉广告的便利和提成的特殊政策,当然他们收到的'孝敬'钱更多了……

"当然,我的堕落,并不仅仅是给胡姬花和牛社长送了'孝敬'钱,挖了报社墙脚而肥了自己。我也'帮助'他们在滑向堕落和犯罪。我陪胡姬花三天两头打麻将。我学会了打麻将,故意给她输钱,哄她高兴;她喜欢吃麻油三鲜饺子,我学会了做麻油三鲜饺子的绝佳方法,隔三岔五地做给她吃,或者去她家做给她吃;她喜欢什么品牌的衣服,我会给她买那个品牌的衣服……我如此周到的服务,当然赢得胡姬花对我加倍的'好处'……这让我毫不怀疑跟着胡姬花会有很多钱花,还写什么稿子,今生再不会吃'文字饭'了……我的今后毫不怀疑不吃'文字饭'的断定,看来是乐错了,乐得我丢掉了原先的我。原先的我是多么充实和安静。我早有深切的感受,只有拥抱文字,我的心才是充实和快乐的。我渴望回归从前的文字生活,请再给我次机会,我会用文字塑造高贵的灵魂……"

王阿妹的话是真诚的表白,还是为了不丢掉"饭碗"的表演?更多的人不怀疑她的反思是深刻而真诚的。但特别熟悉王阿妹的人,比如魏风,就觉得她这动人的话与内心,有值得怀疑的地方。

魏风的冷漠是某人眼里的优点

魏风与王阿妹同样是胡姬花的"腿",她同王阿妹一样把胡姬花当作"靠山",是不想吃"文字饭",想让自己今后过得富有一些的聪明人。魏风和王阿妹,是在广告部与胡姬花走得最近的人,也是对胡姬花付出最多的人。而魏风在胡姬花这里与王阿妹不同的,也是很有意思的是,魏风是上班时在胡姬花办公室出入最多的人,王阿妹是下班后在胡姬花家出入最多的人。上班有事,胡姬花不找王阿妹;下班有事,胡姬花基本不找魏风。令魏风讨厌王阿妹的是,王阿妹给胡姬花跑得"腿"没她魏风的十分之一多,但王阿妹得到的实惠比她魏风十倍还多。令魏风对胡姬花暗自憎恨的是,她魏风对胡姬花言听计从和一心一意,可胡姬花对她却是横眉冷对和随口假话。胡姬花是她魏风唯一的"靠山",而她魏风只是她胡姬花的其中一个"跑腿"的。更令魏风憎恨和不安的是,她胡姬花憎恨和讨厌的人,她魏风必须也憎恨和讨厌,且要替她真正憎恨和讨厌,不得对她阳奉阴违。反过来,她魏风憎恨和讨厌的人,渴求胡姬花也憎恨和讨厌,胡姬花是不可能满足她的渴求的。她痛苦地明白,她魏风必须对她唯命是从,她魏风必须对她当牛做马,她魏风必须对她忠心耿耿,她魏风必须对她排难解险,而她胡姬花可以随时跟她魏风翻脸,可以随时把她魏风一脚踢走。

尽管她魏风在她胡姬花这里如此"狗屁"不是,但她魏风在报社没有选择,要是受不了胡姬花的"这些",要么回采编部门继续编稿和写稿,要么就调走。这两个选择,让魏风几乎时不时地权衡,而权衡的结果是极大的痛苦,她魏风既没能力从报社调走,更不想去编稿和写稿,即使委屈再大也要"靠"牢胡姬花,只有"靠"牢胡姬花,才是她魏风的出路,也是她魏风没有选择的选择。因为胡姬花给了她编稿和写稿难以得到的收入,也让她摆脱了那几个曾经让她作呕的部门主任。更是胡姬花给了她代理副主任,又要转正副主任,且承诺她让她接替广告部主任。胡姬花毫不怀疑她很快会当上社领导。尽管胡姬花也承诺王阿妹让她接广告部主任的班,也有可能承诺马旺财和伍一武等人让他们接广告部主任的班,但魏风仍然不想放弃胡姬花承诺的可能性,只要她魏风加倍努力,她魏风是有可能接上胡姬花广告部主任的班的。想到这极大的"可能",魏风感到为胡姬花当牛做马也值得。

魏风这没有办法的选择,不能全怪胡姬花对魏风尖刻,是魏风没有退路。魏风看不上几个主任的德行,几个主任也讨厌魏风的性格。几个主任的性格原来待人总体宽厚,而自从牛社长到报社带来一种风格——冷漠文化。对没利用价值的人表情冷,做事冷,心里冷。这冷漠风气,渐渐传导开来，且大家学得很快，成了报社人与人之间习惯了的文化。魏风本来是内向和敏感的人，但却是个对人真诚的人，在冷漠文化的环境下，也许是内心受到了伤害，也许是对报社和一些人失望，变得冷漠起来。胡姬花让她来广告部时，正是她跟总编室副主任"好格涩"不"对付"，是最痛苦的时候，因胡姬花经受过"好格涩"的"格涩"折磨，魏风求她来广告部，她就答应了。胡姬花要魏风，实则是想要个性格内向并表情冷峻的人，胡姬花看上了魏风的冷峻。总编室的冷漠环境，让魏风变得面容冷峻。胡姬花需要个冷面人替她跑"腿"，通过她的冷面"传导"给对方"胡姬花厉害"的感觉。胡姬花要别人怕她。魏风的冷面感觉，正是她胡姬花用人的感觉。至于这一点，魏风压根也不知道。

　　胡姬花在广告部给魏风的头衔是内勤代理副主任，替主任做财务报销和有关主任的广告提成等费用。也就是替胡姬花做牵扯内外领钱的事务；随时完成主任交给的文字把关任务，也就是完成胡姬花不想看的文字，或者不想写的文字；协助主任做好业务事务和协调好内外关系，也就是帮胡姬花打理杂事、烦事、棘手事；观察了解广告部内外有关对主任与其他人的言行情况，也就是当胡姬花的"眼""耳""鼻"，看、听、闻对她不利的和她关注的人的言行。

　　这几项事务，尤其是后两项，成为一个人的日常工作是别具一格的，在本报和其他单位难有。且胡姬花对魏风板着冷面交代，后两项事务是她的重点，每天可以分事情轻重即时或下班前跟她汇报一次，不得敷衍。对于后一项工作，胡姬花干脆就对魏风点明白，让她不仅仅是要听到、看到广告部和报社她关注的人的言行，还要主动"刺探"他们诡秘的行踪，包括隐私什么的。魏风当时听了胡姬花的交代，冷汗从身上冒了出来，这不是让她当"特务"吗？！这"下三烂"的差事，亏她胡姬花能想出来，她魏风要是做了这样的差事，那不就是个"下三烂"吗？！魏风不敢说不干，但不这样干，胡姬花就让魏风"另谋高就"，魏风不敢得罪胡姬花，更不愿离开胡姬花和她的广告部，只好屈从。于是，艾新闻、刘学文、马旺财等广告部的人，是魏风平日"监视"的重点，当然还有报社好几个人也是她"监视"的重点。艾新闻是胡姬花让魏风监视的重点，艾新闻就备受魏风"关照"。尽管魏风对艾新闻心有好感，许多时候会手下留情，但也让艾新闻吃了不少苦头。

魏风是广告部最忙的人，脸上成天挂着冷霜的人。要监视这么多人的言行，魏风得学特务的好多手段，才能满足胡姬花的要求。这把魏风难坏了，也把魏风苦坏了，也把魏风的性格弄得更加冷漠和扭曲了，也把她弄成了人见人烦的"怪物"。当然，把魏风"染"黑的，还有她当胡姬花"提款员"的忠心耿耿。她帮胡姬花报销了一百多万元的非法所得，让她差点同胡姬花一起入牢。

....

胡姬花入狱让魏风顿时打破了当广告部主任的盼望和"发财梦"，后面的路是什么？广告部还在，采编岗位也会有，也会有主任，但谁会要她呢？她想她必须离开广告部，这是她人生迷失的错误选择，是她跳进让自己堕落的"魔坑"，她得跳出来。跳到哪里去呢？报社以外的单位没人要一个被处理的人，只能在本报"跳"。跳哪个部门？最好是采编部门。她看看对面坐的金妙妙和艾新闻，她预感金妙妙和艾新闻会当部门主任，她在夸了金妙妙，也大赞了一顿艾新闻后，念起了写好的讲稿：

"……我对艾新闻和金妙妙对文字工作的执迷和写稿的执着坚守，也对王公文和虎生苗等不少对文字工作依然热爱并笔耕不辍的同事们，过去曾是不解和嘲笑，现在却是赞赏和敬佩。报社走到亏损和刊号撤销的分上，罪过在我们这些人身上，与他们没关系，堕落的是我们这些人，与他们没有关系。我对坚守热爱文字职业和坚持写文章的同人，深深地鞠躬，你们是有职业'定力'的人。我是这几年迷失的，到广告部是堕落的，我滑到了犯罪的边缘。我在反思，也在反悔，我在寻找自我，我在回归迷失的灵魂，我在从堕落的'阴沟'里爬出来……

"我在悔悟里反问自己，当初那个背唐诗宋词如流的小姑娘哪里去了，那个几年前钟情文字写作的大学毕业生到哪里去了，那个一度对自己笔下有灵动文字而洋洋得意的人到哪里去了？已经找不到了。魏风仍是魏风，魏风已不是从前的魏风。这让我想，我到报社干啥来了，我不是为了钟情文字写作来的吗？我为啥跑到广告部去了，我为啥跟着唯利是图的胡姬花'跑'，忍辱做她的走卒，我为啥会沦落到这样是我非我的境况？这是我最痛心的自问。拿什么来回归灵魂，用啥来自救自己？艾新闻的《自救》，是我回归自己本真的妙'药'。"

魏风说到"妙"字时，望了一眼金妙妙和艾新闻，有人就望着金妙妙和艾新闻笑了，艾新闻的脸顿然红了。艾新闻和金妙妙在魏风眼里，曾让她有很多的怀疑。那些怀疑，现在变成了怀疑中的羡慕。羡慕他俩成了相互欣赏的"文字情侣"。

"白麻王子"的醉生梦死

白得成的"白麻王子"，不是把"马"错写成了"麻"。"麻"是麻将的麻，白得成打麻将成瘾，白天打、晚上打，上班打、下班打。白得成的日常喜好不单是搓麻将，还喝酒成瘾，白天喝、晚上喝，上班喝、下班喝。上班找不到他是常事，大多是半天在报社，半天在麻将桌上，或者半天在酒桌上，把版面稿子安排和签字权大多时候给了蒋小曼。蒋小曼看他不在办公室时，版面的发稿就由她做主了。几年的搓麻将，白得成得了个"白麻王子"，还有个爱称"酒仙王子"。为啥把他称谓"王子"，因为他长一米八多的个头，白白胖胖，脸圆润放光，常穿品牌西装和丝绸文化衫，戴个水晶般闪亮的眼镜，留个"三七开"的风头，走路有点摇摇摆摆的，再加上他父亲曾是厅级领导干部，也算高干子女，所以两个外号就有了"王子"。

这两年疯狂拉专版搞钱，报社又有人暗叫他"专版王子"。

　　白得成为啥会成了麻将王和喝酒王？牛社长没来报社时，白得成的爱好只是听戏，打麻将并不上瘾，喝酒也不疯喝，专刊部代理主任干得很是欢，专跟经济热点，报上总见大块文章，他的财经学院经济学本科学历与专业在报社显优势，且文字灵巧，文章咄咄逼人，很快主任的"代理"被去掉，成为报社较为年轻的主任。"扶正"的白得成被看作社领导的人选，白得成也毫不怀疑自己发展的势头。可是牛社长来以后，从外面调了他的两个"哥们"，又从报社提拔他的亲近，后面还有几个在他前面等着提拔，白得成的当"社领导梦"没了踪影。当然，面对远去的"提拔"，白得成狠写了一阵子"大稿"，是写给牛社长等新来社领导看的，但牛社长眼里好像没看到他费九牛二虎之力的大稿，反而大加表扬他的编辑蒋小曼的文章多么精彩，把蒋小曼提成了副主任，并让白得成给蒋小曼"放权"。牛社长三天两头拉蒋小曼出差，不出差也时不时叫到办公室和外面幽会，牛社长恨不得让蒋小曼替代他，白得成没理牛社长给蒋小曼"放权"的差，牛社长就时不时地打压白得成。

　　白得成被牛社长打压得实在受不了，专刊部的事就彻底不管了，全由蒋小曼说了算。被蒋小曼"架空"的白得成，不仅酒喝得频繁了，醉酒也频繁了，经常喝得颠三倒四。白得成的麻将也打得频繁了，经常是从白天搓到第二个白天。从此，稿子不写一字，上班从没整天，除了昏天黑地地喝酒和搓麻，利用专刊部的平台也"疯狂"地拉专版挣钱，每月收入让人眼红。白得成便变成了吃喝玩乐和一心搞钱的潇洒之人。

　　白得成被撤销职务和留党察看，是他失职造成报纸成为别人的"发财树"，也是他利用报社资源疯狂拉专版捞钱并造成了恶劣影响的结果。

　　白得成被纪委调查，幸亏违规和非法所得退得麻利，不然也陪牛社长"进去"了。

　　这个险情，也许被白得成喝酒喝昏头忘记了。

"……我真没啥子可说的,我被留党察看和撤职处理,我服,也不服。服,我有错误,应当处理;不服,是处理得太重……在座的接管大员和社长、总编辑,我白得成没有贪污,没有偷盗,没有坑人,没有嫖娼,这个处理太重了吧……"

白得成的话让会场的气氛紧张起来,接管小组的人和关代社长顿时看白得成的眼瞪直了。坐在一旁的人死捅白得成,白得成才打住了混话。

白得成是喝醉了的缘故,还是根本没把接管小组和社领导放在眼里,还是真对他的处理结果不服?今天的发言主题是围绕艾新闻提出的"拯救堕落",竟然在这场合说出对领导不敬的话,简直是对主题发言的不满和挑衅。

白得成浑身酒气,是昨晚的酒劲还没过来,他是在发酒疯,还是他那"患得患失"的老毛病在作怪,没人敢理他。接管小组的人提示他:

"白得成,你的话说过了。发言的主题偏了,偏了主题!"

"对不起,不留神说偏了。是反思我的堕落,拯救我堕落的灵魂,对吧?!"白得成冲接管小组的人说。

"我没堕落,我的灵魂还在我脑壳里。我只是好打麻将好喝酒而已,我人还是好好的,个头没矮一寸,堕落个啥!"白得成气冲冲地说。

"你说的是酒话。你对组织上的处理不服,可以书面申诉。"接管小组的人说,"白得成你不但要醒酒,还要醒脑。组织对你的处理,应当是相当慎重的。"

"那就是说,对我白得成处理得对。"白得成仍然气冲冲地说。

"对不对暂且不说,你对你犯的错难道不明白?!"接管小组的人说。

"明白,也不明白。"说到犯错,白得成的口气软了许多。

"你说你对自己的错误,明白哪些?"接管小组的人问道。

都等着白得成回答,而白得成却不张口。

"既然你不明白,那让我说说你的错,究竟犯在哪里,也可以让大家对你做个评价,看组织上对你的处理与你的错误,有多大差距。如果真是对你处理重了,组织上会听取群众意见,撤销对你的处理。"接管小组的人说,"接下来,请大家对白得成的处理做个评价。一定要客观。"

"别,别,别!我刚才是酒后昏话,敬请宽容,敬请原谅!"白得成赶忙说道,"我这个人患得患失的老毛病,不是一天两天了,我会改,容许我慢慢改。"

"既然你不让大家评议你,你又有情绪,那就取消你的发言,下一个——"

"别,别,还是我发言。"白得成急忙说,"别听我的牢骚话,我对我有所反思,听听我的反思,是酒后话,还是虚伪的讨好话。"

"好,欢迎。请!"接管小组的人说。感到自己说话失态的白得成,轻轻打自己一下脑门,捋捋头发,拉一下衣领,坐端直了,一本正经地说:

"……昨晚,我喝了不少。昨晚的醉酒,与以往时候不同,以往是笑着喝的,这酒是以泪伴酒喝的,很快就醉了,大哭了。常话说,男儿有泪不轻弹,流泪必到伤心时。我伤心啥?伤心被留党察看,伤心头上的主任帽子被撸了?不完全是。伤心我不认识自己了……我实在不愿听别人叫我'白麻王子',更不爱听赞我'酒仙王子'。这称谓不是个好字眼,是糟蹋人的绰号,是对我精神生活的照射。在麻将桌上叫我这号称我沾沾自喜,在酒场上称我这外号我酒量大增,可平时有人叫我这外号,我很反感……我的两个外号,还有个同人暗自送的"专版王子"雅号,说明我是个臭名昭著的人了,哪还是个文人……"

白得成说到这里,看了片刻艾新闻,接着说:

"……艾新闻的文章自救的提法,实质就是做啥爱啥干好啥,我压根也不排斥,我有同感。我过去热衷写那么多大块经济文章,内心是安静的,活得是充实的,是不断进步的,更是自信的。可是后来的一字不写……就成了这个样子——便是艾新闻所说的'堕落'……寻找从前的我,只要干报纸,只有写稿才能找到'自己',别无出路。我当众表态,从明天起,仍写我的大块经济文章……"

刘四腾的"秘书"时光

"一个人专心做事时,最怕分神,分神或会前功尽弃。日本有个寓言说,有个能飞的高人,在飞过一条河时,看到一个漂亮的女人河边洗衣服,露着雪白的大腿,很是迷人。高人凝神这女人的大腿时,飞功顿失,从空中掉了下来,再也没飞起来。这个寓言很有意思,联想到现实中人生的摔跤,我觉得它不是虚构的寓言,是真实之事。我在反思我近几年的人生遭遇时,我从专注的事情中分神,误入歧途,摔得很疼……"

刘四腾被撤销新闻采访部副主任的处理,是他从没想到的。他抱着牛社长"大腿"的几年来,牛社长给他将要提的职务是新闻采访部主任。说是"将要",牛社长"将要"了四年,也没把他提到主任位置上。刘四腾在省日报任《财经视野》周刊编辑部副主任,主任比他年轻,接班无望,便考会计师资格证,想在财会行业走得"高"和"远"。凭刘四腾的专业知识积累,会在会计界走得"高"和"远"。高,他在考会计学研究生,只是英语几次没过,再补一下总会考过。考过就会把学历走得很高,也可以轻松拿到高级职称。以现在的本科学历,拿不上正高职称。远,他想考大型国有企业的财务高管,那是年薪六十万元的位置。每年巨额收入,那该是多么富有而"潇洒"的生活,他渴望成真。有个国企朋友的老总,在等待他的考试通过,等待他取而代之现任的财务总监。刘四腾自己构想了每年六十万元收入换房换车和周游世界的幸福生活计划。他的英语考试,最多再拼搏两年,会有把握考上研究生,走上他"高"与"远"的人生筹划。

刘四腾为这美好的构想,把其他的爱好和梦想放下,专心复习英语和教研内容。几年前的刘四腾发现写影视剧本能挣大钱且名扬天下,报了个编剧速成辅导班学了一年，投入剧本创作，写好了两部剧本却没人理睬，便放下感到厌烦的编剧勾当，专心攻考研。可就在这时，他与牛社长的一顿饭局，让他的人生转了个弯子。牛社长是找刘四腾给他妹妹公司搞定免税的事，实是偷税的事。刘四腾的父亲在省税务局要害部门任职，牛社长看好了刘四腾这个"通道"，一次就给他妹妹公司"免"了几十万元的税。牛社长让他妹妹给了刘四腾六万块钱"辛苦费"，刘四腾的会计常识提醒他这钱不能拿，死活没收，这让牛社长很"感动"。而牛社长对减免税的"胃口"很大，就把刘四腾当作"兄弟"，带他吃喝玩乐，为他张罗剧本投资拍剧却没着落，刘四腾对牛社长一时没了"兴趣"，可牛社长想把刘四腾拉牢靠，就想了个招，对刘四腾说：影视剧投资准暴利，《华都经济报》想搞个影视中心，开发影视剧，会成报社的赢利点，缺个主任，看刘老弟愿不愿意"屈就"当主任。刘四腾对他两个剧本变成钱和名，也对做影视业充满幻想，嫌牛社长的主任是个"芝麻"官，从大报到小报"掉价"。但刘四腾想到剧本一集至少能卖五万到十万元，四十集的剧本能赚两百万到四百万元，写出名气可卖到十五万到二十万元一集，挣个千八百万元，也就是几年的事，做财务总监的收入跟做编剧没法比。于是，刘四腾决意到牛社长手下当报社影视中心主任。刘四腾就调到了《华都经济报》，当了临时成立的影视中心主任。可刘四腾在报社影视中心的主任当了三年，一部影视剧都没做成，还让报社花出去五百多万元，报社上下都有意见，只好撤销报社影视中心，把刘四腾安排到了虎生苗主任的新闻采访部当副主任。这等于是降职安排，刘四腾不干，牛社长就给刘四腾做了让步并承诺，把虎生苗临时安排到了校对科，让刘四腾代理新闻采访部主任，待把虎生苗"挤"出报社，腾出主任编制，立刻让他"扶正"。牛社长还承诺刘四腾，时机成熟提他当副总编。刘四腾尽管委屈，但看到"副总编在望"，就接着跟牛社长混。

不跟着牛社长混，刘四腾已没路可走。这几年成天跟牛社吃喝玩乐，报考研究生英语就是过不去，研究生上不了，那个六十万年薪的企业财务总监位置就是个"泡影"，没给报纸写一个字的稿，两个剧本人见人烦，构思好的剧本没写成一个，财会业务荒废了。跟着牛社长一年比一年恐慌，对未来越看越害怕，几次"活动"调回日报未成，感觉掉到坑里爬不出来，随着年龄增大更没爬得出来的可能。尽管他帮牛社长妹妹的公司不停地办事，几乎成了牛社长的私人秘书，也尽管牛社长对他越发没了好脸色，刘四腾虽深感懊恼和悲怆，但还得倍加听从牛社长的使唤，不敢有半点推托，更不能有半点怠慢。刘四腾的大半时间不属于他了，不是被牛社长使来差去，就是被牛社长的妹妹呼来唤去，让刘四腾几乎忍无可忍，但又不敢发作。刘四腾心里清楚，他要是得罪了牛社长，得罪了牛社长的妹妹，他在报社立马会"狗屁"不是，简直在报社没法"存在"下去。好在牛社长承诺给他新闻采访部主任，提拔他当副总编，有个盼头。有盼头，即使当牛做马，也得当，也得做，更得忍，不忍的后果不堪设想。就这样，刘四腾为牛社长小心翼翼地当牛做马到前不久，牛社长坐牢了，他的主任没当、副总编更没影子了不说，连副主任也没了……后面想不想考研究生，能不能回归到他财会专业的采编业务优势上，不好说。

刘四腾接着说：

"……那个寓言说的能飞的高人，只能是个喻义。能飞的人从没见过，但'高人'到处都有。而曾经的我不是'高人'，是心灵飞翔的人，我的心灵自从跟了牛社长，就从飞翔的空中坠落了下来，再也没'飞'起来……而牛社长坐牢了，牛社长的灵魂毁灭了，我被他拖到了低谷。幸运的是，我没有被拖到牢房，没有把我的人生全输光，我还可以写曾经得心应手的文章……也许会找到在日报时那种神情爽朗的感觉。只有从文字里找'感觉'，只有从文字里才能找回自信和自己。作为一个自称知识分子的报人，写不好文章是耻辱，不写文章就是堕落，讨厌写文章就是背叛……写好文章，也是我最好的自救方式，别无捷径……"

刘四腾发言时有几个人望他笑，是嘲笑，是好笑，是可笑，好像都有。本身那个飞人看下边美女大腿掉下来的寓言好笑，刘四腾把自己比拟成那个看美女大腿掉下来的飞人，生动形象得让人好笑。但笑归笑，笑他的人和没笑的人，大多眼里是同情。

四十九

这一场又一场的反思,话题一个连一个,高潮一波又一波,直击热爱与迷茫、失落与堕落、回归与自救,感动得接管小组对本来失望透顶的《能人报》这帮人有了信心。

日报社党委决定,同意接管小组基本保留原《华都经济报》人员,新创刊的《能人报》为国有企业,原有事业编制人员取消干部身份,转为企业职工,经营自负盈亏;报社性质转企,人员身份转换,"上面"不再给一分钱拨款,让《能人报》的人意识到,"上面"把他们"扔"到了体制外,让他们自己找饭吃。能找到"饭"吃就"活"着,找不到"饭"吃就"死",不会有人管了。这让所有的人明白,要"自救",不是痛苦地反思一下那么简单,得靠人人抱团一起流血流汗来自救。自救是行动,谁也不能靠谁,谁也不是坐车人和赶车人,每个人都是拉这架"马车"的车夫;要想有饭吃,要想不再把这架"马车"拉翻了,就得放下什么社长、总编、部长主任的官架子,就得放下什么"背"上的处长级、科长级和主任编辑、高级编辑这些职级,从头开始,只有让报纸出彩,人才有活路。

"自救"的反思,让所有人感到了危机,让所有人感到了无助:报社的未来,所有人的"饭碗",所有人的命运,全靠自己了,报纸再办亏损,便又是倒闭,倒闭的那天就是每个人下岗的那天。

《能人报》的所有人感到新的危机来了,《能人报》这个报纸名能办出个什么报，这个报名的报给谁办，报纸又有谁来看？仍然是这个困惑，让几乎大多数人没有信心，更找不到自信，但日报社领导说了，谁有信心谁留着，谁没自信谁走人。话说到这样，愿意干的，没地方去的，只好着手思考怎么把《能人报》办好了。

《能人报》的所有人无不盼望有一个无私正派和能文善"武"的社领导班子，拉着大家杀一条"血路"出来，可《能人报》哪有这样的人呢？！

《能人报》将要出创刊号，社领导从哪里来？《能人报》的人既怕自己内部产生，又怕日报"空降"当官做老爷的社领导，而日报社党委对《能人报》社领导和中层干部任用做了明确规定：报社领导和中层管理人员由《能人报》民主推荐，按得票多少产生后由日报任命。

社领导"自产"，谁能把这架不看好的"马车"拉上道？《能人报》有这样的人吗？一个也没有。

《能人报》的人感到"上面"是撒手不管，让其自生自灭，沮丧到对未来一片失望，无不叫唤"死路一条，非常可怕，非常可怕"。

《能人报》大多数人要求日报社派社长、总编辑，而日报社回答了"两不"，不派社领导，不指定某人当社领导。这"两不"，让《能人报》的人彻底没了任何幻想。

推选《能人报》社领导，接管小组做了相当郑重的吹风、预热、动员、发动，让《能人报》所有人，不漏一个地参与酝酿、发现、评价、认可、投票。动员了几天后，让所有人思考了几天后，做了适当引导后，感觉投票推举的人八九不离十，就组织投票。投票结果：

社长：关正英　总编辑：王公文
副社长兼人事处处长：高琴音
副总编辑：金妙妙（兼深度报道部主任）、虎生苗（兼新闻采访部主任）

中层干部也推荐产生了，金妙妙盼望艾新闻当新闻采访部副主任或深度报道部副主任。但投票结果，深度报道部副主任差两票，新闻采访部副主任差六票。而民主推荐社办公室主任和财务处处长，艾新闻却获得了最高票。看来在报社大多数人眼里，艾新闻是财务会计出身，最适合当财务处处长或社办公室主任。

这两个位置，的确很重要，最适合艾新闻的是财务处处长，当然也适合做办公室主任。当财务处处长和办公室主任一般都会成为副社长。关社长让艾新闻选择当财务处处长，当财务处处长照样可以写稿子，况且离当副社长一步之遥，当了副社长照样可以写稿。艾新闻决意去采编部门，有没有副主任位置无所谓，一直想做记者没做成，要求让他做记者。关社长与王总编辑商议确定，让艾新闻去新闻采访部做记者。让艾新闻去新闻采访部当记者，金妙妙不干，她向社委会提出让艾新闻去她的深度报道部做副主任。可深度报道部副主任职位已有人选，不缺副主任缺记者，艾新闻毫不犹豫去做了深度报道部的记者。

"后面就是海，也得跳，要么一起获得大海蓝天，要么一起掉到大海淹死。"王公文和关正英两个社领导，一遍遍地说这话，拉出了拼命干一场的劲头。于是，人人都紧张了起来，都动了起来。人人想办法，为怎么办好《能人报》出主意。一时，《能人报》有了好多思考：

"报社是条船，你我都在船，不想船翻就拼命干！"

"不能再让报社倒闭，倒闭就是自毙！"

"不在于报名是什么，关键内容是什么！"

"一人献一条'妙想'，自己拯救自己！"

"跳出文风'老套路'，怎么好看怎么写！"

"回归知识分子的清高，不为'五斗米'折腰！"

"用文章自救自己，让文章塑造灵魂！"

……………

　　有了决心拼命自救的豪情满怀，而《能人报》究竟办成什么特点，才能让读者喜欢？《能人报》调动所有人调研和思考，几十号人的脑瓜，想出了几十个办报特点，而哪一个都有风险，无法形成办报思路。没有独特风格的报纸，就是个"黑板报"，必死无疑。《能人报》的人无不沮丧。

　　离创刊号出版不到一月了，到出创刊号之前究竟能不能确定独特的办报思路，谁也不敢主观武断，而又当即定不下来，《能人报》的人急得如锅上的蚂蚁，让每人绞尽脑汁不停想思路。而到底能不能找到一个独特的办报思路，大家没有信心。《能人报》所有人担心，没有思路和信心，报纸办上三个月，又会关门了。

五十

在《能人报》的人找不到报纸定位，对未来只有一腔勇气，信心再度失落的时候，传来牛得水在监狱自杀未遂的消息，还有胡姬花疯了的消息。这消息是纪委的人来报社通报的，实际是向《能人报》介绍牛得水狱后认罪情况，介绍胡姬花从认罪、服罪到精神崩溃的过程，是上警示课来的。

原《华都经济报》九人被判刑入狱，六人被行政和纪律处分，这在省属单位里实属罕见。纪委的人说，牛得水等九人的犯罪，是文化知识分子堕落的典型，扭曲了自己灵魂，带坏了一批文化人，影响极其恶劣，教训极为深刻，《能人报》所有人都要反思反思再反思，能真正从牛得水等人身上汲取教训，组织上才能把《能人报》放心地交给在座的各位去办，否则组织上就不放心。

牛得水是自杀未遂，要咬舌自尽，但咬破了舌头，却没咬断，没自杀成。好像是咬到一半舌头太痛的缘故，放弃了咬舌，白受了罪，让人耻笑……缝了十多针。缝住舌头的牛得水说：怎么死也不能咬舌死，太疼了……办案人员由此问他，也是吓唬他，如果真想死好办，改判死刑，反正罪证足以判无期或死刑。牛得水慌得双膝跪地说，不想死，好好改造。

牛得水写了封很有水平的《悔罪书》，值得在座的好好"欣赏"。

…………

胡姬花跟牛得水简直就是一对，太贪却又脆弱，交代问题如同竹筒里倒豆子，进去第一天就全倒了个干净。连占了报社几百块钱便宜，连收了什么人的几箱水果都一五一十地说了出来，求宽大处理。当听到被判刑二十年，晕过去了。奇怪的是，她跟牛得水一样，当场昏倒了过去。先是寻死，不久疯了，胡说八道，胡喊乱叫，丑态百出……让人痛心，也很可惜。正在接受治疗……

"要不要听一下你们牛大社长的《悔罪书》？写得很有意思。"纪委的人还没听到大家说"要听"的话，便接着说，"那就给你们念念"。

牛得水《悔罪书》

我认罪，我以万分的沉痛心情和万分诚恳的态度认罪悔罪。我走到今天这个地步，入狱前我从没想到会有今天。我今天的结果，是罪有应得的结果。我的堕落和犯罪，导致了一个报社一批人的堕落，也导致了八个部下犯罪入狱，也导致了一些人被降职等处分，把一张很有影响的报纸，搞成了巨大亏损和停刊，真是罪恶深重，痛心疾首，后悔莫及。反思我的罪过，至少有十大根源和十大恶习。

堕落的罪恶根源：

A. 在幼儿园就堕落了。回想起来，我的堕落，不是一时半会儿养成的。我的堕落，从上幼儿园就开始了。我这么说，并不是用狠拳乱打自己的脸，获得同情减轻罪行。因为我懂事的时候，我就知道我与身边很多孩子不同。我上的幼儿园是干部孩子的"红苗班"，普通人家的孩子上的是"青苗班"。我父亲是县办公室副主任，在县里是"大干部"，班里四十个孩子，我被排到第六，因我爸的官职在所有孩子家长里排到第六，我也感到我是"大领导"的儿子。但我不高兴，因为排在我前面的五个小伙伴，个头不比我高，可就排在我前面，可老师总是让我前面的出头露面，老师给排在前面两三个小伙伴的笑脸和好吃的比后面的多。我跟爸妈诉苦，他们说，谁让人家爸妈官比你爸大呢。我不服气，我想排第一，因为我个头比前面的都高。我闹着站到了第一，老师却把我拉到了第六。老师训斥我说，等你爸的官比前面五个的官大了再站第一。我嫌爸官不大，爸听了也流露出不高兴。大班时我被排到了第三，因为有人叫我爸局长了，我知道爸升官才被排到第三。我仍嫌排到第三不自在，因为前面两个比我矮半截不说，老师把他们捧上了天，我生气。我跟爸妈说，不想排第三，就想排第一。爸妈生气地训斥我说，排在我前面的两个，人家爸是管你爸的县领导，你怎么能排到第一。我被爸训哭了，我爸妈生气了。我大个子排在小个子后面，就因为我爸的官比他们爸的官小，我得站到他们后面，我越来越不高兴，越来越不想去幼儿园了。我爸很生气，几次抽我屁股说，长大了有本事去当书记、县长，最好是当县委书记，那没人敢把你排到第二。我在恨老师和爸的同时，我暗自想，长大一定要当最大的领导，当不上大领导就不活了。这不是幼儿园时的堕落吗？！

排不到第一，我的受捧和笑脸就比别人少了许多，成了我心里的阴影，直到后来从小学到大学，我都有强烈的当大领导的冲动感。这冲动感，当然也不单纯是在幼儿园因为排在别人后面感到耻辱的影响，我还从别人给我家不停地送钱送物，我爸爸源源不断拿回来别人家没有的好东西，从我爸妈大把给我钱花，我考大学差分爸爸花一百多万打通"关系"顺利入学，还有我大学毕业家里给领导送很多钱进了省政府研究室等事情上，我被"熏陶"堕落成了不爱干事、好拉关系、投机取巧、爱权贪钱的人，彻头彻尾地走向堕落。堕落是犯罪、毁灭的开始。我步了我父亲的后尘，十年前我父亲因贪污受贿入狱，十年后我也因贪污受贿入狱。我父亲的人生是堕落的人生，我也传承了父亲的堕落。

B. 喜欢吸纳庸俗的东西。尽管大学读的是哲学专业，我非常讨厌哲学课，跟老师直截了当说过，我讨厌哲学专业。老师生气地问我，讨厌哲学专业，到哲学系干什么，还不早点滚到不讨厌的专业去。我说，我喜欢官场学，在这个专业就好。老师甩袖而去，不再正眼看我。我是隔三岔五旷课混出来的，我的作业是抄毕业的，我大学生活是谈着恋爱加吃吃喝喝玩过来的。要说上学没读什么书，不准确，读了不少书，只是读的书与同学大不相同。因为我有将来当大领导的远大志向，也因为父亲筹划我毕业后直接进省机关，让我提前"储备"机关工作知识，也就是当领导的方法和智慧学。那个年代正好流行《权谋》《官场术》《官场心理学》《厚黑学》《谋略智慧》《阴谋家》《谋权经典》《攻关世界》《说话的技巧》等这类实用书，我读得如饥似渴，四年读了足有百余本这样的烂书。

　　读什么，装什么，想什么。这些书对我的影响，当然是深刻而丰富的，让我对进到省政府机关充满了从容和自信。事实上，这些书让我脑子里装满了官场知识，或者说是当官的技巧，说好听是谋官的智慧。我父亲听我讲官场术，赞不绝口。父亲对我在机关充满了希望，他花钱打通关键环节，把我安排到了省政府办公厅秘书处，我顺利当上了副省长的秘书。可时间不长，我却被领导退了回来，说我不适合做秘书。不适合的原因，是领导不喜欢我，说我太复杂，是做领导的料，做秘书屈才。把我安排到了省政府政策研究室，我再就没"起来"。是我不适应官场，还是这些书不适用官场？我很长时间认为，不是我的问题，是领导有毛病或是与领导不投缘。但在政策研究室也不投缘，领导认为我"油滑"，同事们说我庸俗，我不认为我有这些毛病。我认为研究室是帮又臭又酸的文人，跟这些人不投缘。在政策研究室实在无趣，正好我的一个多年好朋友当了副省长，我就请他"说话"，我就来了《华都经济报》，从此步入了自我无所顾忌的权力放纵的阶段。

　　C. 拒绝结交无权无钱无势的朋友。有用的人都结交不过来，哪有闲空与"无用"的人来往，跟"无用"的人交朋友是浪费生命。这是父亲的官场信条，也是我走向官场的信条。谁有用，谁无用？当然是能提携自己的人，能为我所用的人，能呼风唤雨的人，能对自己将来有用的人，能给我痛快掏钱的人。我的交往，都是围绕这几层人忙活的。"忙"活这些人，每天的时间都不够用，哪有时间与"无用"的人闲扯。我对我父亲的社交信条，越来越叫好。这个社交信条，不是我父亲的"信条"，也是很多人社交的趋向，我从来没觉得是庸俗的实用主义。我为啥不认为它庸俗，因为"活在当下"和"活好当下"是我的认可。我的"当下"，就是拒绝跟"无用"之人闲扯淡。

"无用"人往往身边皆是，而要找"有用"人难上加难。"有用"人在哪里？"有用"的人在"高"处。他们在大机关的大楼里，他们坐在领导办公室里，他们在重要活动场所，他们在高端聚餐的酒楼，他们在高尔夫球场，他们在飞机和火车的上等座上，他们在京城省会的高楼大厦里，他们在你看不到找不到的地方……从上大学到机关的几十年来，我很注意寻找"有用"的人，设法与他们结交，不断与他们联系，想与他们往来，不停请他们吃饭，才结交了一拨又一拨"有用"的人。给别人办了不少事，也给自家人办了不少事。而让我恐惧的是，大多"有用"之人，"胃口"不仅越来越大，且越来越贪婪，我也学得越来越贪。我的许多"有用"之人，后来"沉没"和"灰暗"的多，风光的少。一拨又一拨"有用"的人，很快就成了对我陌生的人，因为他们看我是"无用"之人，他们同样也不会与"无用"之人来往。我从领导身边回到政策研究室不久，许多"有用"之人就对我"陌生"或不"认识"了。我"出事"后，没一个朋友来看我，就是验证。我没有一个真朋友，一个也没有。

D. 写好文章不如多交朋友。这是我到省政策研究室悟出来的。我发现在文章上下功夫的人，或者说文章写得有"两下子"的人，不是把太多时间用在了爬"格子"上，就是用在了想以爬"格子"出人头地的愚蠢上，不是清高，就是傲气，往往文章写得再好，也只是文章写得好而已，与升官大多无关，与钞票与好处也大多无缘。因而，写好文章不如多交朋友，一直是我的又一"信条"。我在政策研究室写文章,从来不会下功夫往好里写。到了报社,更不用说了,我从来没想过写点什么文章。谁求我写,我也从没写过半篇文章。因为我的这一"信条",我影响了政策研究室的好几个人,他们弃文当官,都比我混得好。混得好,也不一定是弃文的主要原因。到报社,我带坏了胡姬花。胡姬花的文笔相当不错,自从我来后她不写了,很可惜。我也带坏了蒋小曼、刘学文、马旺财、魏风等很多文采飞扬的"笔杆子"。我真是罪该万死。

E. 啥人的钱都想收。我写的"想收",同"敢收"实在不是一回事儿。这是因为,我从来就没有不敢收的钱。只要有人送,我就敢收。不管啥钱,只要敢送,没有不敢收的。我早已成了没灵魂的无头"苍蝇",收钱是种面子,是我的价值体现,更是满足与快慰的需要。问题是,在政策研究室,很少有人给我送钱,后来几乎没人给我送钱。收钱,也只是给别人疯狂办事,才能收到钱。但我多么盼望有人送"巴结"我的钱,可是没人送。到报社后情况就不同了,兼任报社社长和总编辑的政策研究室老领导放权不管,我大权独揽,给我送钱的人有了,渐渐多了,送来的毫不推辞。这仅是在"敢收"和"想收"之间,在"敢收"中更多的产生了"想收"。想收,得让别人知道,我无耻地给下属和利用我的人流露"想收",他们就给我送。除了胡姬花当广告部主任送的大气点,下属都是些穷酸文人,拿啥送给我?即使给我送钱,都是小打小闹,我得让他们挣钱。他们有钱,才能给我多多送钱。我谋划了让采编人员大肆拉广告、搞论坛、做专版、弄赞助,鼓动私下开公司的敛财方式。这些都是违规行为,甚至可导致违法行为,但我以报社亏损为由,暗示那些有"想法"的人,利用报社资源搞钱,调他们去广告部做经营,很快干欢了,财源滚滚。于是,搞钱的"狼"越来越多,他们每人都得给我分块"肉",一段时间,我实现了几乎天天收钱的欢快日子。我的"想收",变成了"丰收"。把一些优秀和很有能力的编辑、记者带成了商人、老板、骗子、流氓。

F. 什么样的女人都敢"睡"……

纪委的人念到这里，不再念了，说，牛得水嫖娼、包养两个情妇、与多人发生不正当两性关系，他的悔罪牵扯到具体人，就不念了。

…………

牛得水咬舌自杀的过程，牛得水的悔罪书，如同一块不小的石头，扔到了大家的心里，震荡、惊恐、耻辱、悲观、郁闷、憎恨、反思，几乎是七味杂陈，在心里翻江倒海地折腾。

五十一

　　金妙妙的耳朵真是"金"耳朵，艾新闻的啥事儿，都会在第一时间进了她的耳朵。这是金妙妙心里早已装满了艾新闻的缘故。林萍萍跟艾新闻提出留报社与坚决离婚的"最后通牒"，艾新闻没告诉金妙妙，可金妙妙却知道了。

　　这是离《能人报》创刊还有半个月的一个中午，金妙妙约艾新闻到一个餐馆吃饭，她要跟艾新闻谈彻夜难眠的事，是艾新闻与林萍萍离婚的事。金妙妙从同学那里知道了林萍萍已给艾新闻下了创刊前决定离报与离婚选择的"最后通牒"，她睡不着了，她替艾新闻睡不着了。金妙妙知道，艾新闻是决意留报不走的。不走，就得离婚。尽管她金妙妙已爱上艾新闻不能自拔，盼望与艾新闻走到一起，而又怕他因是勉强离婚而日后后悔，甚至怪怨离婚是她金妙妙造成的，落个众人骂她是下贱的"第三者"，那就糟糕透顶了。金妙妙对艾新闻与林萍萍离婚有了担心：他的留报社"不走"究竟是自愿的，还是由于她金妙妙不走而他才不走的？艾新闻不走，与她和他相爱有多少关系？艾新闻究竟爱她金妙妙有多深？这些问题，金妙妙越想越沉重，越想越迷惑，她要跟艾新闻深谈，明确三件事。这三件事，当即得弄清楚，刻不容缓。

　　金妙妙刚到，艾新闻就到了。他们边吃边展开了话题。

　　"新闻，我再问你，你真的确定在《能人报》接着干？"

"妙妙，你是怎么了，满脸的疲倦和疑惑，遇到啥事了，感觉不对劲？"

"我没什么。只是《能人报》就要创刊了，报社人员在定岗，最近调走和辞职的人接二连三，不走和走不了的，都在为报纸和自己的未来打算，你有啥变化没有？"

"那天不是告诉你了吗？不走。"

"再问你，你不愿走，与我有多大关系？"

"跟你有点关系，也没关系。跟你有关系，是受你百折不挠写深度调查文章的影响，就想写你那样的文章，但同时我喜欢你；跟你没关系，是选择留报社就想专心写文章，即使你离开报社，我也不会离开。"

"你真不担心以后报纸和自己前途的事？"

"你都不担心，也有很多人不担心，我担心个啥。我看好《能人报》的前景，定能办出一张好报来。你不后悔，我更不后悔。"

"你到深度报道部做记者，你成了我的部下，你没想法吧？"

"当你的部下，荣幸之至，我俩可以写更'牛'的深度调查报道啊！"

"你是个有浪漫情怀的人，为了喜欢做的事情，真是一根'筋'倔强到底了，倒也非常可爱。"

"你不也是有浪漫情怀的人吗？为了写深度调查报道，坐牢都不怕，更是九头牛拉不回来的'牛皮筋'……"

两人都"点"到了彼此执着文字和文章情怀的"穴位"上，金妙妙笑得放下了筷子，脸上的阴郁少了许多。艾新闻说："你请我吃饭，不像恋人聊情话，像是答'记者'问。你接着问，我如实回答。"

金妙妙的脸唰地红了，给艾新闻边夹菜，边接着问她急于想问的话题。

"今天的话题都是大事，严肃的话题，马虎不得，我必须知道你真实的想法，不然我心里七上八下的。也只能是答'记者'问，你跟我如实回答就是。"

"我明白你的心思。我肯定如实回答。"

"我问你,听说林萍萍给你下了离报与离婚的'最后通牒',你选择了报社,就选择了离婚,是这样吧?"

"啥事都漏不过你的耳朵。"

"我问你的话,你没回答我呢。"

"不回答可以吧?"

"不回答就不回答。"

"离婚跟你没关系,所以不回答。"

"好,跟我没关系。真的没关系?"

"真的没关系。"

"那就不再问。我问你最后一个问题,也许是两个问题。"

"尽管问。"

"你有多爱我?你爱我有多深?"

"你知道。你不知道?"

"你回答我的问题。"

"现在不回答。"

"现在回答!"

"以后回答。"

"以后,是什么时候?"

"你知道的。你又不傻。"

"好吧。明白了。"

"还有一个问题,很想问,但又不知道该不该问。"

"那就——问吧。"

金妙妙欲要张口,脸却白里透红,满脸羞涩,却没问出口。金妙妙不问,艾新闻也知道她要问什么,他不想回答这个问题。婚,林萍萍与他肯定要离。她与他离婚并不是由于不生育的难堪,主要症结在痛恨金妙妙这里。对于离婚,艾新闻越发坦然起来。直到今天,他与金妙妙没做出格的事,彼此只是渐深的爱意而已,他不觉得内疚。他与金妙妙渐浓的爱意,有文缘相吸和相互欣赏,更是林萍萍疑神疑鬼助推的结果。金妙妙是敢爱敢恨与真诚纯洁的女人,值得他艾新闻深爱。但他一直不敢对金妙妙流露出那份深爱,是生怕伤害了金妙妙,也怕伤害了林萍萍。因为在没有离婚的情形下,艾新闻感到与金妙妙靠近一步,都很沉重。离婚的大"棒",一直在林萍萍手里握着,他跟金妙妙往前走一步,这大"棒"都会伤害到他和金妙妙,还有林萍萍。艾新闻没想过把大"棒""抢"过来,他不想抢先提出离婚。在婚内一天,一天就不敢想与金妙妙往后的事。尽管离婚又逼到了眼下,他真不敢断定这次林萍萍的"最后通牒"是真是假,万一与过去好几次那样是虚张声势呢?也许真有这种可能。所以他不敢与金妙妙谈爱,更不敢想深爱以后的事情。此时,金妙妙问艾新闻离婚后的想法,艾新闻那不太情愿回答问题的口气,让金妙妙心涌激荡的问题,吞了回去,不问了。"道法自然,顺其自然吧。"金妙妙即刻把自己渴望的情绪,摁了下来。

…………

这次林萍萍来的是真是假,艾新闻不敢断定,却是正如她给艾新闻"最后通牒"的时间,在《能人报》创刊日的前一天下班回家,他在客厅的茶几上看到了"离婚协议书",虽与前面几次的版本和内容毫无变化,可是日期却写成了明日。再细看,前几次"离婚协议书"里住房和存款一人一半,改成了住房和存款归女方所有。艾新闻心里咚的一下,吃了一惊。这心惊,让艾新闻感到这次愤恨交加的林萍萍要来真的了。紧接着,他的手机响了,是林萍萍打来的:

"估计你看到了'离婚协议书',有啥不同意条款,除了房子和存款不容协商,其他都好商量;为啥存款和房子不容协商,你很清楚,你是过失方,导致离婚是你和金妙妙的不正当关系所造成,所以你得'光'着出户。但是,家里的家具和贵重东西,你随便拿,想要什么拿什么……其他有啥不妥，说出来……如果你不同意离婚，或者对房子和存款不同意归女方，那就不去民政局办，去法院离，起诉书我写好了。"

艾新闻再三问林萍萍，是不是一定要离。林萍萍说，主意打定，没有余地。艾新闻惊恐片刻，突然冷静了下来，把房子和存款从脑子里"闪"了过去，对林萍萍说，"离婚协议书"按照她写的来，不用麻烦法庭法官大人。林萍萍说，在"离婚协议书"上签好字，明天上午九点区民政局离婚窗口见。艾新闻说，他会按时去。

上午九点差几分，艾新闻赶到区民政局离婚窗口，林萍萍迟到了一会儿。林萍萍一脸的伤感，像是刚刚哭过的样子。

林萍萍要艾新闻把他签过字的"离婚协议书"给她，艾新闻没急于给，问她，真离？林萍萍口气坚定地说，离。林萍萍伸手要"离婚协议书"，艾新闻给了。林萍萍接过去撕成了两半，装在了包里，顺手从包里掏出两份"离婚协议书"说，那份有好几个错别字，让办事员看出来很丢人，这份是改过的，再签下名。林萍萍伸手等着要，艾新闻想都没想协议书里文字有无改动，翻到签名处，以墙当桌签了名。签过名，艾新闻没把协议书给林萍萍，把她叫到旁边僻静处问，离与不离，最后做个慎重又慎重的选择。林萍萍说，离。再问林萍萍，还是很硬的口气，离。艾新闻气愤地把"离婚协议书"扔给了林萍萍。林萍萍把两份"离婚协议书"和两个"结婚证"交给了办事员。于是，一刻钟就办完了离婚。办事员把"离婚证"和一张盖上大红公章的"离婚协议书"分别给了林萍萍和艾新闻一份。离婚即刻成了事实。艾新闻的心里翻江倒海，泪水在眼眶里涌动起来。

从工作人员手里拿过"离婚证"的瞬间，林萍萍哇地哭了，眼泪像大粒珍珠，急骤地掉在"离婚证"和"离婚协议书"上，也落在了衣襟上，打湿了衣襟、脸颊和手里的东西，扔下艾新闻走了。不是走，而是小步跑了出去。

林萍萍没有真走，而是在民政局门口等艾新闻出来，林萍萍等到艾新

409

闻,把一个信封给了艾新闻,说:

"里面有写给你的一封信和两个存折,拿回去打开看,也把'离婚协议书'看一下,我改了很关键的一个字。"

"我尽快租房子,租好就搬走。"

"回去看信!"

艾新闻疑惑地接过信封,也疑惑地看林萍萍那双满是泪水的眼,疑惑和伤感地拿着信,不知道问什么或说什么好,便呆呆地看着林萍萍叫了辆出租车走了,才想自己应该去哪里。去报社,《能人报》创刊大会十点召开,他得赶去开这个会。他想他的命运从今天"绑"在了这张报纸上,他为了热爱的写作付出了巨大代价,他得从今天起拼命干了。

坐到出租车上,艾新闻打开林萍萍给他的信封。信封里的信包着两张存折。艾新闻先看信:

艾新闻:

两个存折是家里的所有存款,都留给你。因为我没生育能力,不能给你生个孩子,想到老了没人管,想多存点钱养老用,对钱看得比较紧。结婚十六年来,我抠来省去,一共存了五十八万元,都给你,以后你用钱的地方比我多。我今生不能生育,我对你一直内疚,实在抱歉。逼着你从广告部拿回提成,纯粹是逼你离开报社去机关,后来知道你的提成是借钱给的我,我很难受,你把借的钱尽快还给人家。我不养孩子不养家,钱对我没多大用处,况且我有工资,够花。房子归了你,我可以住爸妈家,也算我与你夫妻一场,没有给你生个孩子的补偿……至于你和金妙妙结婚与否,已跟我没啥关系,从此不再干涉。祝你在《能人报》成为能人……

林萍萍

于离婚前夜

艾新闻还没看完林萍萍的信,眼泪"唰啦啦——"已湿了满篇信纸,把清秀的字,打染成了黑色的水墨花朵。

....

《能人报》采集了数十条办报思路,最终选定了三句话的办报定位和四句话的办报标准:财经视野、服务企业、热点深度;人写活、事写深、公正准、文精巧。《能人报》把这办报思路称为"自救要诀",高举在头,满心自信。

这三句话的办报定位,在行家看来是独特的。以财经视野写经济社会,以财经角度服务企业,哪个企业能离开财税、金融、经济的服务,很专业,面又宽,定位很牛。尤其形成的一个倾向性特点,突出"人写活""事写深"。这两点,都是大报大刊的"短板",当然也是大多记者的"短板"。人是社会的主角,事是人的脚印,把人和事写牛了,那一张报纸就办鲜活了。这是艾新闻提出来的观点。在艾新闻看来,《能人报》的与众不同,就是写人和事要与众不同,是生动和鲜活得与众不同。要使笔下的文字鲜活和生动,就得读书和思考。读书和思考,是文人自救的唯一阶梯。王公文很认同艾新闻的观点,随之成了全报社的共识。经过炼狱般的反思与灵魂洗礼的《能人报》的人员,已深刻认同"文人的自救是好文章"的"艾新闻观点"。

一个分工很细的团队组成了,每个人都按这样一个观点上路了,形成了一条自救的船,展现出了一股拼劲。

....

一时间,《能人报》成了企业家喜欢的报纸。

一张让企业人喜爱的报纸,自然是报纸不愁没人订,广告不拉自己来,《能人报》赢利,赢利年年翻滚。《能人报》的人,尤其是文人,活得很有尊严,活得越发体面。体面的后面,是精彩的文章、高贵的人格、文化的魅力——张报纸的人文风格形成了。一群寻求自救的人,托起了一张不看好的报纸；一张不看好的报纸，成全了一群失落人的灵魂自救，成全了一批企业和企业家，也成就了一批文人的文字梦想。

人最怕读书，读书就要思考，思考就有想法，有想法就想表达，表达遇到文人，文字定会不俗，不俗的是文章，不俗的是思想，不俗远载梦想，梦想让人脱俗，脱俗走向高贵，高贵造就自信，自信通向成功。

报社人都在比着写精彩文章，都写出了精彩文章。精彩文字，点燃了一群蕴藏"文字梦"的人的智慧火焰，也催生出了一群从此心怀"文字梦"的人。

艾新闻的六本散文集、王公文的四本杂文集、金妙妙的三本报告文学集、白雨的四本诗歌集、张天林的三部长篇小说出版，李美儿的七部剧本有两部搬上了荧幕……

二〇一八年十一月十日 起笔
二〇二〇年二月十七日 完稿
二〇二〇年四月五日 定稿
于北京阳光花园

图书在版编目（CIP）数据

艾先生的个人烦恼 / 宁新路著. -- 北京：北京时代华文书局，2020.12

ISBN 978-7-5699-4041-1

Ⅰ.①艾… Ⅱ.①宁… Ⅲ.①长篇小说－中国－当代 Ⅳ.① I247.5

中国版本图书馆 CIP 数据核字 (2021) 第 001163 号

艾先生的个人烦恼
AI XIANSHENG DE GEREN FANNAO

著　　者｜宁新路
出 版 人｜陈　涛
责任编辑｜周海燕
执行编辑｜韩明慧
责任校对｜张彦翔
装帧设计｜程　慧　迟　稳
责任印制｜訾　敬

出版发行｜北京时代华文书局 http://www.bjsdsj.com.cn
　　　　　北京市东城区安定门外大街 138 号皇城国际大厦 A 座 8 楼
　　　　　邮编：100011　电话：010 - 64267955　64267677
印　　刷｜北京盛通印刷股份有限公司 010-52249888
　　　　　（如发现印装质量问题，请与印刷厂联系调换）

开　　本｜880mm×1230mm　1/32　　印　张｜13.25　　字　数｜370 千字
版　　次｜2021 年 4 月第 1 版　　　　 印　次｜2021 年 4 月第 1 次印刷
书　　号｜ISBN 978-7-5699-4041-1
定　　价｜58.00 元

版权所有，侵权必究